正木不如丘探偵小説選Ⅰ

論創ミステリ叢書

56

論創社

正木不如丘探偵小説選Ⅰ

目次

創作篇

随筆篇

凡　例

一、「仮名づかい」は、「現代仮名遣い」（昭和六一年七月一日内閣告示第一号）にあらためた。
一、漢字の表記については、原則として「常用漢字表」に従って底本の表記をあらため、表外漢字は、底本の表記を尊重した。ただし人名漢字については適宜慣例に従った。
一、難読漢字については、現代仮名遣いでルビを付した。
一、極端な当て字と思われるもの及び指示語、副詞、接続詞等は適宜仮名に改めた。
一、あきらかな誤植は訂正した。
一、今日の人権意識に照らして不当・不適切と思われる語句や表現がみられる箇所もあるが、時代的背景と作品の価値に鑑み、修正・削除はおこなわなかった。
一、作品標題は、底本の仮名づかいを尊重した。漢字については、常用漢字表にある漢字は同表に従って字体をあらためたが、それ以外の漢字は底本の字体のままとした。

創作篇

法医学教室

一

　岸田君は法医学を専攻する医学士である。その夜は彼は夜の十二時近くまで鑑定を裁判所から依頼された毒殺嫌疑の死体の胃の内容の研究を続けていた。その事件は妻女が姦夫と同棲したい慾望から実夫を毒殺した嫌疑である。警視庁としては十分に証拠もありまた自白も充分であると認めて事件を検事の手に移したのである。そして予審中に判事はその当夜姦婦が姦夫と共に東京を離れていた事実を偶然発見したので、毒殺嫌疑も根柢がぐらついて来たので法医学者に鑑定を命じたのである。特に岸田君が見せてもらった一件書類で見ると被害者はどうも毒殺らしく思われなくなったのである。第一その当夜姦婦の居らなかった事、また被害者はその日の食事を全く戸外でとった事、この二つは警視庁の取調べの根柢をなしていた事と全く抵触するのである。ただ一つ疑わしき事実は姦婦がある伝手を求めてある薬種商からある毒物を手に入れた事、その毒物の一部が被害者の家の勝手の棚の上に残されていた事とであった。

　岸田君は勿論鑑定に際しては全く学術的の検査のみを根拠とすべきであったので死体の胃内容を検査したのである。

　午後の十二時になった時岸田君は極微量ではあったがその毒物を証明する事が出来たのである。彼はとにかく胃の中にこの毒物のあった事実は否定する事が出来なかった。で彼は果してその毒物が死の原因をなしたか否やを検べねばならなかったのである。

　岸田君は一人誰も居らぬ屍室へ下りて行った。冬の夜で外は真白に雪が積んで廊下へも吹雪は吹き込んでいた。屍室まで懐中電燈で照しながら行った岸田君は、室の入口の壁に取りつけてあるスイッチをひねった。カチンと音を立ててスイッチはひねられたのであるが、室の中からは光が洩れて来ぬ。

　彼はとにかく戸をあけた。中は真暗で気持の悪るい臭が満ちている。岸田君はも一度スイッチを廻してみた。やはり灯はともらぬ。岸田君が不思議に思って懐中電燈をてらして室の中を見た時、午後の八時に解剖に附した死体は全く影も形もない。彼はも一度懐中電燈を照らした時、解剖台の下に動くものを見た。ゾッとして岸田君はまた懐中電燈を消した。暗の中に何かうなる声がする。うす気味の悪るさに岸田君が二三歩退いた時、岸田君は目の前が突然明るくなるのを感じた。停電していた電燈が灯ったのである。

冷水を背から浴びたように岸田君は驚ろいて室の中を凝視した。解剖台の上には死体は確かにない。そして床に動いているのは、先ほど解剖の手伝をした小使であった。岸田君は大声を出して、

「大山」

と呶鳴った。呼ばれた小使は初めて気づいたように目を開いた。そして四方を見廻してから、のそのそと立ち上った。小使の足はまだ確かでなかった。室の戸に取りついて辛うじて外に出て来た小使の腕を握った岸田君は小使の背を一つ強く打った。小使はそのショックにやっと意識をとり直した。

「大山、お前はどうしたのだ」

「私……」

と云って小使は岸田君を見た。

「どうしたのだ、お前今の死体がないじゃないか、どうしたのだ」

「エッ、死体が?」

小使は室をふり向いた。そこには死体はなかったのである。

「私は先生が解剖をおすませになって、そのましばらく置くようにとお話しになりましたので、そのままにしておきました」

「そのままにしておいたと云ってもないじゃないか。お前は解剖室に倒れていたじゃないか。どうしたのだ」

小使は記憶を呼び起すように首を傾けた。

「私はさっき先生の云った通り、あの胃を皿に乗せて先生のお部屋へ持って行きました」

「ウンそれから」

「それから私はここへ帰って来ました。そして……」

「それからどうした」

「そして少しそこらを片づけていましたが……」

「それから後は分らんのか」

「ヘイ」

「眠ったのじゃあるまいな。あれからって云えばもう三時間になる」

「そんなにたちましたか、私はホンノ十分位にしか思われません」

「もう十二時過ぎてる」

「へエ十二時」

小使は合点の行かぬらしくそこらを見廻していた。

「それじゃ死体の事は知らないのだね」

「どうしてなくなったのでしょう」

「一度捜そう」

二人は解剖室に入った。室にはどこにも死体は見あたらなかった。

「ないぞ、大変だ警視庁と裁判所に電話をかけろ」

岸田君はこう云って解剖室の戸を閉じて、外から堅く鍵を下した。

「よし俺も電話に出る」

二人は電話口に立った。

二

一時間は過ぎなかった。数人の警官と判事検事が出張して来た。そしてまず小使の話をきいて、岸田君の室を叩いた。戸の中には灯が灯っているが返事がない。強く叩いてもまだ答がない。一人の警官が戸をあけて中に入った。そこには実験の器具がそのまま置かれてあって机の上には皿の上に胃が一つあるだけで岸田君の姿は見えなかった。

「こういう事件なのに岸田さんが帰られるはずはないが」

と解剖に立ち合った一人の警官が云った。

「居られぬならば已むを得ん、解剖室を検べる事にしよう」

こう人には云って小使を顧みた。その時小使は岸田君が解剖室の鍵をしめた事を思い出した。

「解剖室の鍵は岸田先生が持って居られます」

「そりゃ困るな。それならばなおさら岸田さんは帰られるはずはない」

小使はまた岸田の室に入った。そこには壁に白衣がかけられてあった。そのポケットの中には鍵があった。が妙な事には岸田君の帽子と上衣とがチャンとそこに残っている。

「岸田先生はまだどこかに居るのです、帽子があります」

室に入った警官は、

「なるほどここにある、上衣もある」

判事と検事は互に顔を見合せた。

「合点が行かん」

「変ですね」

などと人々は口々に云った。

皆は寒い廊下の吹雪の中を解剖室に行った。そして小使が鍵で戸をあけた時、いくつかの電気燈の下に全く何もなくなった解剖台を見た。

「なるほど何もない」

一人の警官が中に入った。続いて検事も入る。皆々はゾロゾロと入って行った。あちこちと見廻していた一人の警官が突然声を立てた。

「ここに血がたれています、それ廊下に続いている」

人々はその声の方へ集る。その時奥の方に居た検事と判事は何か小声で云っていたが、急に二人室を出て戸の前に待っていた小使に云った。

「お前は一時気を失っていたそうだか、それはうそだろう、お前が死体をどうかしたのだろう」

と云った。小使は身をふるわせてどもりながら、

「途方もないお疑いです、私は何も覚えていません、そんな事するはずありません」

こう答えて小使は蒼白になった。

その時検事は懐中電燈で小使の衣類を照した。

「貴様そこに血がついてるではないか」

「エッ?」

小使は自分の前を見た、そこには血がついていた。

「ヘイついています、私は解剖を手伝っていましたからその時ついたのでしょう」

なおよく小使を見ていた検事は、

「貴様のその帯は誰のだ」

小使は自分の腹を見た。云われた通りに小使着の腹に見なれぬ帯がある。

「ヘイこれは私のではありません」

「それ見ろ、それは解剖した死体の帯じゃないか」

「そうかも知れません」

小使がそう答えた時、警官は二人ほど既に小使の両手を握っていた。

「貴様正直に白状しろ。お前が死体を運んだのだろう」

「いいえ一向覚えありません」

「覚えがなくても証拠がある。よし。君等はこの男を捕縛し給え」

「お前白状しろ」

警官は小使の手を縄を出して結んだ。

検事はまた云った。

「全く私には覚えありません」

「よし覚えがないならばないでいい。誰か一人この男を注意して居給え。外の諸君は一人はこの大学の門衛へ行って今日の午後八時後から今までの出入の様子をきいて来給え。特に十二時過ぎて岸田さんが出たかどうかをきいて来るのです。死体を持って出たらしいものは勿論です」

検事はこう命令してから判事に云った。

「我々は死体の行衛をさぐります。あの小使の方をあなたお願いします」

こう云って検事は三人警官をつれて廊下に続く血をたよって行った。

三

動物室へ行く廊下で血は消えていた。それから戸外の雪の上に足あとが続いた。その足跡を尋ねて人々は大学の構内を行った。お池の傍まで来た時、その足跡は、非常に複雑になっていた。その一つ一つを手分けをして人々は後をつけた。一人の警官が池の水端で大きな声を出した。

「あったあったここにありました」

その声は夜更けの吹雪の中に響いた。人々はそこへ集った。

死体は傾斜になっている池の端に捨てられてあった。

検事はその死体を見た時一人の警官に命じた。

「君はここに番をして居給え」

命ぜられた警官はちょっと狼狽した。検事は、

「気味が悪るいね。しかし犯人はあの小使と分っているのだから安心し給え」

と云った。死体は全く裸体で下向きに雪の中に頭を下に足を木の根にして倒れていた。吹雪はなお続いている。

検事は残りの警官を伴ってまた上に出た。そして、足跡をたずねながらまた遠廻りではあったが終りが動物小屋に終るのを発見した。

検事は教室の中へ入って、小使の居る所へ行った。

「どうです自白しましたか」

手帳に何かかきつけていた判事はそれをきいて答えた。

「どうもまだ自白しません。死体は？」

「ありましたよ、お池の端に。池に捨てる積だったらしいです、幸まだ水からは二三尺離れた所にありました」

「そうですか」

「その死体を運んだ足跡はこの建物から出てこの建物に帰って来ています。ちょっとこの男の足と合せて見ましょう」

検事はこう云って判事と二人で廊下を先に立って行った。小使はワナワナふるえながら警官に引き立てられて後に従った。

足跡は全くこの小使の足に附合した。それを確めた時検事が云った。

「見ろお前の足跡に相違ない。そしてお前は死体をお池に捨てようとしたのだ。誰に頼まれたのか自白しろ」

「私一向覚えがありません」

「まだ云わぬのか、証拠が上ったのだぞ」

検事はこう云ってから警官に命じた。

「君等はあの池の端へ行き給え。一人で淋しがって居るだろうから、アハハハ」

判事と検事とは寒さに堪えられぬので小使室の火の傍へ行った。その道に廊下で二人は話した。

「あの小使が運搬した事は確実です。しかしどういう考で小使が運んだのか分らんですな」

「左様。私は小使が運んだ事が確実となった今は岸田さんの不在な事が不思議に思われるのです」

「そうです。事件は迷宮に入るですな。岸田さんが小使に命じたという想像はまず誤謬に終るに相違ないが、岸田さんの不在という事は何か事件に関係がなくてはならん」

二人がこう話している時、問題の小使は警官につれられて来た。検事はそれを見て、

「おい炭はどこにあるのだ」

ときいた。小使は縛られた両手をあげて、

「そこの箱です」

と答えた。その時、門衛を調査してきた巡査が入って

来た。

「行って参りました。死体ようのものを持って出たものはありませんそうです。十二時後はただ我々の自動車のために開門しただけだそうです」

判事が云う。

「フン。それでは岸田さんは帰らぬのだな」

「それから検事殿赤門の近くに一人の紳士が帽もなく上衣もなく倒れています」

この言葉をきいた時、検事は直に立ち上った。

「ヨシそれは岸田さんだ、今直ぐ行って見る」

検事はその警官と共に出て行った。雪はまだ降っている。ちょっと出た検事はまたもどって来て判事に、

「恐縮ですがその男にきいて死体を運搬する台を持って池の端から死体を持って来るようにして下さい」

こう云い捨てて検事はまた出て行った。

赤門に近く倒れていたのは岸田君であった。検事はその傍によって息をきいた。そして息のあるのを見てまず安心して、胸を二つ三つ叩いた。

「アー」

と云って岸田君は目を開いた。

検事は懐中電燈を岸田君の顔に向けた。岸田君は驚ろいてそれを見た。

「岸田さん気がつきましたか」

「エエ、オヤ私は雪の中にねて居ますね」

こう云って岸田君は立ち上ろうとしてよろけた。検事と警官とはその両手を押えた。

岸田君は辛うじて立った。

「君背負い給え」

警官は岸田君を背にのせて歩るいて小使室へ来た。それた見た小使は、

「ああ先生です先生です。一体今夜はどうしたのだろう」

と合点の行かぬ顔をした。

ほどなく池の端から死体が運ばれた。

四

小使室に火を起して検事と判事と岸田君とは話していた。小使と警官とは隅の方に立って黙っていた。

検事が云う。

「そういう訳ですから、小使が死体を運び出した事は

確実です。何かこの小使の今夜の行動に疑しい事はなかったのですか」

岸田君は全く意識をとり返して答えた。

「ただ私が十二時頃解剖室へ行った時、意識を失って倒れていただけです」

判事が云う。

「それで事件にあなた御自身の事が関係あるように私には思われるのですが、それをお話し願いたいものです」

「私はこの小使と一所に電話をかけたのです。それから自分の室へ入って、あの死体から取った胃を机の上で検べていたのですが、その後は赤門の前で発見されるまで全く記憶がありません」

こう答えて岸田君は腕をくんで考え出した。

「妙ですね」

「どうも分らん」

判検事は互にこう云っていた。五分もたった時岸田君の頭の中には科学者としての意識が生きて来た。そしてある想像を起した。

「私は今ある可能な事を考えつきました。それは充分研究しなくては何とも判りませんが恐らく私の想像はあたっていると思います」

検事が直にきいた。

「どういう御想像ですか」

「いやそれは只今は申し上げられません。今申し上げては万一私の想像が誤謬であった時皆様の検証の邪魔になります。とにかくしばらくお待ちを願います」

「いつお分りになりましょう」

「さアそれは何とも申し上げ兼ねます。その私の想像はまたあの死体の毒殺問題にもまた大関係のある事ですから、なお十分に研究しなくてはなりません」

「そうですか。では此夜(こんや)はまたこの死体を解剖室に置いて、私共は引き上げます。この小使は今同行させますがいいでしょうか」

「必要がおありになるならば止むを得ませんが、研究の都合で今夜の中に是非やっておかなくてはならぬ事がありますから、その間だけちょっと手を自由にしてやって下さい」

「承知しました」

小使の手の縄はとかれた。

「大山ちょっと俺の部屋へ来てくれ」

こう云って岸田君が小使を伴って行く後から検事は声

をかけた。

「ちょっと私にも立合わせて下さい。誰かもう一人来給え」

「どうぞ」

岸田君はこう云って自分の室の前に立つ。そしてちょっと戸をあけて暫らく待った後室に入った。そして大きな硝子の壺を捜し出してから小使に云った。

「大山今この胃をここへ入れるのだが、お前息をしばらくとめて居れ」

岸田君は大山に手伝わせて問題の胃を硝子壺の中に移して、ふたをしてまた蠟をたらして外との空気の流通をたった。

「これを大氷室に運ぶのだ」

岸田君はこう命じて後検事に云った。

「いやお待たせしました。何れ御報告します。氷室へあれを入れればもう小使には用はありません。どうぞ御同伴下さいまし」

判検事は大山を伴って自動車で出て行った。

岸田君は広い教室にたった一人残ってしばらく考えていたが、小使室の小使のきてねる布団を引き出して、図書室から本を二三冊持ち出して、その中のあちこちを一夜中読んでいた。

三月後の学会において岸田君は興味ある研究を発表した。それはある毒物が死後程なき死体の胃の中に入れられる時は、特種の分解を起して、その分解産物を気体状態で吸入する時はまず錯覚妄想を起し次で意識の混濁を起すという研究である。

この研究は吹雪の夜の出来事を充分説明するに足るものであったが、死後直ちに胃中に注入せられた場合にのみという特種の条件があったために、彼の死体に対する毒殺事件はいよいよ迷宮に入ってしまって遂に証拠不十分という裁判に最も有り来りの判決で終ってしまった。

かくてこの事件の結果もまた真理の探求は形而下の学科が形而上の学科よりもより進歩している事を証明したのであった。

剃刀刑事

一

剃刀刑事は鋭利な頭の所有者なるを仲間から承認せらるると同時に自らも頭脳の明敏を自負している男である。職務の性質上独身であるべきを信じまた他人の出入を鍵一つで防ぐことの出来る西洋造りの下宿屋に連綿として棲んでいる男である。一箇月に二三夜しか彼は下宿屋へ帰り来ぬほど職務に忠実な刑事である。

　大暴風の夜十時近く彼は一箇月ぶりで下宿に帰って来た。ビショぬれのまま入口の戸をあけた彼は帳場に居た番頭に一言を浴せた。

「オイ俺は今夜秘密の仕事があるから決して誰にも俺が帰った事を話してはならぬぞ。それからもう三十分過ぎたならば、サイダーを一本俺の部屋へ持って来てくれ。君自身持って来てくれ。女中じゃ駄目だぞ。確にいいか」

　彼はそう云うや否や飛鳥の如く廊下を走って廻り廻った奥の一間の前に立った。その辺（あたり）は廊下に灯がないので真暗と云ってよいほどである。彼はポケットから鍵を出して鍵穴に入れてねじる。ジーと陰鬱な音を立てて戸が開かれた。室の中から生温かい気味の悪い風が来る。

　彼は手さぐりで電燈のスイッチをひねる。案外明るい電気が灯る。その時彼は突如また飛ぶが如く室の戸に近づいて、これを中から閉ざした。そしてその閉ざされた戸によりかかったまま室内を見廻した。室はガランとして何物もない。ただ中央の丸テーブルの一つと椅子の一つ、及びテーブルの上の白紙二三十枚インキスタンド一つペン軸及ペンが室内の備品である。壁はうす黒く窓はただ一つ二尺ほどの小窓が、それも厚い布の窓懸けにかくされている。

「チェッ、戸を閉めてから電気をつけるのだった」

　彼は心中の不安を口に出す。暫くの静寂に継いでゴーゴーと戸外を吹く風の音が物すごく室の中にまで達する。

　フト彼は、何事かを思い浮べて、ポケットからまた鍵を出して室の戸を中から鍵を下した。そして辛うじて内心の不安を押しかくして椅子の方に進んだ。そしてその椅子を両手で室の隅に運び、偖（さて）ドアと小窓とに鋭い眼光をチラと投げた後、万年筆をポケットから出して一二回インキをふり出した後、机の上の白紙を自分の前に引寄せた。勿論彼は立ったままである。

十分ほど彼はペンを持ったまま白紙をにらんでいた。彼の脳中には何事かが醸されているに相違ない。ペンが動く。白紙の上にはある図面が画かれる。その図の右肩に字とも絵ともつかぬ符号が記入される。

カタカタと鼠が天井を走る。彼は冷ッとして右手でその符号をかくしてドアの方を注視する。その時初めて彼の頭脳に鼠の走る音であった事が安心を湧かしめる。安心が油断に移行して彼の神経の緊張のゆるみを来した、その瞬間、突如として戸を打つ音がする。彼は甚だしく狼狽した。彼は紙の上を両手でバタと押えながら音のするドアの方を不安に満ちた眼で見た。一秒、二秒、彼の顔面には自らを嘲（そ）しる笑が上る。その笑が消えた時は既に彼の心は平静に帰して、右手は既に電燈のスイッチに触れていた。

カチッ、電燈が消える、暗黒。その暗黒の中を彼は靴音を立てて戸に近づいた。

「誰だ」

「へイ、番頭でございます。サイダーを持って参りました」

「よし戸の外に置け。そしてお前はそのまま帳場へ帰ってしまえ。分ったか」

「へイ」

彼は暗黒の中で戸に耳を押しつけて、番頭の足音の遠のくのをきいて居た。足音が全く消え去った頃、またゴーゴーと戸外で暴風が荒れ出す。

パタリ。暗黒の中の床の上に物の落ちる音がする。彼はその音をきくと共に前の夜の事を思い出す。血が天井からパタパタと滴る地下室に一夜を過したのである。

「今夜は血ではない、雨もりだ」

彼は心にこう思いついて、ソッと戸の鍵穴に鍵を入れた、戸が二三寸あく。彼はその隙間から盆の上に乗せて床の上に置いてあったサイダーとコップとを室の中に入れた。

再び戸が閉される。暗黒の中をサイダーの盆を持った彼がテーブルに近づく。カタリと盆が置かれる。続いて電燈が灯る。

室内は隅々まで光が及んで、彼の顔には微笑（ほほえみ）が満ちる。彼は室の隅から椅子を運んで来る。そしてその椅子に腰を下すほどの平静を得て、彼はまた紙に向ってペンを運（うご）かしはじめた。

二十分ほども彼はペンを取っていた。第一枚目を完成した彼は、次の白紙に向って熱心に細字をかきはじめた。そして第三枚目が終り近くなった時、彼の脳が混乱したと見えて一、二行を抹殺した。そして新しく一字を書かんとペンに力の入った時、轟然物の破裂する音に続いて、液体がザーザーとテーブルの上を流れ、相継ぐ瞬間には既に室は暗黒の世界となっていた。

戸外は風雨の暴威にあらゆるものが打ちのめされている。

暗黒の室内に右手にピストルを持って立っているのは彼である。苟くも動くものあらば直に放たんとする身構えである。

何秒を過ぎたであろう。この一室内のすべての緊張が稍（やや）ゆるんだ時、ジジと細小の微音が聞える。彼の耳にもその音が達した。サイダーの泡の消える音である。サイダーが机の上を流れているのである。

突如、彼の頭脳にひらめく物がある。彼は暗黒の中を手さぐりでサイダーの瓶を捜した。その瓶が彼の手に触れた時、彼はそれを右手に握って一二度振り動かした。

「まだ残っている、よし」

彼はその瓶を握ったまま、暗黒の室の戸をあけた。そして廊下に出てまた戸に鍵をかけるや否や、廊下から中庭を通り非常口から往来に出た。暴風は車軸を流している。

二

警視庁の分析室で彼と技師とはサイダーの瓶を前の机の上に置いて語っている。

「つまりこの瓶の中の液を分析して下さって、何か有毒物があるや否やの点と、も一つなお重要なのは、この瓶中の液がある瓦斯（ガス）を発生して普通のサイダー瓶の栓を飛ばしてしまう力のあるものであるかどうかを験（しら）べて戴きたいのです。特にある液体を入れて栓をしてから凡そ三十分後に栓を飛ばせる工夫がしてあったかどうかの点を御研究願いたいのです」

「分りました。普通の栓を飛ばせるほど強大な張力のある瓦斯を発生する液であったかの点と有毒物の含有の点ですな」

「そうです、何分お願い致します。一つ出来るだけ早くお願いしたいのです、ならば二三時間中にお願いしたいのです。私の今関係している事件は相当に重大事件なのですが、それを私が骨を折っていると知って、犯罪者が私の捜査の邪魔をしようとして仕組んだ事なのです」

「なるほど、では早速とりかかりましょう」

彼は技師室を出て刑事室へ入った。そして手下の刑事と案外呑気に浮世噺をしていた。その時、二人の巡査が入って来る。

「つれて来ました」

彼はその時巡査の後ろに真青になってブルブルふるえている男を見出した。

「いや有難う。では隣室で待ってくれ給え」

巡査と他の刑事とは隣室に去る。彼は何物をも見抜かではおかぬ眼光を以て男を見すえた。

「おい番頭、予め断っておくがここでは俺は下宿のお客ではないぞ、それから今俺のきく事をすっかり正直に話さぬと貴様の損になるぞ、いいか」

番頭は唇をブルブル動かしたが、言葉にならなかった。

「番頭貴様は誰に頼まれて、ああいうサイダーを俺の部屋に持って来た」

彼はこう言って番頭の顔面のいささかの動揺をも見のがすまいと努力した。

「へーあなた様が、持って来いと仰ゃいましたので持って上りました」

「馬鹿奴。俺はあんな仕懸けのあるサイダーを持って来いとは云わぬぞ」

彼は「仕懸」という字に特に力を入れながら番頭がビクッとするのを心待ちにした。しかるに番頭はただ茫然として彼の顔を眺めているのみである。

「かくしても駄目だぞ。こっちではチャンと分っているる。貴様は誰かに頼まれてあのサイダーを俺の室へ持って来たのだ。大抵に白状をしたらばどうだ」

「どうもわしには一向何も彼も判りません。一体サイダーが腐ってでもいましたでございましょうか」

「分らんなら話してやる。あのサイダーは自然に破裂して栓がとぶように仕組んであったのだ。その上に毒が入っていたのだ」

「へー？　そりゃまたどうした訳でござりましょうか」

彼はこの番頭が全く事件に無関係なのを大体想像した。

「知らんならば知らんでよし。一体あのサイダーはいつどこから取って来たのだ」

「左様でございます、あれは今夜一ダース、角の三河屋から持って参りましたのですが」

「誰が持って来た」

「小僧が持って参りまして、勝手口はもうしめてありましたので、玄関へ持って来ました。籠の中から小僧が一本一本出しましたのをその中の一本をお部屋へ私が持って参りました」

「フン、して小僧はどれか特に一本をお前に渡したのか」

「へー、その時私は勝手から盆とコップを持って来ていましたので、手を出しましたらば小僧は一本電燈ですかして見まして、ああよく澄んでると申して私にそれを渡しました」

「フーン、電燈ですかしてから渡したな」

「へー」

彼は立って室を出た。番頭一人一時間近くも待っていた。

ドヤドヤと話声がして、彼を先にして三四人が室に入って来る。

「オイ、番頭、どの小僧だ、サイダーを持って来たのは」

三河屋の主人と三人の小僧がブルブルしてそこに立っていた。

「へー、あれです」

指さされた小僧はいよいよ青くなった。

「コラ小僧。正直に云え。お前は誰かに頼まれて仕掛けのしてあるサイダーを持って来て、それをこの番頭に渡したろう。貴様は一ダースの中一本だけ電燈にすかして見て番頭に渡したろう。誰にたのまれたのだか云え」

小僧は歯の根も合わずに暫らく彼の顔を見ていたが、

「わしは濁ってると叱られるから験べただけです」と恐る恐る云った。

「ウンそうか、なるほど」

彼は感嘆した。

その時室の戸をトントン叩く者がある。彼は立って戸に近づいた。戸があいて分析技師が立つ。技師と彼とは戸の傍で話す。

「別に変った物は含んでいませんよ。栓がぬけた後で、確実には云えませんが、そんなに都合よく圧力を出す仕懸けは出来そうもありませんよ」

彼は拍子ぬけがした。とあの破裂の時に突然電線をきった者があると感じた事も稍疑わしくなってきた。停電だったなと気がついた時彼は番頭と三河屋連に云い放った。

「よし今夜は皆帰ってよし。俺も帰る。一所に自動車に乗って行け」

椰子の葉ずれ

一

医学生生活の四年と何ヶ月、その後の医者としての生活の十幾年を過ぎた今日の日に、過ぎ来し年月を顧みる時、私も色々の患者と、色々の事件に逢ったのを思う。物哀れな事にも逢って来た。他事とも思われず、死んで行く年若い男や女の最後の息をジッと見つめながら、医者なればこそ沁々（しみじみ）と悲しかった事も数多かった。或いは年老いた男の死にまつわる周囲の人々の、砂をかむような落莫としたあきらめに憤った事もないではない。

医者の生活に中だるみとも云えよう厭の来た去る日、私は日本の生活を呪って、欧洲行きの船に乗った。船が日本の領海を離れた時、私は初めて医者である事を忘れる事が出来た。まこと日本にいては、旅に出ても山に行っても、私は医者である事を忘れる事が出来なかった。中禅寺湖畔に一月の過ぎし日にも、私は水死人のために、湖畔の夏の夜を引き出されて、注射をしてやらなくてはならなかった。そして黒髪の丈に余る十八乙女の肌を這う蛍の気味悪るさを今も思い出す。日本アルプスの雪線を越えた空に近き雪の割れ目に落ちた青年の、紅にそむ手に包帯をかけてやる程に、医者としての良心が生きて来た夕暮もあった。

それを欧洲行きの船に乗った時は、全く医者である事を忘れ果てる事が出来た。身分はただの文部省嘱託に過ぎぬ。医者である事は誰にも話しもせねば、また誰も私を医者とは思ってくれなかった。

私は船の上で身の上話が始まる時にもその仲間にいて、一言も自分の事は云わなかった。そして滞欧すべき二三年はただ美術館の見物をするのだと云っていた。

船は真夏の砂丘の感じに満ちたホンコンを出てから、海面は薄気味の悪いほどの深碧に変る。とび上る魚簇もない。ただ油を流した海面である。その海面から太陽はドンヨリとした丸となって上り、月はかけかけて海の果てに呑まれていた。こういう日夜が幾日続いたであろう。

私達の船には一つの珍らしい事件が出来た。

　夜である、闇の真夜である。海は真黒な姿をのべて船を背にすべらせていた。私はどうしたのかその夜眠られずに、コツコツとデッキを歩いていた。その時船のへさきに人声が起った。ののしる人声が叫んだ後、人々のデッキを走る音が続く。私は足をはやめて上甲板を船のへさきへ出た。

　船長が夜の服で重い足どりをして階段を私の立つ所へ下りて来た。

「何ですか、夜中に」

「石炭庫から女が這い出して来たんです。密航ですよ」

　私は女の密航ときいてゾッとした。船長はまた階段を下りて行く。暗の底へ下りて行く。私は好奇と気味悪さとの混乱の中に船長の後を追った。船の中にこうも光の届かぬ所があるものであろうか。手さぐりで辛うじて私は廊下をあるいて行った。その廊下の先がホンノリあかるくなって、そこに灯がチラチラするのを人影が動いている。

　私は五分もかかって辛うじて人々に近づいた。

「ホンコンじゃない、シャンハイからだな」

「割に元気だぜ」

「物を持って入ったのだ」

　人々はかすれた声で話している。事務長とドクターが何か話しながら出て来た。船長がドクターに云う。

「二三日は寝せておくさ。まアシンガポールでなげ出すんだね。たのむよ」

　船長は飛魚がデッキにとび込んだほどの感興もないらしく、また暗(やみ)の廊下を去った。

　船医はセーラーを押しのけて女に近づく、私も船医の後を前に出た。セーラーの近づけるカンテラで女の顔が青白く光った。

　船医は脈を握った。私も片手の脈を握ってみた。案外充実した脈が規則正しく打っている。

「おい、俺の部屋へ運んでくれ、たん架でなくてもいい」

　船医はこう云って私の顔を見た。

「坂本さん、私の室へ行きましょう」

　私は狼狽した。うっかり握った脈で私は医者である事がばれたのを思った。もちろん強いてかくさなくてはならぬ事ではない。ただ船の旅でなお医者として利用されるのを煩わしく思っていたに過ぎぬのである。そんな事よりも密航の女が石炭庫に少なくとも五六日以上を生きていた事に興味をひかれている私であった。

私と船医とはセーラーの背にかつがれた女の後についてまた廊下をあるいた。

船医の室のベッドの上に女はねせられた。ぐたりと全身の筋肉の緊張をゆるめた密航婦は眼を落ち凹ませながら、肩で呼吸を続けている。セーラーは皆な室を出た。私と船医とは机を前にして椅子に腰を下した。

「坂本さん、とうとう地が出ましたね」

船医はこう云って脈をとる真似をした。

「ははア、ばれましたね」

「私は知ってましたよ、あなたのお友達の大平さんがこの船で先日お帰りになりましてね、その後横浜宛てに手紙を下さったのですよ、坂本さんがお乗りの筈だと」

「そうでしたか、……がどうか黙っていて下さい」

「ええ、医者は利用ばかりされてたまりませんよ。大平さんなどは船医でしたね、おかげで私は大助かりでしたよ」

若い船医はウイスキーを出して私についだ。

二

大うねりに航路が乗っているのであろう、明日の夜船がシンガポールに入港するという日の朝から船は大ゆれにゆれ始めた。海を見ると一向に波は見えぬが、船長の話では船の五六倍もある大浪があるのだと云う。

食堂が淋しくなって、キャビンにとじこもる人が多くなった。甲板に出ている人は大抵は酒の力をかりているらしい。私も胸の底から時々もくもくと何か湧き立つ心持ちの悪るさを感じて来た。

その日の夕照が陸近く紅い色から紫に灰にと変る頃になって、船はまたこまかくゆれてきて、海上初めての船酔の夜となった。八時過ぎた頃、キャビンに倒れていた私に、ボーイが来た。

「船医さんがお遊びにおいで下さいと云いました。御気分がお悪くても、いいお薬をあげますからと……」

私は立ち上って見た。倒れるばかりに船はゆれている。服をきかえてはとても堪えられそうにも思われなかった。私は寝着のまま、その上にガウンをひっかけて廊下へ出た。

広い廊下をゆられながら、私は辛うじて階段を下りてドクターの部屋まで行った。戸を叩く。戸が中からあいて、若い船医は頬を紅くして私に笑いかけた。

「さあどうぞ、今夜は珍らしい事があるのです。あなただけにコッソリお知らせしたいからおいでを願ったんです。まアおかけ下さい。」

若い船医はまたウイスキーを私に出した。

「酒に酔っておれば船には酔えませんよ、馬鹿々々しくて。さアどうぞ」

私は一杯の強烈な味をのどに流し込んだ。そして右手に純白なベッドを見た。私は心の中でかつての夜の女を思い出した。

「気にかかりますか」

船医は私をくすぐるように酒をつぐ。

「なかなか美人でしたな」

「ええ」

私はこう答えはしたが、あの女が美人であったかどうかは考えにも浮んで来ない。ただやせ衰えた生物が力なくベッドの上に横わるのを思い起すのみであった。

「あの女が死にましてね……」

私は冷水をあびた。死、密航の女の死。一体どうなって死んだのであろうか。シャンハイあたりから人知れずこの船に入り込んで、日の光もささぬ船底の石炭庫の中に、ジッとしのんでいた女が、ひもじさに堪えなかったか、人を慕ってか疲れきった身で幾夜さをかかって辛うじて人声近くまで這い出して来て、そして虫けらのように死んでしまったのか。私はただ胸をつかれた。

「死んだんですよ。で今夜水葬にするんです。それをお目にかけるのです。幸いにあなたが何も云われないので、お客様は誰一人知らないのです。で今夜こっそり海の中へポチャリとなげ込むんですよ……」

船医はお祭禮の出し物でも話すように話し続ける。

「女が死ぬと船は航路安全と云うのでしてね、船で死んだのを陸へ移すと、船が岩に乗り上げるとも云います。で今夜こっそりやるのです。知っているのは私と船長と、セーラー長と、……さアあなたと、……それだけですかな」

船医は頻りに酒をあおっている。

「夜中の一時頃やる積りですよ。それまでのみ続けるんです。さアどうぞ」

彼は右の戸棚から丁度おかんの出来た日本酒を出して私につぐ。

「ちゃんとこの戸棚には仕懸けがしてあるんですよ。どうです」

船医は一人しゃべり続けている。

「どうなって死んだのですか」

私はどうも気にかかる女の事を問うてみた。

「どうと云って別に珍らしくもなく死にましたよ。尤も少々食べさせ過ぎたらしいのです。セーラーなんて云うものは、学問がない癖に妙に情ばかりあるものでしてね……それに相手が女なので、余分に可哀そうになったんでしょう。……私がよく云っておくのに、今まで食べずにいた奴に、大分食べさせたらしいんです。それで死んでしまいましたよ。が死ぬのもいいです、船のためですから」

「いつ死んだのです」

「それが分らないんです。誰も知らない中に死んでいたのです……殺されたのではない。確かに……」

船医は目を光らせて語気に力を入れた。と船医は不安そうに私を見た。そして立って薬棚を見廻した。最も高い所にある小さな戸棚に手をかけて引いて見た。戸はあかぬ。彼はポケットの中を捜って小さな鍵を出した。

「うん確かに鍵はかかっていた。大丈夫殺されたのではない……」

こう独語した後、船医は態とらしく笑って私を見た。

「船の中はあぶないんですから……」

私は劇毒薬とかいて紅い紙の貼りつけてある戸棚を見上げた。

「ははァまだ大分時間がある。牛肉でもつつきましょうか」

船医は不安を消すためとしか思われぬ語気でこう云いながら、手を伸べて呼鈴を押した。

三

薄暗い部屋にたった一つの窓が低く僅かばかりの日の光をとり入れている。その部屋の隅に足を前に投げ出して女がやせ果てた頭を灰色の壁にもたせかけて、藻草のついたぬれた黒髪を長く床までも流している。一人の若いセーラーが足音も立てずに入って来て、女の前に腰をかがめている。セーラーは女の顔をジッと見つめてから、黒髪をなでた。女がかすかに目を見ひらく。ほのかな笑いが女の顔に浮んで消える時、セーラーは右のポケットから一握りの結び飯を出して女の口にあてた。女の口がやや開く。セーラーがやや力を入れて結びを女の口に押し込む。小さな飯のかたまりが女の歯でかまれた時、ボロボロと飯粒が女の前にこぼれた。セーラーは結びを女の口から離してジッと女が口を動かすのを見つめている。

セーラーが急に女に背を向ける。そしてポケットを捜って小さな紙包をあける。紙包から桃色の粉を手の指にはさんで結びに塗りつけている。

私は声を立てんとした。どうしても声が出ない。セーラーは私を見つめて嘲笑のまなざしを投げて、また女に向った。女の眼がかすかにあく。また微笑が浮いて消える。セーラーが女の口に結びを押しつけた。

「あ」

私は声を立てた。

「どうしました」

私は耳許で声をきいた。眼を見ひらけば私は船医の室のベッドに、それもその女がかつてたおれていたベッドの上に居た。

「もう一時です。そろそろ出ましょうか」

ドクターは私を促がして部屋を出る。廊下を通って前甲板に出ると、小雨がシトシトと降っている。その中に人が二人カンテラを灯している。船医と私とはそれに近づいた。大きな酒だるが太い荒縄で結んでそこに置かれてある。

「重りはいいか」

船医がきく。セーラー長は私を見て頭をかるく下げた。

「大丈夫です」

船医が時計を出してカンテラで見た。その時マストの上から鐘が一つなった。

「ライト、オーライ、サー」

マストの上の人が悲しい声を立てた。船長デッキの両側に青と赤の灯が闇の雨夜を光っている。

「やろう」

船医が云った。棺はセーラー長と副長との二人で動かされた。船長デッキから青白いサーチライトが私達をてらした。棺は運ばれて船べりに近づく。そこに縄が結びつけられてある。その縄に棺は結ばれた。サーチライトが私達をそれて棺に集まる。縄が曳かれて棺が高まって行く。一寸二寸、五尺にして棺は船の柵に登って、セーラー長が太い棒で棺を押した。棺は柵の外にぶら下ってしばらくゆれている。

　突如として汽笛がなり出した。そしてその汽笛が尻長く大海の底に消え失せる時、セーラー長は縄をたちきった。ドボンと大きな音が船べりの海で起った時、強く光ったサーチライトの光に波の飛沫がキラキラと躍る。サーチライトの光が突然消えて暗の底に私達は沈んだ。また一としきり汽笛がなって尻長に海の果に吸いこまれた時、私は一等デッキに立って、一人暗の海面を見つめた。光る、動く。ここら夜光虫の海は暗夜の棺をのみ込んだ後も、光る、動く。また光り渡っていた。

四

　シンガポールに船が入ったのは夕暮で、私達はしばらくぶりに日本座敷で日本流のものを口にする機会を得た。

　港近い料亭の二階に低唱した一等船客の中に混じながら、私は自動車の来るのを待っていた。十幾人の人の中私一人はタンジョンカトンまで自動車里程一時間以上を行かなくてはならぬのである。一人洋服をきている私は、タンジョンカトンまで行くつもりである事を誰にも話さなかった。私のポケットには一通の手紙が入っている。この手紙のために私はただ一人タンジョンカトンへ行かなくてはならぬのである。

　私は折のよい頃を見はからって皆に別れて一人自動車に乗った。そして船医から頼まれた一封の手紙をポケットから出して宛名を見た。

「タンジョンカトンのことぶきへ」

　私はこう云ってから、また封を見た。「おふき殿へ」とかいてある。こうして私は一人タンジョンカトンに運ばれたのであった。

　　椰子ささやくささやかぬ一夜夏の月

　私は手帳を出して窓の外に手をひろげた椰子の葉を見て句をかきつけた。私はおふきさんを招んで船医の手紙を渡した。二十七八の長崎弁のおふきさんはどこともなく見覚えのある女であった。おふきさんはその手紙をすらすらと読んだ。そして読みながら驚いた様子が見えたが、私には何も云わなかった。一本のビールと南洋の果物に酔った私は、真白な蚊帳の中のベッドに倒れた。窓はあけ放ってあるので、風は水の如く蚊帳を動かした。その蚊帳の動く音の合間々々に、サラサラと椰子の葉のささやくのが聞える。私はトロリと眠った。

ふと物音に気がついて私が目をさましたのは余り時がたたなかった。時計を見ると午前四時である。南洋の夏の夜が白く明け離れて頸を半ばベッドの上で起して見れば、思いもかけず庭の椰子の五六本の先には、海の波が白く見えた。真砂も白い、波も白い、そして蚊帳も白い、南洋の明け早い朝であった。

ふと、かすかの音がしてドアが外から開かれる。私は冷ッとして床に身をたおした。そして眠り足らぬ眼をかすかに見開いてドアの外を見れば。

真白な女がスラッと立っている。その丈の高さ、帯から下の裾までの細さ、そしてその頬のこけかた。然もジッと私を見つめる眼のうす気味の悪るさ。

私はその姿をジッと見つめる。女は白い裾を動かして室に入って来る。私はゾッとして一度目をとじた。かすかにかすかに衣ずれの音がする。そして私が再び眼をかすかに開いた時、……女は右の手に蚊帳をソッと押えて立つ。そして女の眼は私の寝姿を見つめている。私は全身から湧き出して来る冷汗を感じて、また眼をとじた。その時私の網膜には一人の女が浮んで来た。それは白いベッドの上に力なくよこたわる一人の女である。船医の室に深夜運ばれた女の姿である。私はハッと思ってまた眼をかすかにひらいた。その時既に女は私の枕下近くの蚊帳の外に来ていた。その立つ姿はたった今私の網膜を通り過ぎた女である。

あの女である。あの夜石炭庫から出て船医の室に運ばれた女である。それに相違ない。そしておといの真夜棺に入れられて、不知火の海に葬られた女である。女も動かぬ、私もジッと女を見つめている。

私の心がややに落付きを得た時、私は静かな人声を聴く。

「ときや、おとき、お前何処へ行ったの」

その声はおふきさんの声である。私の蚊帳に立つ女はその声をきいて、静かに静かに足を滑らせて、またドアの外に出た。

私は救われてほっといきをついた。廊下でかすかに声がする。

「お前どうしたの、心配おさせでないよ、せっかく船医さんのおかげで、ここまで逃げて来て……」

後はかすれてきこえない。

私は床から立ち上った。そしてベッドを下りて蚊帳の裾を上げて、スラスラとバルコニーに出た。既にほのかに日の光が椰子の樹の峰をてらしている。白い南洋の曙は私の眉の間に冷たい風を送っていた。

天才画家の死

一

私は今日彼の死を知った。

彼の死が確定的に私に報告された時、私は一種の皮肉な微笑に襲われたのである。

私は彼について多くを知っているものではない。ただ私は一人の科学者として、彼の秘密を知っているのである。しかもその秘密は恐らくこの世の中で私一人が知っている秘密である。私は彼の秘密と云ったが、この秘密は彼自身も全く知らぬ秘密である。恐らくは私がここに彼について発表する事によって、彼にはかかる秘密があったのである事を世人は知るのであろうし、また死後の彼もまた、自分にかかる秘密のあった事を知って驚くであろう。従って私さえ口を閉じていれば、この秘密は私自身の死と共に暗に葬られるべきである。

またも考え直してみれば、私が云う彼の秘密というのは実は秘密ではないとも云われる。彼自身が全く知らずにいた事であるならば、彼にとっては秘密とは云われない。その事実が彼にとってはないと同様であるからである。この故にこそ私は今日まで、この事については一言も人に物語らなかったのである。

そして私が彼の死を知った今日これを発表するという事は、あるいは皮肉にもとれるであろうが、私は決して彼の生前死後の名声を傷つけるために特に彼の死を知ってこの事を発表するのではない。実際私がいささかたりとも彼に対する悪意を持ち得るか、または浮薄きわまる世評を一挙にして打ち破りたい希望があるか、または人の弱を発表して喜ぶようないたずら心の片影でも私にあるならば、私は今までにもこの事を発表する機会はいくらでもあったのである。

それを私が特に彼の死後になってこの事を発表する理由は、一は私が彼を思う情の然らしむる所でもあったし、一は世評というものが根なし草に類する根柢なきものである事をよく知っているが故であった。

私は科学者である。芸術というものに対しては理解のない一科学者に過ぎぬ。ただ私は人間として芸術愛好の点においては人後におちぬものである事を自負しているものである。勿論芸術の鑑賞などという事は私には到底出来はしない。私は彼の芸術を愛好していた。また今日も熱烈に彼の芸術を愛好している。私はいささかたりとも、私がこの事を発表したために彼が芸術家として名声をおとすという事を考えてはおらない。それ故私は今日彼の秘密を敢て発表するのである。彼に関するこの秘密が発表されるに最もよい時は今日であるのを私は確信しているのである。

私は生前における彼を幾分か知っている。彼に対する世評については私はかなり敏感であった。特に私が彼の秘密を知って以来は私は彼にいつも注意していた。私はここに彼の生前の事を出来るだけ詳細に記しておきたい。

彼は西洋画家であった。東洋の古い国の名門の出であった。彼が画家として世に立つ決心をしたのは、彼が小学校から中学校に移る頃からであった。

彼の生国は画家をなお一種の職人としか考えぬ国であった。特に彼のごとく名門の出であるものが、画家として世に立つという事には、彼の周囲はこぞって反対したのであった。

彼は周囲の反対が強ければ強いほど自分の決心を堅くした。そして二十歳になった時、彼は終に家を捨てて専ら絵画に走ったのであった。その後の十ヶ年は彼にとっては、最も自由な学習の時であったと共に、物質上最も不愉快な年月であった。彼は新聞配達と牛乳配達をした。そして彼は師を選んでそれについて勉励努力したのであった。

三十歳の年に彼は初めて大作を発表した。その作は今も世人の記憶に新たであろう。常時裸体を画く画家は彼以外にはこの国になかったはずである。

彼がこの一作で一躍画壇に名をなしたのは、一は彼が裸体画家であった事にもよるが、それよりもなお一層彼をして名をなさしめたものは、彼の色彩に対する特殊の敏感さであった。爾来彼は色彩に対する天才的の敏感さを以て年毎に名を馳せた。実際色彩に対する彼の特異さはこの世に彼をおいて他に求むる事が出来ないものであった。世評も全くこの点に集中していたのである。赤と緑とに対する彼独特の感覚は、彼の作物のすべてに強く表われていた。画壇の誰もがこれを模倣すべきでない。

天才出ずの声は国内に広がった。彼の名声は一作毎に増大した。恐らく彼の作物ほど今日国内に広く保存されているものはなかろう。

こうして彼は欧洲に行くの機会をなし得た。彼は巴里に移り棲んだ。そして十年を芸術の都に過したのである。彼は滞欧の三年目に一作を巴里で発表した。その時最も驚ろいたのはアカデミックの画家連であった。彼はこの一作で直ちに名を認められた。そして年毎に発表する作品によって、現世が持ち得る最も偉大なる芸術家として推賞せられた。

私が親しく彼の絵を見たのは巴里の春のサロンであった。絵というものに対して私は前から相当の目を持っていると信じていたが、このサロンを初めて私は見て、私というものが絵画に対しては全く盲目に等しいのを知った。私には全く他人と云うべき欧洲の絵の並ぶ前に立って私は全く茫然としてしまった。幸にも私はその日ある故国の画家と同道していたので、絵の一つ一つについて説明をして貰ったので、やや絵を理解する事が出来たに過ぎぬ。ただ理解し得たという言葉以上に私は心をうたれなかったのは事実であった。それを私達の足が、彼の画家の作品の前まで運ばれた時、私は驚愕の極に達した。

「これですよ、問題になっている我等の同国人というのは」

私の同伴者はこう云って、私に一枚の裸体画を指さした。私はこう云われる以前に既にその画を見つめていたのであった。

「どうです、この色彩の特異さは。絵画に対していささかたりとも心を動かす余裕のある者ならば、この色彩に対して驚嘆せずにはいられません。と共にこの世の誰もが……彼を除外した誰もが、こういう色彩を用いる事は出来るものでないのです。しかも彼がこの色彩を用いれば、我等は何の奇異の感もなくうけ容れる事が出来るのです。何という特異さにめぐまれた人でしょう」

私の説明人はこう云って私を顧みた。私はこの説明をきいて物足りなさに絶望した。こんな浮薄な言葉で表現し得る度(ど)の特異さではない。私は一目この絵を見た時に、一層深い……むしろ人力を超越したある色彩感をこの画家がめぐまれている事を感じていたのである。

その年の春のサロンには彼はただこの一作を発表しただけであったが、彼に対する世評はまたも新たに彼の超人的天才を認むる事に集中していた。

私は彼のこの作を見て以来、彼の名を忘るる事が出来なかった。新聞紙上に彼の名が表るる度に私はその文字に吸いつけられた。そして彼の作を所有する事を希望する仏国英国米国の人々が彼の周囲に踊っているのを知るに到って、私は彼の将来について羨望をさえ感ずるに到った。

二

偶然というものは神のいたずらな心なのかも知れない。私は彼と友人となる機会を握り得た。

私の滞欧の目的は天才的の研究が箒星のごとく表るる仏蘭西の学風に染む事であったので、私は巴里のある研究所に席を得ていた。勿論一科学者に過ぎぬ私は、研究室裡において小研究に年月を過したに過ぎぬが、この研究所内に居る人々の研究態度については充分な注意を払っていた。現代の科学を根拠として考察すれば、必ずや失敗に終るべき研究を日夜うまずに続けている人々をも見た。これらの人々は過去が造り上げた科学というものに対して全く無関心であった。あたかも科学を芸術と考えているとしか思われなかった。こういう態度で続けらるる研究から、時として意想外な、過去の科学からは全くとび離れた研究が生み出された。その度に過去の科学は改廃された。

私はこういう研究所の空気の中で、彼の画家の用いる色彩を凡百の画家の常用する色彩と比較して見たのである。天才というものは地と時とを離れた所に棲むのを沁々と感じたのであった。

この天才児が偶浮世の恋におちた時に、私は彼と知り合う機を得たのである。

私の研究室には私の外に一人の研究者が居た。それはこの国の名門の出である処女であった。私が研究所長を訪うて席を求めて得た後一週ほどおくれて、私の室へ表れたのが、マドモアゼル・マルキーズ・モントルイユであった。所長は私を見ながら一人のマルキーズをこの室に入れる事の承認を求めた。私はまだ若いこのマルキーズと机を並べる事を光栄として心をおどらせた。このマルキーズこそ彼の画家と恋におちる運命に居たのであった。

私は彼女が研究室へ来るようになって以来、仏蘭西の上流の人々と交際する機を得たのである。ある夜はこの人々と共にオペラへも行く事があった。カルニバルにはモナコまで彼女や彼女の周囲と共に出かけた。

こうして私の淋しい異国生活は思いもかけずうるわしき日にあった。ある日私はマルキーズによってお茶によばれた。そしてその席上、マダム・マルキーズの口から、藤原……それは彼の画家の姓である……の一作を手に入れる事の依頼をうけたのであった。

私はある日、それは秋の末であったので、巴里の霧は既に深かったが……マルキーズと共に巴里の郊外に棲む画家を訪問した。侯爵家から廻された自動車にのって私達は巴里の城門を出た。どんよりと沈む霧の底の郊外を自動車は静かにすべっていた。

「お宅ではどなたが、藤原君の作に好意をおもちになるのですか」

私は、マドモアゼル・マルキーズに尋ねてみた。

「たった一人、ほんとうにたった一人あるのです」

彼女はこう云って私を見返した。

「私です。私一人なのです」

彼女はこう云い続けて頰を染めた。私は彼女が彼に対して特に好意を持つ事をうれしく感ずると共に、ただ彼女一人が彼に対して憧憬を持つ事にやや不満を感ぜざるを得なかった。

「ムッシュは？　マダムは？」

私は彼女を見つめてきく。

「両親はあの色彩が分らないらしいのです。私は度々あの色彩の話をしたのですけれども、やっぱり分りません」

私はこれをきいて安堵した。

「アカデミックの人々には？」

「そうです。私の両親などはルーブルで十分です。ルクサンブールももう分らないのでしょう」

二人はこう云って笑った。

三

巴里の霧の日に相逢うた彼等二人は、年が代ってまだ霧の薄らぎもせぬ間に恋におちていた。

あの霧の日の後二週間ほどは彼女は毎日研究所へ出て来た。そして仕事の間には、私に向って彼の事をきいた。私はいつともなく彼が日本の名門の出である事を彼女に話したと見えて彼女は彼を呼ぶに、いつも、ムッシュ・マルキーと云うようになった。そして彼女は彼の人格を時々賞讃した。

その後二週間を経る頃から彼女は時として研究所へ出て来ぬ日があった。私は彼女のおらぬ研究室で一人仕事する時、どこともなく物足りぬのを感じて来た。

ある日の午後ふと彼女は研究所へ出て来た。そしてお茶に行こうと私を誘った。私はしばらく逢わなかった彼女の云うままに研究所を出た。そして地下鉄道にのってオペラ駅まで行った。長いコンコルドの広場の地下の乗換を歩く時、私はまた彼女が若々しい様子となり、また派手なきものをきているのに気づいた。昼間見た彼女としてはあの日ほど美しい日はなかったように思う。

カフェ・ド・パリのお茶のダンスははじまっていた。私は彼女に奨められたが、その日はおどりたくなかったので、室の隅に座っていた。彼女もうかぬ顔をして人々のおどるのを見ていた。私はこの花の都の茶のおどりに来ていながら妙に淋しくなって来た。私は故国を思い出した。故国を思うともつれた心がいつともなくとけて来る。そのこころの隙が私に口を動かさせた。

「この頃はあまり研究所へお見えになりませんね」

「ええ」

彼女は一向私の問に答えない。私はまただまってしまった。ややしばらくして彼女は私に向った。

「当分は研究所へは行けないかも知れません」

「どうして」

私のこの語調は彼女にかなり強くひびいたらしく、彼女は意外な事をきくという表情をした。

「藤原公爵に私自分の像をお願しましたので、毎日あちらへ参るのですから」

「え？」

私は自分の耳を疑った。彼女が彼に作をたのむのは知っていたが、彼女自身の絵を彼に依頼したことは私は全く知らなかった。

「それに、寒いのでストーブをたくので余計に疲れますので……」

彼女はこう云いたした。私は彼女の言葉で彼女は裸身を彼に画いて貰っているのを知った。私は後をきく勇気がなくなってだまってしまった。

私は事を云いたててそこを先に一人出た。そして既に日が暮れている巴里の冬の街上をあてもなく歩るき廻った。

初めて彼女を彼に紹介した日の事がはっきりと心に浮んで来る。そしてその室にその後度々訪ねて行った彼女を心に画く。果ては彼女の裸身を熱心に画く彼の姿。彼女の立つ右に真紅に燃えているストーブの火。それらが後々と眼底に浮んで来る。私の胸はあつくなって来た。

私はふと思い出して旅に出たくなった。そしてポケットから信用状をさぐり出して、時計を見た。日暮れて時はたっているけれども巴里の冬の時間はまだ早く、銀行はまだあいている。私は通りかかったタクシーを呼びとめて、ブルバール・ジタリアンと云ってとびのった。

四

ピレネの温泉に一週を訳も分らぬいらいらした気で過した私は、また巴里にもどって来た。そしてしばらくぶりで研究所に出て見ると意外にも彼女は仕事を続けていた。

「しばらくお見えになりませんでしたね。御旅行でしたか」

彼女は何事もなかったかのように私に問うた。私は彼女が落着いているのを見て、心中恥かしくなって来た。私はいつとも知らず、彼女と彼との間に嫉妬を感じていたのである。そして彼女が今日こうして私と同室で仕事を続けるのを見て、心の底にかすかながら安堵をおぼえたのであった。

この悲しむべき安堵は一時間を待つ事なく、また根柢からくつがえされなくてはならなかったのである。午後の四時が近づいた時、まだ霧の深い巴里の冬はうす暗くなって来た。その時私達の部屋のドアが開かれた。

「おはいり」

私は答えた。その私の答に先立って彼女はいつともなく、仕事着をぬいで既にいつもの派手な毛皮のコートを着て、戸をあけていた。私は開くべきドアをふり返って、彼女が美しい手を戸の外の人に渡しているのを見なくてはならなかった。

「侯爵、あなたのお友達が今日旅から帰って来ました」

彼女はこう云って話した。私は戸の外に立つべき人を直ちに想像した。それは藤原氏でなくてはならない。

私はその声をきいてまたも身をかわしてドアに背を向けて窓外を見つめた。窓外の霧はまたも深く、その霧の底に沈む町の灯はホンノリとしか数えられなかった。私はその冬眠におちても居るべき巴里の街の中に棲むたった一人の他国人であるのを感じて、云い知れぬ涙めくものが頻に来るのを覚えた。

「山木さん、しばらく。先日は侯爵令嬢をおつれ下さいまして有難う」

藤原氏はスウスウと仏蘭西語で私の後ろから話しかけた。私は日本人から仏蘭西語で話しかけられたのも気がつかぬほど妙な興奮にいたので、早速私も仏蘭西語で答えた。

「いいえ、どう致しまして、その後令嬢の姿をおかきになっていると伺いましたが、もう出来上りましたか」

私はこう言いながら日本人らしい皮肉を云ったつもりであった。その問には彼女が答えてくれた。いかにも落着いた調子で。

「まだ出来上りはしませんが、侯爵は私の裸体は生涯の終まででいい事になりましたので……」

私はこの言葉をきいてすべてを了解してしまった。私の心には仏蘭西上流の人々のよくする挨拶がよみがえって来た。

「おめでとう、マダム・マルキーズ藤原」

私は彼女をまともに見つめて、敢て彼女を藤原侯夫人とよんだのである。

「メルシ、ムッシュ」


彼女は私に手をのべた。私はその手をうけなくてはならなかった。私は彼女の手を手袋の上から握りながら顔を伏せた。私の手が彼女から離れるや否や、彼と彼女との唇は相接した。私はそれらをちらと見たまま再び顔を伏せて、部屋を出て行く二人の跫音の遠のくのを待った。

五

私は彼女を藤原侯夫人と呼んだ。その言葉はどれほど彼女を喜ばせた事であろう。その日以来彼女は全日研究所へ出て来た。そして午後の茶の時間には藤原氏がいつも迎えに来て二人は自動車で街の中央に出て行った。

彼女は藤原侯の家柄を毎日のように私にききただした。私は藤原侯について知れる限りを話した。私は藤原氏が侯爵家と全く間を断って居るや否やを知らなかった。その事についても彼女は度々きいた。私はその当時の状況を知らぬので、それについては何とも話す事が出来なかった。

巴里の霧は一日々々と薄らいで来た。一週に一日位は陽の光を見るようになって来た。あめりかからの観光団が時々町の一流の旅館の全室をも領したと新聞紙上で知るようになった。広場々々にある花園には園丁が草花の苗を植えはじめた。かくして巴里の春は戸の外にせまっていた。

私は相変らず研究所に通っていた。そして彼女に逢う日があっても、もはや嫉妬らしい心の片影をも感じなくなった。私は彼と彼女の幸福を、近づいてくる春の心に満ちて祈るほどの余裕を見出した。

私は彼が芸術家として特異の才能をうけて生れて来ている事を忘れる事は出来ない。また彼女が仏蘭西の一流の名門の出の令嬢として尚(とうと)ぶべき多くの性質を持ち、また科学者としての研究が彼女の人格の完成に力あるべき事をも知っていた。私は彼と彼女とのために、小情を捨てて将来を祝福すべき立場に立つ事を沁々と感じたのであった。

私の心がこれほどの落書きを得た時、またも私は私の心の平衡状態を動揺させられる一つの新事件に逢わなくてはならなかった。私はこの事件については全く責任がないのであった。私はいささかたりとも彼と彼女とに対して悪意を持ってはおらなかったのである。ただ偶然が私をしてこの事件に逢着せしめたのである。この点は誤解を恐るる故に確と断っておく必要があるのである。況んやこの新事件は私にとって驚異に値すべきものであったと共に、藤原氏にとっては全く芸術家として全名声を失うに十分の事であったと思われる点より云えば、私は特にこの事件を私が故意に造り上げたと云われては、私の立場が全くなくなってしまうのである。

私は彼と彼女との間に霧の一日の午後以来醸された相愛に対して確かに嫉妬を感じていた。その嫉妬は当然と云うべきものではなかったが、あの当時の私としては已み難きものであった事を理解して貰いたいのである。私は彼を画家として人後におちず愛好していた。特に私の同国の一人が、他国……それも芸術至上の仏蘭西において無上の名声を博した事については、私自身の事でもあるように喜悦していた。その喜悦は弥々(いよいよ)私をして彼の作並(ならび)に彼を愛好せしむるに薪を新にしたのであった。

また私は淋しい他国の無味乾燥な化学研究所に日を送っていて、心をなぐさむる何物も求めて得られずにいた時に、突然私の室に表れた若い一人の名門の出の女性に対して、ある情を感じた事もまた難ぜらるべきでないと思う。もちろん恋ではない、愛でもない。云わば私の空虚を覆う薄桃色のカーテンに過ぎぬ。とは云え私にとってはこの薄桃色のカーテンは、私のその頃の寂寥をかくすに十分であったのである。

この二人の若い人々の間に、私の全く知らぬ間に相愛が醸されたのを私は知ったのである。私は嫉妬を感じた。私はこの嫉妬をさもしい人間の情と云われたくないのである。

私は嫉妬を感じたが、日と共に彼等二人の将来を祝福しなくてはならぬのに気付いたのである。そして私は私自身の事でもあるように彼等の仲を喜ぶほどの余裕を得た。こうして私の心が澄み渡った大きな情に満ちていた時に、新しい事件は起ったのである。私は故意にこういう事件を仕組むほどの卑怯な心の持主でない事を理解して貰える事と信ずる。

六

この新事件を起す前に私は私自身の事を前に記しておきたい。勿論余事ではあるが、私の本心を了解して貰うためには、私自身の事をやや詳細に語っておかなくてはならぬのを感ずるのである。

私は科学者であると云った。私は生理学を専攻するものである。その頃私が専念研究していたのは、色彩に対する動物の感度であった。私は猿を用いて実験をしていた。色彩に対して猿がどれほど鋭敏に反応するものであるかを研究の題目としていたのである。

私の研究の材料となっていた亞弗利加産の猿は、あるいは色どられた食物によって検査をされ、あるいは色どられた紙を近づけられて、その行動を私に監視されていた。動物の嗅覚を失わしむるために私の猿は鼻腔にコカインをぬられたり、あるいは嗅神経を器械的に破壊されていた。これ等の操作をうけた猿は、赤い色に最敏感であった。暗室に猿を置いて紅い灯を見せる時猿は叫んだ。もし紫の灯を彼に見せる時は、彼はただかすかにうなるのみであった。

私がこういう色彩に対する研究をしていたという事は、即ち私が藤原氏の絵画の色彩に対して特異さのある事を明瞭に認めるに大なる力となったものであろう。故に私はただに人として彼の画を愛好するのみでなく、科学者としても彼の才能を認容していたのである。

私の研究は仏蘭西という国においてのみ行わるる研究

であった。芸術の国としての仏国なればこそ私の研究の発表はかなりの反響をかち得る事が出来たのである。私は猿を以てする研究を大体完成した時に、猿に近いと信ずる人類の嬰児についてこれを試みるの必要にせまられていた。

その時私はふと心の中に思いついた。一体藤原氏自身は色彩についてどういう連想と感情を持つであろうか。私はこう考えた時研究欲の衝動にかられて、一科学者として藤原氏を訪う事を決心した。そして丁度研究室へ来ていた彼女を通じて、私の希望を藤原氏に通じたのであった。

この私の科学者としての欲望が計らずも新事件を起す因をなしたのである。私が故意に造り上げた事件でないと云い得るのは実にこの事情より云うのである。

七

マドモアゼル・マルキーズ・モントルイユは、私の希望を藤原氏に心よく通じてくれた。藤原氏は春のサロンに出品すべき作品に努力している頃であったので、しばらくの猶予を乞う事を云った。

「マロニエの咲く頃になれば、仕事も完成しますし、また心も落着きますから、あなたの御希望にそう事が出来るそうです」

彼女は私にこうも云った。私は先に一段落をすませた研究の記録の整理をしながら、ひたすらにマロニエの花を待った。

一日々々と太陽は明るくなって来た。霧と云うても朝夕だけとなった。街行く人々の頬には紅が濃くなって来た。公園には鳥に餌をやる園丁の笛が春めく空気をゆるがせていた。私は天才児藤原氏の色彩感覚を研究の材料にとり入れ得るの喜悦に酔いながら、夕暮れのシャンゼリゼ街を得意の足どりで散歩していた。

いつともなく夕空には紅が咲く。夜の空には星がきらめくのをも見るようになった。かくて一夜の暖かい雨にマロニエの花の蕾が目に立って来る。たまたま郊外に出て見れば、燕が紅色の腹を見せて町並の間をかけていた。

「明日の午前の御都合はいかがですか」という電話を私が、マドモアゼル・マルキーズからうけた日の午後、ふと大使館へ行くために、私が通りすがった、レタ・ジュニスの広場には、既に已にマロニエが咲いているのを見たのである。私はおどる心に大使館の玄関に立って故国からの手紙を捜したのであった。

八

私は私の研究に関係のある書類の五六冊を小脇に挟んで地下鉄道にのって巴里城門の一つに近い終点まで行った。そしてその駅から出て郊外の鋪道を歩るいていた。巴里に仏蘭西なしと云う言葉そのままに、足一歩巴里の城門を出づれば、勤勉なる仏蘭西人は春の来たのを知って野に出て働らいていた。馬は頸を長く延ばして車を引いていた。花のない仏蘭西にもプラターンの若葉は春の香を放っていた。私は踊る心に天才芸術家の仮寓へと急いでいた。

後ろから私を追い越した自動車に私は拾い上げられた。車上には美しい春の装をしたマドモアゼル・マルキーズが私に笑いかけていた。私は彼女をこの朝ほど美しく見た事がなかった。

自動車はポプラの樹の聳え立つ中のビラの一つに着いた。既に藤原氏はアトリエの窓をあけて私達を待っていた。

私はマドモアゼルの手をとって自動車から降りて家の中に入った。アトリエの中にも春は来ていた。あちこちに置かれた未完成の作品の中に一入目立って見える、天才画家の恋人の裸像の美しさよ。その頰から頸にと及ぶなめらかさ、そして頸にある蔭影の深い碧。私は沁々と彼の色彩感の特異さにうたれたのである。

藤原氏は心好く私を迎え入れて椅子をすすめた。私は一科学者としての我儘な希望を遂げさせて貰える好意について深く謝した。

「とにかく私は色に対して他人と異るものがあるのを自分から知っています。その点があなたの研究の助けになるならばこの上ない喜です。恐らく私の物質以上の意味のある私となり得るでしょう。御遠慮なく御話し下さいまし」

私はただに科学者としてのみでなく、人として彼の好意と友情とに感謝した。

私は私が彼を研究の対象とするの非礼を謝した後、なお順序として最初に色彩感の健否を試みなくてはならぬ科学者としての立場を説明した後、一冊の色神検査表を彼の前に出した。そしてその第一頁を出して赤の点の中に緑の点を以って画かれた字を読んで貰わんとした。その表には八という数字が緑色に画かれていた。

彼はそれを凝視した。そして私の顔を見返した。

「これはどういうのですか、何か特別な事があるのですか」

私は彼の顔を見返した。そして静かに云った。

「ただこの字を読んで戴けばいいのです」

「字を？　どこにある字を？」

「色でかいてある字です」

彼はまたその表を見直した。そしてそれを手にとって近づけあるいは遠くした。

「分りませんな」

私は彼の顔を凝視した。彼は次の頁をまくっている。

「ああ、これは分る。五という字がかいてある」

私はその頁を見た。そこには赤い点の中の黄色の点で五と記してあった。

私はまた別の表を出した。そして彼に問うた。彼は正しく答えた。最後に私は再び第一頁を出して彼に問うた。彼は何とも答えなかった。私は心の動揺を沈めながらその本をとじた。そして「有難う」と礼をのべた。

その時今まで窓外を眺めていたマドモアゼルが私達に近づいて来た。

「試験はすみましたか」

私は言下に答えた。

「ええすみました」

私はこう答えた後胸の急にしめらるるのを感じて来た。私は倉皇として椅子から立った。

「うっかりして、も一つ本を持って来るのを忘れました。も一度日をかえて上ります」

私の言葉が余りに唐突であったのを私自身も感じた。

「まァそれはそれとして、今日は皆で昼飯をたべましょう、用意もしておきましたから」

私は一分もこの室に居てはならぬのを感じた。

「有難う、ですが今日うっかりして――忘れた事もありますので」

私は既に室を出かかっていた。

「まァもう少しいかがです」

マドモアゼルの声をききながら私は逃げるように玄関に出た。

「お帰りならば車をお使い下さい」

この声を私は戸外できくほど急いでいた。そして街道に出た時私は一丁ほど一散にかけた。辛うじて人家の絶えた並木に来た時、私は後をふり向いた。静かな街道は春の風のみのマロニエの並木であった。

私は歩をゆるめてトボトボと歩いた。私の脇の下からは気味の悪い汗がしとしとと流れている。

私の心は一分々々と落着いて来た。そしてその落書きが処を得た時、私は絶望的な口調で独語した。

「ああ、藤原は色盲なのだ、赤緑色盲なのだ。俺は科学者として……しかも色神を専攻する生理学者として彼の色盲を発見してしまったのだ」

私は涙のボロボロと出て来るのを頻に感じた。私は何という失敗をしてしまったのだろう。彼の画くものを色盲者の産物と思わなくてはならぬ自分は何という不幸な人間であろう。私は今まで彼の特異さに驚嘆していたのだ。そして世評もまた彼の色彩感に対して賞讃しているのだ。その驚嘆賞讃は不具者に対する礼讃であったのだ。私は……少なくとも私一人は彼の色盲である事を知ってしまったのだ。

私は谷底につき落された小羊となって、その街道をボロボロとあるいていた。

九

私は春のサロンを待たで伊太利へ遊びに出た。私には彼の画を見るの勇気のない事は勿論であるが、彼の作に対する世評をきく事が最も苦痛であったのである。

私はボンベイの廃墟の巷をさまよいながら、葬られた幾多の芸術品のかけらを見て涙をそそられた。そしてその涙はいつも我天才画家が色盲であると知られた後の廃棄品としての彼の作の将来に続いて流れた涙であった。私は再び巴里へは帰るまいと幾度旅舎の淋しい室で思ったであろう。

それ以来私は旅から旅への年月を過した。ある夏は小巴里と云われるウイーンの踊場で過した。ある秋は北海の暗い街に悄然として泣く女を見て、身の上話をきいてやった事もあった。そして私は二年の歳月を欧洲の国々に放浪して歩いた後、こっそり巴里へ帰って荷物をまとめて、日本まで逃げて帰って来たのであった。それ故私の色神に関する研究はただ巴里の研究所で完成した猿についての研究のみしかない。

私は日本に帰ってからも、時々仏蘭西で藤原氏が相変らず天才として声明を馳せているのを知った。それを知る度に私は私が科学者として彼の色盲を知ってしまった事を悔いた。

私が帰朝してから十年の月日が流れた。そして今日私は彼の死を知ったのである。彼の死は天才を失うた悲報として伝えられたのであった。私は彼の死を知ったその瞬間重荷を下した気軽さをおぼえた。そして彼が色盲であった事を誰一人……特に彼自身さえ……私以外の人が知らずにいたという事を思ってうれしくもまた淋しくも感じたのであった。

彼は死んだのである。天才画家……特に色彩に対して特異さを持つ裸体画家として名声を専らにして死んだのである。

彼は死んだのである。そして私もいつかは彼の後を追わなくてはならぬ。私さえ彼の色盲であった事を発表しないならば、私の死と共に彼の色盲であった事は葬らるるに相違ない。それを私が彼の死を知った今日、あたかも死屍に鞭打つように発表するというのは卑劣な私の心の表れであると云われても私は弁明の辞を持たぬ。けれども私が敢て彼の死後を特に選んでこの事を発表するのには、私は私として相当の理由があるのである。

彼が色盲であった事は私が口にしなくとも事実である。事実は発表さるると否とにかかわらず事実である。私は事実を秘密にして初めてかち得るすべての名声をいやしくも思うのである。幸にも私は一科学者に過ぎない。科学者として知り得た、彼の色盲であるという事は私にとってのみならず、誰にとっても彼にとっても事実と認めなくてはならない。かく事実が厳として存する以上は、彼が天才画家として終始した原因が、即ち彼の色盲であった事にあるという解釈を下さなくてはならないのではあるまいか。

私は彼のために今更ら武装せる平和などを以て対する虚偽の態度を捨ててしまいたいのである。彼は色盲という不具者であった。この点は科学者として私が証明するに躊躇しない。彼は不具者である。不具者なればこそ健康人のなし遂げざる大芸術をなし遂げたのである。彼が不具者であったという事は毛頭彼の芸術をきずつける事ではない。むしろいわゆる健康人は凡人であるという事に大きな証拠を与えたものであると私は信ずるのである。

言葉を換えて云えば不具という事は健康なる凡人が天才児に対して用いる気なぐさめの自己弁解に過ぎぬと云

って差支あるまい。

夜桜

彼はブラリと家を出た。東京の郊外に住む彼は役所への往復に時を費すので、人を訪問することは稀であった。特に近来発奮して一世に名をあげるためにある種の研究に没頭していたので、夕暮れて家に帰りつくと書斎にとじこもって子供達とさえも話をせずに、参考書類のぬき書に全精力を集中していた。彼の参考書の読破は一年近くを要して、これから愈(いよいよ)仕事の本筋に入るころになって、春は彼の心をもおとずれて来た。朝夕の役所と自宅との往復に、彼の眼に触れるものに桜があった。そして電車の中で向い合って坐っている女人には春の装いが見えていた。昨年の晩春より夏を通し秋を過ぎ冬ごもりを経ての彼の努力集中も、春のおとずれによって知らぬ間にゆとりが出来て来た。このゆとりは決して懈怠ではなかった。やがて本筋に入らんとする彼の研究の焦点を既に眼前に見出す事の出来た安心であった。

日曜の日中を満足しつつ仕事を続けた彼は夕飯に珍らしく傾けた一献の杯のために意外の心安さを覚えて、和服に帯をまきつけたままブラリと家を出たのである。郊外の夜桜は白く朧月に影を見せていた。彼は研究の将来の腹案を胸中に画(えが)きながら、書生時代の散策気分で歩いていた。ふと彼は彼のパトロンの事を思い浮べた。彼が志を立てて欧米漫遊の途に上る時、彼にその旅費全部を提供してくれた彼のパトロンは、その後十年近くなったが、彼の返金の事を一言もいい出した事がなかった。またたとえそれをいい出されても彼としてはその余裕はなかったのである。が彼としてはいつもその事が気にかかっていた。何とかして返金しなくては相済まぬといつも思っていた。彼が今度の研究に着手したのも実はその研究の結果一世に名をあぐる事が彼のパトロンに対する礼でもあり、またその研究の結果を発表して世に問うたならば、その書籍からの収入で十分欧米漫遊の旅費ぐらいの返済は出来ると信じたのに原因していたのである。

彼は半年近くも訪わないでいたパトロンに急に逢いたくなった。逢って研究の概略なりとも話したならば、彼のパトロンは必ず喜んでくれるに相違ない。自分の喜びを最も卒直に移し喜んでくれるのは確にパトロンであると彼は信じたのである。

彼は電車に新宿駅から乗って品川で降りた。そして足を勢いよく動かして御殿山の彼のパトロンを訪うた。彼のパトロンは彼の突然の来訪を非常に喜んで彼を歓待してくれた。彼は彼の研究について興奮してパトロンに物語った。パトロンは彼の期待通りに笑みを浮べて彼の口を見つめてくれた上に、また参考書類の購入の一部にせよと云って、彼に五百円ほどの金を呉れた。彼としてはこの金額は非常なものであったので、彼は徹底的に感謝したのであったが、決して生活費を無心して得た人のような下劣な態度はとらなかった。これがまた彼のパトロンから見れば何ともいえず愉快であるという事を彼はよく知っていた。

彼は喜悦に満ちてパトロンの家の玄関を出た。そして門までの広い庭を歩きながら、満開の花の上を朧に行く月を仰ぎ見た。そしてまた品川の駅までの道を遠足に行く日の小学生の足どりで歩いた。彼は今夜も洋行費の事については一言もいわなかった。彼のパトロンもまた一言もいわなかった。パトロンは彼が愉快にその日を送りかつまた新研究に着手している事を知って、我子の事のように喜んでいるに相違なかった。彼はまた金持は俺のような有望な人間に金を出す事は当然でかつ金を生かすものであるなどと考えるほど不遜な心を持っている者では決してなかった。彼は彼のパトロンに満腔の感謝をいつも表していた。ただ不愉快な生活をしてまで洋行費の返済をしなくてはならぬほど、彼のパトロンに理解がないとは思えなかったのである。

彼はパトロンを訪問する度にある種の感激と刺激をうけた。今夜もまた同様な感情に捕われたのである。彼はこの感情こそ友情というものであろうといつも思った。有無相通ずるという事がいささかの邪念もなく、心底からの愉悦によって行わるるほど人生の幸福事はない。人と人との間はこういう場合において最も美しい情の世界を表して来るものであると、彼は今夜沁々思ったのである。

彼は品川の駅で新宿廻りの電車を待つ間、プラットフォームを軽い足どりで歩き廻っていた。夜桜の客は大分プラットフォームに満ちていたが、日本人特有ともいうべき他所行（よそ）の顔をしてあるいは一ケ所に立ち止り、あるいはベンチに腰を下していた。

　彼は欧洲滞在中に欧洲人の戸外での顔を見て、皆嘻々として生活を享楽しているのに感服していた。帰国後彼は往来または電車の内などでの、日本人の顔を見て、実に不愉快であった。どの顔を見ても顔面筋を極度に緊張させている。たまたま知人に電車で逢って挨拶をしようとしても、余りに日常の顔貌と違っているので、他人のそら似かと思って躊躇することが頻々としてあった。これがいわゆる紳士淑女の礼節である日本が、生活においても政治においても何のゆとりもないのは当然であると思った。

　彼は爾来努力して……実際努力を要する事業である……戸外においても自宅内または永く勤務する役所内におけると同様な顔貌をしていた。朝出勤前に髪の毛を撫でつける時に鏡に映る顔と、電車の中での顔とを全く同様にしていた。この事業は最初一二年は大分努力を要したが、年を振ると共に余り努力反省を要しなくなって来た。近年になっては「君は実に愉快そうだね」と電車の中で逢った友人にいわれるまでに成功の域に達して来た。彼はこの事に対して非常に満足でもあったしまた得意でもあった。

　彼はその夜も例の如き態度であった事はいうまでもないが、特に品川駅においてはパトロンとのいきさつも手伝って、彼の顔貌は恐らく最も愉快な時に表るる型であったのであろう。

「世の中には非道（ひど）い男があるものですな」

　突然彼に話しかけた者があった。その時彼は一層愉快であった。こういう場所で見ず知らずの人から話しかけらるるという事は、即ち彼が帰朝来の主義としている顔貌改良に対する好個の証拠であるからである。親しまれ易いということは人間として喜ぶべきことでなくてはならぬ。彼はまた俺に話しかけたな、この駅には二百人は少なくとも電車を待つ人がいる。その人々の中でこうして心置きなく話しかけらるるのは恐らく俺一人であろう。彼は「何ですか」と笑いながら答えてその男を見た。四十七、八歳に見える男であるが、頭にのせているハンチングは旧式の型であった。まず東京近郊の村長乃至助役ともいうべき男であった。

「あそこに二十くらいの女が立って居ましょう、その傍（そば）に髯の生えた四十ほどの男が居るでしょう」

村長型の男の指差す方を見ると女はどことなく田舎者

が東京ずれがした様子であった。小さなバスケットを手に提げて居る。男は商人で近来景気のよいといったような男であった。

「あの男が女をだまして連れて行くのです」

彼は村長の言葉が余りに意外であったのでまた問題の二人を見た。

「私は名古屋から乗って来たのですがあの男はもっと先から乗って来たのです。女は浜松から乗り込んだのですが国府津であの男はお茶を一杯女に買ってやっただけで、とうとうだましてしまったのです」

村長はこう話して彼に向って声を立てて笑った。彼はその時、この村長風の男は何故こんなことを彼に報告するのであるかを一寸(ちょっと)考えた。女を救ってやりたいのであろう。そしてその加勢を求めているのであろう。彼は一時そう考えたが、またあるいは嫉妬の情が主なるものではなかろうかと思い直した。彼とても不都合な男に対して憤怒を感ずると共に軽いながらも嫉妬の片影のひらめきを感ぜない訳でなかった。

その時丁度電車が来た。彼は電車が完全に停車するまで一二分の間ジッと問題の男女の方を見つめていた。村長もまた彼の前に立って動く人々をわけながら視線を問題の男女に送っていた。同じ箱に乗ってやろうかという誘惑が彼を捕えた。直(ただち)にいやしい事を考えるなと彼を叱ったものがあった。彼は自分の前にとまった電車に乗ろうと身を動かした。

「同じ箱に乗ってやりましょう」

村長は彼の後から声をかけた。彼はその声に甚だしい魅力を感じてひきずられるように村長の後について問題の男女と同じ箱に乗ってしまった。いやしい事をしたという考えが彼をやや不愉快にはしたが、好奇心が直にその不愉快感を覆ってくれた。電車が発車した。彼は釣革に右手をかけて村長風の男と並んで立っていた。村長風の男は一心に五六人離れて並んで立っている問題の男女を見ていた。彼も堪え難い誘惑を感じて彼等を見つめた。その時女が車内をあちこちと見廻した。近く立っている彼女は晴々しさに幾分の恥かしさを加えた表情をしている。憐れむべき女は四十幾歳の肉慾の犠(にえ)として今笑っているのであると彼は女から眼を外らした。村長がいやしい表情をして彼につぶやいた。

「中野まで連れていかれるんですよ。そして結句女郎にでも売られてしまうんです」

村長の厚い唇を舌がなめた。彼はこの村長風の男と彼の問題の男との離(へだた)りの何ほどもないのを思って返事をしなかった。

電車が次の駅で停まった。問題の女が男をはなれて彼の傍(かたわら)を過ぎて昇降口に行った。そして上半身を車外に出して外を見廻している。

「それ切符の乗換(のりかえ)を貰おうとしているんですよ。切符は東京駅になっているのですから」

女が目的を達せぬ中に電車はまた発車した。女はまた旧(もと)の位置に帰った。男は女と何か話していた。電車が次の駅に来た時に、今度は男が彼の後を通って昇降口から顔を出した。

「この切符を中野にして下さい」

男が車掌と話している声が彼にも聞こえた。村長は眼で彼に「私の想像通りでしょう」と物語った。問題の男が女の傍(そば)に帰って電車は発車した。

「ああもうこれで駄目です、籠の鳥ですな」

村長は絶望の口調でこういったが、表情は一向に動いておらなかった。

「気の毒ですね」

彼は我事のように悲調を帯びた声でいった。万事はおわるのであるとあきらめた彼はまたふと一人位刑事がこの箱に乗っておらぬだろうか。そしてあの醜悪な男を懲しめさないかと考えて車内を見廻した。彼がこういう事を思いついたのは単純に悪を悪(にく)むという点からばかりではなかった。他人の成功それも甚だしい危険を敢て犯しての成功に対する羨望と嫉妬とが潜在していたのであった。彼がこんな実現の見込もない期待をかけていた時、村長が彼にいった。

「何とかして救ってやりたいとは思いますが……私の隣にいた人はあの男が便所に行っている間にもう少しで忠告する所でした。私は宗教家ですが……」

彼はこの言葉をきいて改めてこの男の様子を見直した。男の自白の如くこの男は郊外の小寺の住職であるなと思った。よく見れば薄きたないマントの裾から法衣(ころも)の裾が出ていた。僧侶であったかなるほどそう見れば僧侶らしい物のいいぶりであった。彼は問題の男女と僧侶であるこの男とを連絡させて、何ともいえぬ面白い取合せであったのを思った。

「車掌にでも思いきって話してやりたいほどです」

僧侶はいよいよじれて彼にいった。眼はやや血走って居た。

「然し人は自由ですから」

彼は何の気なしにこういってやや心配になった。相当にこの言葉は僧侶にとっては皮肉である。彼としてもそれをあるいは意識してこういい放ったのであったかも知れない。僧侶の身でこんな浮世の最大俗事に大人気もなく憤慨するのを幾分侮る心が働いていたのであったかも知れない。彼の心配は意外の解決をうけた。

「そうです、人はみんな自由です」

僧侶は彼の言葉をそのまま口にして眼を閉じた。彼はその様子を見て安堵すると同時に、自分の言葉が余りに事件を淡白に解決してしまった事を後悔した。人の自由を徹底的に肯定してしまえば問題の男女は全く罪がない事となる。男はいやしむべき心から仕組んでいるのは疑うべくもなかろうけれど女の方は全く自由意志で動いているのである。女のあの晴々しい表情は雄弁にこの点を物語っている。彼は人の持つ自由を認める事がこの場合には彼自身の態度として卑怯であるという事を直に考えついた。人の自由であるという気なぐさめで、この女を救う事を敢てせぬ。自分を卑しむと共に、また彼のこの言葉を感心しきって、今までいらいらしていた心を鎮めんとする僧侶の思慮の浅さを軽侮した。

彼はこの場合何とかして前言を取消さなくてはならぬと思いついた。そして僧侶を見ていった。

「隙ですな。人の心の隙です。その隙が罪悪を仕組むのです」

彼はこういって辛うじて満足した。彼の前言によって大分考え込んだらしい僧侶は彼の今度の言葉をきくや否やまた簡単に同感した。

「そうです。男も女も隙だらけです」

僧侶のこの言葉は僧侶自身の心にある内容よりもなお深く彼を考えさせた。そうだ特にこの場合に限らず、一般に男と女との交渉は皆心の隙によって具体化せられるのだ。自分は自由という言葉を口にしたが、自由とは人間の隙を表す体のいい言葉に過ぎぬ。

人心の隙が今までどれほどの罪悪を人生にもたらしたか。彼は自分の言葉によって点火されて自分の心に燃え立つ思考の如何に内容の豊富であるかに驚嘆した。しかし左程この思考は驚嘆すべきでもなく、また問題の男女間の交渉などは日常茶飯事であって、それを導火として人生を見つめて見るなどという事は児戯に類する事だ、と彼は忽ち考え直した。

こう考え直すとまた何かいわなくてはならぬような気がした。そして僧侶を見た時、僧侶は沈痛な表情をして袂から一冊の本を出して開いていた。その本は折本（おりほん）であった。僧侶はそれを開いて第一頁（ページ）を出した。如是我聞、と僧侶の喉が鳴り出して後が続く。僧侶の声は低声であったが力がこもっていた。その声は辛うじて彼にだけ聞える程度の強さであった。彼は僧侶が経文を読み出したのを知った時、まず第一にはこの僧侶は今まで問題の男女の事に全心奪われていた事を気恥かしくなってその恥かしさの煩悶をまぎらすために経文を読み出したのだな、と思った。が僧侶がその後周囲に人なきが如く読経に執心しているのを見るに及んで、僧侶はただ何の意味もなく経文を読みたい衝動に捕われたのであるのを知った。

僧侶は連綿として読経を続けている。彼はいつともなくそれにひき入れられて、我に帰って来た。そして今まで自分がゆきずれの人々の一小事に興奮していた事を明瞭に意識して来た。

電車が停った。彼はふと車外を見た。既に新宿駅である。彼は始めて今までの駅を知らぬ間に通り過ぎていた事に気付いて、あたふたと電車を降りる姿勢をとった。その時僧侶が彼に声をかけた。

「あなたも御降りになりますか、私もここで下りて、あの後をつけてやりましょう」

彼は僧侶には答えずに昇降口に急いだ。そして僧侶が未（ま）だ相変らず彼の男女の事に心を奪われているのに可笑しさを感じながら電車を下りて、プラットフォームをすたすたとあるき出した。彼はもう例の男女については何の興味も感ずる事が出来なかった。また僧侶についても何の感興をもひかれなかった。彼はただ降りるべき駅で下車した人々が改札口へ急ぐ時の単純さにもどって急いでいたのであった。

彼は階段を登り出した。そして半分ほども人々と混って段を登った時、急に彼の袖をひく人のあるのを感じた。

「来ましたよ、一寸待ってやり過ごしましょう」

声は僧侶の声であった。彼は袖をひかれたのを甚だしく不快に思った。けれども彼の袖はしっかりと握られていた。彼は階段に立ちどまるしかなかった。彼と僧侶とはそこに立ち止まった。僧侶は後をふり向いていた。彼は不機嫌な顔をして前方を登って行く人々の裾を見つめていた。僧侶が彼の袖を強くひいた。その時問題の男女が彼等の傍（そば）を通って階段を登って行った。僧侶は彼の袖をはなして後について階段を登り出した。彼もまた足を動かし出したが、彼はただ不快の感情しか持合せなかった。

改札口に来た時彼は辛うじて安心した。もう僧侶に疾（わずら）いされなくともよい。その安堵が言葉となった。

「さよなら、私はここで」

彼はこういって僧侶を見たが、僧侶はその声も聞えぬらしく、夢中になって問題の男女の後をつけて行ってしまった。改札口を出た彼はクスクスと笑った。その笑いはいうまでもなく僧侶に対する軽侮の念が大部分ではあったがまた一夜の電車の中の出来事の終りを滑稽に思ったからでもあった。

駅を出てから自宅までの途上彼は何ともいえぬ笑いに捕われ続けていた。吹き出すほどの可笑しさが彼を包んでいた。実に愉快でたまらなくなって彼は再三吹き出した。一人で考えているだけではおしくてたまらぬほどの可笑しさであった。彼は道を急ぎながら妻に今夜の出来事を詳細に話すのを楽しみにして夜桜の下を家に帰ったのであった。

彼は玄関に迎いに出て来た妻に早速声をかけた。

「おい、今日は面白かったぞ」

こう云った後彼は大声を出して笑って子等の眠っている室に入った。後について来た妻は彼がいかにも機嫌がいいので、貰い笑いをしていた。

「何がそんなに面白かったのです。子供が眼をさますほどの大声をなさって」

彼は立ったまま妻を見た。妻は今物語られるはずの話を待つ気分で案外真面目な顔をしていた。その顔を見た時彼はふと今夜の事件は妻には左程面白い事ではないと思いついた。出来事の大部分の可笑しさは彼の内心の動きにあるのである。

彼はこう考えついて一時真顔になったが、その時幸いにも彼は妻を心底から喜ばしめる事を思い出して懐中に手を入れた。彼の手は当然パトロンから今夜貰って来た五百円の入れてある紙入れに触れるべきであった。然るに彼の手には何物も触れなかった。彼は狼狽して袂の中にまた手を延ばした。そこにはハンケチが一枚あるのみであった。彼は立ったまま真顔になって、ジッと妻の顔を見つめた。パトロンの家を出てからの彼の行動が巻物をくるように彼の心に連続して表れた。そしてその最も終の場面としてかすかに彼に感ぜられたのは、新宿駅の階段で僧侶に袖をとられた時彼の乳のあたりを速（すみや）かに出入した何かの触感であった。と一二秒をすぎて彼の眼底には改札口に立つ彼を急ぎ離れて行く僧侶の姿が明瞭に映って来た。

赤いレッテル

一

　大下が市立病院の薬局長として赴任したのには、何も深い意味があったのではない。ただ東京帝大の薬学科を無事に卒業した時、金を取らなくてはならぬので、教授の推薦があって、この市の病院に赴任したに過ぎぬのである。

　月俸百五十円は彼にとって誠に当然であった。彼はその月俸を下宿代と酒代に用いてしまえばよかったのである。毎日の仕事は部下の薬局員が分担しているので、彼はただ新薬の宣伝に来る製薬会社の店員と、話し込む事と、薬品の不足に注意すれば、それで職務を完（まっと）うする事が出来た。

　彼は赴任当時から病院内に一人気に食わぬ男を見出していた。何故気に食わぬのかは彼自身にも全く分っていなかった。ただ虫がすかなかったのである。気に食わぬと思う故か、事毎にその男が癪に障ってたまらなかった。癪には障るが、その男の顔を見るのがいやで、自分から辞職する気にもなれなかった。不幸にも彼の気に食わぬ男と、彼は殆んど毎日のように顔を合せねばならなかった。それは院長である。

　薬局長の大下の気に食わぬ男が、即ちこの病院を主裁している院長であってみれば、彼に毎日のように癪に障る種が蒔かれるのも已（や）むを得ない。が院長の方では薬局長の心中を全く知らなかった。誠に有能な真面目な薬局長として院長は彼を重用していたのである。

　こういう状況で一年は通り過ぎた。院長は大下の手腕を認めて増俸してくれた。しかし大下はその増俸を有難いとも思っていなかった。また院長の方でも大下に対して増俸してやった事を恩にきせる様子は毛頭見えなかったのである。

　大下の部下の薬局員達は名薬局長の赴任以来一致協同して仕事に努力していた。

「実に今度の薬局長は要領を得ているなア」

「うん、一言も俺達を叱った事もないのに、俺達は一向怠けずに働らくようになった」

「本当だな、どっか人心を捕える事が上手なんだぜ。前の薬局長なんか、あれほど俺達を御馳走しながら、悪口ばかり云われていたのに、今度は御馳走などちょっともしないで、俺達を心服させてしまったのだ。とにかく名薬局長だ」

部下は満足していた。

二

院長の夫人が急死したという電話が、突然院長自宅から折から登院中の院長に来た。病院内は突然の出来事のために、医局も事務も薬局も驚愕の極に達した。

午前九時に院長はその日家を出たのである。その時には夫人は玄関へ出て院長を見送ったのである。午前十時に院長夫人は八畳の居間で既に死亡して見出されたのである。

二人の子供はその時学校へ行っていた。女中の一人は町内へ菓子を買いに出ていた。も一人の女中は井戸端で洗濯をしていた。恐らく三十分ほどの時間内の出来事である。

院長は内科部長をかねていた。電話に驚いて、帰宅した院長は、夫人臨終の室に入るや否や、仰向きに倒れて眠る夫人を見出した。脈は勿論呼吸も絶えていた。折から馳せつけた内科の医員は、無駄と知りながらも三十分ほど人工呼吸を試みた。

万事が終を告げた時、院長は夫人の死因について腕を組んで考えていた。

集って来た病院の職員達は頭を深くたれてその室に居た。事務長は電報用紙を前に置いて、万年筆を手に持っていた。

「どうも分らん」

院長は重い口調で云った。人々は黙っていた。

「深瀬君、何だろう一体」

院長は主席内科医員に向った。深瀬は頸を二三回傾げたが、返事をしなかった。

「延髄出血か」

院長は絶望的のあきらめを云った。

「そうとしか思われません」

深瀬は初めて答えた。院長は立ち上って書斎に行った。

事務長は静かに後について行った。

夫人の室へ残ったのは深瀬と薬局長と副院長とであった。院長はこの室を出ると共に、この室内の圧迫がややゆるんだ。

「深瀬君、実際延髄出血だろうか」

副院長の外科部長がきいた。

「まアこんなに突然来る死因はそんなものしか考えられません」

「そうか」

また言葉が途絶えた。急に薬局長が云った。

「一体たしかに病死なのですか」

この一言に副院長も深瀬も顔をあげて薬局長を見つめた。

「変死ではないでしょうか」

薬局長はまたこう云って副院長を見た。

「変死ならば何か皮膚に出るものですが。またたった三十分の間には死ぬまいと思われますが……」

深瀬はこう云ったものの、語尾は大分濁っていた。

「解剖すれば分るんだが」

副院長は学者らしく云ったが、云ってはならぬ事を云ったのを感じて口をつぐんだ。

「とにかく、いやな事が出来たものです」

薬局長はこう云って夫人の死顔を見た。全く生けるまの姿である。眠って居らるるとしか思われぬように、口も鼻も瞼もそのままであった。

三

市立病院長夫人急死の報は忽ちにして市内に拡がった。死因は延髄出血と報ぜられた。弔問の客が後々と院長宅をさして来た。事務員は書記を従えて玄関で一々挨拶をしていた。

それは秋の末であった。寒国の晩秋の風は夕暮れて時雨を運んで来て、灯の入る頃となって通夜に集った人々は火鉢に手をかざして、黙念として時雨の音をきいていた。

夜の十一時急を知って馳せつけた夫人の父親が通夜の室に入って来た。

「や、皆様。私は仏の父です。お寒い所を有難うございます」

父親は七十を越えた腰をのばして、娘の顔にかかる白布をとってのぞき込んだ。

「うん、大往生をとげて居る……」

老人は後ろをふり向いて院長を見た。

「えらく突然じゃが、病気は何だった」

「延髄の出血です」

院長は確信をもって云った。

「延髄、ふん脳の中じゃな。手当は十分だったろうが助からんものかな」

「僅か三十分の間ですが、誰も傍に居なかったので、私の帰った時はもういけなかったのです」

「そうか、いや老少不定じゃ。やむを得ん」

老人はまた白布を夫人の顔にかけて通夜の火鉢によった。通夜の人々は一言も口に出さず、謹慎して坐っていた。

十二時になって、翌日の院務に関係のある人々はひとまず帰って、新たに病院の職員が五六人代って通夜に来た。大下薬局長もまたこの組に入っていた。

「私は薬局長を致して居ります大下と申すものでございます。この度は誠に御愁傷様でございました」

薬局長は夫人の父親に丁寧に挨拶した。外の連中もそれに継いで挨拶をした。

「お驚ろきになりましたでしょう、突然で」

「ええ、びっくりしました。しかしこれもやむを得ない。年寄りはあきらめがいいものでな、だがわしは娘に縁がうすくて、この娘の姉もまた突然やられましてね。これはまた薬の間違いで中毒したのです」

老人はこう云って急に不安になったらしく夫人の死体を見つめた。老人はその眼を急に院長に向けた。

「この娘も中毒ではあるまいか」

院長の顔には不安が一時拡がったが、それも消えて口が動いた。

「そんなはずはありません」

「そうかな」

老人は頭を傾けた。薬局長は下を向いたままこの問答をきいていたが、彼の頬の筋肉はピリピリと痙攣していた。

夜が更けて時雨が間近くなって来た。寒さは肌を徹した。通夜の人々は火種を継いで、鎮まりかえって居る。この晩秋の夜明け近く院長の門は音高く叩かれた。その音はけたたましく響き渡った。通夜の人々は顔を見合せた。

誰か玄関の戸をあけて外に出た様子である。

「院長殿、この人が急にお目にかかりたいとの事です」

通夜の間に入って来た書記は一枚の名刺を院長に渡した。院長は合点の行かぬ顔色を見せて、名刺を見つめた。市警察署の刑事某の名刺を持って、院長は玄関に出て行った。

「私が大原ですが御用は」

院長は玄関に立つ刑事に対した。

「深更かつ御取込の中を参上して恐縮しました。妙な事を伺いますが、御宅の塵埃箱（ごみばこ）はいつ集めに来ましたのでしょう」

刑事はこう云って院長の顔を見つめた。院長は意外の問に驚ろきもしまた腹立たしくもなって不愉快の顔をした。

「何の必要があるのですか、そんな事をお検（しら）べになって」

「いやちょっとそれを伺いたいのです。別に意味はありません」

「それなら女中を出しますから、それにきいて下さい」

院長は音を立てて中に入った。不幸それも突発的な不幸に衝動をうけている家に、無遠慮千万に、くだらぬ事をききに来た刑事に対して院長は極度の悪感を持った。

「人を馬鹿にしてる。今頃来て塵埃箱の事などきいている」

院長は通夜の人々に向ってこう云った。人々は院長の言葉を不思議にきいて顔を見合せたが、何も云うものはなかった。

女中は恐る恐る玄関に出た。

「や、お女中さんですか、お宅の塵埃箱はいつとりに来ましたか。この前に来たのはいつでしたか」

「一昨日（おととい）の朝来ました」

「そうすると昨日一日だけの塵埃が今箱に入っている訳ですね」

「左様で御座います」

「左様なら」

刑事はそれだけで帰って行く。女中は奇妙な紳士の言葉に呆然として玄関に立ちつくして居た。

四

藤木刑事は時雨の音をききながら、トボトボと院長私宅の近くへ来たのである。署長の命令ではただ院長夫人の急死に疑わしき点があるので、その検挙の材料となる何者かを見出して来いと云うだけであった。刑事はただ漫然と院長私宅に歩を運んで来たのであった。彼の刑事としての良心は懐中の電燈を、何ともなしに院長私宅の周囲のあらゆるものに集中せられていた。

藤木刑事は院長私宅に来た時、ふと塵埃箱が目に付いた。その塵埃箱は変哲もない四角のものであったが、その蓋を何気なくあけて、懐中電燈の尖（さき）を光らせて、僅かばかりのその塵埃を見出した時、その塵埃の最も上にある一片の赤い紙を見出した。その紙は方二寸の小紙片に過ぎなかったが、それが刑事の指に取り出された時、その赤い紙片（かみきれ）には横文字が印刷されてあった。Morphinum hydrochloricum と明瞭にかかれてある。

「ふん塩酸モルヒネのレッテルだな」

藤木刑事はそのレッテルを塵埃箱からとり出してポケットに入れて後、時雨の降る院長私宅の門前に立って腕を組んで考え出した。

刑事の心には――院長夫人の急死――赤いレッテル――塩酸モルヒネ――と三つのものが三角形の三頂点に立った。その三角形の中心に刑事は立って周囲を見廻した。

「何か関係がなくてはならぬ」

刑事は意を決して院長私宅の門を叩いたのである。十数分の後初めて門が開かれ、玄関において院長自身に塵埃箱を集めに来る日を問うた時、刑事は院長の心中を読まんとして心を極度に緊張させたのであった。

院長は不愉快の顔をしたのみであった。女中は恐る恐る塵埃集めの来た日を云った。院長にも女中にも不安らしい様子は少しもなかった。刑事は赤いレッテルに関して院長も女中も全く思い到らぬのを感じた時、そのレッテルを院長に示して説明を求めようかとも考えたが、実はあまりに急いではならないと思って、そのまま院長私宅を出た。

藤木刑事はマントを頭からすっぽりかぶって時雨の未明の光のただよう街上を歩るいて、市の中央に出た。人通りの全く途絶えた街上に彼は一つ赤い電燈を見出した。彼はその家の戸をトントンと叩いた。

「何ですか」

まだ寝とぼけた小僧が中から声を立てた。

「刑事だ。ちょっとあけてくれ」

刑事ときいて小僧は奥にとび込んだらしく、戸はなかなかあかなかった。十分も過ぎて戸があいた。小僧と主人とが立って居る。刑事は名刺を出した。

「劇薬棚はどこにある」

主人はその言葉で不安の顔をした。

「へ、あそこにあります」

主人のひねったスイッチで店の電燈が照し出した薬品店の最も奥の高い棚を主人は指さした。

「ちょっと検べる事がある」

刑事は靴を脱いだ。

「何ぞ間違でも起りましたか」

主人の不安らしい言葉には答えずに、刑事はつかつかと店の中を歩るいた。

「ちょっと棚をあけてくれ」

主人はふるえる手で棚の戸の鍵を動かした。刑事はその棚を見渡した。赤いレッテルの貼られた瓶が所せまく並んでいる。その真中に刑事の眼は吸いついた。赤い紙にMorphinum hydrochloricumと印刷されてある。その紙の大きさも字も全く刑事のポケットにあるものと同様である。

「ちょっときくが、この塩酸モルヒネは一ポンド入れだろう」

「左様でございます」

「一ポンドと云えば大分量が多いな」

「へえ、大きな店でなければ大抵はオンス瓶です」

「普通の医者は？」

「先生方はオンス瓶ばかりです」

「病院は」

「へい、病院ではポンド瓶で収めます」

刑事は会心の笑を洩らした。

「お前の店から病院へ近来モルヒネを収めたか」

「へい、一週間ほど前に収めました」

「有難う、では」

刑事は薬品店を出た。朝の淡い光が街上に流れていた。

五

午前九時、藤木刑事は私服に着換えて市立病院へ行った。事務長は事務室のデスクによって書類に目を通していた。

「やア、事務長さん、院長さんのお宅ではとんだ事だったね」

「いや驚きました。余り突然なので」

「そうでしょう、あなたも忙がしいでしょう、お葬式はいつです」

「今日の午後四時出棺です」

「火葬ですか」

「ええ、お寺から火葬場へ行く事になっています」

「奥さんは元来弱かったのですか」

「いいえ極丈夫な方でしてね。この日も朝院長がお出かけの時には玄関まで見送られたのだそうです」

「そうですか。分らんものですな人の命は」

「ほんとですよ。延髄の出血だそうですが、私達も気味が悪くなって来ました」

「そうです。やお邪魔しました」

刑事は事務室を出た。藤木刑事は一廻り外来診察室をのぞき廻ってから、最後に薬局へ入った。薬局員の一人で小学の頃の友達を見出して刑事は話しかけた。

「や、いそがしいね」

「うん、毎日これだ」

「忙がしがって薬を間違えるなよ」

「じょうだん云うな。刑事の見込ちがいのように薬を間違えたら大変だ」

「何しろ人命に関するのだからな。それはそれとして、君危険な薬はどうしておくのだ」

「それは法律の命ずる通り特別な鍵のかかる棚に入れておくのさ」

「ふうん、そしてその鍵は誰が保管するのだ」

「日中は薬局長だ、夜は宿直の薬局員があずかっている」

「なかなか厳重なものだな。今日は薬局長は？」

「居ない、院長の家へ行ってる。奥さんが急死されて今日お葬式だよ」

「そうだそうだな。お気の毒だ。薬局長が病院を休んで手伝うとはなかなか院長評判がいいな」

「うん、所が薬局長は院長を大嫌いなんだ。虫がすかないって云ってるが、今度のような時には仕方ないと見える」

「そうだろう。何しろ院長さんでは喧嘩も出来ないから。あれかい劇薬棚は」

刑事は高い棚を指さした。

「そうだ」

「こわいもの見たさだ、ちょっと見せてくれ」

「見るだけならばいい」

刑事は棚に近づいた。

「ああ気味が悪るいな。おい、モルヒネっていうものはどんなものだ」

「モルヒネか」

薬局員は劇薬棚に近づいた。そして鍵で戸をあけて、あちこち見廻した。

「おや、どうしたろう」

薬局員は独語しながら、一つ一つ瓶を動かした。

「あるはずだが」

薬局員は一心に捜し出した。奥から一本のポンド瓶を手に持って、彼はながめた。

「レッテルがない。何だろう」

刑事は心を緊張させてその瓶を見つめた。

「レッテルがなくては困るだろう」

「なアに、反応を見れば分るのだ」

薬局員はその瓶を持ったまま、なお一通り棚の中を捜した。

「これかも知れない。調べてみよう」

薬局員は薬局方を机の上に開いて、あちこちから薬を集めて来た。

試験管の中に入れられた薬品はモルヒネ個有の反応を呈した。

「ああ、モルヒネだよ、これが」

薬局員はポンド瓶を刑事に渡した。刑事はその瓶を見つめた、レッテルのはげた跡が明瞭に見える。

「君レッテルはどうしたんだ」

「さア、どうもない」

薬局員はしきりに棚の中を捜しはじめた。藤木刑事は二三回うなずいてから云った。

「やお邪魔した。また来る」

彼はドアをあけて外に出た。

六

藤木刑事は署に帰って一人机に倚ってポケットから赤いレッテルを出して考えた。院長私宅の塵埃箱から出た赤いレッテル、病院薬局にあるレッテルのないモルヒネの瓶、そして院長夫人の急死。この三つは代る代る彼の心をかけめぐった。前二者は明瞭に密接な関係がなくてはならぬ。それと院長夫人の急死とにも関係があるべきである。が、その関係は未だピッタリと彼の心の中で続いて来ぬ。

彼はいつもこういう時にする癖を出して、鼻毛を一本々々とぬきはじめた。一本の鼻毛を机の上に立てて、息を吹きかけて見る。毛根は案外しっかりと机に吸いついている。頬をふくらせてまた息を吹きかけた。

小使が室に入って来て、手紙を一葉机の上に置いた。刑事は置かれた手紙の下にあるべき鼻毛を考えた。手紙は彼宛で至急秘親展となっている。差出人の名は全くない。彼は封をきった。端紙、それも薬包紙に万年筆の走りがきである。

「院長夫人の死因はモルヒネ中毒なり」

文句はこれぎりである。藤木刑事はその手紙を見て会心の笑を洩らした。彼はその紙片を持ったまま鳥打帽をかぶって署を出た。空はまたしても時雨れんとしている。

彼は病院の門をくぐった。病院は午後になって、医者も事務員も院長私宅へ葬儀のために出向いて、残るのは僅かに宿直のものだけであった。

彼はいきなり薬局に入った。彼を知らぬ薬局員は思わぬ人の来たのを見て不愉快な顔をした。彼は黙って職名のある名刺をつき出した。

「ちょっと今日の処方を見せて下さい」

薬局員は何とも返事をせずに処方の一かたまりを彼の前に出した。彼はその一枚々々を見ていた。

「君薬局日誌があるでしょう」

薬局員は藤木刑事の顔をぬすみ見て、黙って日誌を出した。刑事はその日誌を一枚々々目を通した。ふと日誌の間に一枚の薬包紙がはさんである。彼はその紙片の上に走りがきのしてあるのを見つめた。

「単舎(タンシャ)の乱用を慎しむ事、大下」

刑事はポケットから署で請取った端紙を出して、それに並べた。二三分も彼は考えていた。

「君、大下という人が薬局長ですな」

「そうです」

「有難う」刑事は飛鳥の如く病院をとび出した。署まで彼は駈足で行った。署長は今院長夫人の葬儀に列せんとして署を出る所であった。

「署長、院長夫人の死因は確かに疑しいです。火葬にするのを禁じて下さい」

署長は驚ろいて刑事を見た。

「どういう事があるのだ」

「とにかく火葬にしてはならぬ死体です」

署長は刑事の顔を見返した。

「大丈夫か、君」

「さきほど電話をかけましたものが参ったと署長にお取次ぎを願う」

客は吐き出すように云った。

「さアどうぞ」

署長は自身玄関に出て来た。二人は奥の間に入った。

「署長あまり非道い事をなさるではないか」

客はまず口を開いた。

「いや誠にお気の毒とは思いましたが、やむを得ないのです」

「一体どうしたのです。何か家内の死因が疑わしいとでもお考えになるのですか」

「ええ、まアそうです」

「死亡診断書には医師が延髄出血と認めてかいてあるではありませんか」

「そうのようです。しかし私は御不幸中のあなたに悪意など毛頭ないのです。実は好意こそ持っているのです」

「好意？　何が好意です。悲しみに沈むものに対して」

「いやもっと落付いて戴かなくてはなりません。実はモルヒネ中毒の疑があるのです」

「え？　モルヒネ？」

「確信がありますか」

「よし」

署長はまた署に入った。署長室の電話がなって県の警察部の番号が声高によばれた。藤木刑事は隣室でそれをききながら、頭を両手でかかえて考え出した。彼の心にふと今朝病院薬局での薬局員の言葉が浮んだ。「薬局長は院長を虫が好かんと口癖に云っている」

彼はこの言葉を思い出したのを後悔した。薬局長、という新たな人物の事件に登場した事はいよいよ彼をして煩悶せしむる事になったのであった。

七

葬儀は寺で行われたが、火葬は警察の力によって禁じられた。院長夫人の棺は再び院長私宅に持ち運ばれた。既に日は暮れて、また時雨れて来た。ともすればみぞれとならんとしている。

夜の九時一台の車が幌を深くかけて警察署長の官舎の前にかじ棒を下された。車の中から二重廻しの襟を深く立てた男が出て、署長宅の玄関に立った。

客は甚だしく狼狽した。その狼狽を署長は見のがさなかった。

「そうです。モルヒネです」

意外の声が客の後ろから落付いた声で聞えた。客は驚ろいて後ろを見た。

「何だ、君は昨夜私の家を夜中に叩いた刑事ではないか」

藤木刑事は落付いて客の隣に坐った。

「そうです、その藤木です。モルヒネ中毒の件で」

刑事がこう云った時、既に客は落着いてしまった。

「つまらん疑は迷惑至極です」

客は署長に向った。

「私一個人としては誠にお気の毒と存じましたが、職務上已むを得なかったのです。……でちょっと伺いたいのですが、延髄出血という診断はどうしておつけになったのでしたか」

「僅か三十分の間に起る突発死ですからな。外に考えられるものでない」

客はいよいよ不愉快な語調で答えた。

「確診は？」

署長は畳みかけてきいた。

「勿論確診をつけるには解剖しなくては分りはしない」

「そこです。それで火葬を禁じたのです」

「判りました。それならば私は好んで解剖をする」

「いや有難う、何分そう願いたいのです。実は職権で解剖を命ずる手筈が検事局との間に今出来た処です」

「早速解剖する事にします。皆様お立会を願う」

客は席を蹴って立上った。

八

みぞれの中を院長夫人の棺は病院の解剖室に運ばれた。百燭の電燈が昼の如く室をてらして、夫人の死体は石膏の如く台の上に横たわって居る。判検事並に警察当局はその周囲に静かに控えていた。院長は蒼白（まっさお）な頰をくぼませて立った。

副院長外科部長は検事の命によって剖検をしなくてはならなかった。宣誓がすんで外科部長は死体に対して鄭重な礼をして刀をまず腹部に加えた。執刀者は興奮に満ちた声で詳細に所見をのべた。裁判所の書記はそれを一々記載した。

胃が注意深く食道と腸との境界で糸で固く結ばれてとり出された。その内容は瓶の中に入れられた。

「その中にモルヒネがあるかどうか検べるがいい」

初めて院長がふるえる声で云った。それに答える人は一人もなかった。その声が消え去った時、急に院長は音を立てて室を出た。人々はその物音に驚ろいて院長の後姿を見た。院長は足をよろつかせながら廊下をあるいて行った。人々は顔を見合せた。検事と警察署長とは笑を交換した。


戸外にはみぞれがいつか雪になっていた。その雪の中を一人の黒いマントをきた男が、しのんで薬局の裏に廻った。背のびをして男は薬局の中をのぞき込んだ。薬局の中には五燭の電気が一つ灯るのみで、それに続く薬局宿直室からは碁を打つ音が聞えていた。

薬局の戸があく、蒼白痩身の院長が跫音(あしおと)をしのんで入って来た。彼は四囲(あたり)を見渡して後ポケットから鍵を出して、劇薬棚に近づいた。棚の戸が一分(ぶ)一分静かにあいた。一本の瓶が院長の手にふれた。院長はその瓶を片手に持って音を立てぬように調剤台の上の衡(はかり)ではかった。粉末が紙に包まれる。静かに静かに瓶はまた元の棚に収められた。院長が静かに室を出た。

窓の外の黒い影は雪の中を動いた。

一二分の後院長室の電燈が灯って、光が窓外の雪をてらした。黒い影がその窓にしのびよった。背のびをして黒い影は室内をのぞき込んだ。院長が今室の戸を中から鍵をかけている。院長はソファーに仰向きに倒れた。窓外の黒い影は一心に背のびをしたが、もう院長の身は見えなかった。黒い影は再三窓によじ登る努力を試みたが、みぞれ雪に足はすべって成功しなかった。

室内に院長の姿が立った。戸が鍵であけられた。元気よい足どりで院長は室を出て行った。


院長が力強い跫音で解剖室へ入って行った時は、今脳髄をとり出す努力が試みられている所であった。

「延髄を傷つけぬよう、うまく出して呉れ給え」

院長の声が響いた。人々は院長を見た。彼の頬には紅(あか)味(み)がさしていた。


解剖室の入口で小声で話すのが聞えた。二三分その話声が続いた後、人の後ろから出て来た検事が云った。

「院長さん、ちょっとこちらへ」

「え?」院長は検事を見た。

「ちょっとおいでを願います」

「何ぞ御用ですか」

院長は元気よく云って廊下に出た。

「ちょっと伺いたい事がありますが、お部屋を拝借出来ますまいか」

「ええ、どうぞ」

院長は先に立って自室のドアをあけて中に入った。続いて検事と警察署長と藤木刑事とが入った。院長は椅子をすすめて坐った。一人の書記がおくれて入って来た。

「職権を持って伺うのです」

検事は院長の顔を真面目に見つめた。

「あなたは今解剖室を出られて、再び解剖室へ見えるまで何をされましたか」

検事は厳然として問うた。院長は一時狼狽の色を見せたが、直ぐに笑顔を造った。

「あまり気持ちが悪るいので、この室に休んでいました」

「その前は?」検事は問いつめた。

「その前?　その前は解剖室に居たが」

検事はなお院長を見つめていた。

「あなたは薬局で何をなさったのです」

「…………………」

院長は狼狽の極頭を両手で押えた。

「あなたはレッテルのはがしてある、モルヒネの瓶を持ちましたな」

検事は勝ちほこって云いつのった。院長は下を向いたままである。

「お話しなさったらばいいでしょう」

検事の顔と刑事の顔がかがやいた。院長は依然として頭を両手でかかえて机に伏して居る。

その時廊下を急ぎ足に来る跫音が、室の前でとまって、戸が叩かれた。

「ちょっと待って下さい」署長が戸を中から押えた。

「院長はここに居られますか」

「居られるがちょっと待って下さい」

戸の外の声は一段高くなった。

「院長。延髄に拇指大の出血がありました」

この声で院長は急に顔をあげた。検事等は期せずして呆然として互に顔を見合せた。院長は立ち上って室の中を二三歩戸に近づいた。

「お待ちなさい。今は取調べ中です」

検事が叱るように云った。院長は不快に満ちた声で云った。

「何の必要があるのだ。そんな他人の秘密をしらべて愉快なのか」

「法の命ずる所を行うのです。お待ちなさい」

検事は院長の前に立ちふさがった。院長は右手を長くのばして検事を防いでから云い放った。

「ききたいなら話してやる。俺は慢性のモルヒネ中毒患者なのだ。今俺は注射をしたのだ。これだけ云ってやったらもう十分だろう」

院長は戸を排して廊下に出た。室に残った四人は呆然として立ちつくしていた。

吹雪心中

一

雪は五尺を越して降り積んでいる。北風になげつけらるる綿雪は大河の堤をもかくしていた。夕暮の薄気味悪るい薄光の中を一台の犬橇が通り去った後は、雪女郎が三四人堤に出て、心行くばかり雪の夕をおどり狂って、一人一人大河の中に姿をかくした。夜のとばりと共に吹雪は強くなった。

夜の十時、吹雪の幕のきれ間から、突として黒いマントが浮き出して、一歩々々と提の雪に深く埋もれる長靴を、両股に力をこめて片足ずつ高く持ち上げて動く。右手に持つカンテラの光は、雪の表を二三寸高くから、前方一二尺を茫と照らして、動く、進む。

「おや」

黒い姿は堤の上に止まった。カンテラが顔の高さにあげられて、そろそろと前方に動くと共に、黒いマントの上半身が前にのし出した。

「や」

驚きの声がマントの頭巾の中で、グルグルと廻りあるいた。

「やったな」

声と共に頭巾が後ろになげられた。黒い巡査の帽子が表れた。男が倒れている。その周囲は鮮血が雪を染めていた。倒れた男の右の手には剃刀が堅く握られている。その剃刀から右の袖には、ザッと血が流れた上に、雪が既に積んでいる。

巡査は倒れている男の頭を捜した。蒼白い顔が雪の上に仰向きに出て、頬から頸にかけて雪は積っていた。

「生きてる、息をしている」

巡査は男の頸のあたりの雪をつかみとった。傷はない。巡査は男の上半身に両手をかけて起した。鼾が強く巡査の鼓膜を動かした。

「眠っているのだ。変だなア」

巡査はまた男を倒して、カンテラをかかげた手を延ばして、四周を見廻した。何もない。

風が落ちて雪あかりが強くなった。一二丁行手に街の灯がチラついて見え出した。

「人夫を雇って来なくちゃ駄目だ」

巡査は急に歩き出した。雪の底深く入り込む長靴をぬき出して堤を急ぎ出した。二十間ほど黒いマントは歩いた。

「や、またか」

吹雪は収まっていた。巡査は新たに発見したものに近づいた。厚く降り積んだ雪の堤の傾斜に、頭を堤に、足を大河に向けて、女は殺されていた。頸動脈をみごとにきられて、血は胸から周囲の雪を染めていた。つぶし島田の前の鬢には女の右の手かかたくむすばれていた。

堤上のマントは勢よく動き出した。ハーハー声を出しながら、堤を街へと動いた。

マント姿の通り去った後は、またも雪女郎が、大河の河底から浮き出して、堤上で乱舞していた。

二

雪に降り込められた北国の小都市に、大河堤の心中噺はたちまちに拡がった。あの勝気な新吉芸者が旅のお客と心中をしたという事は、巷の女等には甚だしい衝動を与えた。

分梅村には朋輩が集ってお通夜をしていた。新吉の遺骸は頸こそ繃帯で厚く巻かれているが、春の出の姿にかえられて、静かに倒さ屏風でかこまれていた。

「まアとんでもない事が出来てしまいましたね、さっきお湯でお目にかかったばかりでしたのに。あの時にはまさかこんな事になろうとは夢にも思いませんでしたのにね」

一人の芸者が泣きながら、分梅村の姉さんに話しかけた。

「私だってても思いもよらない事なので、どうしたらばいいのか、泣くにも泣かれなくなっちゃった」

お座敷がかかって出て行く妓、新らしくお通夜に来る妓などで、分梅村の入口の戸は、しきりなしに明け閉めせられていた。

「だけど、あの青山さんっていう方と新吉姉さんとはいつからなんです」

「ほんの二週間ほどでしょう、それを心中する気になったのは、どうした事があったのか、私達にはとても分りません」

「青山さんは一体どういう方なんでしょう」

「誰も知らないでしょう、私も時々新吉姉さんによばれて、一座した事もありましたけれど、新吉姉さんもよくは知らなかったのでしょう」

「お金は随分持っておいでのようでしたわね、何しろ、温泉から毎日のように町へ出ておいでになって、パッパとお金を使っておいでになったのですから」

「お金につまったのじゃなくって」

「そんな事はありませんよ、新吉は昨夜も青山さんのお座敷から帰って来て千円ほど私にあずけたんですよ。一々勘定を御自分でなさるのは厄介だからって、おあずけになったのですって云ってました」

分梅村の姉さんは、こう云って話してきかせた。

「お金でなくて、どうした訳があったのでしょう。何か新吉姉さんの方にあったでしょうか」

「私はないと思うわ」

今まで泣いていた新吉の仲のよかった時子が初めて口を開いた。

「……新吉姉さんは、たしかに青山さんにほれてはいたわ、けれども青山さんという方は奥さんがある方ではなし、お金はおありになるし、思う通りになる筋だったわ、それをどうして、こんな事になっちゃったのか、私にはどうしても分らないわ」

「時子姉さんに分らなくては、誰にだって分るはずないわ、だけど時子姉さん、青山さんはどういう御身分の方だったの」

「それが新吉姉さんにも分っていなかったでしょう。時々新吉姉さんが私に話したわ。青山さんは確かにお金持ちの息子さんには違ないのですけれど、どこの方なのかはどうしても分らないのよ。強いて伺うと御自分でも頻りに考えていらっしゃるので、気味が悪るくなってくるって私によく話しました」

分梅村の姉さんも言葉をつける。

「私も一度青山さんに伺ってみた事がありました。丁度新吉が外（ほか）の御座敷へ行っていたので、私が間のつなぎに行った時でしたが、その時、青山さんに伺ってみたのです。新吉をお気に入りのようですが、お望ならおあげしてもいいのですが、あなたはどちらの方なのですか、と伺ったら、青山さんは急に真面目な顔をなさって、それが姉さん、僕にも分らないのだ、一体自分はどうしてこの町へ来たのかが分らないのだ。ただ金が五万円ばかり現金で自分の懐にあるのだけが分っている。と云っていらっしゃるんです。青山さん、私をからかっちゃいやですよ。おかくしになるならばそれは強いては伺いませんん。ですが新吉だって本気なんですから可哀そうです。何とかしてやって下さい。私は新吉の心を知っているのですから手をついてたのんだのです。青山さんはジッと考えておいでになってから、姉さん僕も新吉を貰いたいのは山々なのだけれど、今も云ったように自分が誰なのか分らないので、困りきってるのだ。それが分らなくては何とも仕方ない。こう云って、それは淋しい、顔をなさった事がありました。その時の事を考えると今でも気味がわるくなるほどです」

通夜の人々は姉さんの顔の蒼白くなるのを見つめて黙ってしまった。青山という若い新吉の相手、しかも吹雪の夜の堤で、新吉を殺し、自分は二十間はなれた雪の中に剃刀をもって倒れ、今は堤から警察に直接連れて行かれた彼の何者であるかを考えながら、鬼気のせまる通夜の間の夜は更けて行った。

三

青山は夜を徹して警察署で取調をうけた。巡査によって大河の堤上で発見されてから、青山は昏々と眠ったまま、町に運ばれた。彼が右手に持っていた剃刀、並に彼がなじんでいた芸者新吉が二十間をへだてた堤の傾斜に頸動脈を截られて倒れていた事等は、明かに彼の手によって新吉が殺された事を語っているのである。彼は殺人罪として警察署に運ばれたのであった。彼は警察署の門前において、初めて深い眠から醒めて四周を見渡した。雪の降り積んだ夜に彼は釣台につられて警察署に来ている事に気がついた。彼は釣台を出て立ち上った。彼は警官の五六人が彼をとり巻いているのに気がついた。

「どうしたのです」

彼は警官を見て問いつめた。

「さア入るのだ」

巡査の二人が彼の左右の手をとって彼を署長室に引き

立てた。

青山は呆然としてただ巡査の引くままに署長室に入った。署長は青山を机の向側に立たせて顔を見つめた。

青山は呆然として署長の顔を見たままである。

「姓名は」

「姓名を云うのだ」

青山はやや意識を恢復した。

「大倉次郎と云います」

「何？　大倉、お前は青山ではないか」

青山は驚ろいて署長を見た。

「もう五六年前から大倉です。実家は青山です」

年齢がきかれ、住所が答えられた。

「本籍地の東京麻布からいつこの町へ来た」

青山は署長の問を合点せぬと見えて、しばらく答えなかった。

「さア皆云え、いつこの町へ来た」

「この町と云って、ここはどこですか」

「馬鹿！　お前は気を顛倒している風をしているな」

「いえ実際分らないのです」

「何？　いつ来たか分らん。よし、今夜分梅村の芸者新吉と家を出たのは何時だ」

「芸者？」

青山はまた署長の顔を見て考えた。

「もう分っているのだ。お前は心中をする積であったか、あるいは殺す積であったか、とにかく、芸者新吉をこの剃刀で殺したのだ」

青山は署長の出した血みどろの剃刀を見て慄然として顔を蒼白にした。署長は会心の笑を洩して、彼に云った。

「それみろ、おぼえがあろう。心中の積か、殺す積か。早く云え」

「心中？　……」

青山は頭を傾けて考えている。

「気をたしかにしろ。この町へ来て以来の事を話さなくてはならんのだ」

青山はなおも頭を傾けていた。署長はジッと彼の様子を見守っていた。彼はフト顔をあげた。そして署長の顔を見た。その眼を署長の後ろの窓に向けた。

「おや、冬だ。雪が降っている」

「その吹雪の中でお前は芸者を殺したのだ」

「俺はどこに来たんだろう」

「警察署だ」

「分らん。……高尾へ行って、その帰りに新橋で遊んで……」

「何を云っているのだ」

「え?」

青山は初めて署長の声をきいたように、署長を見た。

「私がどうして警察へなんか来たんです……酔っ払ったのかな……だが雪が降っている」

「雪は二三日前からだ」

「二三日前から……」

青山は笑った。

「二三日なんて事はないでしょう。高尾へ紅葉見に行ったのは昨日あたりですから」

「何を云っているのだ。貴様はにせ気狂(きちがい)の風をして居るのだな」

「分らないのです。どうも変だな。俺はどうしたんだろう」

署長は急に呼鈴(ベル)を押した。

「君この男を留置場へ入れておき給え」

巡査は彼をひき立てて室(へや)を出て行った。署長は卓上電話をとって検事局に電話をかけはじめた。

四

吹雪の夜はあけた、雪の翌(あけ)の暖かい日光はこの小都を純白に生かし出した。町で発行される新聞は社会欄の殆んど全部を埋めて、吹雪の夜の心中未遂の記事を掲げた。

「東京市麻布区の大倉貯蓄銀行頭取の養嗣子(ようしし)大倉次郎(二十八)は十一月末突然五万円の現金を懐にして、市外のK温泉に湯治に来たが、爾来時々市内の花柳界をにぎわし、十二月に入ってから、分梅村の芸者新吉(二十)を知り、日夜遊興の日を過していたが、昨二十五日夜七時、大河堤にて合意の心中をとげんとして、次郎はまず剃刀にて新吉の頸動脈を切断し後自分も後を追わんとしたるも、気おくれがして堤上をさまよう間に、吹雪の寒さに気を失い倒れ居たるを、折から巡行の警官に発見された」

「心中の原因」という見出しの下には一号活字で「?」が記されていた。

「心中の原因を探聞するに、大倉は懐中なお三万余円を所有する所より見れば、遊興費に窮した結果とは思われず。あるいは新吉より心中をせまれるには非ずやの疑あれば、分梅村につき探ぬるに、女将おつたの曰く『新吉はうちのかかえ芸者ではありますが、借金などはもうありません。青山さんとは短かい馴染ですが、お互に思いあってはいたようです。どうしてあんな事をしてくれたのかは、全く私には分りません。ただ今になって思いますと、変に思えるのは青山さんが御自分をどうしてもお話しなさらなかった事です。今警察の方に伺えばお金持ちのお子で、お金にお困りになったとは思えませんし、また御養子でも別に家つきの娘さんはないのだそうです』記者は転じて、新吉と最も親交ありし、松の家の芸者時子を訪うに、同人の曰く『私にもちょっとも分りません。新吉さんはこの頃、青山さんが時々ジッと何か考えてばかりいらっしゃるので、私も心配になってきいてみますと、一体俺は誰なんだろう、などと気味の悪るい事をお云いになるので、私それが心配ですと、新吉姉さんが私に話しました。それより外には何も分りません』記者は所謂青山、実名大倉次郎の実家について、東京支社の取調を開始せり」

「東京支社特電」「大倉次郎父大倉貯蓄銀行頭取大倉敬之助（五十八）の談に曰く『次郎は十一月末家出したるまま、今日に到るも帰宅せず、今急報に接し初めて所在を知った所です。心中とか殺人とかいう事ですが、気に入った芸者ならば嫁になり妾になりする事については私は決して反対しないのです。前からその点はよく本人に話してありました。金は大分持っていたはずです。宅では恐らくアメリカへ行ったのかと思って、たよりを待っていたのです』」

雪に埋れた小都は新吉心中の話で持ちきっていた。花柳界ではこういう社会特有な、知ったかぶりをしたがる仮空談製造者も多かったが、この心中の真相については、全く口をひらくものがなかった。

翌々日の新聞は再び紙面をこの心中に埋めたが、「事件の真相いよいよ迷宮に入る」と書いて、「大倉次郎は殺人を否認するのみならず、新吉なる芸者をもまた全く知らずと強弁」とも書いた。

「青山——大倉の関係果して如何」「次郎の父来る」父親は新聞記者の問に答えて、次郎は青山家から四五年前養嗣子として迎えたもので、この地で用いていた青山という姓は、恐らくは、この地に居るのを東京に知れるのを恐れたものかと思います。しかし何故それほど自分の居場所をかくしたのかは、私には分りませんのです。持って来た金は、養子に来た時に与えた金の一部で、云わば小使銭に過ぎぬのですし、今までも時々は使っていたはずです。その金については私は今まで何の叱言も云わず、また本人もよくそれは知っているはずです」

五

噂は噂を生んだ。四五日の天気に小都の雪は大分溶けて、春の門松もあちこちに立てられはじめた。大河堤の心中も警察側から新材料が提供されぬので、ただ空な噂話のみとなって来た。

暮の二十八日の夜、分梅村の前に幌を深くかけられた車が一台かじ棒を下された。

「分梅村さんはこちらですか」

取次に出て来た小女は立派なお客の様子を見て丁寧に頭を下げた。

「どなた様でいらっしゃいますか」

「わしはこういうものだが、おかみさんがおいでならば、ちょっとお目にかかりたいのですが」

「おかみさんって姉さんの事ですか」

「そうです」

姉さんは年増らしい地味なお座敷姿で出て来た。

「私ですが、何ぞ御用で」

「いや、私はこの間の事件の男の親父です」

姉さんはびっくりして、手に持つ名刺と客との顔を見比べた。

「で、この度はとんでもない御迷惑をおかけして何とも申訳けありません。重々せがれの不心得でして、お詫に上れた義理ではないのですが、顔の皮を千枚張にして出て来ました」

「どう致しまして、まアお上り下さいまし」

「いや急いで居りますので。で後ほどほんのお詫の印までに物をお届け致しますが、お宅とそれにその方の親許とにあてましてほんの印ばかりを、いやお邪魔しました」

「まアもう、これは運の事ですから、御心配なく」

姉さんの言葉を後ろに客は車にのった。その車はその足で警察署に向った。警察署の中に客の姿が消えてから、凡そ三十分もした頃、この客は一人の若者をつれて出て来た。そして用意させた車にのせて、二つの車はステーションに向った。

東京行きの夜の急行の一等車に二つの姿は消えた。大倉父子はかくて上京してしまった。

分梅村に金二封が届けられた時、分梅村では死んだ新吉の心に対しても薄気味悪るくなって、警察へ人を馳せて、大倉氏の宿をきかせたが、その時は既に大倉氏のみならず、問題の息子までも既に上京した後であるのを知った。

心中の片割れが警察から出て、上京したという事は分梅村から巷に拡がった。新吉さんは浮ばれまい。相手を手にかけてそれで罪にもならずに許されるとは、お金の力はえらいものだとまで、巷の女達は恨んだ。それに新吉さんの方には心中をしなくてはならぬ事情などあるはずがない。男の方こそ新吉さんをひき込んで、そして新吉さんを殺して、自分はお金の力で罪にもならずに、町を出て行った。まア新吉姉さんは何という奴の食物になって命までとられたのだろう。

新吉の仲のよかった時子は、その夜口惜しさにとうとう持病の癪さえも起したのであった。

六

鑑　定　書

大正〇〇年十二月二十日〇〇地方裁判所検事山本平八郎は大倉次郎に係る殺人事件につき次の如く余に鑑定を命じたり。

一、大倉次郎の現在における精神状態は健全なりや否や。もし不健全なりとせばその程度如何

二、大倉次郎の殺人を敢行せる当時の精神状態は健全なりしや否や、もし不健全なりしとせばその程度如何

よって余は再三に渡り大倉次郎を警察署に訪い、肉体的並に精神的診察を行い、かつまた大倉次郎養父大倉敬之助につき平素における大倉次郎の精神的並肉体的状況を問い、これを総合して、右記二事項の鑑定をなす事次の如し。

鑑定の材料

（一）大倉次郎と鑑定人との問答抜萃

問「頭の工合はどうか」

答「何の変りもありません」

問「先日雪の降っていた夜の事は記憶しているか」

答「警察の玄関でふと人声をきいたので、オヤと思って眼をあけると、自分は釣台の中に居るのに気がつきました。ほどなく釣台の覆がとられたので、自分で這い出しました。それから巡査に手をとられて署長の前に出た事から以後の事はよく知っています」

問「その前の事は知らないか」

答「全く知りません」

問「いつこの町へ来た」

答「全く記憶がありません」

問「金を銀行へ預けに行った事はないか」

答「この土地では何も記憶しません」

問「私は何者だか知っているか」

答「一昨日医者だとお云いになりましたが恐らくそうだろうと思っています」

問「どうして医者と思うか」

答「聴診器で私の胸部を診察されました」

問「十五と十二と十三を加えるといくつになる」

答「四十」（直ちに答う）

問「新吉という芸者を知っているか」

答「度々のお尋ねですが知りません」

問「知っている芸者の名を云ってみよ」

答「大分あります、新橋にしますか、赤坂にしますか」

問「この土地の」

答「この土地のは知りません」

問「自分の名義になっている預金はどれほどある。何銀行に」

答「安田に七万円、第一に十万ほどはあります」（不正）

問「安田には二万しかないよ」

答「いいえ七万あるはずです」

問「所が五万は十一月末に自分で引出したではないか」

答「そんな記憶はありません」

問「今日は何日だ」

答「先日伺った日から考えると十二月二十四日になります」（正）
問「東京で高尾山へ行ったのは幾日か」
答「確かには記憶しませんが十一月二十三日かと思います」（正）
問「それからどうした」
答「高尾の帰りに新橋へ遊びに行きました」
問「何という家へ行った」
答「春本という家へ行きました」（正）
問「何時頃帰ったか」
答「十一時頃自動車で帰りました」（正）
問「それからどうした」
答「ねました」
問「それから」
答「……」
問「翌日はどうした」
答「記憶しません」
問「翌日銀行へ行って金を引出して、上野から汽車にのったね」
答「そうでしょうか、一向記憶しません」
問「その後の事で記憶してるのは何か」
答「先刻申した通り、警察署の玄関で釣台の中に居たのを記憶しています」
問「病気をした事が今までにあるか」
答「子供の時だけです」
問「癲癇（てんかん）が持病だときくが本当か」
答「持病と云うほどでもないのですが、十歳の時からはじまって一月に二三回ずつ初めの中はありました」
問「近来は」
答「近来は一年に三四回です」
問「その時の様子は」
答「急に眼の前に火の玉が出ます。それから耳の中で鐘がゴンゴンなります。その後で何も分らなくなります」
問「さめてから後は」
答「頭が痛みます。それも半日位です」
問「往来など歩るいていて、頭が一時ボッとする事があるか」
答「時々あります、ステッキを往来で手からおとしながら、知らずに三四歩進んでから気がつく事があります」

問「近来そういう事が多くなったか」
答「そうでもありません。一月に一二度はありますが」

（二）大倉敬之助と鑑定人との問答抜萃

問「いつから息子さんは家出しましたか、また家出当時の様子は」
答「十一月二十三日に高尾へ行きまして、夜十一時頃帰って来ました。その翌朝出たきり帰って来なかったのです。二十三日の夜は別に変った事もなく、またその前日あたりに何の変りもなかったのです」
問「癲癇の様子は」
答「子供の頃からの持病である事を養子にしてから知りました。多くは朝ですが、突然大声を出して倒れて、手足をガタガタとふるわせて、後グッとつっぱって鼾をかいてね込むのです。一時間もするとケロリとして眼をさましますが頭が痛むとか云っています。軽るい発作なのか素人には分りませんが、時々室の中をかけあるいて物を棚から落したりなどして、後できけば全く記憶のない事がしばしばあります。外には変った事もありません」

（三）肉体的検査所見抜萃

大倉次郎の舌を診するに舌尖端並に舌の両縁に歯嚙斑（ししはん）痕（こん）組織を見る。

大正十四年十二月二十五日午後二時、余と談話中突然大声を発し、留置場内に倒れ、四肢に交代性痙攣を起し二三分にして硬直性痙攣に変ず、口唇より泡沫並に血液を流出す。定型的癲癇発作と認む。

考　案

右記せる大倉次郎並に大倉敬之助と余との問答、並に大倉次郎の肉体的検査の結果、及事件に関する一件書類を根拠として考案するに大倉次郎は癲癇患者なる事確実也。しかして、大倉次郎が東京出発以来、犯罪時に到るまでの記憶を全く欠除せる事は、再三の検索において確実なりと信ず。

果してしからば癲癇性患者には時として、精神的平衡状態と称し、常人と何等選ぶ所なく行動し、しかもその行動は、発作的に起り来るものにして、短きは一二分、永きは一日または数日、時としては文献に掲載せらるる最長の例においては数年に渡り、発作後においては全く発作時中の精神的並に肉体的活動の記憶を欠除するを特徴とす。

　大倉次郎の現在における精神状況は四周を弁じ時を弁じ、かつまた養父大倉敬之助を認知する等の点より、全然健全なりと認むるに適合せざる症候を発見し難く、鑑定人は現在における大倉次郎の精神状態を健全と認む。

　しかして大倉次郎が十一月二十四日早朝安田銀行に到り、貯金の引出しをなしてより、十二月十八日、○○警察署玄関に運ばるるまでの二十五日間は医学に所謂、癲癇患者に見る精神的平衡状態にありしものなりと信ずるもの也。

鑑　定

一、大倉次郎の現在における精神状態は健全なり。

二、犯行当時における大倉次郎の精神状態は医学上癲癇患者の精神的平衡状態にして、刑法に所謂心神喪失の状態にありしものと認む。

髑髏の思出

一

医科大学の前期の試験は二年級の終りにあった。私達が一番の苦手は解剖学であった。解剖学という学課は、云わば人体の地理のようなものである。ただまる暗記をするしかない学課である。中学の頃地理の先生ほど奇妙な先生はないと思った。地理というものが一つの学課になるのが第一不思議である。理窟も何もないただ地球の上のどの辺にどんな町があり、どんな河がどこからどこへ流れているかを暗記する事が学問になるとは誠に不可解である。世界各国を廻りあるく金があれば、労せずして地理の先生になれる。どう考えても地理は学問の部類には入らないようである。

さて人間の身体の地理である解剖学も学問であると私達は不服を云いながら習得しなくては三年に進級は出来ないのである。まず地理で云えば山脈河沼地勢とも云うべき、骨骼学を暗記するのが解剖学の第一歩であった。

骨骼の中最も凹凸複雑して山脈河沼入り乱れているのは頭蓋骨である。私達は解剖教室で頭蓋骨を借用して学習室に閉じ籠って、ノートと首っ引で、骨の凹凸や穴や峰の名を実地見聞で覚え込んだ。

ある日例の如く私は髑髏を借り出して、それが輪ぎりにしてある下の部を上からのぞき込みながら、血管のため神経のために出来た溝や、神経が頭蓋から下に出る穴やらを頼りに研究していた。

「おい、いい加減にやめろよ、上野へ散歩に行こう」

昨日までは私よりもなお夢中になって骨をつついていた東条が、今日は暢気そうな顔で、私の肩を打った。

「駄目だよ、もう少し俺はやるんだ」

「よせよ。いい事があるんだ。今夜俺の下宿へ来いよ。髑髏が手に入ったんだ」

「え？　手に入った？」

「うん、だから散歩しろ」

「よし、そんなら、俺も散歩する。だが貴様俺をかつぐなよ」

「大丈夫だ。その代り夕飯を驕れ」

私達は早速頭蓋骨を返納して、解剖学教室を出て、池の端から上野の山に入った。上野の桜は二三日前の雨で散り失せている日の午後であった。

「だが、さっきの話の髑髏は貴様本当なのだろうな」

「いやに疑う奴だな。そんなに疑うなら貸してやらないぞ」

「そんなにおこるなよ。だがどうして手に入れたんだ」

「曰く、俺の親父は勇敢なる日清戦争時代の軍医なるを知る者ぞ知るだ」

「なるほど、さては戦地から失敬して来たんだな」

「そうよ。金鵄勲章功三級さ」

「だが、貴様それならそれと何故早く俺に話さなかったのだ」

「ところが俺も昨夜初めてそれを知ったのだ」

二

龍岡町の豊国の肉をたらふくつめ込んで、私達は東条の下宿へ行った。四畳半の薄きたない東条の下宿の室には、百畳敷でもあかる過ぎるほどの百燭の電燈が灯っていた。

「さて、一つ俺の親父の武勇を見せてやろう」

東条は押入れの戸をガタガタとあけた。上の棚には行李が一つ、新聞の読み古しが一山見えて下には煎餅蒲団が二三枚積んである。

「見つかっちゃア大変だから、蒲団の中にこの通り隠遁させておくのだ」

東条は頭を押入の中に入れて、蒲団の間から紙屑籠を引き出した。

「こうしてかくして置くのだ」

彼は紙屑籠からまず二三枚の新聞紙を引っぱり出した。次に出たのは、うすきたなくなったジメジメした猿股である。

「この中に居るのだ」

なるほど東条はその猿股から髑髏を引き出した。

「そうれ、ふたと、身と、それから下顎と」

彼は頭蓋上部と下部と、それから全く頭蓋と離れている下顎骨とを出して下顎骨を上顎関節にはめ込んで、ガクガクと歯を合わせて見せた。余りいい気持でない。

「どうだ、偉大なるものだろう。俺の親父は軍医だが、決して戦線はるかにかくれて居るような卑怯未練な奴ではなかったのだ。この偉大なる頭蓋の持主をただ一太刀で打止めたんだ。やっぱり柔道二段の俺の親父だけあるだろう」

「まアいいや、親父の自慢なら黙ってきいてやるよ。では俺にどれか今夜かしてくれ」

「親父の勇敢さが、せがれの朋友に及ぶのを、親父は満足しているだろう、君今夜は下顎をやれよ」

「ああ」

私達は四畳半を所せましと寝そべって頭蓋骨の地理の研究にとりかかった。

「おい、この野郎はよほど食意地の張っていた奴だぜ。見ろよこの骨のつッぱりかたを」

「よく貴様に似てら、さっき肉を食う時の様子を見たぞ」

「余計な事を云うな、俺は今この骨について生前の生活を想像してるんだ」

私達は解剖図と骨とを照合して頻りにその局所の名を頭につめ込んでいた。

眼前にせまる試験の神様の恐怖に追われている私達は、小一時間は話もせずに心を傾けて、この骨と同化していた。

「貴様、腹がすかないか」

「ああそろそろだな、天プラを食おうか」

東条は呼鈴を押した。

「おい、女中が来るぞ、貴様早くこれを押入れにかくせよ」

私は狼狽して頭蓋骨を押入れに入れて戸を立てた。

「お呼びですか」

「ああ天プラ蕎麦を二つたのむぜ」

二人は顔を見合せて笑った。

三

天プラ蕎麦で二人の腹が膨脹すると、気がのんびりして来て、試験が十日ほど先にのびたような気になり、口が恐ろしく滑らかになってきた。

「貴様の親父が髑髏を持っていたのは、子供思いな感心な心懸けだよ」

「所が親父死ぬまで俺には見せなかったのだ。貴様にこの間話したろう。親父が死んだので、十五年も赤坂で開業していたのだから、病家も相当にあったのだ。それで今度京都の大学を出た奴に居抜きの儘権利を譲ってやったのだ。そしてお袋は俺が一人前になるまで田舎へ引込む事にした。何が幸になるものか世の中は分らんものさ。お蔭様で俺は多年の宿望を遂げて下宿住いが出来たのだ。

昨夜一たん姉の家に引き上げたお袋が電話をかけてよこした。お前に相談したい急用があるって云うのだ。俺はてっきり毎月の仕送りの件だと思ったので、雀躍して行ってみた。するとお袋曰くさ。この髑髏を紫の袋から出してね、これはお父様が、お前が解剖の試験をうけるようになったならば渡すようにと兼々云っていらしたからお前にあげますと来た。喜んだね。お袋の続いて語らく、このしゃれこうべは、お父様が日清戦争の時、奉天で一太刀で首をはねた敵の頭から、苦労をして造りあげて持ってお帰りになったものです、だから大切にお使いなさい。家宝ですから、と伝家の宝刀よろしくお下渡しをうけて来たのだ。

だがこの髑髏は警察に知れると罰金をとられるし、またとりあげられるから、決して他人に見せてはなりません。だとさ。

だから俺は心配しているのだ、下宿の女中をこの骨でおどかしてやる本能が、昨夜から俺を苦しめるが、俺はそれをじっと堪(こら)えているんだ。貴様は良友を持って幸福だよ」

東条は私を見て「何とそうであろう」という顔をする。

「ほんとだよ、持つべきは友だよ。ついでに貴様の筋肉や血管まで俺に解剖させてくれれば申分ないんだが」

「じょうだんを云うなよ」

東条は太い腕を出してさすって見せた。私達は押入れから髑髏を出した。東条は頭蓋の輪ぎりの上部のお椀を自分の頭にのせた。プクリと東条の頭がお椀の中に入った。

「恐ろしくでかい頭の奴だな。これに肉と毛が生えたならば偉大なものだぜ。親父の奴梯子をかけて此奴の首をきったな」

東条はお椀を頭からとって、電燈の光にすかして見た。

「おや、おかしいぜ、一ところ馬鹿に骨の薄い所があるぜ」

彼はその部を指の尖で撫でた。私も撫でた。

「変だぜ。これは病的だぜ」

「確かに変だ。隣の室に四年の人が居るから聞いてみよう」

気の早い東条は障子をあけて廊下をドスンドスンと歩いて行った。

四

「どれ、見せ給え」

四年の山川君はニコニコ笑いながら東条と連れ立って入って来た。私は先輩に敬意を表して頭蓋の御椀を山川君に渡した。山川君はそれを灯にすかせて見て、指の先でそこを触れていた。

「ふん顱頂骨だな。ここは君梅毒のよく来る所だよ。恐らく骨梅毒だね」

「骨梅毒」

東条は山川君の診断に対して不服と感嘆との交響楽のような嘆息の声を洩した。

「恐らくそうだろうな。僕はそう思うが、明日金井先生にきいてみ給え」

山川君も卒業試験の準備に忙しいと見えて室を出て行った。山川君の室を出るのを待って私は東条に向った。

「おい、貴様の親父は梅毒でヘロヘロになっている敵を一太刀できったんだぜ」

東条は忽然として額に青筋を立てた。

「失敬な事を云う。俺の親父は弱者などに刀を揮うような卑怯じゃない」

「と云っても現在死後なお証拠歴然たりじゃないか」

「山川なんかの云う事があてになるものか。俺はこの骨の薄いのは支那人特有のものだと信じているのだ」

「いい考えだ。貴様のような親不幸者も、親父の一大事となると親父に加勢する所がしおらしいや」

「生意気云うならば、もう貸してやらない。早く帰れ」

東条は本気で腹を立ててしまった。元来東条という男はずべらこの上ない男であるが、親父の事というと甚だしく真剣になる癖のある男であった。俺は親父の命令だから医者になるのだ、医者など実は大嫌いなのだ、と彼は口癖に云っていた。腹を立てさせてしまうと到底機嫌の癒らぬのを知っているので私は黙って立ち上った。

「おい天プラの銭を置いてくぞ」

私は十二銭を彼の鼻先に投げ出した。彼は相変らずふくれて、頭蓋骨を電燈にすかせて見ている。彼としては親父が梅毒の敵をきったと考えるのは到底しのびないのであろう。頻りに指の尖で骨の薄い所を触れている。私は立ったまま彼を見下していた。

東条は急に立ち上って机の上から小刀をとった。その尖でまた骨をつつき出した。

「おい、よせよ。そんな事して疵をつけてしまったら困るじゃないか」

「何？　まだ貴様は居るのか、帰らぬとなぐるぞ」

東条は立ち上った。私は大急ぎで障子をあけて廊下に出た。東条は私の後から大声で云った。

「もしこれが梅毒でなかったら、貴様とは絶交だぞ」

私は返事もせずに逃げ出した。

五

私は東条の下宿を出てから、本郷通りを歩きながら、下宿に残る東条を思い浮べた。親孝行の東条は今頃惨として泣いているのではあるまいか。伝家の髑髏が骨梅毒の患者から出発したものであるとなっては、兼々父の武勇を口癖にしている彼として、残念でたまるまい。たとえば私のお袋が捨子であった事でも発見しなくては彼の溜飲は下がるまい。

彼の遺憾は私には相当に滑稽味を感ぜしむるから、痛快至極ではある。が彼をこの儘の状態で放置しては、明日から頭蓋骨を借用に及ぶのに甚だ都合が悪い。

私はクルリと足の方向を転じた。今夜今直に東条を慰問しなくてはならぬ。私は駈足でまたも東条の下宿を訪問した。下宿は木戸御免で私の通関を許してくれた。私は跫音（あしおと）をしのばせて東条の室の前に立って中の様子を探偵した。室内では何の物音もしない。眠っているのか、それにしては百燭の電燈昼の如く障子を照している。私は静かに音を立てぬように障子を一二寸あけた。その障子の隙間から彼のまるくした後向きの背が見えた。彼は机に倚って両腕を組んで沈思黙考しているのである。

彼は彼の敵が彼の後に再び立っているのを全く気がつかぬらしい。私はまた障子をあけて自分の身を入れるに十分の隙を造った。東条は依然として坐ったままである。

私は考えた。万事やむを得ぬ。彼がいかに猛烈な態度で食ってかかって来ても、平あやまりに謝まって、頭蓋骨の借用を許させなくてはならぬ。

「おい、東条」

案外驚きもせず東条は頸を廻して私を見た。そして太い声で云った。

「何だ」

私は彼が余りに沈着な態度をとっているので返事に困って黙っていた。二人の眼が電燈の下で衝突した。二三分間このいきさつが続いた時、東条の顔には一種のゆとりが出た。その機を逸せず私は云った。

「失敬した。骨をまた借用に来た」

東条は歯を出すほどの笑顔を造った。

「ああいいとも坐れよ」

私は安心して室の真ん中に坐った。東条もまたくるりとふり向いて私に対座した。

「骨はどうした」

「骨か、いまいましいから押入れにおし込んでしまったのさ」

東条は案外暢気にこう答えた。

「失敬したよ」

「なに、実際梅毒かも知れないよ。俺の親父があんな偉大な頭蓋の持主を一太刀でやるとは俺も信じられないのだ」

私は返事に困った。がとってつけるやうに云ってみた。

「そんな事もなかろう」

「そうよ、梅毒ならなア」

東条は大風一過の姿である。

六

話は勿論まだ終るべきでない。親父の武勇が髑髏の骨梅毒で根柢から一蹴されてしまった事に甚だしく憤慨した東条が、再び私の登場を案外気安く受け入れたのに、私は大に安心した。この調子ならば続けて東条のしゃれこうべを拝借に及ぶ事が出来そうである。

「おい、またもう一度勉強しようではないか」

東条の方からこう云い出したので、私はいよいようれしくなった。二人は夜更けまで解剖図と骨とを照し合せて人間の頭蓋骨の地理を研究した。急に東条が頭をあげて私を見た。

「おい、貴様今夜泊って行かないか」

「そうだな、もう何時だ」

東条は親父の遺産の二十二型の両ぶたの金時計を出した。

「もう一時だぜ」

「そうか。じゃア泊るかなア」

「泊れよ。また例の如く同衾しようぜ。井泉水の俳句じゃないが、この蒲団いく度君をとめにけり、だ」

東条は煎餅蒲団を二枚引出した。二人はその蒲団の中に並んでねそべりながら頭の先に例の頭蓋骨を安置して頬杖をつきながらまた話した。東条が急に私に云った。

「ヤア忘れた。今日はとうとう銭湯に行かなかったぜ」

この事件は東条にとっては大事件なのである。彼は銭湯に入らぬ日は一年の中銭湯の休みの日だけである。

「どうしたのだ。三助が心配して明日見舞に来るぜ」

「笑わせるなよ。今夜来たとまア想像しろよ。三助が今日おれがゆかなかったので見舞に来たのだ。そうするとなア、おれの室の前に貼札がしてあるのだ、今日休みさ」

「いや、また軽口を仕入れたな」

「あはは」

暢気な事を云っていた東条が急に頭蓋骨を見つめた。

「おい、いやに出張った後頭骨じゃないか」

云われて見ると後頭骨が恐ろしく突起している。

「大分突起している。感情旺溢の奴だったに相違ない」

「そうさ。奴生きている時に専ら性的本能の奴となっていたのだ。そして遂に骨梅毒を得たのだ」

「浮かばれないな。証拠歴然たりでは」

「もうねようぜ」

東条は立って電気を消した。私は暗の中に見える髑髏の後頭部を見つめて、異国の情事を心に画いていた。とろとろと眠る。私は東条の声に眼をさました。

「おい、俺の後頭部は出てやしないか」

私は早速彼の頭に手をやって後頭部をさぐってみた。東条の後頭部は意外にも髑髏のそれよりもとび出している。

七

東条の後頭部が意外にもとび出し方が甚だしいので私は薄気味が悪くなった。過度の勉強のために東条の所有する頭蓋骨にからまる想像と東条の後頭部とが錯雑して私は気味の悪い暗示をうけたのであった。私はしばらく返事をしなかった。東条はしばらく黙っていたが、沈痛な声を出して云い出した。

「おい、俺のも出ているだろう」

「そんなでもないよ」

私は言下にこう答えた。そう答えなくてはならぬある力に私は押しつけられたのである。こう答えて私は鳴りをひそめた。東条の手が私の後頭部を撫でた。私はゾッとした。と東条は太い声で云った。

「俺のも出ている。畜生これだな。こいつが悪戯をしやがるのだ」

東条はこう云って蒲団を蹴って暗の中に坐った。私はますます驚いてとび起きた。

「どうしたのだ」

「うん、俺はこの頃女の姿を見るのだ」

「え？」

私は自分の耳を疑うほどであった。

「俺はこの二三日夢のように……いや現だ。はっきりと女の姿を見る。その姿は一度俺の見た事のあるような女だ。よく見るとまだ見た事もない女のようだ。そいつが俺の前に現われて俺に笑いかけるのだ」

東条は暗の中で沈痛な声で語った。私は冷汗が腋の下から流れ落ちるのを感じた。

「俺はその笑いを見ると、どんなに努力してもにらみ返す事が出来ない。俺の頬にはいつの間にか笑靨が浮んでくるんだ。その姿は確かにこの俺の突起した後頭部が仕組む女の姿なのだ」

東条はこう云いきってまた蒲団を被った。私はその気勢を感じて、蒲団を持って東条と共に倒れた。東条の荒い息使いが私の耳許に聞えた。

私はいつともなく眠ってしまった。ふと眼をさますと閉め忘れた窓から朝の光が射していた。東条はまだ眠っている。私はソッと床から這い出して東条の下宿を出て自分の下宿に帰って朝飯を食って学校に出た。東条は出て来ない。

午後の四時私は生理の実習をすまして、心配だったので東条の下宿を訪ねた。下宿の女中が出て来た。

「東条さんは頭の工合がお悪いので、一週間ほど伊豆の温泉へ行くと云って今日昼頃おたちになりました。そしてお手紙をあなたが見えたならばと置いておいでになりました」

私はこの言葉をきいて甚だしく驚いた。手紙には「どうもいけないから温泉へ行く。頭蓋骨は例の如く押入れに入れて置いた。必要ならば持って行け」とかいてある。私は心配しながらも、試験の近さに例の頭蓋骨を東条の室から持ち出して自分の下宿に帰って来た。

八

自分の下宿に帰って来た私は風呂敷のまま頭蓋骨を押入れにかくして夕食をすまして、散歩に出た。途上私は頻りに東条の事を考えた。東条は女の姿を見ると云う、しかもその女は東条に笑いかけると云う。東条はその女の姿を自分の後頭部の突起に起因していると信じて出発してしまった。東条は明かに妄想に捕われているのである。あんな状態で一人温泉などに出て行って間違いでもなければいいが。私は散歩の途上東条の事ばかり考えて、午後の十時近く下宿へ帰って来た。試験も心配なので東条の頭蓋骨について、その夜も勉強しようと思ったからである。

下宿に帰ってから私は押入れから頭蓋骨を出して風呂敷をとって髑髏に下顎骨をつけて机の上にのせた。

私は髑髏を真っ正面からジッと見つめた。前額の下にある二つの眼窩、それに続く鼻骨が下半分はなくなって鼻腔の奥が暗くなっている。その下にある歯、そうして下顎骨。

私はジッとそれを見つめた。と髑髏が机の上を二三寸滑って遠のいた。私は見つめた。下顎骨から上顎に向って真紅な筋肉がペタリと貼りつく、そこを通る血管が見えた。いつともなく鼻がつく、そして頬の脂肪組織が黄色に見えたと思う間にキラキラと眼が光る。そして頭部には毛髪が生えて来る。既に顔面が出来上って、長い毛髪の生えた頸から上だけの人がジッと私を見つめた。私はどうしてもその顔から眼を外らす事が出来なかった。私は冷汗をかきながら、その頸から上だけの人を机の上に見つめて居なくてはならなかった。眼が笑った。笑靨が出た。そしてそれは女の笑顔であった。私はハッとして眼をとじた。総身が粟立った。私は勇気をふるっても一度目をあけた。机の上には髑髏がただ一つ乗っているだけである。

私は飛鳥の如く室を逃げ出した。そして夢中になって灯のつく本郷通りへ出て来てやっと我に返った。青木堂がまだ起きていた。私は青木堂の二階に上って「紅茶とウイスキー」と大声で呶鳴って椅子に腰を下した。

東条の見ると云うのはあの顔ではなかろうか、あれに相違ない。何という淋しい笑いであろう。しかも何という人をひきつける笑いであろう。私はウイスキーを一口に呑み下してやっと安心した。やや落ちつくと東条を思い出す。東条はどうしたろう。あの姿を見て東条は温泉へ逃げ出したに相違ない。

私はまたウイスキーを註文した。酒の酔が廻ると共に私は今までの興奮を顧みる事が出来てきた。何だ馬鹿々々しい。苟くも医学生たるものが妄想錯覚に襲われるとは何事である。あの姿は髑髏のために起った錯覚なのだ。丁度人体の解剖をする時、皮膚をきり筋肉をはぎ遂に骨に達するあの順序を逆にして俺はあの姿を見たのだ。そう云えばあの姿は解剖書のどこかにある顔なのだ。私は大分酔って虚勢を張って下宿へ帰って床の中にもぐり込んでしまった。

九

東条は頭の工合が悪いと云って伊豆の温泉に逃げて行った。その頭の工合というのは、気味の悪い女の姿を見るのを指して云うのである。私もまた気味の悪い女の顔を見た。私の見た顔は髑髏による錯覚であった。この髑髏は東条の親父が戦地から持ち帰ったものである。

私は自分の下宿で髑髏を手にとって勉強するのが薄気味が悪くなってきた。それで私は例の頭蓋骨を風呂敷に包んだまま学校の解剖学教室へ運んだ。そして学習室で他の学生と机をならべて例の頭蓋骨について勉強した。学生達は皆教室の助手から教室備附の頭蓋骨や四肢骨を借りて勉強していた。

私は夕暮になると東条の頭蓋骨の保管を特に教室の助手に依頼して、から身で下宿に帰って来た。東条はなかなか帰って来なかった。私はその後女の姿を見る事がなかった。

ある日の午後私は例のように解剖学教室の学習室で東条の頭蓋骨を机上にのせて勉強していた。金井教授が白髪白髯で童顔に笑いを湛えて学習室に入って来た。教授は骨について勉強している学生達を見廻して愉快気に独語した。

「うん、みんなよく勉強しとる」

学生達は教授の声をきいて後を振向いて挨拶した。教授は一人々々の学生の後に立ち止まって「どうだ、分るかね」と言葉を頭の上からかけていた。

教授は私の後に立った。私は頭蓋骨を持って頻りに解剖図と照し合していた。

「や君、君のその頭蓋骨は教室の物ではないね」

金井教授の言葉をきいて私は立ち上って答えた。

「ええ友達のを借りて来ました」

「そうだろう」

教授は骨を手にとって頻りにあちこちと見廻した。

「これは君蒙古人の頭蓋骨だよ」

人類学の泰斗として有名な金井教授は断定的にこう云った。

「そうですか。何でも支那から持って来たのだそうです」

「うん、そうだろうな。蒙古婦人の頭蓋骨だ」

私は蒙古婦人ときいて驚いて教授の顔を見つめた。

「いや邪魔をした。君、勉強がすんだならば我輩にこの骨をしばらく貸してくれ給え」

「はい、承知致しました」

教授は愉快気に笑って学習室を出て行った。

「おい見せろよ」

隣に居た学生が私の傍へ来て頭蓋骨を手にとって見た。

「えらいものだなア、骨だけで蒙古人と分るんだから」

学生は教授の出て行ったドアを見つめた。

一〇

私は頭蓋骨を助手に預けて教室を出た、赤門までの校内の道をあるきながら私は考えた。金井教授は東条の骨を蒙古の婦人の骨であると云った。しかもこの骨は東条の親父が戦争の時手に入れたものであるという。東条は彼の親父が一刀両断に一太刀できり倒した敵の頭蓋骨であって、親父の武勇の証拠品としての家宝であると云っている。その骨が蒙古の婦人の骨なのである。

東条の親父は蒙古の女を戦地で一刀両断にしたのである。私の想像力は恐ろしく翼をのばした。そうだ東条の親父が死ぬまでこの髑髏を東条に見せなかったのは尤もである。東条の親父は戦地で人目をしのぶ恋をしたのだ。相手は蒙古の女なのだ。そしてその恋は恐るべき終末を告げて、東条の親父は遂に彼女をきって捨てた。しかも戦地で咲いた果敢(はか)ない恋の思い出のために、女の頭蓋骨を持ち帰って来たのである。この骨こそ東条の親父には忘られぬ甘い恋、忘られぬ恨みの思い出であったのである。それ故親父は死ぬまでこの頭蓋骨を誰にも見せなかったのである。

東条の親父は死ぬ時発狂したときいている。それは梅毒に原因したものであったろう。頭蓋骨に残る骨梅毒が雄弁にすべてを物語っているではないか。

私はこう考えて万事の解決を得て心が軽くなって来た。私は下宿の室に入った。そして立ったまま、も一度髑髏にからまる東条の親父の一生を考えていた。その時私の眼底を瞬間的に通過したものがある。それは私が見た女の顔であった。私は手をうってすべてを了解した。そうだ、あの顔こそ蒙古婦人の顔なのである。頭蓋骨から湧き立つ顔こそ、あの骨の生前の姿なのである。東条の見る姿も確かにあれに相違ない。

とまた私はいやな暗示に捕えられた。東条の親父は蒙古の女から出発した梅毒で死んだのだ。そしてその毒が東条に遺伝されているのではないか。そのために東条は精神に異状を呈しているのだ。私はゾッとした。その時下宿の女中が廊下へ来て私の室の前でとまった。

「山田さん、お電話です」

私はとにかく電話口に出た。

「私は東条秋夫の姉ですが、秋夫が変になって人に送られて今私の所に帰って参りました。お忙しいでしょうがちょっといらして下さい」

電話は東条の姉からである。私は電話口で全身に血をあびた。気味悪い予感がしきりに私を襲った。私は詳しい事情をきく勇気がなくて「直ぐ上ります」と答えて電話をきって室に帰った。

とうとう東条は本物になってしまったのだ。何という恐ろしい宿命なのだ。そして何という気味の悪い髑髏なのだ。私はあたふたと室をとび出して東条の姉を訪うべく電車にとび乗った。

一一

東条は赤坂の彼の姉の家の一室に電燈を後に真白い床の中に坐って障子を見つめていた。私は東条の姉に導かれてソッとその室に入った。東条は小声で云っている。

「もうよしてくれよ。お前はどうして俺をそんなに苦しめるのだ。俺が何が悪いのだ、俺に何の罪があるのだ。あ、また。そんなに笑いかけてくれるな。その笑いを見ると俺はどうしても逃げられなくなる……」

東条はこう云って両手で眼を押えた。私は東条の見る顔を知っていた。そしてその顔は髑髏の生前の姿であるのをも知っていた。東条の姉はその時私を見た。

「何か見えるらしいのです」

私はそれには答えなかった。東条はまた云い出す。

「いやです、そんなに笑いかけては。私は、私はあなたのその笑いに迷っちゃったのです。もう覚悟しました。さアどうでもして下さい。私はあなたの笑いに溶けて行くのがどんなに幸福か知れないのです……」

東条は情の高調するのを堪え難いらしく頰を紅くして笑を顔に充たした。東条の姉がその時私に云った。

「ちょっと声をかけてやって下さい」

その声が東条の耳に入ったのか、東条はチラと私達を見つめた。その機を捕えて私は声をかけた。

「東条、どうしたんだ。俺が誰だか分るか」

東条は放心したまま私を見つめた。私はまた云った。そして彼の肩に手をかけた。

「東条、しっかりしろ。俺だぞ分るか」

「君か？　君は山田だろう」

その声と共に東条の姉が東条にとびついた。

「秋夫さん、気がついて？　まアうれしい」

「何です、姉さん」

東条は殆んど意識を恢復した。東条は私をまた見直して云った。

「おい山田髑髏はどうした」

私は一時狼狽した。答うべきかやむべきか迷った。しかし彼が意識を完全に恢復しているのを確かめたので答えた。

「うん、俺が持っている。この間金井先生に見せたぞ」

「見せた？　何と云った」

「蒙古婦人の頭蓋骨だって云った」

私はこう答えてしまったと思った。これを今話しては
まずかったと私が大いに狼狽している最中に東条は顔面
筋をゆるめて笑い出した。
「ああそうか。女か。そうか、そいつが俺の前に現わ
れるのだ。道理で日本人離れがしてやがる」
東条はこう云って全く平常と異ならぬ態度になった。
東条の姉は安心して涙を出して喜んだ。私もやっと安心
したのである。

一二

東条はその後全く発作を起さなくなった。二人は彼の
髑髏が蒙古婦人のそれであるという話をしあって、とに
かくあのしゃれこうべを所有する事の危険であるのを考
えた。二人は相談をして結句あの頭蓋骨を金井教授に寄
附する事にした。
「金井先生なら、あの姿が表れれば却って喜ぶぜ」
私達はこんな事まで云った。ある日二人は解剖学教室
へ行った。寄附者は特に私がなって寄附願をかいて持っ
て行った。私達は予て預けてある髑髏を助手から請取っ
て金井教授の室のドアを打ったのである。教授は私達の
入るのを見て例の如く童顔で迎えてくれた。私が云い出
した。
「先生、この頭蓋骨を教室に寄附致したくて参りまし
た」
教授は私達の顔を見返して頭蓋骨を手にとった。
「ああ、先日のあの蒙古婦人のだね。それは有難う」
教授は愉快気に頭蓋骨を見てそれを机の上に置いた。
「なかなか蒙古人の骨は手に入らぬのでね、この教室
にはただ一つしかなかったのだ。それは勿論男子のでね。
何とかして蒙古婦人のを手に入れたくて苦心していたの
だ。そうさ、まだ君等の生れぬ前の事だが、僕の友人で
軍医をやっていた者がある。その人が日清戦争に行く
ので、我輩は何とかして蒙古婦人の骨を持って来てくれ
と頼んだが、その友人は確かにそれを持って帰って来て、
一度我輩に見せてくれたが、どうしても呉れなかったよ。
その友人は先頃死んだ、東条という男だが。欲しいもの
だと思っていた。しかしこれを貰えば申分ないよ。いや
どうも有難う」
私達は教授の言葉をきいて顔を見合せた。東条が私の
耳許へ口を寄せて小声で云った。

「おい、寄附するのはやめようよ」

私はまた小声で答えた。

「いや寄附しろ、こうきけば貴様の親父は確かに蒙古の女をだまし討にして骨を取って来たんだ。だから魂がしゃれこうべにとりついて居るんだ」

東条は真青になった。二人は改めて教授に頭を下げて教授室を出んとした。その時私達のコソコソ話に暗示をうけた教授が声をかけた。

「いや君、無理に寄附しなくともいいよ。どうだ君、我輩がこれを買いとろうではないか。そして我輩から教室に寄附しよう。そうしよう、一杯君等も飲めるよ」

私達は冷汗をかきながら後を振向いてペコペコと教授に頭を二三回さげて逃げるようにドアをあけて外に出た。教授がまだ何か云う声が聞えたので、二人はあたふたと教室をとび出してやっと安堵の胸を撫で下した。

県立病院の幽霊

一

この小さな市に本社を持つ新聞が四つ、それに東京新聞の支社が五つあるという事は、一体間違であると人々は口癖のように云っていた。実際何故にこう新聞社があるのかを誰も理解出来なかった。この市は東北において は重要な市であると見えて、日本銀行の支店も置かれているし、その他の官衙（かんが）などもかなり多かった。東北の咽喉であると市民が自負しているのも理由がない訳ではなかろう。しかしそれにしても新聞社が計九つ、人口僅か三万何千のこの市に割拠しているのは、どう考えても多すぎる。あるいは新聞記者になりたがる人が多過ぎるので、已（や）むなくこれほどの新聞社が出来てしまったのか知れぬ。新聞社が多ければ多いほどまた新聞記者志願者が多くなったのであるか、この市には箒ではくほど新聞記者がごろごろして居た。供給が多くなればなるほど新聞記者の給料は安くなって、本社のある社でも主筆が百円以下の給料であると、人々はせせら笑をしながら、社会の木鐸（もくたく）を余り尊敬しなかった。

「新聞記者の多いには実に困る」

新任の知事が赴任早々こぼすのは皆この言葉であった。何かと寄附金をとられ、ちょっとした事でおどかされた。知事の機密費の大部分は、これ等新聞記者の私腹を肥すのに消費されるという評判も高かった。

知事は機密費を持つからまだよいが、県立病院の院長は歴代新聞記者になかされた。と云うて新聞記者の扱の悪るい院長は、毎日のように新聞記事の種となるのであるから、ポケットマネーを相当に投げ出さなくては、到底一日も安穏に過す事は出来なかったのである。

しかるに今度新任の山崎病院長は恐ろしく元気旺盛であった。赴任前に東京で病院の事務長に初めて逢った時の問答において、既に院長の鋭鋒が表れていた。

「いや俺は一文たりとも理由のない金は出さん主義である。金を出さんからと云って、悪口を云ったり、または病院の内事を悪様にかく記者などは片ッ端から名誉毀損職務防害で訴えてやる積りだ。なアに初めから癖をつければ大丈夫だ」

院長が赴任前からこう断言するので、事務長はもう二の句がつげなかった。

院長が赴任して以来、赴任の広告を出せとか、あるいは病院経営の大方針を伺いに参ったなどと云って、新任院長の懐をねらって来た新聞記者は、門前市をなしたが、院長はビクともしなかった。鼻ッ端と押しの強さに、記者達はまずあきれ返ったが、決してただ感嘆して近づかなくなる事はなかった。虎視眈々として院長の私事または病院内の悪事を探索していた。今に見ろ、鼻をあかしてやるから、と記者は互に連絡をとって、時の到るのを待っていた。

山崎院長はまだ年が若かった。年の若さで押し通す積りで、鼻ッ端は恐ろしく強かった。がやはり亀の甲より年の劫という訳で、鼻ッ端を強くすると共に、一歩退却して我が陣地をかためるだけの世故を持たなかった。

その辺の情況をよく知りぬいた事務長は、院長をかまきり院長と尊敬し出した。敵対する奴ばらには直ちに斧をふりあげる。しかもその斧をふるう時の足許はひょろひょろとした細い脛で身を支えていた。腹の中には気味の悪るい針金虫が巣食って居たのである。

かまきりの名は事務長から院内に拡がり、院内から世の中に拡がって行った。いつの間にか、かまきりをきき誤って剃刀と云い出した。かまきり院長は剃刀院長となって、山崎院長の耳にも入って来た。

「そうとも、俺は剃刀だ、障るものは片端からきってのける」

院長は内心痛快を叫んでいた。

二

「県立病院の幽霊」という標題で一新聞が書いた。

「県立病院隔離病室の入院患者は近来頻々として死亡し、時として一日に八人の死亡者を出す事さえある。かかる多数の死亡者を出すようになったのは山崎院長の赴任以来の事であって、院内はとりどり噂に満ちている。

しかるに昨四日夜十一時突然隔離病室だけの電燈全部が消えた。その暗の中に第四号病室内に怪火が起ったと思うと、その時女の叫声と共に青ざめたる顔貌の物すごき女がかみをふり乱し、右手に剃刀を持って廊下を歩むよと見えて、忽ち姿は消え失せた。それを見た看護婦太田まさ子（十八）は失神して廊下に倒れ、爾来大熱往来し、院内にその噂とりどりである」

山崎院長はこの記事を見て、早々登院して看護婦長を呼びつけた。

「今朝の新聞に馬鹿気た事が出ているが、本当に太田まさ子という看護婦は居るのか」

看護婦長は院長の恐ろしく不機嫌の顔色を読んでしばらく黙って返答を考えていた。

「幽霊などと、たわけた事をかく。何かそれに類する事でもあったのか」

看護婦長は辛うじて顔をあげた。院長の視線が矢の如く彼女の眼を射ていたので、看護婦長はまた顔を伏せた。

「太田まさ子と云う看護婦は居りませんが、太田まき子は居ります」

「そうか。そして幽霊は出たのか」

院長は笑さえ帯びてきいた。

「それがおかしいのです。太田は確かに見たと云っています」

「馬鹿！　今時幽霊が出ると思うか。無智低能な奴だ。早速太田をよべ」

「院長殿、太田は熱を出して寄宿にねて居ます」

「何、熱を。馬鹿奴。お前はそんな幽霊を本当と思うのか」

「いえ、私はそんな事はないと存じます」

「そうだろう、あれは新聞の造り事だ。太田という奴も奴だ。くだらぬ事を云いふらす奴だ。早速免職しなくてはならん」

山崎院長はプリプリと腹を立てた。看護婦長は恐る恐る顔をあげた。

「院長殿、太田には私から今後をよく申しつけておきます。どうかこの度の事はお許しを願います」

「免職しようとしまいと俺の考一つだ。余計な差出口をしなくともよい。一体近来隔離病室付きの看護婦は怠慢でいかん。それで患者が死亡するのだ。その事をかくために新聞があんな馬鹿な事を書いたのだ。罪は看護婦にある。脈が悪るくなったならば早く俺達に上申しないから悪るいのだ。以後気をつけろ」

院長は広い額に青筋を立ててどなった。

「もうよし、あっちへ行け。事務長に来いと云え」

看護婦長はすごすごと出て行った。ほどなく事務長が入って来た。事務長を狸と院長は信じていただけあって、室(へや)に入るや否や事務長は先を越して云った。

「や、馬鹿の事を新聞がかきました。一つ取消しを出しましょう」

山崎院長は狸のずるい一言にぐっと腹を立てた。

「取消など出すに及ばん。今時幽霊などが存在すると信ずる奴は、低能な新聞記者位のものだ。黙殺すればいい。だが太田という看護婦は怪(け)しからぬ奴だ。幽霊があると思うのは低能児だからやむを得んが、それを吹聴するとは不都合千万だ。免職してしまわなくてはならん」

事務長は狸である。かまきりは少々のぼせ上ってるなと思った。

「ですが、子供ですから何か見ちがいでもしたのかも知れません。一つよく事情をしらべてから、処分なさるならば、処分なさってはいかがでしょう」

「事情など調べるには及ばん。調べたっても化物が今まで居るはずはないじゃないか。それとも君は幽霊があると信ずるのか」

「いえ、私はまさか化物が出るとは思いません。ただ近来あまり隔離病室で死亡が重なりますので、若い看護婦は気味が悪るく思っているという事情もないではありませんから」

院長は事務長をにらみつけた。

「死亡が多ければどうしたと云うのだ」

「自然何か恨に思っている患者もあるだろうと……」

「馬鹿ッ、死んでから恨めるか。たわけも大抵にしろ」

院長は憤慨の極事務長を室に置いたまま、すたすたと廊下に出た。

三

病院の隔離病室は中庭を隔てて、病院敷地の最も奥にあった。本館から廊下が長く続いている。その廊下の中途から三四尺の横廊下が出て、それが二階造りの看護婦寄宿舎となる。

冬の夜の山おろしの風が、病院裏の大河(おおかわ)の水面を渡って、病院に突きあたる。夜は更け渡っている。東の山の端から、凄くかけて鎌のように血色をして出ている月。病院はしんと静まり返って、氷を割る音も間遠になった。

隔離病室の十八号室には重篤なチフス患者をとり巻いて、患者の家族が三四人集っていた。患者は昏々として意識を失って居る。看護婦が一人静かにドアをあけて入って来た。人々は患者の傍をよけて道をあけた。看護婦は白衣の裾を長くして患者に近づいた。脈を握る。脈は糸の如く細くなっている。

　看護婦は患家の人々にちょっと頭を下げて、一言も発せず室を出た。

「もう何時間位持つのでしょうか」

「とてもいけないのだから、苦しまずに早い方がいい」

人間のあきらめが話し合っている。室の隅に茫（ぼうっ）として灰色の衣を頭からかぶった姿が立つ。灰色の姿が細い右手を静かに静かに患者にさしのべた。その時患者は咽の奥にごろごろと音を立てた。附添の人々はベッドに近づいた。

　ドアが静かにあいた。宿直の医者が看護婦を従えて室に入って来た。人々はベッドまでの道をあけた。医者はベッドに近づいて、患者の脈を握（と）った。一二分の静寂が続いた。灰色の姿は患者に展（の）べていた手をソッと引き寄せた。医者が看護婦にあごでちょっと合図をする。看護婦が注射器を出した。

「先生とてもいけませんならば、もう注射もおやめ願えますまいか」

医者は云う人の顔をちょっと見て、暫時（しばし）躊躇した。灰色の姿は冷たい笑を顔に湛えた。

「そうですね、到底いけませんが」

「もう十分お手当を願いましたのですから、病人も思い残す事はありませんでしょうから」

　医者はちょっと頭を下げて注射器を看護婦の手に返した。灰色の姿がまた手を長く患者の方へさし出した。医者は患者の脈を握った。灰色の姿がスルスルと二三歩患者に近づいた。その長くのべた手が患者の頭に触れんとした。患者の呼吸はしばらくなかった。灰色の姿の手が辛うじて患者の額にふれる。患者は一つ深く下顎呼吸をした。

　灰色の姿が声をしのばせて嘻々（きき）として歯をむき出して笑った。

「お気の毒でした」

医者は家族に挨拶をして室を出た。その後にピタリとより添って灰色の姿は室を出た。すすり泣の声が病室から洩れる。

　隔離病室から本館への廊下の屋根の峯を危うく一匹の鼠が渡った。月は血色に鎌形をして屋根を照している。スルスルと一人の女姿が寝巻のまま廊下の屋根を渡る。音も立てず姿はスルスルと隔離病室への廊下を進む。長い廊下の屋根の峯を落付いた足どりで女は渡り出した。一尺とない廊下の屋根の峯を女はたくみに二本の足で渡っている。その屋根の下の廊下を宿直の医者は今本館へ帰って来る。

四

「いやになってしまうぜ。僕が宿直する夜に限って死亡がある。昨夜なんか一晩に八人だ。また院長の御機嫌が今日は斜だぜ」

「いやだなア。だが実際君はよく殺すなア、不思議に君の宿直の晩だ」

「僕は当分宿直免除にしてくれないかな」

「ずるいぜ」

早朝の医局でお茶を飲みながら医者が話している。

「今夜は大丈夫ですって院長が昨日云って帰った病人が二人も死亡するようでは、もう医者もやめだよ」

「まア悲観するなよ。自分が死ぬよりはいいと思っているさ」

「まアそうでも思っているしかないよ」

廊下に跫音（あしおと）がした。

「おや、今朝は早いぜ」

「うん。早速院長面前で報告の段取りか」

宿直の医者は医局を出て院長室の戸を叩いた。

「院長昨夜八人死亡がありました」

「八人？　どうしたのだ」

「外科が三人、婦人科が一人、内科が四人です」

「内科が四人？　誰が死亡したのだ」

「隔離の花園さん……」

「あれはやむを得ない。それから」

「山口さん」

「山口？　どうしたのだ。山口さんなどは死亡するはずがない患者だ」

「それが六時頃から急に脈が悪るくなって十時に死亡しました」

「何故俺に知らせないのだ」

「御宴会と伺いましたので」

「宴会があったっていいじゃないか。実に職務怠慢だ君等は。それから後の二人は」

「一等の東野さんと、吉巻さんです」

院長は穴のあくほど宿直の顔を見た。

「何だ君は。それで宿直のつとめがすむと思うか、十分に手当もしないのだろう。もうよし、この室を出給え」

院長は青筋を立てて助手を室から押し出した。院長は机の上にのっている書類に盲判を押しはじめた。

看護婦長がドアを叩いて入って来た。

「院長殿、おはようございます」

院長は返事もせずに机に向って判をおしている。看護婦長はしばらく黙って待っていた。後ろを向けて机に向っている院長は不気嫌そうに呶鳴った。

「用は何だ、早く云え」

看護婦長はしばらく躊躇していた。

「早く云わんか」

「はい。昨夜死亡が……」

「そんな事分っている」

院長の剣幕に看護婦長は口をつぐんだ。まだ院長は後を向けていた。

「それだけか、それならもう帰れ」

「いえ、まだあります」

「何だと？　まだある。何がある」

院長はクルリとアームチェーアを廻して看護婦長の方に向いた。青筋が広い額に二条蛇の如く這っている。看護婦長はその様を見て顔を伏せた。

「何をぐずぐずして居る。早く云わんか」

「はい」

看護婦長はまだ口を開かぬ。

「云えと云ったら云え。……また化物でも出るのか」

「え？」

看護婦長は顔をあげて院長を見た。院長の顔には皮肉な笑が浮いていた。

「またつまらぬ事を申しあげますが、隔離病室への廊下の屋根をこの頃夜更けて、何か気味の悪るいものが渡ります」

「えええ、またそんな馬鹿な事を云う。何だいい年の婆の癖に」

「ですが、本当です。それを見た人が五六人あります」

「そんな事はうそだ。もういいから帰れ」

院長はいよいよ腹を立てて、後ろを向けてしまった。

看護婦長は黙って室を出た。

五

午後四時院長室で人声が起った。その声はひどく激越の調を帯びていた。院長は不快に眉を寄せている。新聞記者は院長を冷笑する態度の見えるほど落付いていた。

「そんな馬鹿気た事を俺は信じないのだ」

「それは院長の自由ではあるが、現在この怪話は院内に拡がっているのみならず、院外の我等の耳にまでも入っている。それを否定しても駄目ではないか」

「駄目も糞もない。今時幽霊が出るの怪物が屋根を歩くのと云って、それを真にうけるのはよくよくの低能児だけだ」

「社としては幽霊とか怪物とかの存在を問題にしているのではない。ただこういう噂があるが、何かこれに類する事でもあるかどうかをききに出て来たのだ」

「そんな事をききに来るのが、そもそも低能だ」

「誰が低能だと云うのだ」

「君の事さ」

「よし」

「ははは、やっと気がついたのか。顔を洗って出直し給え。化物が今の世に出るかどうかを考えてみるがいい」

「院長、そんなに失礼な口をきくと書きますぞ。毎日死亡ばかりさせている癖に」

「死亡があればどうしたと云うのだ」

「ヘボ医者の集団即県立病院と云うのだ、見るがいい、この病院は化物の住居(すまい)である。と一度書いただけでも患者が減じたろう」

「患者がなければ、俺達は楽でいいのだ。化物の恐しいような患者は入院してくれなくともいいのだ」

「勝手にしろ」

記者はプンプンと腹を立てて出て行った。院長は椅子を立ち上って、室の中をあちこちと歩るき廻った。余りに馬鹿々々しい事で院内院外共に騒ぐのでいまいましくて堪らなくなった。急に思いついて呼鈴を押した。続け様に五六回押した。

廊下をパタパタという跫音がしてドアが叩かれた。看護婦長はおずおずしながら入って来た。院長は立ったまま云った。

「婦長、先日化物を見たと云う看護婦はどうした」

「その後二三日熱がありましたが、その後熱が下りましてからも、一向食事を致しませんので、まだ休ませてあります」

「馬鹿な奴だなア。その後何かとい訊しておいたか」

「はい、よくききました。確かに気味の悪るい姿を見たと云って居ります。髪をふりみだして、顔のあたりは真青で茫っと青い光が立っていたそうです」

「廊下の屋根を渡るのは女か男か」

「女だそうです」

「それから、どこへ行くのだ」

「それが判りません。小使の一人の話では廊下の屋根の峯を上手に歩くそうです。あまり凄いので後は見なかったそうです」

「意気地のない奴共だ。よし分った」

婦長は一礼した。そして二三歩室のドアに近づいた時また後ろを振り向いた。

「院長殿、今東北新聞の記者が寄宿舎へ太田を訪ねて来ました」

「寄宿へ行った。何という奴だ」

「大森と云う人です」

「うん、二十五六の若い奴だろう」

「ええ、そうです」

「今俺の所へも来た。寄宿ではどうした」

「太田に今逢っています。応接間で」

「馬鹿ッ、何故そんなものに新聞記者なんかを逢わせるのだ、兼々云ってあるではないか」

「ですが大森さんと太田とは許婚の仲ですから、入学の時から届けてあります」

院長は驚ろいて目を見はった。

「許婚でも逢わせてはならぬ。早く追い返せ」

看護婦長は大急ぎに室を出た。

院長はまた室の中をあるき廻った。ふとドアが叩かれて事務長が入って来た。院長は事務長を見るや否や云った。

「事務長。今大森という新聞記者が寄宿舎へ例の幽霊看護婦を訪ねて来ているそうだ。許婚同志だというが、うるさいから追い返し給え。婦長には今云ったが、女では奴承知しないかも知れぬ。早くし給え」

「そうですか、実にあの記者には困っています。あれは金持ちの息子でしてね。金で云う事をきかぬ奴で困るのです」

「尚いいではないか、金をやらずに腕ずくで追い返してしまい給え」

事務長が当惑した顔をして室を出て行った。

六

東北の街上に霙が降り出して、灯がついた。雪の遅れた今年も今夜は雪となると知って、町家も早く戸を閉して、街行く人のおこそ頭巾に傘が重かった。

町のはずれを流るる大河が黒く沈黙して、その河沿いの県立病院は今宵はしんと静まっていた。

廊下の屋根にいつともなく雪が一寸ほど積っていた。サラサラと降り、しとしとと降り積む雪に、院内は更け渡った。

診察室の廊下の窓からスルスルと女が一人雪の庭に下りた。女は廊下の檐にしばらく立って物音を立てない。ややしばらくの静寂の時にも雪はしとしとと降っていた。女は腰を曲げて地上から小さな手桶を手にさげた。その手桶から茫と湯気が立ち上っている。女は手桶を下げたまま、中庭の木ごみの暗を縫うて隔離病室への廊下に近づいた。女は廊下の外に沿うて足音をしのばせ隔離病室に近づいた。そして手桶を地上に置いたまま姿を消した。

風が出た。雪は細かくなった。安穏な病院の雪の真夜は氷割る音もなかった。

十五分の時が過ぎて、カタと小音を立てて隔離病室の二階の廊下の窓が明いた。女の顔が窓の外に出て、下を見つめた。窓から手が出て縄が下される。縄の尖に重い鉄のいかりがゆれ動いた。いかりが地上一二尺で大きくゆれた。カチと音をしていかりは地上の手桶の手にかかる。静かに静かに手桶はつり上げられる。十分近くして手桶は窓の女の手に達した。女の左手が長くのびて手桶を窓外にさげている。右手が窓から出た。その手の先には小さな柄杓が握られている。女は上半身を窓から出して右手の柄杓を左手の手桶に入れた。

柄杓が勢よく動いた。茫と湯気を立てた水が隔離室への廊下の屋根になげられた。一投げ二投げ……十投げにしてもう手桶の水はなかった。

再び手桶は縄につられて地上に下された。縄が窓までつり上げられた。窓は静かに閉された。十分。再び中庭に女は姿を表して手桶を運び去った。雪はサラサラと降り、しとしとと分秒を続けて積っている。

と見る廊下の屋根の峯の雪をふんで歩む姿がある。青白い女の姿である。危うくも尺に足らぬ屋根の峯を落付いて、足許をかるく渡っている。姿は一分一分と隔離病室に近づいて行く。コトリ。屋根に音がした。屋根の上の姿は歩む、進む。女は一歩一歩と進んだ。女の右足が宙に浮く。その足が屋根に下りた時、そこは雪が解けていた。左足が宙に浮く。

女の身はドッと屋根を辷った。一丈の屋根から女の身は地に落ちた。雪は霏々(ひひ)として降る。その粉雪の中に女は倒れている。

「火事だ！　火事だ」

声は院内に起った。ワッと云う人声に混じて、物をたたきこわす音が起った。看護婦寄宿舎は女等の叫び声に満ちた。消火器が持ち出された。火は外科の消毒室から出た。非常門が開かれた。十五分の時が過ぎた。

「消えた。消えた。もう大丈夫だぞ」

その声は廊下から廊下に走った。火は消毒室の内部につまれてあった消毒物のみで消えた。カーテンの一枚が危うく燃えていたのみであった。

七

「県立病院の怪火」の原因は即刻取調が開始された。その日の大手術に消毒室は用いられた後、火気はあるはずがなかった。がまた放火の形跡もなかった。この取調べが夜明けにまで及び、院内の殆んど全部の人々が出張の警察官に取調べをうけ終えた時突然隔離病室の廊下の外の雪の中に倒れ死んでいる女のある事が発見された。それは看護帰太田まき子であった。かつて隔離病室で幽霊におびやかされた太田まき子であった。

怪火の原因と太田まき子の死とは当然の帰着として人々の心の中に或る関係を造らしめた。太田まき子の死体は死因を専ら研究されなくてはならなかった。

太田まき子に死の前日面会した東北新聞記者大森は直ちに取調べをうけなくてはならなかった。彼は一応の取調べをうけて後、一度警察を出た。そして病院へ馳せつけて来た。

太田まき子の死体は屍室に運ばれて、身体全部に渡って検査されていた。その検索の最中を大森記者は屍室に入って来たのである。死体は胸部に甚だしき打撲傷を得ていた。なお後頭部に一ケ所致命傷を思わしむる打撲があった。死体は解剖に付せられた。その結果は胸部の打僕もまた頭部の傷も致命傷に非ざる事が決定された。事件は迷宮に入った。

死体の横っていた現場は既に発見当時これに近づいた人々の雪につけた足跡と、火事のために庭を走った人々の足跡とのために証拠を握るべき片影だも発見されなかった。

怪火の原因に一道の光を投げたと人々の信じた太田まき子の死は、全く何の手がかりをも得られずに終ってしまった。

かくしても警察側は続けて探索の手をゆるめなかった。しかし警察はただ無駄な努力をくりかえすのみで、県立病院の怪火と太田まき子の死とは永遠のなぞとして終る運命にある。

八

太田まき子の死以来、県立病院の怪火以来、この市の新聞記者は互に競争の姿で、病院へ出入した。そして警察側を出しぬいて、その真相を探知する事を努力した。太田まき子の許婚であった大森記者は一日中病院に入りびたりになっていた。

院長は病院内部が新聞記者の探偵市場になった事について甚だしく不愉快であった。が院長自身もまたこの両事件、あるいは相関聯する事件に対して興味を持たざるを得なかった。院長はこの事件の真相のつきとめられる事を今は希望するに到ったのであった。斯して院長は新聞記者の院内出入を自由にした。特に大森記者に対してはある程度の特別な同情をさえ表したのである。

院長の内心がこの状態であったある日大森記者は院長に面会を求めた。その要件はこの事件とは全く無関係であって、記者の父親が急病の知らせをうけたので、院長の往診を依頼する事であった。院長は心よく往診を承諾した。

「どうかお願します。私は一足お先に帰宅して居ます。それから誠に恐縮ですが、家から買物をして持って帰るように云われましたのですが、金を持合せませんので、五十円ほどちょっとお立替を願いたく存じますが……おいで下さいました時に返済致しますから」

院長は早速五十円を大森記者に渡して、後刻往診する事を約束した。

院長はその日の午後二人曳きの車で病院を出た。幸に雪は降らぬが三四日前に降り積んだ雪で道は大分困難であった。市を離れて四里を来た時は既に夕暮れて来た。道は北国の大河に沿うている。河の両岸に山がせまって、先は国境の山峡となる。

「院長さんですか」

道の端に立つ人がきく。

「ああ、そうだ」

「さっき大森の若旦那が通って、これから先は船に乗って来て下さるように話がありました。用意しておきましたから船に乗って下さい」

急流を下る船の船底は浅かった。たくましい二人の船頭が棹を肩にして院長を待っていた。

院長は車を乗り捨てて船に乗った。車夫の一人は車と共に附近の農家に帰路を待つ事となって、一人の車夫が院長と共に船に乗った。船の中に先に一人の女が居た。院長はこの女の顔に見覚があった。

「院長殿、御迷惑で御座いましょうが、私も大森さんへたのまれて参る看護婦でございますから何分お願致します」

「ああそうか。君は時々病院へも来ているね」

「は、毎度お世話になって居ります」

船は岸を離れた。矢の如き急流にのった船は山峡の大河を下って行く。河心の岩を船頭は棹でさける。両岸にせまる山の傾斜は木も岩も雪の夕暮にさだかでなかった。

船には灯がつけられた。院長はオーバーの襟を立てて船底に腰を下して居た。

「陸(おか)を行けば二時間はかかるが、河ならば三十分もかからない」

船頭と車夫とは話していた。山峡が稍(やや)ひらけて掌大の桑畑が見えた。

「もう来た。早いものだ」

船は岸につけられた。人々は皆上陸した。船頭もまたこの一寒村の豪家のふるまい酒をあてにして院長の後をついて歩るいた。

「この家です」

船頭の一人が大きな門の前で云った。勝手の大きな戸障子の中で焚火する光が紅くうつっていた。

「はい今晩は。院長さんがお見えになりましたよ」

勝手の戸があけられて人々はどやどやと入った。勝手の囲炉裡の周囲には五六人の人が集って夕餉をとっていた。

「誰だね。大分大勢して」

勝手の人が云った。院長の車夫は大声で呶鳴った。

「院長さんが居らしったので。早く奥へ取ついでくれ」

「院長さん?」

男が立って奥に入った。院長は勝手に腰をかけて、車夫に靴の足をさし出す。車夫は院長の靴をぬがせていた。奥からこの家の主人らしいものが出て来た。

「何かお間違ではありませんか、私の所には病人はありませんが」

「え?」

院長は既に靴をとって板敷に立った身を振り向けた。

「御令息から御依頼をうけて参ったのだが」

「へ、息子が?」

主人は頭を傾けて考えた。船頭が口を出した。

「確かにさっき御宅の若旦那が来て、わし達にも病人があって院長さんが来るからと、河下りをたのんだし、またこの看護婦……おや看護婦さんはどうした」

院長も車夫も船頭も勝手の中を見廻した。看護婦の姿はどこにも見当らなかった。

「これはおかしいぞ」

人々は口々に云った。院長はつっ立ったまま一言も発しなかった。

九

院長等が此家(ここ)に来て呆然としていた時に、既に河岸に船はなかったのである。

院長等が陸に上って村までの坂を登っていた頃、二人の人が急ぎ足に船に近づいた。男は大森記者である。女は院長と同船した看護婦である。この二人は船に乗るや否や船縄(ともづな)をといた。船は矢の如く河を流れ下った。再び山峡はせまくなって、流れはいよいよ急になった。

男は棹を手に持っていた。女は船底に伏していた。危うく船の先に立つ岩を男は棹で避けた。水流がややゆるくなった。男は棹を船の中に倒して女に近よった。

「何故あなたは泣いているんです」

女は泣き続けていた。

「こうして逃げて行くのに、何故あなたは泣くのだ。あなたの心配していた太田は幸に死んだんだ。もう何も心配はない」

女はその時顔を上げた。男は女を抱いた。

「私みんな云います、私は大罪を犯しました。ただあなたを思うばかりに」

男はワナワナとふるえる女をしっかりと抱いた。

「どうした。云って下さい」

「私まき子さんを殺しました」

「何？　殺した？」

男は女を離して女の顔を見つめた。暗がせまって来て顔はもう分らなかった。

「ええ殺しました。まき子さんが毎夜ねとぼけて隔離病室の屋根の上をあるくのを私は知りました。そしてあの雪の夜、湯を雪にかけて、まき子さんを屋根から滑らしたのです。まき子さんは脳震盪で死んだのです。私がまき子さんを殺したのです」

女はしっかりした声で云った。男はぶるぶるとふるえながら女を見つめた。

「その上私は病院に火をつけました。そうしなければ私のした事が人に知れると思ったからです」

男はもう聞いている事が出来なかった。唇から血が下って行くのを自ら感じた。

「私は恐ろしい罪を犯しました。今夜やっと肩がかるくなりました。けれども私はもう覚悟しました。もう私はどうなってもいい……けれど大森さん、こんな罪を犯したのもみんなあなたのためです……」

男は恐怖の絶頂に追いあげられて、女の言葉をさえきくのを恐れた。

「もういい、何も云わずに居て下さい」

「もう申しません。けれど大森さん、それでもなお私を愛して下さいますか」

女は身を男に寄せた。男は身をひいた。

「あらッ、あなたは私が怒ろしくなったのですね」

女の声は愛の調を失っていた。男はいよいよ身を引いて、ふなべりに背をよせた。水のしぶきが襟首に冷たい。

「いいわ、どうせ男の愛なんてそんなものなのでしょう。私が馬鹿だったのです。もう私だって覚悟したわ。みんな云ってしまうから、そんなに逃げずによくおききなさい。私は……私の……私の家の血筋はレプラです。……驚ろいたでしょう。レプラは燐を身体に塗っていれば、一生出なくてすむんです。だから私は猫入らずをいつも夜は顔にぬっていたんです。その私を丁度停電の夜まき子さんが見て幽霊と思ったのです。それからまき子さんは気が変になって、毎晩屋根の上を歩るいたのです。……さアもうこれまで話したらば、さすがのあなたも私をいやになったでしょう。許婚の可愛いいまき子さんは私に殺される。恋人らしかった私はレプラと知ってしまっては、お気の毒みたいね。まアお待ちなさい、今いい事をしてあげるから」

女は袂から猫入らずを出して、河の水でとかして顔にぬった。茫として暗夜の女の顔が青く炎を立てた。

「さア眼をあけて私を見てはどう……」

女は立ち上って男によった。男は顔をそむけて逃げた。狭い船の中を男は逃ぐる、女は追いかける。女の手が男の頸にからみつく。

「さアじっとしていらっしゃい」

女は気味悪るく笑った。その笑顔からも青い炎が燃え立った。船はまた山峡を矢の如く流れ出した。下流五間(けん)にかくれ岩がクスクスと笑って船を待っていた。

船の中では女が男の頸をぎゅうぎゅうしめつけていた。山峡の暗夜に大音響が起った。十秒にして河面は青い燐の光が散り、飛び、かつ流れた。

警察医

朝病院に出ると看護婦が来て「先生警察医の方がお逢いになりたいと云ってお待ちです」と云った。私は警察医ときいてすぐに、「立花さんだろう」と云った。「さアどうですか」と云って看護婦は出て行った。

私はこの立花という警察医を前から知っていた。私の親類の者がこの医者にかかっていたのである。私も忙しい身なので親類の病人ではあるが、毎日は往診出来ぬので、近所の医者を頼んでおいたのである。その医者が立花君である。

この私の親類の病人というのはもう老人であるが、娘が長い病気であるのでその娘の看病をする唯一の老人であったのである。その老人もリュウマチスや心臓衰弱になって病床についていた。この老人がどうしたのか、精神に異状を呈した。勿論身体がきかぬのであるから、とりとめぬ事をしきりに口ばしるに過ぎない。

余り老人が興奮するので私は立花君に鎮静剤を投ずる事を依頼した。二日ほどしてこの老人は非常に危険の状態になったので、人々が集って来たりなどした。私も心配して夜おそくまで注射などをしなければならなかった。

この立花君は私に初めて逢った時、警察医という名刺を出した。かつまた今年慶応の医科へ長男を入学させたいから頼むと云った。

昨日電話を私にかけて、「明日は長男が体格試験を病院でうけるはずであるから何分たのむ」と云ってよこした。その翌朝立花君は私を病院に訪ねて来たのである。

ほどなく看護婦がまた私の室へ来た。

「今の方は毒を呑んだ先生の所に行っていらっしゃいます。それがすんだらば応接間へおいでになるそうです」

私は毒ときき、毒をのんだ先生ときいて大分驚ろいた。

「誰だ」

「存じません」

看護婦は出て行ってしまった。私は医局へ入ってきいてみた。

「〇科の助手です」

「どうしたのだ」

「昨夜三人で酒を一升飲んだのだそうです。夜中に看護婦が宿直室へ起しに行った時、どうしても起きなかったので、看護婦は外の先生をたのんだそうです。今朝外来診察がはじまる頃になっても、まだ起きて来ないので見に行くともう手足が紫色だったそうです」

「何を飲んだのだ」

「それが分らぬそうです。眠られぬと云っていつもベロナールを呑んでいたそうです」

その話をきいて私はその毒を飲んだという医者を診察に行こうとして医局を出た。その時に看護婦が、立花君が応接間に来たと云ってきた。立花君はその医者を検案に来たのであった。立花君は私を見て云った。

「一体何をのんだのでしょう」

「それがよく分らぬのです」

応接間へ警部が入って来た。立花君はちょっと私を見て眼で大丈夫ですという合図をした。実際病院内で医者が自殺をはかったと云われてはちょっと体裁が悪るい。

「毎晩眠られぬと云ってベロナールを飲んでいた事だけは分りました」

私は笑いながら云った。警部が口を開いた。

「ああそうですか、では誤飲ですな」

警部は手帳を出して立花君を見た。

「自殺ではないでしょう」

立花君が私にきいた。私はどちらであるか分らなかった。警部が手帳に字をかきながら云った。

「とにかく誤飲としておきましょう」

警部は落付いて腰を下した。私もゆったりした気分になって、立花君に云った。

「先日中から例の年寄がお世話になりまして」

「いえどう致しまして、また色々有難うございました」

私の方こそ有難うであるが、立花君が有難うと云う訳がないので私はちょっとまごついた。が考えてみれば開業している医者に病人をたのむのは、有難がられる事かも知れない。

「実は飲ませ過ぎましてね」

「え?」

「ベロナールを飲ませ過ぎたのです」

私は愕然として眼を見張った。そうであったか、道理で例の老人は急に悪るくなった。云われてみればベロナールの飲み過ぎであったのである。そうは思ったが立花君が余りに正直に云ったので私も気の毒になって来て、警部を見ながら云った。

「そんな事もないでしょう」

「いや、確かにそうですよ。思いきって多量にあげたのですからな。あれで万一の事があれば傷害致死ですよ」

立花君がこう云うと警部が剣をならして立ち上った。私は冷っとした。が警部はきいて悪るい事をきいたように、気まりの悪るい風をして室を出て行った。

その頃例の毒を飲んだという医者は死んだのであった。早速解剖に附した。剖見の結果はただ胸腺淋巴体質であるのが分っただけであった。この体質は突発死を起す事があると云われている体質である。

立花君と私とは解剖室を出て春めく校内を歩るいた。私は立花君に云った。

「解剖しても分りませんでしたね」

「分らなくていいのですよ。今の人はどうして死んだのか分らないが、あのお年寄りは確かにベロナール中毒ですよ。危ない危ない」

立花君はこう云って後、ふと私の親類の者であるのを思出したと見えて帽子をとった。

「申訳ありません。これから注意します」

私は返事の仕様がなかった。

「だがいい経験になりましたよ」

こう云って立花君はスタスタと校門を出て行った。

本人の登場

「一」

　彼はほんの出来心からはじめた事である。その頃彼は新聞紙上で文壇の某氏の名をかたって、ある人間が海浜の宿屋を飲み倒し食い倒して逃げた事を読んだ。その記事を読んだ彼は心の底から愉快になって来た。

　彼がこの記事を読んだのはある温泉宿であった。彼はこの記事を読むや否や、おれも一つやってみようかなと考えたのである。しかし彼は決して金がないのではない。暑中休暇を温泉で遊び暮すだけの金を彼は満洲に住む親父から送って貰って、まだもう一ヶ月位暢気にしていられるだけ金が懐中にあったのである。

　彼は宿屋をふみ倒す料簡など毛頭ないのである。またその必要をも認めなかった。ただ彼は一週間でも二週間でも自分以外の人間になって暮したくなったに過ぎぬ。実際自分以外の人間になりきって暮す位愉快な事はあるまい。二六時中東京帝国大学法学部学生大原六郎として世の中に生きているのには大分厭(あき)も来たのである。第一大学生であるために、いつも学生としての待遇をうけなくてはならぬのが面白くない。自分は既に高等文官試験に及第しているのである。学生をやめさえすれば、立派ではなくとも官吏にはなれる。昨夜この温泉に来て泊った県の土木課の男などは、確かにおれよりもヘボである。しかるに彼は紳士として立派に立ちふるまって今朝出発した。おれも学生さえやめればあの真似が出来る。

　学生は由来未成品である。従って既成品よりは以下の扱をうけるのは当然である。がまた反面には学生は未成品である点に見込がある。末は大臣になるのか、知事になるのか、あるいはまた大会社の重役になるのか見当がつかない。その意味において学生という未成品は下手な既製品よりは人目もひく。この温泉に来ている若い娘にもてるのも、要するにおれは未成品であるからである。しかしまた未成品は恐ろしく出世する可能性があると同時に、線香花火にもならぬ可能性がある。それ故学生はもてるが、常にある程度の警戒をもってもてるのも確実である。隣室の娘のお袋が、おれに近づくようでやはりある域を越さぬのもこの理由である。

俺はもう学生であるためにかち得た幸福に慣れ過ぎてしまった。今度は一つ既成品になってみよう。と彼は決心した。その決心をかためたのは彼が例の新聞記事を読んだ夜であった。彼のいた温泉は山中ではあったがまだ都に近すぎた。彼が学生ならぬ人格になって表れ得るのはもう少し都を離れなくては危険であると彼は考えた。

彼は荷物のカバンを出して日本全国の地図を広げた。彼は別人として姿を表すに最も適切な場所を物色しはじめた。鉄道線路から十里も隔てた温泉は日本にはかなり多いのを彼は発見した。彼の知人がいては目的を果す事は出来ない。彼は彼の友人の故郷でない県の温泉を求むるために大分苦心した。そしてあまり不便でない、かつ余り人の入り込まぬ温泉の五ツ六ツを選び出して、その一々について温泉誌を参考にして、行先を考えた。

彼は専ら淋しい所、人の出入の少なそうな所、という標準で考察をめぐらせたが、中途にしてはたと行きつまった。余り人の出入の多い所は彼の実人格が他人から見破られる惧のあるのは事実であるが、余り人の出入せぬ場所ならば山中暦日なき村落と同様に、せっかく別人格となって表れても何の効もない。少なくとも学生と紳士との区別を徹底的に知る場所でなくてはならぬのである。彼が今変らんとする人格に対して相当な交渉を持つ所でなくては目的は達せられぬ。

彼はまた地図を広げた。少なくとも鉄道の駅から自動車の通う範囲でなくてはならぬと、新らしい標準で温泉を物色した。そういう程度の温泉も相当にあった。彼はまた温泉誌を出して候補地の一々について研究した。この研究が大半終った時、彼はまたハタとつまずいた。一体俺は何になったものであろうか。唯の役人などになっても一向面白くなかろう。県の役人などになったとても、宿屋の亭主が頭を余分に下げる位のものである。相当に知名の人にならなくては面白くない。宿屋に対してはどうでもいいのである。その宿に滞在している人々に対して最も有効な人格にならなくてはならぬ。

彼は大分考えた。自室で考えて足りぬので内湯にまで入って考えていた。その時二人の青年が湯に入って来た。同じ宿の客には相違ないが、まだお互に顔を知らない。

この二青年は湯壺に入るや否や話し出した。

「久野武雄が来ているとは驚ろいたな。随分田舎へ来たものだな」

「やっぱり伊豆や箱根はうるさいからだろうよ」

「宿帳の字はなかなかうまい字だな」

「ありゃ君ペンだからさ。筆でかけばきっと下手だぜ」

「そうかも知れない」

この青年の話をきいて彼は何とも云えぬ興味を感じた。文壇の売っ子の久野武雄がこの宿に来たという事は何という奇跡めく事であろう。彼は新聞雑誌などで知っている久野武雄の顔を思い出して、一度逢ってみたい衝動にかられて来た。

彼は湯壺から出て洗場で湯を身体にかけながら、頻りに久野武雄の事を思っていた。彼の作物中の人物の名などが彼の心に浮び出して来る。

ふと隣の女湯から声が聞える。

「久野さんがさっきいらしたのですってね」

「そうですってね。私丁度お帳場へ行った時、ついたばかりで宿のおかみさんと話しておいでになるのを見てよ」

「そうお、どんな方」

「思ったより年寄りの方よ、あの方があんなラブシーンをおかきになるとはちょっと考えられなくってよ」

女湯の声をきいて男湯の青年が云った。

「えらい人気なものだな」

「そう。久野のいる中は俺達は物の数にも入れないぜ。そうと知れば宿帳に偽名をしておくのだったな」

「ほんとだよ。俺達などこそ隣の女達の身方なのだがな。新進作家なんか東京だけさ。地方に出りゃ誰も知りやしないよ」

「さっきの番頭の奴、御職業は？　とやりやがったぜ」

「小説家！　と君はのっそり返ったが、番頭くすくすと笑ったぜ。そうだろうよ、久野の後で来たんじゃ駄目だからな」

「明日逃げようか」

二人が湯を出て行った。彼はまだ湯にひたりながら考えていた。久野武雄がこの温泉に現れた事がどれほど大きな波紋を与えているか、またその波紋のために、今の二青年文士が如何になき者に取扱われるかを彼は興味深く考えた。俺も別人格としてどこかの温泉場に現れる時には久野ほどの波紋を画き出してみたい。そしてその波紋の中心になってみたい。どれほど俺は愉快であろうか。

と彼はふと考えた。果して今日この宿に来たのは本物の久野であろうか。現在今日の新聞で既に偽文士が飲み倒しをしたのが見出されている。果してこの宿に現れた久野は本物であろうか。もしそれがまた偽物であったらば、何と云う皮肉であろう。そしてその偽物を本物と思って今の二青年文士がこの宿を逃げ出したとしたらば……彼は笑が頬に表れて来たのを自分で感じた。

久野はこの温泉に来る可能性がある文士であろうか、と彼は考え出した。彼の故郷は東北地方である。そして彼は近く結婚したはずである。そして東京の郊外に新居を建てて棲んでるはずである。かつまた月末で彼は原稿に追われている時である。またこんな山中の不便な温泉に、少なくとも一里を徒歩でなくては来られぬ温泉に何を好んで来るであろう。彼の作物はいつも都会が材料として織られている。新作のためにならばもっと便利な温泉に行くはずである。どう考えてみても彼にはこの温泉に久野が来る可能性があるとは思われなかった。

もし偽物であるとすれば誠に下手なものであると彼はついに考えた。俺でさえも直ぐに偽物である事を見破れるほどである。が俺は今自身偽物となるべく画策中であるから、直ぐに観破し得るが、この宿にいる人々は、特にかの二青年文士でさえも、とてもこの久野の偽物であるのを見破る事は出来まい。

彼は皮肉な笑を浮べた。その時「こちらでございます」と云う宿の番頭の声と共に内湯の戸があけられた。湯気を通してボンヤリと浴衣をぬぐ姿が見えた。彼は湯壺の中から新客の姿を見つめていた。

客は無造作に浴衣をぬぎ捨てて湯壺の端で手拭にふくませた湯をからだにかけていたが、ドボンと湯に飛び込んだ。その拍子に湯面に大波が起って彼の口まで湯は入って来た。彼は無作法な客に驚きながら唾を洗場に吐き出した。それに気付いた客は初めて先客がいたのを知って声をかけた。

「失礼しました。眼が近いものですから、あなたのおいでになるのに気がつきませんで」

「いえ」

彼は胸を湯に沈めて客を見た。客は彼の予備知識によると確かに久野武雄であった。彼は大分狼狽した。彼はその狼狽の鎮まるのを感じた時直ぐに声をかけようとした。がも一度客の顔を見直した。

客の顔は大体彼が新聞雑誌などで三四度見知り越しの客には相違なかった。しかしどことなく違う所のあるのをも彼は見落さなかった。彼の興味は湧然としてこの客の身分調に集中して来た。

「今日おいでになりましたか」

「ええ、先ほどつきました」

「東京からおいでになりましたか」

「ええ」

「当分御滞在ですか」

「さア」

客は一向に気乗りがしない返事をしている。彼はいよいよ興味をそそられた。どうも変である。久野ほどの作家になっているならばも少し態度が明瞭でいいはずである。押しも押されもせぬ作家となりながら、態度を故意に不鮮明にするのはどうしても受取れない。彼は勇気を出してまた問うた。

「この温泉に度々おいでになりますか」

「ええ、いいえ」

「では初めて」

「子供の頃は来ました」

彼はこの返事をきいて満足してしまった。久野が子供時代からこんな温泉に来るべきはずがない。久野は東北の人である。彼は歩一歩を進めた。

「何か書き物でもなさるのですか」

「いいえ」

彼はいよいよ勝ち誇った。彼は思いきって云い放った。

「久野武雄さんと宿帳をおつけになったのはあなたですか」

彼はこう云ってこの男の顔に表るる瞬間的の表情をも見落すまいと、顔を見続けた。この男は彼の問をきくや否や一時当惑に満ちた顔をした、後思いあきらめた表情をして初めて口を開いた。

「そうです、私です」

彼は凱歌を奏した。この偽物の面を引きむいてやった事は彼は愉快でたまらなかった。と男が小声で云った。

「とうとうばれましたかな」

男はこう云ってゲラゲラと笑った。

「それはばれますとも、第一久野さんがこんな温泉に来るはずがないじゃありませんか」

「え?」

男は聴耳をたてた。彼はかちほこって云い続けた。

「それにあなたのお顔は久野さんに似てますが、どこか違った所がありますからな」

彼がこう云って言葉をきった時、湯の中の男は急に笑い出した。

「何です、あなたは私を偽物と思っておいでなのですか」

　彼はこの言葉をきいて一時狼狽したが直ぐに今になってごまかそうとしても既に遅いぞ、と心の中で冷笑した。二人が顔を見合せたまま二三分過ぎた。男は不愉快気に彼に云った。

「僕は偽名など使う必要がないですよ。実は偽名する方がうるさくなくていいとは考えたのですが、それも気がとがめるので……」

　この言葉を云い終らせず彼は苦々しく怒鳴った。

「駄目だ。そんなごまかしを云っても。子供の時こんな温泉に来たって云ったりしてしまっては後の祭だ。それに新聞で知っている久野さんの顔とも大違です。また先日ラジオで久野さんのをききましたよ」

　彼は息をはずませて云いきった。その時男は落付いて云い出した。

「私の親はこの土地の学校に居た事があります。私は近眼だが、今眼鏡をとっている。それからラジオなんかに出はしない」

　彼はこの落付いた言葉をきいてすっかりうちのめされた。彼は居たたまれずに湯からとび出した。そのまま逃げ出そうとしたが、どうも申訳けなくてそれも出来ず困りきって洗場をうろうろしていた。その様子を気の毒気に見ていた久野武雄はまた静かに云った。

「君、僕は決して君に対して腹を立てはしない。君は愉快な人だ。君の失敗は実に面白い事だ。僕は二三日は滞在するつもりです。遊びに来給え」

　彼はこの言葉をきいて裸体のまま頭を二三度下げたまま身体も拭わずに浴衣を肩にかけて湯を出て行った。

　女湯では若い声がしていた。

「私久野さんにお目にかかりたいわ」

「逢って下さるでしょうか」

　久野はこれをききながら、今出て行った彼の事を考えてくすくすと笑っていた。

　部屋に帰った彼はやっと安心した。俺は途方もない馬鹿をしてしまった。なぐられなくて仕合せであった。確か久野武雄は柔道初段まで行ったはずである。それにはり倒されたならば赤恥をさらす所であった。やはり作家として大成した久野は確かに人格も出来ている。あれほどの無礼に対しても心の底から腹を立てぬのは見上げた人格である。彼は冷汗をふきながら頻りに三嘆した。

「二」

彼は奇妙な気分で一夜を明した。この一夜の間に彼は三回ほど床の中から這い出して電気を灯しては枕許に地図をくり広げた。彼が学生以外……既成品となってみる決心は久野武雄の登場によっていよいよ力を強くしたのであった。が彼が偽物と信じきった久野武雄が本物であったのを知らなくてはならなかったのは、彼としては誠に残念千万であった。と同時に彼自身折悪しくも偽物となってどこかの温泉場に表るるべく画策している最中に、久野武雄が偶然にも登場したために、彼は本物を偽物に思い違いをした事を自分ながら気恥かしくも思った。しかしこれ位のつまずきは彼の決心を鈍らせはしなかった。むしろ彼の決心はこの出来事のために堅くなったと云うべきであった。

彼はこの温泉になお滞在する気になれなくなった。一つには本物の久野武雄にまた再び逢うのを恐れたのであったが、それと同時に彼は一日も早く相当有名な人間となって、どこかの温泉に登場すべき運命を持つ事を余儀なくされた。と云うのは彼と同様な考えを持つものがこの世の中にかなり多いのではないかと思いついたからである。至急事を運ばなくては誰か彼以外の人が彼と同様な事をせぬとも限らぬ。そしてそれが発表される時は日本全国が警戒を厳重にするに相違ない。彼自身は何等の悪心もなく唯一時の気まぐれでやる事であっても、姓名を偽る事は確かに悪事である。その悪事は事実が発見せらるる時に初めて悪事となる程度の事であるから、出来るならば悪事とならずにすませたい。これが彼の焦慮の中心であった。

彼は大体登場すべき温泉場を決定した。それは鉄道線路を去る五六里の東北の温泉場であって、停車場から自動車が通う所であった。彼はまず行先を都合よく選定し得て満足して一度床の中に入ったのであったが、やはり名状し難き興奮のためになかなか眠られなかったのである。

彼は頻りに寝返りを打った。その寝返りの数の中に彼は愕然として驚ろかされた。

「一体俺は誰になったらいいのか」

彼はもう床の中に横になっている事が出来なかった。彼は床の上に坐った。そしてジッと考えた。彼の知る人々の名がめまぐるしく彼の心を過ぎた。やはり文壇人に限る。政治家は見破られ易い。画家はなおばれ易い。文壇人ならばごまかしもつき易くまたなかなか見破られる事もなく、かつ第一の目的たる、もてる事請合である。彼は範囲を文壇人として彼の知る名を心に並べてみた。第一の候補者は申分ないが彼の知るところでは肥満した体軀の持主である。不幸にも彼は痩身であった。第二の候補者は特に女学生には持てる事請合ではあるが、その文士の顔は余りに特徴があり過ぎて彼には向きそうもない。

彼は大分この点で苦心した。その時彼の心を嵐の如く速やかに通り過ぎた名があった。

「そうだ、あれがいい。あの人ならば文壇の事も相当に知っている俺でさえも、年も顔も想像がつかない。世人は確かに彼を知るまい」

彼は小躍りして喜んだ。かつまた彼の意中の人は特別な人である。医者を本業としてかつ筆の人である。この人の作物は大分愛読もしている。その作品を通して見るに、この人は年齢の見当が全くつかない。大分年寄りでもう五十過ぎとも思われるが、またある作物を見ると大分センチメンタルでもある。まづ三十歳位にしかならぬ人らしくもある。幸哉（さいわいかな）彼自身は年の割に老けて見える。大丈夫この人となっても見破られる心配はない。

彼は辛うじて安心して床の中に入った。愉快である。

「そうだ山木如電に限る」

彼は口に出してこう云うほど喜んだのであった。彼はとうとう眠った。

彼の眠は山間老鶯の声に破られた。彼は一風呂浴びるや否や呼鈴を押して朝飯の注文と共に勘定書を頼んだ。

「まア急にお立ちになりますのですか」

慣れた女中が吃驚してきいた。彼は心の中で、俺は今までのように未成品としての憧憬の的になってはいないのだ。これからは既成品として実質のある好遇を享けるのだ、と云った。

彼は朝飯後同宿旧知の人々の部屋を廻って暇乞をした。

「急用が出来ましたので立ちます」

彼の突然の言葉に女学生などは驚ろいて淋しい言葉をかけた。彼は行先に彼を待つ幸運を見つめてその言葉にも何等の感慨を起さなかった。

彼はその温泉場から十里の道を電車にゆられて鉄道沿線の町に出た。そしてまず本屋を捜して山木如電の本の二三冊を求めた。この二三冊は彼には全く目新しいものであった。次に彼はこの町第一という医療器具屋へ行って聴診器を一つ買った。彼は店員のさし出す聴診器を見ながら、どれを求めるべきかに大分迷った。こんな事になるならば平生友達でいる医科の学生の持つものをよく見ていればよかったと彼は思った。とにかく最新式という聴診器を買って彼は停車場にかけつけた。

汽車に乗り込んだ彼はカバンを棚にのせてから乗客を見廻した。幸誰も知人は見えなかった。彼は目的地に到着して宿帳をかく時の事をふと思いついた。山木如電は一体どこに棲んでいるのであろう。彼は山木の今までかいた物を心に浮べて山木の住所を思い出す努力を試みた。しかし全く彼には山木の住所の見当がつかなかった。

「どうでもそんな事はいい、大抵ばれはしない。あんな温泉で山木の住所を知りはしまい」

彼はこう考えて駅で買った新聞を見出したが、やはりまた山木の住所の事が心配になって来た。大山も蟻の穴よりくずるると云う。もし万一こんな事から偽名がばれて氏名詐称などの罪で警察にでもつき出されては、学校は退学にならぬとも限らぬ。

彼はふとたった今町で買って来た二冊の本の事を思いついた。あの二冊の中には山木如電の住所についてヒントを得る何物かがあるかも知れぬ。彼は席から立ってカバンから二冊をとり出した。そしてそれを席に置いてカバンを棚にのせた。両手に力を入れて重いカバンを高くしている時、彼はふと隣の席にいる銀行員らしいものが彼の出した山木の著書の表紙を見ているのに気がついた。矢の如く彼の心を射たものがある。この客は山木如電を愛読する一人ではあるまいか。

彼はカバンを棚に乗せて席にもどった。この客が山木如電の愛読者である事は、今これから山木如電として登場せんとする彼にとっては何よりも喜ばしい事ではある。がこの客は山木如電その人を知る人ではなかろうか、そして彼がこれから登場せんとする温泉場へ行く人ではなかろうか。彼は十分の警戒をもって席についた。

彼は隣席の客を横目でそれとなく注意していた。隣の客はもう全くこの二冊の書に何の興味をも引かれぬように新聞に目を曝しているのである。彼は少々残念にも思ったが、これほど淡白な態度をとる人であるのを見れば、山木如電にそれほど深い関係のある人とも思われぬ。疑心暗鬼もいい加減にしろと自ら嘲って、静かに山木の著書を見はじめた。しかし彼は今山木として某温泉に登場する自分であるのを思ってその準備行動をとる事を忘れなかった。彼は赤鉛筆をポケットから出して、本の校正をする型を人々に示す事を心懸けた。彼は山木如電の住所を知るために、この本を読み出したのではあったが、一頁をくりはじめるや否や本の内容に捕われはじめて、右手に持つ赤鉛筆をさえ忘れてしまった。

汽車は幾つかの駅を過ぎた。彼は夢中になって如電の文にひきずられて時を過した。正午過ぎて汽車の弁当を食べた以外は全く彼は夢中になって山木如電にひきずられて読み続けていたのであった。

汽車は彼の目的地近い駅についた。彼は特に自動車を仕立てて夏の夕暮の山国を走って、目的の温泉に到着した。この温泉は彼が想像したよりも田舎めく所であった。温泉宿も僅か二三軒しかなかった。彼は自動車の運転手の意見を徴じて、最も大きな宿についた。特別仕立の自動車で来た客に対して、宿では相当の室を与えるに躊躇しなかった。彼は広い離れ座敷を与えられてかなり得意であった。

夕飯が終った時宿の番頭は恭しく宿帳を持って来た。彼は落着き払って、東京府下渋谷として山木如電と記入した。

「誠に恐縮でございますが、御職業をお願致します」

番頭は彼を見返して云った。

「ああ、職業か。困ったな。如電と雅号をかけば小説家としておくかな」

彼はこう云って番頭を見たが、番頭は一向彼の言葉に反応する様子もなかった。知らないのだな、と彼は残念に思った。

「どれも一度宿帳をかしてくれ」

彼は番頭からも一度宿帳をうけとって、今度は医師山木信三とかきつけた。

「ああ、先生でいらっしゃいますか」

番頭は医師とかいてあるのを見て頭を下げた。

彼は直ちに立ってカバンをあけて聴診器をまず出し続いて山木の著書をとり出した。彼としては最も有効と信ずる証拠物品を番頭に見せるつもりであったのである。

番頭は彼が荷物を取扱っているのを見ても何の感じも浮ばぬように、ただ頭を下げたまま室を出て行った。

山木如電として彼はこの温泉に登場したのであったが、一向に同宿の人々もまた近所の青年も彼の登場に無関心であった。彼は内湯にも共同湯にも入って、浴客が山木如電の来浴を噂するのを聞かんとしたが、一向にそれをきく事がなかった。彼は五六日過ぎても一向如電としての待遇をうけぬのを感じて馬鹿々々しくなって来た。法科の学生として姓名を偽るの罪を知る彼が、あえてこの危険を犯してたくらむ事が一向に何の反応も起して来ぬのを頼りに残念に思った。一体山木如電などは世間的に知られておらぬのである。こんなあるかなきかの名を有名と誤信していたのが彼のそもそもの失敗である。こんな山間の温泉の客などは山木如電の名を知らぬのである。むしろもっと世間的な、かつ彼から考えれば見破られ易いほどの有名な人の名をかたった方が確かに成功であった。彼はこの点を甚だ遺憾に思ったが、それはもう後の祭であった。彼は今更ら名を取消す訳にもならず、遺憾千万な感をいだいたまま二週間近くをこの温泉に過した。

この温泉には女学生も居らぬのではない。が山木如電の名は到底女学生向きではない。また会社員銀行員らしき家族もおらぬのではないが、やはり山木如電を知る人とてはない様子である。彼は馬鹿々々しくなって来た。もう一度所をかえて別人として登場してやりたいとまで彼は思い出した。

彼がこう考え出したある日の午後、宿の番頭が彼の室へ来た。

「先生、こう云う方がお目にかかりたくてお見えになりました」

番頭のさし出す名刺を見ると、計らずもそれは、医師何某とあった。彼は甚だしく狼狽した。創作家山木如電としてならば何とかごまかしが出来ぬでもないが、医師としては到底ごまかしようがない。彼は名刺を手に持ちながら当惑千万の表情をした。咄嗟の場合彼は都合のいい言訳を思いついた。

「とうとうばれたね。私は医師として利用されるのがいやなので、こうして山の中まで逃げて来たのだ。それを医者としてまた利用されてはとても助からん。何とかうまく話して追い返してくれんか」

彼はすらすらと番頭に云った。番頭は彼の大様な言葉をきいて頭を下げた。

「ごもっともでございます。このお医者はこの村に開業しておいでになる方です。先生のおいでになる事をいつかきき知って参ったのでございましょう……」

「だからうるさくてね」

「ごもっともで、せっかく御遊山においでになりましたのに。ええ何とか云って追いかえしてしまいましょう」

「どうかそうしてくれ」

番頭は室を出て行った。彼は冷々しながら事の成行を心配していた。もしこの医者の診察している病人でも診察してくれと云うのであったらば何と云って断ったならばよかろう。

二三分過ぎて番頭はまた室に来た。

「よく訳をお話ししました。実はこの村の病人を一人御診察を願いたくて見えたのだそうです。私がうまく話して村のお医者には帰って貰いました」

「それは有難う。こんな所まで逃げて来てまた病人を見させられては助からん」

「ええ、左様でございますとも……うっかり致しておりまして、先生でいらっしゃる事を気がつきませんでして失礼致しました。後ほど主人も御挨拶に推参仕ります」

「いや」

彼はようやく二週日で山木如電を知るようになったこの宿の暢気さを思っておかしくもなった。その夜宿の主人は羽織袴で彼の部屋へ来た。

「初めてお目にかかります。私がここの主人でございます。かねて御尊名は承ったのに、つい今まで御挨拶にも推参仕らず失礼致しました。宿の使人が皆何も知らぬ山だしばかりでありまして。一向話しませんので今日まで延引致しました。あしからず」

主人は頭を畳にすりつけて詫をした。彼はこの夜初めて満足した。とうとうばれて来たな。この調子ならば明日あたりからは同宿の客の中には分るようになる。と彼は喜んでその夜床についたのであった。

彼の想像通りその翌日あたりから、彼に対する人々の態度が急に変って来た。ただ彼の周囲に集る人々が案外にも彼のいわゆる既成品に属する人であって、学生達若き人々でないのを彼は遺憾に思っていた。特に異性として彼と言葉を交えたのはただ一人五十近い三人の母親である婦人だけであった。

「私の総領の子を私達はお医者にしたく思っていますが、頻りに小説が好きで文科をやりたいと強情を云って困っています。先生の所へ上らせますから、とにかく一通りはお医者になって、その上また小説が好きならば小説をかくようにお話し下さいませんか」

こうこの婦人は彼に頼んだ。彼はこの言葉をききながら可笑しくてたまらなかった。

「医者なんて誠につまらないものですよ。お好きなのならば文学方面の方がいいでしょう」

彼はこう答えた。

「そうでしょうか」

婦人は頻りに考えていた。

彼は二週間近くもこの温泉にいて、彼の希望する程度ではなかったが、法科大学生としてよりもかなりもてたのであった。彼はもういい加減にここを出発しようと思ったがやはり努力工夫の結果から得た享楽を簡単に捨てるのは残念に思われた。

「三」

本人山木如電は……これは真実の山木如電であって、この一編に云う彼ではない……急用が出来て故里の町に帰って来た。山木は駅に汽車を乗り捨てて、夏の初夜を暢気に町を歩るいていた。東京ならば自動車で歩く所であるが子供の頃からの故里へ帰っては自動車に乗る必要はなかった。彼は上り坂になる故里の本町を小さなカバンを小脇に抱えてあるいていた。なつかしい店居が立ち並んでいる。子供の頃水泳ぎに来た小川もそのままに流れていた。

彼はふと呼びとめられた。

「や、山木さん、しばらくです」

声に見れば子供の頃からの友達で今は町会議員として羽振りをきかしている男であった。

「しばらくです御機嫌よう」

「あなたが温泉に来ていらっしゃる事を子供からききましたので、近く上ろうかと思っていたところでした」

山木はこの言葉をきき耳に挟んだ。友達は続けて云った。

「御本職もまた余儀もいよいよ御多忙ですな」

「いや」

山木は旧友に云われて気恥かしくなった。

「いつから温泉には来ていらっしゃったのですか」

旧友はまた問いかけた。山木は益々不思議に思われた。

「私は今東京から着きましたのですが」

彼の言葉を友人は頭から相手にしなかった。

「あはは、また町へお帰りになれば何とかかとかうるさいでしょうから、こっそり温泉におかくれになっていたのでしょう。お忙しいと思って私も失礼していましたよ」

「いいえ、ほんとに私は今ついたばかりです」

山木は真顔になって云った。その顔を見つめた旧友はまた真顔になった。

「え？　ほんとに今おつきになったのですか。それはけしからん。どうも変だとは思っていました。昨日温泉から帰って来た子供の話に、山木如電さんが温泉におられた、と云うのです。何でも三十そこそこの人だとも云いました。あなたもお若くは見えますが、どうもおかしいと思いました」

山木は旧友の言葉ですべてを了解した。

「そうですか。偽物が出たのですな」

「そうらしいですな、でも偽物が出るようになれば申分ありませんよ」

「あはは。しかし怪しからん奴ですな。その調子で飲み倒し食い倒しをされてはかないません」

「ほんとです、どうです訴えてみては」

「それも気の毒です。まア何とかしましょう。実は叔母が病気で帰って参ったのですが、今夜か明朝ちょっと上ります」

「どうぞ」

「いずれまた」

山木は旧友と別れて歩るきながら、今の話を思い出していた。山木という人格は決して複雑ではなかった。彼の作物を通して見る彼は単純そのものであった。が彼の単純さは単純さの連続する点において相当に複雑である。

単純な性格の持主山木は、彼の偽物が彼の故郷近くに表れた事についてまず甚だしく憤慨した。どんな奴か知らぬが実に不届千万な奴である。ただはおけぬ不届な奴である。早速警察に話して重い罪に陥してやろう。彼は顔を真紅にして単純な性格を暴露した。とまたすぐに彼は自分が甚だしく憤慨している事を滑稽に思い出した。俺の名を選りに選って偽名するとは、しかも俺の故郷近い温泉で俺の名をかたるとは実に間抜けの奴である。その間抜けさ加減はあきれるばかりである。それを知らずに本物と信じてちやほやする奴共の気が知れぬ。こう考えると山木は非常に愉快になって来た。その愉快がまた彼に新しい愉快を生んでくれた。そうだ面白い。一つその偽物に面会してやれ、そしてどんな場面が出るかを楽しんでやれ、彼はこう考えて小躍りした。

彼は足を空にして叔母の家を訪うた。そして叔母を簡単に診察した後、自動車で例の温泉へかけつけたのである。彼は元来無策の策士である。とにかく温泉にのり込んでみろ、と前後の考えもなく飛び込んだのであった。

「四」


本物の山木は自動車で日暮れてから温泉に到着した。彼は彼の偽物の泊る宿屋の前に立って番頭に云った。

「山木如電さんはおいでになりますか」

「はい」

番頭は山木を見た。

「私はこういうものですが、先生にちょっとお目にかかりたくて町から来ました。ちょっと先生に取次いで下さい」

彼はこう云いながら名刺入れにある他人の名刺を一枚出して何の肩書もないどういう人であったかも忘れている人の名刺を番頭の手に渡した。

番頭はしばらくして出て来た。

「先生は御滞在ではありますが、今おかきものをなさっておいでになります。御病人の事ならば、それがおいでで来ておいでになる温泉故お断りすると仰しゃいますが……」

山木は番頭の言葉をきいて、なかなかやってるな、本人の今までよくやった手を用いているな、と思った。

「いえ、病用で参ったのではありません。先生のおかきになるものを、いつも愛読していますので、一度お目にかかりたくて来たのです。もし今夜御都合が悪るければ、今夜はここにとまって明日お目にかかりたく思います。どうかそう取次いで下さい」

番頭はまた引き込んで行った。山木は番頭の後姿を見送りながら、もし今夜失敗したらば明日にのばすだけだと決心した。が困った事にはたった今出した名刺の名をもう忘れてしまった。泊るならばあの名刺の本人にならなくては都合が悪るい。これはうっかりした事をしたな、と冷々していた。そこへ番頭が来た。

「先生がお逢いになるそうです」

山木は安心して靴をぬいで番頭の後に従った。

「こちらです」

番頭はこう云って障子をあけた。山木は息を凝らして内をのぞき込んだ。

「さァどうぞ」

そう云って立ち上る男を見れば三十にもならぬ男であった。浴衣は宿のものであるから一向人柄を定める材料にならぬが、机の上にある原稿紙などは、なかなか注意深く一分の隙もなくやっているらしい。

山木は礼儀正しく室に入った。男は立って客を上席に招じた。なかなか見上げた態度である。

「初めてお目にかかります」

「私山木です」

偽物は書生らしく云ってのけた。

「先生の御著書は皆愛読致しております。一度御声咳に接したく存じましてお邪魔に上りました」

「そうでしたか、つまらんものをかきます」

「実に先生の御作は面白く拝見します」

「そうですか」

「最近また御出しになりますか、何かを」

「え、今書いています」

「お長いものですか」

「さァ」

偽物はなかなか尻尾を表さない。山木はまず彼が果して山木の著作を読んでいるかどうかを探りたくなって来た。

「御作も大分おありのようですが、先生として御会心の作は何でしょう」

「どれも不満足です」


山木は考えた。この調子では到底相手は降参しそうもない。方向転換を試みた。

「先生、胃潰瘍というものは……」

山木の言葉の終らぬ中に彼は言葉を挾んだ。

「ああ、病気の話は御免です」

山木は心の底から可笑しさがこみ上げて来た。

「失礼しました。病気の事は伺わぬ積りでお逢い下さったのでしたのをつい忘れまして。実はたった今私血を吐きましたので」

山木はこう云って彼の顔を見つめた。さすがの彼も吐血ときいてやや薄気味が悪るくなったらしい。その様子を見て山木はまた続けた。

「どうもチクチクと痛みまして……先生は御多忙でしょうによくお書きになりますな。一月に何枚位でしょう」

「さア」

彼はこう答えて山木の吐血を大分気にかけているらしい。

「こうして山間の温泉においでになると、いくらお逃げになっても、たまには御診察を願うものもありましょう」

「いやないです。あれば断ります」

「そうですか。……どうも痛い」

山木は故意に顔をしかめて胃部を押えた。彼はいよいよ気味が悪るくなって来たらしい。山木は室内を見廻した。床の間のカバンの上に真新しい聴診器がのっているのを見出した。

「御用意はありますな、チャンと聴診器もお持ちですな。これなら私も大安心です。たとえここで吐血して寝込んでも安心です」

「いや困るです」

彼は吐き出すように云った。

「どうも痛い……先生愛読者の一人ですがちょっと御診察を……」

「困りますなア、だから初めから断ってるじゃありませんか」

彼は大分憤慨したらしい。

「いや失礼しました。つい苦しいので……」

山木はまた胃部を押えて見せた。彼はいよいよ不安になって来たらしい。山木は急に方向を換えた。

「こうしておいでになると、愛読者が大分御訪ね致すでしょう」

「ええ、来ます」

「愉快なものでしょうな」

「うるさくていやです」

山木は大分痛がった。彼が余りに不遜の態度をとっているのに大分山木も腹を立てて来た。

「うるさくておいやなら、早くお引き上げになったらいかがです」

山木は元気よく云った。彼はこの言葉で都合よく腹を立てて来た。

「だから明日は帰る積りです」

「ああそうですか。もう大分おあきになったでしょう」

「あきはしないが、うるさくていやです」

「うるさくて？　しかし愉快じゃありませんか」

「不愉快です」

「どういう事が」

「あなたのように病気の事などきく人が来るからです」

「しかし医は仁術です」

「何ですと。一体あなたは僕を不愉快にするために来たのですか」

「そうです」

山木は明瞭に云い放った。彼は額に青筋を出した。彼は声を高くして云った。

「もう帰って下さい」

「あなたこそ帰ったらばいいでしょう」

山木のこの言葉は大分強い語気であった。彼は新たな不安を感じて来た。がまだ虚勢をはる勇気があった。

「一体あなたはどういう身分の人です」

彼はこう云って山木を見つめた。彼としては背水の陣を布いていたのである。

「私ですか。さア何者と見えますか」

山木の言葉に彼はいよいよじれた。彼は全く覚悟したらしく云い放った。

「警察の人でしょう」

彼はこう云いきって既に降服の気勢を示した。

「いいえ、巡査でも刑事でも、何でもありません」

山木の言葉はいよいよ落着いて来た。山木は皮肉に出来上った男である。その山木が一生に一度の皮肉劇を地で行く時であるから春風駘蕩として云ってのけたのであった。

彼は山木の答をきいて早まったなと心に感じた。

「とにかく私は今かきものをするのですから、失礼ですがまた明日にして下さいませんか」

彼は既に落着いてこう云った。彼が陣形を調(ととの)えたのを知った山木はまた腹が立って来た。

「明日まであなたはここにおいでになるのですか」

山木は皮肉に云った。が彼はその皮肉を感ずるほど鋭敏な頭脳を持たなかった。

「ええ、まだいます。明日の朝またお目にかかりましょう。あなたも御病気では今夜はここにお泊りでしょう」

山木は彼が余り落着いているので大いに腹を立てた。

「私は帰ろうが泊ろうが私の勝手です」

「僕だって勝手だ」

彼の言葉をきいて山木はしめたと思った。

「そうでない。あなたは今すぐにお立ちにならなくてはならん」

山木がこう云った時、彼はうっかり云った。

「何故です」

「本人が居るから不必要だ」

「え?」

彼は山木の言葉の意味を理解出来なかったらしい。山木はもうこの男をからかうのが厄介になって来た。

「もうめんどうだ。まだ分らんのか君は。僕は山木如電だ。君は誰だ」

山木は明瞭にこう云って彼の顔を見た。彼ははっと息を吐き出して顔を伏せた。沈黙が続いて温泉場の川音が室に満ちて来た。

かすかにかすかに彼の肩がゆれた。と急に彼は両手をついて頭を下げた。

「すみません。どうか許して下さい」

山木は彼の下げた頭から背のあたりを見つめた。どう云ってやろう、どなりつけてやろうか、と思ったがすぐに彼の口が途方もない事を云ってしまった。

「愉快だな」

この一語に彼の頭はいよいよ下ってしまった。それを見て山木は続けた。

「いや君、愉快とは、君は愉快な男だ、という意味だ。君は誰だ、話したまえ」

「僕は法科大学生です」

彼の降服の言葉は山木の心をすっかり洗い去ってしまった。

「そうか。君、僕の名なんかかたるからいけないのだよ。僕は君この温泉から五里しかない町の生れだよ」

山木が毒なくこう云った時、彼は顔をあげて山木を見た。

「そうですか。まずかったなア」

彼の無邪気な嘆声に山木は愉快でたまらなくなってしまった。

「ほんとうだ。まずいとも、大いにまずい。もう少し注意をしなくてはいけないよ」

「そうでしたな」

山木は腹をかかえて笑った。その笑につられて彼もまたクスクスと笑った。彼が笑ったという事は山木にとってはこの世で最大の愉快であった。二人は声を合せて笑いあった。この世の不愉快と愉快とはやはり一つの連鎖である。

手を下さざる殺人

一

二ケ年の歳月を費して辛じて出来た信濃と甲斐との国境の隧道（トンネル）は、猛獣の巣の形をして沈黙を守っている。山桜は山中の晩春を闌（たけなわ）に午後の十時を白くする。工事は今隧道を出た先きの断崖の底を流るる二十間（けん）の谿川の架橋に移って、曇天を熾（や）く松火（たいまつ）の中にうごめく工夫共の懐ろを肥やしつつある。

橋桁の工事は既に竣（おわ）って線路を引く横木の上には幅三尺ばかりの一枚板が隧道の出口から彼岸まで並べられてある。橋桁の所々には百燭の電燈が数を点されてそこに働く工夫等の手許を照らしている。

隧道の奥から猛獣の叫びが近づいて一台のトロッコが工事場にあらわれて来た。トロッコに乗る人もトロッコを押す人も、右手には焔の長い松火を振りかざして、橋場の手前に立つ工事監督小屋の前に停った。

監督小屋の中から二三人の人々がトロッコの周囲（まわり）に出て来た。

「ああ係長さんお出でになったのですか」

「うん、来なくてもいいんだが、女房が是非現場を見せてくれというから出て来たよ」

トロッコから五十幾つの係長が降りるのを人々は手を取って助けた。係長に続いて降りる白粉（おしろい）臭い女は人々に愛嬌を振蒔いて、猛獣の中の小雀の媚びを驕る。

「御迷惑でした。隧道が出来上って、またその先きが橋で、切りたった岩の下を十丈も深く、物凄い流れがあるんだそうですね。その川の上を危く橋を架けるのだと聞きましたので……それに夜は松火と電気とで山奥の山桜まで見えると話されましたので来てみました……まア随分綺麗ですね」

「馬鹿ッ綺麗ッて奴があるか、みんな命がけなんだ」

亭主に呶鳴られた女房は帯の間から白粉紙を出して鼻の頭を拭う。

「まア鼻の頭が煤だらけなんですよ」

係長はチラと女房の口元を見たがチュッと舌打をして何も言わない。

「係長さん、橋の向側の工夫達は今頃になると手を休めてバクチばかりやってやがるんですよ、私共は何遍怒ったか知れねえんですが、中々やめやアがらねえ、あんまり言って打ち殺されてもつまらねえから、この頃じゃア何にも言えやアしません。誠にすみませんが一ツ係長さんから大眼玉を喰わせてやって下せえ」

係長は橋の向側の松火をジッと見つめた。松火の廻りに七八人の人影が黒く隈取って一向に動く様子もない。

「畜生ッ、またやってやアがるな」

係長はちょっと女房をふりむいた。

「おい、一つお眼玉を喰わしに行って来るぞ、貴様はこの番小屋で待ってろ」

背の高い工事監督が真先に橋を渡り出した。係長がそれに続く二人ほどの工事頭がそれに続いて、人々は一列になって狭い一枚板の橋を渡って行く。橋の向側の松火が一時燃立って橋を渡る人々を真黒に描き出す。係長の女房は人の居なくなった監督小屋に這入って、硝子窓から橋を行く人々を見つめていた。

係長は橋の凡そ真ン中所に到達した。突如として電燈が消える。ただ松火のみの山峡の底を、川音は貪婪の囁きを洩らした。

一分、二分、電燈が再び点る橋の中央から叫び声が起った。三人の人は足音を立てて一枚板を渡って戻って来る。

「大変だ、係長さんが墜ちた。川の中に落込んだ」

監督小屋の前まで駈戻った三人は破れるように小屋の扉を開ける。その拍子に女房は投げつけられるように小屋を飛出す。

「大変だ」

「川に墜ちた」

女房は茫然として人々の口元を見つめる。総身の血は彼女が立つ地底に流れ去って脚はワナワナと震えた。

山峡の晩春の夜は人々の叫び声と、女の泣き声とに掻きみだされて、橋の中央に集まる工夫達は手に持つ松火を後から後から川底に投込んで十丈の深さの奥を見極めている。

二

係長の姿が偶然の停電と共に橋の上から見えなくなった事は、早速監督小屋の電話から工事事務所に報告された。係長が十丈の深さを川底に落込んだ事は疑う余地もない。工事監督や工夫頭は監督小屋の前に集まって、善後策の評議をしたが絶壁の底を流るる川岸に人を下ろす事は到底不可能であった。彼等は驚きから蘇った係長の女房が声を立てて泣くのを見守るしかなかったのである。彼等の周囲にはこの山峡に働いていた工夫等の全部が集まって来て、事の突発にただ驚いていた。係長を救うことが全く不可能であると決定した時、彼等はあちこちに屯(たむ)ろして話し出した。

「一体どうしたんだ。電燈がホンの一二分消えた間に、係長が見えなくなったというのは変じゃあねえか」

「だからよ。わかってるじゃあねえか。係長の後について歩いていたのは例の猫八じゃあねえか。彼奴(あいつ)は前ッから係長に恨みを持っていたんだ。それに係長のそれあの女房がな……知ってるだろう。みんな」

「なるほど、何ともわからねえな、だがそれにしちゃアあんまり手ぎわがよすぎるじゃあねえか、何しろ幾ら憎い奴だって人一人を殺すのは度胸がいるぜ。彼奴はそれほど度胸はあるめえよ」

「まア猫八がやらねえとすれば天狗にでもさらわれたのかな」

「今時そんな馬鹿な事があるかい」

「それにしてもあの女房を後家にしておくのは惜しいものよ」

「だが係長さんは珍らしいいい人だったな、おれなんか生れるからの工夫だったが今度の工事で初めて骨身を惜しまず働くつもりになったのは、係長さんが影日向のねえ、目下の者をよく可愛がってくれる人だから、おれはこの工事がすんでも、また係長さんの行く所へ跡をつけて行くつもりだったんだ、おらアもう明日から働くのはいやになっちゃッた」

「ほんとに、ほんとに珍らしい係長さんだ。噂さにきけば係長さんは自分の取分を減らしておれ達に給料を振蒔いてくれていたということだ」

「ああ、今度はどんな係長がくるだか、心細いなア」

工夫等の声が湿って来た。焚火も低くなった。その時隧道の奥から人声が起って、松火の火が暗の空洞の奥から洩れて来た。工務所からの人々は電話によって事件を知って今現場に走せつけて来たのである。

工務所長は監督から事情を聞いた。所長としては係長の不幸事の原因について疑を全く差挟まなかったわけではないが、こういう山間の工事においては、殆んど常に一ツや二ツの殺人事件は経験しているので、事件の大要を聴いただけで、詳しくはききもしなかった。また係長の死が犯罪によって引起されたものであるならば、死亡手当も十分に与えることが出来ないのを思って、幾分故意に詳しい事情をきき洩らした点がないではなかった。

三

係長の死後……誰の目にも係長は谿川に落ちて死んだとしか思われぬが……監督の一人が係長の事務を行うことになって工事は毎日進捗していた。

係長の女房は、工事場を山一つ隔てた甲州側の小村で、淋しく死んだ亭主の死亡手当を待って日を送っていた。彼女を訪問する者は絶えてなかった。関係者の中にはこの憐れな寡婦を見舞って慰めてやりたく思った者がないでもなかったが、もともとこの女がこの土地を五里ほど離れた町の銘酒屋の女であった事を知っていたので、下手をして妙な噂さを立てられたり、また間違えば係長の死因についてまで疑われる怖れもあったので、結句女は相変らず淋しく暮すしかなかったのである。

係長の死後一週の日が過ぎた。その夜は雨まじりの曇天であった。架橋工事のある山峡に隣る……その下を隧道が既に出来上っている山の僅かばかりの杉の木立の中に、二十人ほどの工夫が集まっていた。彼等は暗の中にヒソヒソと声を忍ばせて話していた。煙草の火さえも半被の袖でかくしていた。彼等の中央にかっぷくのよい二十七八の青年が坐って居た。彼の周囲に居並ぶ工夫等は年もいろいろであり、顔貌は温良から剽悍までの複雑な混合であった。

「今夜こそやろう。例の注意深い係長はもう居りはしない。新しい係長が出来る前にやらなくッてはやる時がないのだ。それに明日は勘定日だ。今夜こそ工務所の金庫にはどっさり入っている。やろうじゃないか。いやな奴は今の内にここから姿を隠してくれ。どうだ」

青年はキラキラ光る視線を一同に投げつけた。一同はシンと鎮まりかえっている。

「みんな賛成してくれるんだな、それじゃア手分けをしよう……その前にみんなに話しておくことがある。それは外でもないが、おれが人殺しをしたという事だ、おれは係長をやっつけたのだ」

青年は太い声でこう呶鳴って一同の気配を見極めた。答えるものはない。

「おれがこんな事をみんなに話すのは、なぜだかみんなはわかるまい。おれは人殺しをしたことを白状して、それから仕事にかかるのだ。人殺しをしたことをおれから聞かされた後で、ここから逃げだすような奴はまさかここには居はしまいな。もし居るなら名乗って出てみろ、そいつもついでにやっつけてやるから」

青年は立上って周囲の工夫等に一人々々近づいて顔をのぞきこんだ。顔をのぞきこまれた工夫等は、青年からの抵抗しがたき圧迫を感じて石の如く堅くなった。青年はまた席に戻った。

「サアみんな覚悟はいいのか。そっちの三人は今直ぐこのダイナマイトを持って隧道の中へ這入って行ってくれ。工務所からは遠くてもダイナマイトの音が聞えるだろうから、それを合図に隧道をぶっつぶすのだ。一番腕節（うでっぷし）の強い奴等は橋の工事の方に今夜は集まっているはずだ。そいつ等が出て来やがっては仕事の邪魔になる。いいか頼んだぞ。外の者はおれのあとについて工務所へ来てもらうんだ。もう一人……そうだ虎公は力があるから、例のおれの女……といったってわかるめえが係長の女房の事だ。あの女をひっちょって大急ぎで町の入口の例の酒屋までいってくれ。これで手配は抜目があるめえ。さア出かけよう」

青年はダイナマイトを手に持って立上った。杉の立木の中を歩く工夫等の足音は物凄く青光りのする地苔に呑まれた。

三十分の時が過ぎた。深夜の午前二時に工務所は彼等によって襲われた。まず宿直の所員は彼等によって処分された。金庫が暴力によって開かれて、数千の現金が彼等の手中に帰した。事を果した彼等は工務所に爆弾を投げた。暗の夜の空は工務所から立昇る焔に紅く染め流された。

山一つ越えた架橋工事の現場に働く工夫等は、空に映る火災の火と遠く聞いた爆弾の音とに、甚だしい不安を感じて隧道を通らんとしたが、隧道は既に全く崩れふさがれて上から落ちる泥水に方法がつかなかった。

一夜は暁の光に明けんとする。町までの途中にある小丘の峯に足を止めた青年を中心とする一団は、事の成功を喜んで青年から分配さるる現金を腹掛の丼の中に重くした。

青年は白む東の空を剛然と見て、女の手を握って立つ。一同は彼の将来の幸福を祈りながら急ぎ足に町をさして駈け下りていった。青年の頬には得意の笑いがみなぎる。その傍らに坐る女の顔には捨ばちのはてのあきらめが新しい喜びとなって笑っている。

四

東京の本郷林町に刑事がかの青年工夫を突然訪問したのは事件後凡そ一ケ月であった。彼が甲信の境から伴って来た女は、彼の傍らには既に居らなかった。かの青年は放火殺人騒擾(そうじょう)罪として、甲府の地方裁判所の予審に附せらるる事となった。放火並びに騒擾の罪は被告の自白を要せずして確実であるが、殺人……係長の死に関する殺人の点は予審判事大友半次郎の最もその証跡を挙ぐるに困難を感じた所であった。

被告は勿論この殺人を絶対に否認をしていたが、工務所を襲った後に係長の女房を伴れて逐電したことと、彼の同志のある者が既に予審判事の前に、彼が騒擾を起す夜、暗の杉林の中で、係長を殺害した事を同志に話したということを自白しているし、また前後の事情等を考察すれば、判事には係長の死がこの青年に密接な関係のあることは疑うの余地がなかったのである。

判事はただ一度被告に係長の死について簡単に取調べをしたが、余りにしばしばこの点を訊問することはかえって被告の自白を遅からしむるものであるを思って、その後は全くその点には触れなかった。

判事は方面を変えて係長の女房の行方を極力捜すことを警察署に命じて、辛じて二週後に彼女を大阪から甲府まで証人として喚問することに成功した。

「証人はお前の夫が橋の上から行方不明になった時、どこに居ったのか」

「私はその夜夫と共に橋の工事を見にまいりました。そして監督や工夫頭と一緒に夫が橋を渡って行くのを監督小屋の窓から見て居りました。恰度みんなが橋の中途まで行った時急に電気が消えました。ほどなく電気がつきました時には、もう夫の姿は見えなかったのだそうです」

「お前の夫はどうして死んだと思うか」

「どうしたのか一向わかりません」

「お前の夫と一緒に橋を渡って行った人達の内の誰かが電気の消えた時、お前の亭主を川の中へ突落したとは思われないか」

「私にはそうは思われません」

「なぜか」

「あの人達は夫が行方不明になりました時大変驚いて橋を駈け戻って来て、みんな不思議そうな顔をしていました。もしあの内の誰かが私の亭主を突落したのならば、あんなにただ不思議がってばかりは居らぬと思います」

「それでは聴くがお前があの後同棲した元工夫の斎藤啓二がお前の亭主を殺したとは思わぬか」

「私もあの後時々はそうではないかと思いました」

「それはどういう事か」

「一緒になる前にも、時々あの人は私に言い寄った事がありましたし、また一緒に棲んでいた頃にも、お前の亭主は気の毒な死方をしたなアと夜など気味の悪いように話した事がありました」

「それだけか」

「思い出しました。まだ私の亭主の生きていた頃、あの人は私にこういった事があります。お前は亭主さえなければおれのいう通りになるか、といいましたので私は気味が悪かったのでハイといっておきました。それから夫が亡くなってから、家から引張り出されて初めてあの人に逢った時あの人は、サア約束通り亭主が目出度（めでたく）死んだからおれと一緒に逃げるのだといいもしました」

「一体お前はあの斎藤という男を好きなのか」

「いいえ少しも好いては居りません」

「お前の亭主が橋を渡った時、斎藤という男はどこにいたか」

「それは存じません」

判事は続けて種々の方面から彼女を訊問したが、結局被告がこの婦人を手に入れる考えを早くから抱いていた事と、騒擾罪を犯した真の原因は、この女の歓心を得るために工務所の金を所得するにあったのを知ることを得たのみであった。判事は架橋工事の監督をその当時やっていて、係長と並んで橋を渡った男を証人として喚問した。

「お前は係長の中村八郎を知っているか」

「ハイよく存じて居ります。橋から落ちて死んだ人であります」

「お前は係長の死ぬ時どこに居たか」

「一緒に並んで橋を渡っておりました。一番前は工夫頭でその次ぎは係長で、その後は私でありました」

「お前と係長との間はどの位隔てていたのか」

「左様です五六尺は隔てていたかと思います」

「工夫頭はどの位係長と隔てて歩いていたのか」

「これも一間は離れていたと思います」

「係長が見えなくなった時の話をせよ」

「私達が恰度橋の真中まで来ました時急に電気が消えました。私は驚いて足を止めて立どまっていましたが、二三分して電気がついた時前を見ますと二三間先に工夫頭の後ろ姿は見えましたが、係長の姿はもう見えませんでした。それから大騒ぎになったのです」

「その橋には電気しかついていなかったのか」

「橋には電気だけですが、橋のこちら側にも向う側にも焚火やカンテラや松火は沢山ついておりました」

「それならば電気が消えても係長の姿は見えていたろう」

「いいえ電気が消えると私の目は真暗になってしまいました」

「そんなはずがないじゃないか。一体電気は何燭の電気だ」

「みんな百燭です。百燭の電気が急に消えた時にはほんとに真暗に思われました」

「電気の消えた時お前は立っていたのかしゃがんでいたのか」

「よく覚えていませんが立ったままでいたと思います」

「何か係長の声らしいものが聞えなかったか」

「何にも聞えなかったようです」

「お前は斎藤啓二という工夫を知っているか」

「ハイ知っております。工務所に火をつけて金を盗み出した仲間の大将です」

「その斎藤という男はその晩どこにいたのか」

「橋の工事の現場から二里ほど離れた所にいました」

「どうしてそんな事をお前は今記憶しているのか」

「実はあの斎藤という男が工務所を焼打をしたあとで、係長の女房をつれて逃げた事がわかりましたので、きっと彼奴が係長を殺したのではないかとみんなが思いましたので、その晩の出勤簿を調べたのです。そうすると斎藤はあの晩あけ番で仕事をせずに飯場の方にいたことがわかりました」

予審判事は非常な希望をもってこの監督を取調べたのであったが、当夜被告が現場から二里も隔てた所にいたのを知って甚だしく絶望した。

大友判事は由来種々の事件を扱う場合に、まず神来のようにある考えが浮ぶときは、その予想が取調べの進行につれてあとあとと打壊されるようなことがあっても、決して悲観をしなかった。また実際彼の第一の予想は決局正しいものであるのを経験している。彼はこの点において判事としての自分の頭脳に自負していた。殊にこの度の事件は取調べと共に自分の予想が正鵠（せいこう）を得たものであって、確実に斎藤啓二は殺人犯人であるのを裏書する幾多の証言を見出すことが出来て、判事として特有な愉悦感を感じたのであった。しかるに当夜被告が殺人の現場から二里も隔てた所に居ったのが、確実性を深くすればするほど、彼は不愉快な感情に胸をむしられたのであった。

五

大友判事は自分の予想の裏切られるのを憤慨しつつ、窃かに考えた。これはもう殺人の点は当分問題にするまい。彼が工務所から現金を持出した理由は問題ではないが、彼がその目的のためにとった行動は、決して教育のない一労働者の行うべきものでなく、確かに過去の履歴の下（もと）に相当な深い根柢を持つものである事を考えついた。金を所得せんとするものの最も簡単に考えつく行動は窃盗である。もし窃盗が到底行われぬ場合には、強盗が白昼姿を現わすことがむしろ当然であろう。しかるに斎藤啓二の選んだ方法は明かに一種の暴動に類するものである。由来知識のあるものは罪を犯す場合にも、己れの知識を利用し活用するを常とする。特に何等の知識をも用いずに遂行し得る場合にさえも、己れが持つ知識を現わすのは、学問を中途にして学業を廃した者の常に陥る落し穽（あな）である。

大友判事はこの点に気付くと共に、被告の過去について取調べる興味をそそられた。彼は被告を呼出して、被告の過去について取調べを開始した。しかるに被告は次ぎの答を判事の前に吐出すように投げつけた。

「学問なんかしやしませんよ。ただ小学校を出たッきりです」

この答は判事には到底真実とは認められなかった。小学校教育しか受けぬ者が騒擾罪に類する行動の中心になるはずもなく、またこの種の犯罪を思いつくはずもないのである。判事はこの答をきくと共に被告を下らせた。

判事の興味の中心は既に事件を遠く離れて、被告の過去の履歴を飽くまで探索する事に移って行った。この調査は実に簡単に解決を告げた。彼が捕縛当時に住んでいた家の戸棚の中からは、被告の過去を雄弁に物語る二枚の紙片が発見せられたのである。一枚は中学校の卒業証書であり、一枚は高等学校の卒業証書である。この二葉の卒業証書を手に入れた大友判事は早速被告の出身学校たる高等学校に、彼の卒業後の行動の調査を依頼した。学校よりの報告書によれば斎藤は卒業後直ちに医科大学に入学したものであって、大学の卒業期近く彼は学生として品性に欠くる所あるの所以を以て退学を命ぜられたのである。

この報告書を得た大友判事は会心の笑みを洩らした。被告は故意に初等教育しかうけなかった事を主張している。何故に被告はこんなばれやすいことを押隠そうとするのであるか。判事の心にはひらめくものがあった。判事はただ単純に大学教育まで被告がうけた事を秘密にすると考えるにしては余りに頭脳が明晰であった。医科大学……医者の学問を被告が卒業間ぎわまでしたということは、必ず事件を説明するに足りるある種の結果をもちきたすであろう。

大友判事は被告を呼出した。判事はただ一問さえ発すればそれで十分であった。

「お前は医者の学問をしたな」

被告は後ろに倒れようとした。彼の血液は顔面から逃げ去って、彼の目は徒らに判事を睨みかえした。

「何を狼狽(あわ)てるのだ。医者の学問をしたのがなぜ怖ろしいのだ」

この言葉で被告は元気を恢復した。そして事もなげに口を動かした。

「いえ、何でもないのですが、私の履歴がどうしてわかったかと驚いたのです」

判事は微笑をたたえて被告に向った。

「そうだろう。医者の学問をしたとわかっては怖ろしかろう。……もういい、君被告をつれ出したまえ」

判事は室（へや）の隅に坐って居た看守に合図した。

六

大友判事は事件の解決の大半が……否その大部分が彼自身の予想の如く進行したことを甚だしく喜んだ。

彼は事件を扱う毎に、事件に余りに引込まれることを、自ら警戒している人であった。彼は全く被告と離れて、被害者の生前における健康状態の調査に方向転換を試みた。彼は鉄道工事の行われていた附近の警察分署に命を下して、管轄範囲内の医師に就て、被害者の生前の疾患を知る努力をした。

法官として事件を冷やかに見つめることの出来るものは、常に正鵠を謬（あや）またぬ。警察分署からの報告書は、被害者が生前半年ほど前から、ある村医の治療をうけていた事を彼に告げた。

「先般取調方御下命これ有候当管轄下鉄道工事監督係長たりし中村八郎の件に付き、〇〇村開業医、山中得斎を取調べ候処、同人は大正〇〇年十月四日初診、病名脊髄癆（せきずいろう）にて加療中の者にこれ有候、病勢は緩慢なれども、相当に進行したる程度なりしとの陳述を得申し候。なお御下命これ有候わば進んで詳細聴取の上重ねて申上候」

判事はこの報告を得て直ちに知名の医師に就て、脊髄癆なる疾患の症状を知らんと考えたが、彼はなお余裕を持つことが出来た。

大友判事は係長の死の当夜被告が現場から二里ほど隔った飯場に居たという、証人の陳述を確実にするために、その夜被告の左右に居たはずの工夫を三人召喚して、取調べを進行した。

「斎藤はあの晩確かに間違なく飯場に居ました。係長が死んだという知らせを一番先に私達に通じたのは斎藤なのです。飯場の隣りに工務所があったのですが、斎藤は恰度その時工務所に居合せたので、大声を立てて飯場の中へ飛込んで来ました」

「電気が消えて十分もした時に工務所には電話がかかって来たのでした」

これらの陳述は証人として喚問した三人の工夫が皆一様に申立てた所であって、疑いの余地は全然なかった。

総ての可能事を偶然と考えることは必ずしも正しくない。我が大友判事は係長の死の時間に恰度被告が工務所に居たということを、ただの偶発事とは考えることが出来なかった。判事は続いて当夜の工務所宿直と電気技手とを召喚する心要を感じた。工務所宿直の陳述は左の如くである。

「当夜斎藤は停電よりも三十分ほど前から、工務所に遊びに来て居りました。斎藤は独逸(ドイツ)語が読めるので明き番の夜はいつも工務所へ来て明るい電気の下で独逸語の小説を読んでいました。時々はその話を私にも話して聞かせました」

電気技手の陳述は一層事件の解決に対する暗示に富むものであった。

「どうして停電したのかはわかりません。突然停電して真暗になりましたので、私は驚いて蠟燭をつけて配電室へ行って見ました」

判事はこの時稲妻の如く脳裡にある考えが通り過ぎた。

「ちょっと待て。停電した時には証人はどこに居たのだ」

突然の判事の問いに技手は冷やッとした。

「どうも申訳ありません。その時に私は今日一緒にここへ参りました工務所の書記と将棋を指していました。……そのために係長が死んだのだといわれても申しひらきはありません」

判事は度胸のない電気技手を見てクスクスと笑った。

「なアに、そんな事は心配しなくてもいいが、停電してから証人はどうしたんだ」

「驚きまして早速蠟燭をつけて配電室に行って見ますと、スイッチが切れているのです。すぐにまたスイッチを入れると電気はつきました」

「そのスイッチはどうして切れたのかわからぬのか」

「どうも私にはわかりません」

「そんな事がたびたびあるのか」

「いいえあの時だけです」

「その時には斎藤はどこに居たのか」

「将棋に夢中でしたから覚えがありません」

判事は再び宿直の工務所書記を呼出して、訊問を続けた。

「当夜斎藤は電気の消えるまでどういうことをしていたかをよく思い出して申立てなくてはならんが」

「さきほどこの室を出ました後フト思い出したことがありました。それはどこからかは存じませんが、斎藤に電話が来ました」

「なに、電話が来た？　どんな電話だ」

「どんな電話かはわかりませんが、斎藤は電話のベルが鳴った時直ぐに電話室に飛込みました。私は斎藤が電話を取次いでくれるのだと思って、そのまま将棋を指していたのですが、その内に急に停電したのでした」

大友判事は以上の陳述で全く満足した。彼は愉快気に書記を顧みて「もう一ト息だよ」といって室を出ていった。

七

被告が医学生活をしたということ、被害者が脊髄癆を病んでいたこと、事件の当夜斎藤が工務所で電話口に出たということ、スイッチが知らぬ間に切られたということ、この四ツの事項は判事の頭の中に互いに錯雑して一ト夜は過ぎたが、翌朝の判事の頭脳(あたま)の中では、既に一ツの凝り固まった透明な球の如く、完全な曇りのない照魔鏡に姿を現わしていた。判事は勇みたって裁判所に出勤した。彼は医師を訪問して脊髄癆についての症状を尋ねるよりは、むしろ被告の自白によってこれを知る方が容易であることを感じた。

ほどなく判事の前には被告斎藤啓二が現われた。判事はニコニコと笑いながら被告に椅子をすすめるほどの余裕を示した。判事が徐ろに口を開く。

「君ッ、斎藤君、僕は今日君から教えを受けたいことがあるんだよ。君は医学生だったねえ。そして君は係長の死んだ晩工務所に居たろう。電話がかかって来たね。それから君はちょっと仕事をしたのさ……」

こういいながら判事は、斎藤の身体に現わるる聊(いささ)かの変化をも見落すまいと注意を集中していた。被告は後々と判事の口から流れ出る恐ろしい言葉に吸付かれるような態度を取っていた。判事はこの態度を見て満足しながら最後の一句をつけ加えた。

「ねえ君。僕が君にききたいというのは、脊髄癆の徴候の事だよ」

判事はこう言って被告を見た。被告はその時失神したように全身の筋肉の緊張を弛めて椅子に深くうずまって、うなだれた首筋は血の気を見せなかった。判事は徹底的に愉悦感に捉われて、被告の敗北の姿を享楽した。

被告は一語をも発しない。判事はやや じれて来た。

「斎藤君、話したまえ。脊髄癆の徴候のことを」

この言葉をきいて被告は顔を上げた。彼れの頬には紅が漲っている。彼は口を開いた。

「判事さん、申上げます。脊髄癆という病気は、初期の内は差支えなく歩くことが出来ます。それは眼からのコントロールがある場合です。ですからこの患者が眼をとじれば、グラグラと体が揺れて倒れそうになります。夜、狭い橋の上を通る脊髄癆の患者が、今まで昼のようについていた百燭の電燈が突然停電すれば、足許が揺れて、深い十丈の川の中に落ちることは医学的には当然の事であります」

被告はこういって言葉を切った。

判事は物語を聴くほどの長閑さと、海底をのぞきこむような好奇心とに居て、事件の解決を得たのである。当夜工務所にかかった電話は斎藤のおどし交りの厳命に従って橋畔の監督小屋から係長の女房が斎藤にかけたのであるという事は、判事の推理力に敬服した被告が、判事にせめてもの罪滅ぼしとして話したのであることを私は最後に付け加えておく。

保菌者

一

お目見えがすんだと云って姪が喜んで帰ってきた時に最も喜んだのは叔父であった。叔父は「それはよかった。これからは人からとやこう云われなくてお前もよかろうし、また私も一安心だ」と云った。

叔父が今日まで独身で暮している訳を知っているものは叔父だけである。男世帯で身の廻りも不自由なので、姪が来てくれる事になった時、叔父は却って心淋しく思った。あの女さえなければ、自分は今頃は女房を貰って、決して姪などの世話にはなりはしないが、返す返すも残念なのは、あの女がこの世に生れて来た事である。しかも学生時代から心を傾けて思っていた彼女が、まんざら俺の心を知らぬでもなかろうものを僅か二年ほど日本を留守にしたその間に、人もあろうに学生時代からの仮想敵国であった、あの友人の女房になってたのしくその日を送っているとは、何という憎むべき女であろう。こう叔父は帰朝した日は波止場へ迎いに来た彼女が、既に結婚したときいた時から、彼女と彼女の夫とが憎くてならなかったのである。

姪が来てくれてから一年ほどの間、姪が身の廻りの事を心配してくれるのを見るにつけ、やはり裏切って他に走った彼女が憎くてならなかった。その時姪は不幸にも腸チフスに罹って入院したのであった。幸に経過もよくて熱の下り方も速かったが、大便から出る菌はどうしてもとまらなかった。立派な保菌者になってしまったのである。病院の医者は大分苦労してくれたが、姪の便中の菌はどうしてもなくならなかった。やむなく姪は保菌者として退院する事になったのである。医者と叔父とは堅い相談をして、大便は必ず十分に消毒する事にして、姪は叔父の家へ帰って来た。

半月近く日が過ぎた時、便を検査してくれた医者はやはり相変らず菌が居ると叔父に話した。叔父はびくびくしながら姪と暮していた。その頃になって叔父は近所の

青葉街道の殺人

一

　青葉若葉となって、夜毎時鳥（ほととぎす）が大空で血を吐きながら叫んでいた。

　こういうある夜の若葉蔭……それは都を離るる五里ほどの小村のはずれに、古い時代の大名行列のまぼろしが、今も出るという並木道……に十八歳ほどの唖（おし）の娘が毎夜、夜更けて右手に提灯を下げて歩るいていた。

　唖の娘は青葉蔭の凄惨なくらやみに提灯の灯をたよりに何か求めて歩るいているのである。彼女の姿の美しさに運送ひきが声をかけた事もあったが、その声に驚ろいて地上から眼を男に向けて、口を開く娘の唖であるのが知れて、男は馬の口をとって逃げて行った。娘が美しいので一層運送ひきはすごくなったと村に入って居酒屋で話していた。

　ある夜は都の公達（きんだち）が許嫁（いいなずけ）の姫御前を乗せての自動車のドライブ帰りに、ブレーキをかけて、唖の娘に話しかけた事もあった。唖の娘は物珍らしげに自動車のヘッドライトの前に立って、強い光をまぶし気に見つめて口を開いた。その口からは唖特有の乱調子の言葉が洩れた。公達も姫もゾッとして、フルスピードで逃げ去ってしまった。唖の娘は黙々として自動車の走り去った街上に、また提灯をたよりに物を求めていた。

「一体何を捜してるんだ」

　村はずれの居酒屋に濁酒をのんでいる鉄道工夫が、おかみさんにたずねた。

「何を捜しているんだか、誰も知らないね」

「もう十日にもなるじゃないか、あの唖が出るようになって」

「十日には確かになるね。何を捜すのか昼間逢った時、きいた村の衆も多いが、唖の言葉ではからくれ分らないから」

「そりゃそうだろ。だが親はあるだろ」

「その親がね、あの唖の娘を残して、汽車往生をとげちゃったのさ。もう五年になる」

「ふうん。そして今は」

「村長さんが引きとって育てている。唖でも年頃になってきて、姿じゃ村一だろよ」

「うん、村一どころか、日本一かも知れないぜ」

「いやだよ、お前少しほれたのじゃないかい」

「姿には誰でもほれるだろ」

「みんなほれるよ。が唖で娘は幸だよ。唖でなかったら、どんな目にあってるか知れやしない」

工夫は大分酔が廻ってきた。

「唖でもいいな。おかみさん世話してくれないか」

「馬鹿な事云うものじゃないよ。そんなに執心じゃあぶないから話すが、あの娘には憑き物がしてるよ」

「憑き物?」

工夫は赤くなった酔眼をあげて、おかみを見つめた。

「お稲荷さんの狐がチャンと憑いてるのさ」

「狐? うまくやってやがるな」

工夫は何を思ったかヒョロヒョロと立ち上って丼から銭(かね)をつかみ出して、おかみに渡した。

「おら、帰るぜ。またあすの晩来る」

工夫は居酒屋を出た。

二

唖の娘はその夜もまた長い袖から提灯を下げて並木を歩るいていた。提灯の灯で眼の前に見える小石を拾っては捨てている。

ひょろひょろとした足どりで、線路工夫は並木道にさしかかった。鼻唄が咽喉からとび出して来る。並木の中ほどまで根をのばした樅の木に足をとられて、工夫が倒れかかる。

「え、あぶねえ」

工夫はこう云って足をふみしめて、行先を見つめた。一町ほど先に提灯の灯が見えた。

「居やがるな。畜生、今夜こそ」

工夫は唾を飲み込んだ。彼の眼にスラッとした唖の娘の姿が、三尺の近さに近づいた。彼はあやうく娘に話しかけようとして眼をみはった。その時には娘の姿は暗(やみ)に呑まれて、ただ一町の遠さに提灯の灯が動いていた。

工夫は立ち止って、後ろをふり向いた。暗の並木が続いて、その先にただ一つほんのりと居酒屋の灯が洩れていた。彼は舌なめずりをして道を急ぎ出した。彼の足はもうひょろつかなかった。彼は餌に急ぐ猛獣の眼を見ひらいて急いでいた。

並木道は真直ぐに続いていた。工夫はひた走りに急いだ。提灯の灯が二三十間に近くなった時、彼はもう駈け出したくなった。彼の咽喉はひからびていた。

その時灯は突然非常な速度で動き出した。そして工夫の立ちどまる間もなく、彼の傍を過ぎた。工夫は灯に向って両手を拡げた。灯はパタリと彼の前にとまった。

「アッ、誰だ」

その声は唖娘でなかった。驚ろいた工夫の瞳孔が強度に拡げられて、そこには巡査が一人カンテラを下げて立っていた。

「何だ貴様は」

巡査の右手は帯剣のつかにかかっていた。工夫は倒れんばかりに驚ろいた。工夫の両手は既に巡査に握られていた。

「旦那々々、わしは何にもしやしません」

「黙れ、貴様だな、さては」

巡査はカンテラを工夫の顔につきつけた。

「旦那、わしは」

「待て」

巡査は素早く工夫の手に縄をかけてしまった。工夫は突然の出来事に舌もこわばって、何も云えなくなってしまった。

「さアあるけ」

巡査は靴で工夫の膝を蹴って、もと来た方角に工夫を引き立てた。工夫は失神した人のように巡査の前を歩いていた。

「それ見ろ、よく見ろ」

巡査は工夫の手の縄を曳いた。工夫は後ろから曳かれて足をとめるしかなかった。巡査は前に廻ってカンテラで並木の下を照した。

「見ろ、覚えがあろう」

工夫は巡査のカンテラの下を見た。そこには美しい娘が仰向けに打ち倒れていた。

「貴様だろ、貴様がやったのだろ」

巡査は工夫の手の縄を引きつけながらまた呶鳴った。工夫は初めてそこに倒れている姿を見た。その姿はたった今彼が心に画いた唖娘の死体であった。

「どうだ、貴様だろ。云え」

巡査はまた畳みかけて呶鳴った。工夫は辛うじて我に帰って、唖娘の死体を見て云った。

「わしは何にも知りやしません」

「何？　知らない。ちゃんと見ていたぞ」

「何が何だか、わしゃ知りやせん」

「知らぬなら知らぬでいい、貴様は今どこから来た」

「村はずれの居酒屋から来たきり、何にも知らない」

「貴様は酔っ払って、この娘にいたずらをしたのだ。そして殺して逃るところを見つかったのだ。もうかくしても証拠が上ってるぞ。これは何だ」

巡査はポケットから小型の札を出して工夫の前につきつけた。工夫はそれを酔眼で見つめた。第六区線路工夫大下孝吉と彼の名の記された身分証明書である。工夫は驚ろいてその札を見つめた。

「これは？」

彼は自分の丼の中を捜そうとした。が彼の手は縄でかたく結ばれていた。彼はも一度巡査の持つ小札を見た。間違なく彼自身の身分証明書である。彼はどうしてこの身分証明書が、この唖娘の死体の傍に落ちていたのかを考えたが、酔った頭脳はただ朦朧(もうろう)として夢現の間を見境いなかった。

「よし、さアあるけ」

巡査は彼の縄を曳いて彼を引き立てた。彼はただ狼狽して足を動かし出した。俺は実際唖娘を今夜は何とかしようと思っていたのだ。俺は酒に酔って実際唖娘を何とかした後で、殺しながら忘れてしまったのではなかろうか。そうでなくて俺の身分札が彼(あ)の娘の傍に落ちているはずがない。

工夫は並木道をひき立てられながら頻りに居酒屋から出てからの事を考えていた。

三

巡査が犯人をひき立て、村の派出所まで急いでいた時、並木の樅の樹の根本に死んでいた唖娘はふと息を吹き返した。暗の青葉蔭の真夜を起き上った娘は、坐ったまま周囲(あたり)を見渡した。何の物音もせぬ。娘は茫(ぼう)として頭をたれていた。娘は二三度腰をうかせた。四度目に娘の腰はシッカリとのびた。唖娘はオーオーと声を立てて暗の並木道をあるき出した。娘が一町ほども歩いた時……それは村への方向と逆の方であった……頑丈な男の姿が並木の木蔭から飛鳥の如く表れて、口を開く暇もなく娘の口に手拭を押し込んで背にのせて走り去ってしまった。後はただ遠くから響く足音と、唖の娘の口から洩れるかすれた乱調子の声ばかりであった。それも十分間を過ぎぬ間に暗の並木に消えてしまった。

二十分して村の青年団が十人ほど並木道を小村の方から駈足で近づいて来た。そしてその先頭には今工夫を引き立てて行った巡査が剣の音を立てながら走っていた。

「ここだ」

巡査は並木道の中途でとまった。そしてカンテラをつき出して右手の樅の木の根許をたずねた。そこには何物もなかった。

「この辺だぞ」

巡査はまたも声を出して見廻した。青年団員は手に手に提灯を長くのばして、その辺を探し廻った。巡査は頸を傾けて考え出した。並木道の左手には道祖神がぬっと立っていた。

「確かにこの道祖神の向側だ。この樅の木の下に違いない」

巡査は高い樅の木を見上げた。

「旦那居ないじゃないか」

「ふん」

巡査は頻りに樹の根元をカンテラで照らしていた。

「ここだ、こんなに草がねている」

青年団は巡査の周囲に集った。

「なるほどここらしい。だがどうしたのだろう」

「誰かかついで行ったのだ」

青年団は口々に云った。巡査は頸を傾けてまた考えていた。

「旦那、確かに死んでたのかね」

「間違ない。俺はからだに触ってみた。まだ温か味はあったが、息はしていなかった」

「変だな」

「旦那狐に化かされたのじゃありませんか」

「この頃よくこの並木には狐火が出るから」

巡査は憤然として云い放った。

「馬鹿にするな、俺はそんな阿呆じゃない」

「でも死んだものが歩くだろうか」

「まだ云うか、馬鹿!」

巡査は剣をガチャガチャさせて叱った。一同はてれてしまってただ巡査を見つめていた。

四

村長の家にはその夜以来唖娘が見えなくなった。村長はこの村の悪(にく)まれ者で、村人は蔭でいつも村長一家を呪っていた。そして好色の村長は唖娘を我者にしているのだと噂されていた。それでなくてあの唖娘にあんな派手な風をさせておくはずがないと村人は云っていた。村長の家には稲荷が一つあった。村長の事を村人は稲荷の狐と云っていた。唖娘は稲荷の狐が憑いていると村人は云っていた。

唖娘が夜毎並木道に出る事を村人は頻りに噂していたが、村長一家の人々には誰もこの事を話してやらなかった。村長の家では全く唖娘の事を知らなかったのである。それを突然、唖娘の姿が見えなくなった時初めて村長は驚ろいたのである。

村へ来ている派出所の巡査は、唖娘が殺されて並木道に居るのを知り、その犯人を線路工夫だと信じて、警察署へ引き渡すまで、村長の家には何も知らせなかった。巡査もまた村人と共に村長を悪んでいた。

事件は全く村人の不可解な出来事として色々の噂を生んだ。この事件に何かの関係が当然なくてはならぬのは、線路工夫であった。彼の身分証明書が、唖娘の死体の傍に落ちていた事は確かであった。それは巡査の話で間違のない事である。警察署にひかれた工夫もそれは認めていた。しかし工夫は全く覚えのない事であった。

警察は大山並木の怪事件と称して、刑事等は事実の真相を探るために大分苦心をした。まず唖娘の死体を探す事を第一に努力した。しかしその努力は徒労に帰した。唖娘の行方は全く分らなかった。巡査の証言では唖娘は確かに絶命して並木に倒れていたのである。殺人事件と見るより外なかった。

線路工夫の大下は殺人被告として大分取調をうけて、居酒屋のおかみの証言によってその夜酔っていた事、唖娘をつけねらっていた事などが分明になって来て、嫌疑はますます深くはなったが、唖娘の死体のその後が全く不明であるので、物的証拠はただ現場に落ちていた身分証明書だけであった。かつまた彼としては唖娘をその夜何とかしようと考えて居酒屋を出た事、並木道で提灯の灯を見て、今夜こそと思った事などを正直に自白している。もし犯行をかくさんとする考えがあるならば、こんな危険な申立をするはずがないと、その筋の人々も考えてきた。

事件は迷宮に入ってきた。予審判事はこの儘では到底、事件の真相を知り難きを考えたので、危険千万の方法ではあったが、証拠不十分と認定して故意に工夫を放免してしまった。

捕縛以来四ケ月で天日を見た工夫大下孝吉は刑務署の門から、夕暮の町を出て、問題の並木道をテクテクと歩るいて、旧棲(もと)んでいた小村をさして来た。彼は前から働かなければ懐に金があった事がなかった。金を持たずに酒を飲ませてくれるのは、例の居酒屋しかなかった。彼はしばらくぶりに酒を舌にのせる幸福を想像しながら、居酒屋の戸をあけた。

「おかみ、帰って来たぜ」

声に驚いておかみは勝手から出て来て、ランプを灯した。

「おや、孝さんじゃないか。まア」

孝吉はクチャクチャになった法被(はっぴ)を叩いていた。

「今牢屋から出て来たんだ。一杯飲ましてくれ」

「飲ませなくはないが、お前さんほんとに許されて来たのかい」

「大丈夫だよ。第一おらア人殺しなんかしやしない」

おかみは工夫の顔をしげしげと見た。

「ほんとに許されて出て来たのかい。わたしゃ係り合になるのはいやだよ」

「大丈夫だよ。もう天下御免になったんだ。早く一杯のませてくれよ」

「そうかい、ほんとに。ほんとに出て来たんなら今夜は御馳走してあげるよ」

おかみはいつもの濁酒(どぶろく)を硝子(ガラス)の徳利に入れて銅壺(どうこ)の中にどぶりとつけた。

「孝さん、今おかんがつくからちょっとお待ち、お祝だから私一走り行ってお豆腐を買って来てあげるから」

「ああ、ありがと」

工夫は浮世に出て初めてのおかみの親切ぶりに涙の出るほどうれしくなった。

五

おかみはお豆腐をどんぶりに入れて袖でかくして帰って来た。

「孝ちゃん、お待遠、さア、今奴にしてあげるから」

おかみは勝手に入って行った。洗物をする音が一しきりした。

「だが孝さん、牢屋ってつらいものだろね」

「ああ、いやなものだよ。思い出すだけでもいやだよ。だけどおらア今度出て来てもとてもおかみは今までのようにはしてくれねえかと思ってたんだが、涙が出らア、すまねえな。また明日から働らいて酒代を持って来るからな」

「まア五六日は飲んどいでよ。さアもうおかんもいいだろ」

おかみは勝手から豆腐のどんぶりを持って出て来た。

おかみの密告で村の巡査は居酒屋の戸の前に立ってきき耳を立てていた。警察からの電話で、孝吉が放免される事と、放免後の行動を十分注意する事を命ぜられていた巡査は、早速出て来たのであった。

家の中では孝吉がおかみのお酌で飲みはじめた。おかみは戸の外の靴の足音をきいて、何食わぬ顔で話し出した。

「だけど孝さん、一体どうして人殺しの嫌疑なんかうけたのだい」

「それがなア、あの晩はおらも酔っていた。心の中じゃあの唖をいたずらする積は十分にあったんだ。酔ってるからよく覚えていねえが、並木を行くと向うに提灯が見えるんだ、しめたと思っている中に、提灯がこっちへとんで来るので、逃がしちゃならないと思って大手を拡げたんだ。それが娘でなく巡査だったんだ」

「たったそれぎりかい。それを人殺しにされるなんて、うけとれないね」

「本当だ。本人の俺さえ不思議でならねえ。ただ困ったのは、おらの身分札が娘の死骸の傍に落ちていたんだ。それが何よりの証拠にされちゃったのだ」

「へえ、身分札が？　お前酔っ払っていて知らぬ間に娘にいたずらをしたのじゃないかい」

「そう云われると、どうも自分ながらあやしくなってね……」

ガタと表の戸があいた。おかみは孝吉のこの言葉で巡査がとび込んで来たのだと思って、ランプの下から表を見た。

それは巡査でなくて、いつも日暮れて通る運送ひきであった。

「おかみ一本たのむぜ」

運送ひきは馬を表に離したまま入って来た。孝吉は冷々しながら小さくなって入って来た男を見た。幸に知らぬ男であった。孝吉は黙ってチビリチビリ酒をのんでいた。

運送ひきはおかみのつけて出す徳利をうけとって、手酌をしながら孝吉の方を横目で見ていた。

おかみは孝吉と話し続けて、唖娘の事をもっとききき出して手柄にしようと思っていた矢先に、邪魔の入った事を思って、浮かぬ顔をして黙っていた。

突然運送ひきが云い出した。

「おかみさん、今おら変なものを見たぜ。あの並木道な、あそこをゴロゴロやって来ると途方もねえ綺麗な娘が、たった一人提灯をつけて落し物を捜しているんだ……」

おかみと孝吉はゾッとして顔をあげて運送ひきの口許を見つめた。運送ひきは平気で語り続ける。

「ひょっとおれでさえ悪心を起すほどの女なんだ。で、おいねえさんと声をかけると、驚くじゃねえか……」

「唖か」孝吉が狼狽してきいた。

「そうだ唖だ」

「え？」

「唖？」

おかみと孝吉は異口同音にきき耳を立てた。

「唖さ、オオオオって云って俺の顔を見るんだ。とても凄くなったので、逃げて来たよ」

孝吉とおかみは顔を見合せた。おかみは直ぐに化物が出たと感じた。孝吉はたった今自分が通って来た並木に、あの唖娘――それも自分が殺したという唖娘が出たときいて、唇を紫にしてワナワナとふるえ出した。

その時また戸があいて巡査が入って来た。孝吉は恐ろしさに身を縮めた。巡査は運送ひきを見つめた。

「こら、今の話は本当か」

運送ひきは狼狽して立ち上って頭を下げた。

「ええ、ほんとの事で」

「確かだな」

「確かです」

「化物じゃないか」

「さア……」運送ひきはちょっと躊躇したが、直ぐに云った。

「さア、足は……足もあった。あるいて何か拾っていたんです」

巡査は孝吉を見つめた。

「大下孝吉、俺と一緒に来い」

巡査は戸の明き間から往来にとび出した。孝吉はブルブルふるえながらその後について出た。

六

並木道は秋近く天の河が大空に流れていた。巡査は孝吉の手をひきながら剣の音を立てて駈け足で急いでいた。

並木道の中途まで来た時、一町ほど先に提灯の灯が見え出した。巡査は急に足をとめた。そして地をすかして先を見た。提灯は動いてはとまった。

「本当だぞ」巡査はこう云って剣のつかを握った。

「旦那化物じゃありませんか」

「何とも分らんな」巡査はまたあるき出した。孝吉は巡査の後ろからおずおずとついて行った。

「おい、おれの傍へ来い」

巡査も恐ろしいと見えて孝吉を待っていた。二人は手をひかれながら一歩々々提灯に近づいた。提灯は落付いて二人に近づいて来る。地上を腰をまげて提灯の灯で何か求めている様子が見えて来た。

巡査は孝吉の手を急に引いて並木の根許に引き寄せ静かに足をとめて、姿を見据えた。女である、娘である。スラッと背の高いほれぼれする娘姿である。まごう方ない唖娘である。唖娘は人の居るのも知らずに道のあちこちを捜している。二人は息を殺してその様子を見つめた。

娘の姿が彼等の前を通って背中を彼等に向けた瞬間である。巡査は大声を出した。

「こらッ」娘は腰を下して二人を見た。巡査はとび出して娘の手をとった。娘は大きなきれいのいい眼を見張って巡査を見た。

「オオオ、アアア」乱調子の声が娘の口からとび出した。巡査はやや安心して唖娘の顔を見つめた。

「どうして居たのだ。殺されたのじゃないのか」

巡査は大声で呶鳴った。

「オオオ、アアア」唖娘はただ口を大きく拡げるばかりであった。

巡査は、「あははは」と大声で笑った。孝吉は今までの恐ろしさを忘れて、娘に近づいた。

「生きてたか、そうか生きてたか」

孝吉の口の動くのを感じたのか、唖娘はただ口を大きくあけて、「オオオオオ」と答えたのみであった。

並木道の大空を斜に天の河は流れている。

最後の犠牲者

一

　彼は今宵もまた研究室でただ一人モルモットを捕えて結核菌を皮下に注射していた。彼が彼の恩師が私費を投じて創設したこの結核研究所に、研究を開始して以来二十五年の歳月はすでに流れ去っている。彼は今日すでに六十を越している。血気盛りのころ大学の助教授の位置……それも臨床家として近い将来を嘱望され、正教授として彼の技量を奪う時に近いのを自他共に許していた……その位置を一蹴し去ってこの研究所の一助手として入所した当時には、この研究所に集っていた助手の数も数多かったのである。彼の恩師が彼の学者としての将来に絶大の望をかけて、彼を助手長とした時には、誰として不服をいわぬほど彼は結核学者として著るしい研究を遂げていた。

　彼の恩師の死後彼がこの研究所を主宰するに至って研究者はいよいよ彼の周囲に集って来た。かくて彼の研究所の名は世界的に喧伝さるるに至った。研究はめまぐるしいほど後を継いでこの研究所から発表された。彼は多くの助手を指導するために日夜を分ち難きほど多忙を極めていた。

　彼が所長の椅子を占めて後五年になって彼は結核の治療に手を染め始めた。そしてその研究の必要上彼は結核菌の毒性を極力強くすることに努力し始めた。今までの結核治療法の研究は専ら結核菌の毒力を弱からしむる事を大方針として続けられていた。毒力を極度にまで弱くした結核菌を用いて結核の予防並に治療を試みんとしていたのである。この方針から出発した研究はある程度までの成功は確に収むる事が出来たのであるが、人類の生活から全然結核を駆逐する事は到底不可能である事を彼は徹底的に考え付いた。

　この考察が彼の研究方針に一大転換を試みさせる原因となったのである。以来彼は研究所をあげて、結核菌の毒力を強からしむる研究に努力させたのである。すべての大発見というものは先人の跡を追っている人に近づくものでない。彼は先人の研究方針とは全く反対の方針に出たのである。この方針転換がどれほどの効果をあげ得るものであるかを、彼は全く考えなかった。ただ彼の学者としての頭脳が偶然彼に神来の声を聞かせたに過ぎなかった。彼は研究に対して決してその結果を予想するの愚を敢てしなかった。彼はただ彼の頭脳の命ずるままに行動するほどの余裕のある学者であった。

彼が助手と共に結核菌の毒力を強からしむる事に努力して以来、その研究は二三年は全く見当さえもつかなかった。試験動物は一向菌の毒力の増大した事を示してくれなかった。むしろ動物は菌の毒力の弱って来るのをさえ証明していた。彼はなおも努力を続けていた。

その当時からである。彼の研究室に働く助手達が後々と結核に感染するようになった。彼は助手達が若い心を抱いて後々と研究の犠牲となって行くのを見て、心を暗くせぬではなかったが、学問は犠牲者の数と共に進歩発展する過去の歴史を顧みて、尊ぶべき犠牲者の冥福を祈るしかなかった。

犠牲者は後を絶たなかった。犠牲者と共に新しい助手が彼の研究所をさして集って来た。その助手達もまた犠牲となって行った。新しい犠牲者は就床の日が段々と短くなって来た。症状は甚だしく激烈であった。ある者は僅かに一週日の病床から神の手に引きとられて行った。

頻々たる犠牲者の名は新聞紙上に発表された。あたかも飛行機発明当時の如く、この研究所の犠牲者は勇士として世間から敬意と弔意とを表された。がすべての出来事がそれであるように、世人はこの尊き犠牲者に慣れてきた。新聞紙は犠牲者の氏名を発表する事が記事としての価値のないのを感じてきた。それと同時に彼として最も悲しむべき傾向が表れてきた。それは研究所へ助手として来るものの日一日と減じて来る事であった。遂に彼は全く助手を求め難きに至った。この二年後彼は孤影蒼然として廃墟に等しき研究室に名誉ある最後の一人として日夜培養基と試験動物とを伴として、人類と結核菌との戦闘を続けているのである。

二

夜は更けている。夜烏が凄惨な声を沖天に立てて鳴き去った。その後は七月の夜を研究所の裏の海のくらやみに、どうどうと波がうち寄せているのみである。

　彼はキキとなくモルモットを左手に押えて右手に結核菌液を入れた注射器を持ってモルモットの皮下に注射した。そのモルモットを動物籠に入れて、また新たに動物を押えつけた。彼は合計十匹のモルモットに注射をした。そして彼は手帳を出してその夜の作業を記録した。彼はモルモットの入れてある金網の籠を右手に提げて動物小屋にいった。本館から廊下づたいに海近く建てられてある動物小屋まで彼はほの暗い電燈をたよりに行った。動物小屋の戸をあけると、その物音に人の近づくのを知ったモルモットはあちこちのくらやみからキキと鳴き立てた。彼は懐中電燈をてらしながら動物の叫声の中を歩いて、籠の動物を大きな動物籠の中に移した。人参と豆腐のからとを籠に入れる。動物は餌の香にまた一時キキと鳴く。

　彼は電燈をてらしながらまた別の籠に近づいた。そしてその籠に結びつけられてある木札を読んだ。

「これだ」

　彼の皺がれた声は天井に反響した。彼はその籠から五六匹のモルモットを手にさげた小籠の中に移した。彼は再び淋しく廊下を通って本館に帰って来た。かつては五十幾人の研究者のために三十幾つの研究室の窓から、夜通しもれていた電燈も今は全く見えぬ。廊下には蜘蛛の巣が縦横にはられて、彼の頬といわず、白髪といわず、全身に気味悪くかかる。ただ一人彼のためにパンとバタとを街まで買いに行く小使も、夕暮に帰ってしまって、彼一人しか今はこの研究所にはおらぬのである。

　本館に達してから彼は動物籠を手にさげて階段を登った。僅か十段ほどの階段である。それを僅かの重みの籠を提げて登った彼は動悸の強くなるのを感じた。呼吸もややせまる。その動悸を感じながら彼は老来道(ろうらいみち)の遠きを沁々と感じた。

　彼は両側に並ぶ研究室の間の廊下をとぼとぼと歩いていた。大木も死んだ。花田も死んだ。そして恩師は既に他界されて二十年になる。彼はふと思い出して一室の前に来てとまった。そして懐中電燈を照らしてその室の戸を見た。小さな名刺がまだ貼ったままである。

「水木雪子」

　彼はその名刺に引きつけられるように近づいた。その時茫(ぼう)として彼の網膜には二十二歳の若い婦人の姿……純白の仕事着をきた青白い顔の理智を湛えた眼の持主……が浮んだ。彼はしばらくそこにとまっていた。彼の年老いた頰にかすかに笑いの影がただようて、そして消えての後は額に深い皺が寄った。彼はまたコツコツと歩き出した。堅い靴底の音は廊下に反響している。

彼は廊下のつきあたりの室のドアをあけた。中は暗(やみ)である。

「おや、停電か」

その声も悲しく消え失せた。彼は室に入って手に提げていた籠を床に下した。キキと動物が籠の中で鳴く。

彼は懐中電燈を照らしながら中央の研究台に近づいた。抽出しをあける。蠟燭がコロコロと音を立てて抽出しの中をころげた。彼は台の上からマッチを取って蠟燭に火をつけた。彼の大きな影が灰色の壁を動いた。

彼は蠟燭を研究台の上に立てて、また仕事にとりかかった。三匹のモルモットは菌液の注射を順次にうけた。そして四匹目のモルモットは今彼の左手に握られている。彼は動物の耳につけられている番号札を見直した。そして研究台の上にある手帳を見つめた。

「よし、間違いない。〇・八だな」

彼はこういって右手に菌液で充たされた注射器をとった。彼は動物の皮膚に注射針を近づけた。その時モルモットは首をまげて彼の指を突然嚙んだ。彼は驚いて注射器を台の上に置いて、動物の頭をかるく叩いた。

「静かにしとれよ」

彼は子供にいってきかせるようにいった。その時またもモルモットは彼の左手の指を嚙んだ。

「こらッ」

彼はこういって指の痛みに動物を離した。小動物はチョロチョロと台の上を走った。彼は両手をのべて動物を押えんとした。その時彼の右手の掌はチクリと物にふれた。痛みは相当に甚だしかった。彼は驚いて手を引いた。その手には注射器がかたくささっていた。

「あッ」

彼は声を立てた。そして注射器をぬきとった。そして左手の指で傷をふれた。その時停電していた電気がパッと灯った。彼は手の傷を電燈の光で見た。傷は小さくあったが、かなり深い。皮下まで銹が見えて残っている。彼は注射器を見た。注射器の内容は僅かではあったが減じている。

彼は我を忘れて傷に口をつけてチウチウと吸った。そして血の混じた唾液を流しに吐き出した。彼はなおも傷を吸った。五六回も音を立てて吸った。そして薬品棚に近づいて沃度丁幾(ヨードチンキ)を瓶の栓につけて傷に塗りつけた。かすかに傷が痛む。

再び彼は急ぎ足で流し場に近づいた。そして唾液を吐き出した。コップをとって水をついで含嗽（うがい）をした。彼の頰には血の気がなかった。花田は誤って菌液を口に入れた。直に吐き出したという。大木は誤って注射器の尖（さき）で指に傷をした。そして直に血をしぼり出して沃度丁幾をぬったという。かくしても彼等二人の助手は数日を出ずして死んだのである。それは二年の前である。その後菌の毒力は数倍の強さになっているのが確実である。彼は室の中をあちこちと歩き廻った。彼の心臓は早鐘をつくように搏っている。彼の頭脳は結核感染の恐怖と確信とに充たされてしまった。彼は戸をあけて研究室をとび出した。そして駆け足で暗の廊下を真直に行った。つきあたりの室のドアを彼はあけた。そして夢中で電燈をつけた。その室には中央に一個のテーブルと一つの椅子があって、大きな書籍棚が処せまく立っていた。隅の方に粗末なベッドが一つある。彼はそのベッドの上にあお向きに倒れて両手で顔をかくした。頭の中をくるくると結核菌と今までの犠牲者とがかけめぐっている。

三

彼がこの研究所でなし遂げた研究は二十を超えている。そしてそれに共同作業者として名をつらねた助手は三十人を超えている。しかも彼が研究上の一大転換をなして以来十何年間は一つの研究報告さえも発表されぬのである。しかしてこの未発表の研究のために犠牲となったものは十人を超えている。そして一年以上をこの研究に従事した助手は殆どすべてが研究の犠牲となっている。

最近の五年以来新しい研究者は一人も来なかった。そして五年前の夏は、この研究所にふみ止まって居た……そういうよりはむしろ生き残っていた……ものは大木秋吉、花田留雄、水木雪子の三人の助手と所長彼のみであった。この四人は実に孤軍奮闘の勇士であった。大木と花田は学生時代からの親友であった。彼等は学校を卒業すると同時に、この研究所に彼を師として慕って来たものである。

彼等二人が青春の胸を語り合って人類の幸福のためにこの研究所をさして来た最初の日に所長は彼等にこうい

ったのである。

「恐らく君等は噂で知っているであろう。この研究所は今まで非常に多くの犠牲者を出している。近来はそのために研究に来る人が殆どなくなってしまった。そして今いる人達も既に結核に感染している。こういう私さえも感染しているかも知れぬ。

君等は若いのだ。若い時には誰でも名を好むものだ。しかし名というものは得るに難いもので、若い人が思うほどに簡単に名は求められるものでない。かつまた実は今この研究所でやっていることは研究のごく初歩のことであって、今の研究が万一成功した暁になって初めて第二段の研究に入るのである。そしてその第二段の研究こそは人類の幸福をもたらすものであることを信ずるが現在の研究題目は実は研究の目的とは遠く離れている。

私を信頼して来てくれた君等だから話すが実は今は結核菌の毒力を強くする研究をしているのだ。この研究は今日相当に進行している。その証拠として多数の犠牲者を今まで出している。私とても恐らくはこの犠牲になる時が来るのを覚悟はしているのだ。若い将来のある君等が私を訪ねて来てくれたのは誠に感謝に堪えぬが、私は君等をまたもこの研究の犠牲にするにしのびない。

君、僕も君等ぐらいの時には今日の君等と同じような心でこの研究室にとび込んで来たのであったが、もう年をとってしまった。日暮れて道は遠い。どうだ。君等はこんな一生をかけても見込みのたたぬ研究などはやめて、医者として、臨床家として世の不幸な人をすくってくれないか。

かつまたこの研究所などは世捨人の来る所だ。私のような世捨人となるしかない運命のものの来る所だ。君等は若い。心も燃えている。臨床家として世に立って、金と地位とを得る方がどれほど君等の幸福か知れない」

彼はこういって二人の青年をときふせる積りであったのである。

「先生のお心はよく分っています。ですが私達はすべてを覚悟して来たのです。私達は私達の心を結核を人類から駆逐せんとする努力に燃やしてみたいのです。特にその研究がまた私達の生命を危くするものであるならば、一層私達の若い心は燃えます」

一人はこういった。それは大木であった。

「先生、先生の今の御言葉は正しいのかも知れません、しかし先生がこの研究所にお入りになった時のお心の中を顧みて下されば、私達の今日の心はよくお分り下さると思います。

　私共は先生の後継者のない事を非常に遺憾と思っています。私共などは到底その器でないでしょうが、結核撲滅という大事業は到底一人の学者ではなしとげられぬ事と思います。その意味で私達を仕立てて下さるのは、これまた先生の御務めではないでしょうか」

　花田はこういったのである。所長はなお言葉をつくしていってきかせたが、二人はどうしても心をひるがえす様子がなかった。かくて二人は遂に希望を達してこの研究所に助手として研究を開始する機会を得たのであった。

　大木、花田の二人がこの研究所に席を得て後半月を過ぎた秋の日に、一人の処女がこの研究所に所長を訪ねて来た。水木雪子という小型の名刺を見た時、所長は二人の助手を顧みていった。

「珍らしいことだ。婦人の訪問者は五年ぶりだよ。一体何の用だろうね。新聞や雑誌の記者ならば肩書をつけた名刺を持って来そうなものだ」

　所長はこの婦人を応接間に通した。婦人は所長の姿を見て真顔になって初対面の挨拶をのべた後こういった。

「誠に突然で紹介状ももたずに参りまして失礼致しました。私は今まで東京の女子医専に習んでいたものでございます。思い立った事がございまして、こちらに助手として働かせて戴きたくてまいりました」

　所長はこの言葉をきいて驚いて彼女の顔を見返した。彼女は美しい姿をしていた。彼女の眉目は理智そのものの姿であった。所長は静かに答えた。

「そうでしたか。実はこの研究所ではもう助手を採用しないことにしています」

　所長は簡単にこう答えるしかなかった。勿論助手一人の席のない研究所ではなかった。また助手を一人採用して研究に就事させる費用は十分に研究所にはあるのである。ただ所長はうら若い処女をまたも研究の犠牲にするに忍びなかったのである。婦人は所長の返事をきいてしばらく考えていた。婦人の頸筋から血の気が一分々々と失われて行った。と婦人は顔をあげた。

「先生、私はみんな覚悟をしてお願いに参りましたのです。どうか私の願をお遂げ下さいまし。私はこちらの研究所から犠牲者の出るのをよく知って参りましたのです。と申しますよりも、犠牲者が頻々と出るのを知っておりますからなおさらお願いに参りましたのです。私は自分の生命を短くしなくてはならぬ事情のあるものでございます。どうしても御採用が願えませんならば、私はこの海で死ぬ覚悟でまいりましたのです。どうか私の心を御察し下さいまして何とか御採用をお願い致します」

婦人はこういって所長を真面に見つめている。彼女の眼には涙などは全く見られなかった。ただ所長の最後の言葉を待っているのみである。

所長は返事をせずに彼女を見つめたままである。所長は何といってこの婦人を救うべきかを頻に考えていた。けれどもこの場合に適するような言葉は一向見当らなかった。

「何故あなたは死ぬのです」

所長は率直にこうきいた。婦人は言下に答えた。

「その理由はおたずね下さいませんようにお願い致します。ただ私はこうして先生の最後の御言葉を待っているばかりでございます」

婦人は堅く唇を噛んでしまった。所長はこの婦人の希望を達してやるより外にこの婦人を救う途のないのを考えついた。

「承知しました。採用します。今この研究所には私を入れて三人の最後の人が働いています。あなたで四人になります。最後の四人です」

所長はこういって婦人を見返した。婦人の顔には生色が浮いて来た。

四

所長が最後の四人といった四人の学者は爾来この研究所で孜々として日夜働いていた。彼等は全くこの研究所で寝食を共にしていた。水木雪子はただに研究上の事に努力を惜しまなかったのみならず、三人の男の学者のために食物の調理までも引受けていた。一人の女性がこの研究所に入所したということは、この淋しい研究所に一脈の温味と柔かさをもたらしたのはいうまでもない。一日の研究を終った後彼等四人は一室に集ってピンポンをさえするほどの家庭的の時間を楽しむ事が出来たのである。

水木雪子が入所して後一年を過ぎた時、大木は予定の如く結核菌の感染をうけて、僅か十日にして他界した。それに遅るる一ケ月にして花田が一週日の病床で結核研究の犠牲者となった。

それ以来この研究所に働くものは所長と水木雪子のみとなったのである。

花田の遺骨を吹雪の夕暮、漁村の粗末な火葬場から持ち帰って来たその夜である。小使は村に帰ってしまった。所長は自分の居室の机の上に花田の遺骨を入れた白木の箱をのせて、その前に書籍を出して読んでいた。窓外は初夜の荒れに雪が吹き上げられ吹きまくられていた。どうどうと海からは波の音が響いて来た。

ドアが叩かれて水木雪子が入って来た。彼女は淋しいながら女らしい日本服をきていた。喪に籠るにしては派手といえぬでない。雪子は静かにドアをしめて所長に近づいた。机の上の遺骨に一礼して後、彼女は所長の指さす椅子に腰を落した。

「とうとう花田さんも」

彼女はこういって遺骨を見つめた。彼女の頬は蒼白ではあったが、世上一般に人の死に際して見らるるような、とりとめのない悲しみの様子はどこにも見られなかった。

「予定の通りでした」

所長はこういって額に手をあてた。二人の心の中には自らの将来が明瞭に画き出されていた。室内には何の物音もせぬ。師弟二人黙々として机上の遺骨を見つめている。窓に音がして雪がサッとあたった後はまたどうどうと波の音となる。十分ほどの時がすぎた。

「やっぱり淋しい」

所長が皺がれた声を出した。遺骨を見つめる所長の脳裡には大木、花田の二人がこの研究所へはじめて来た日の事がよみがえって来た。希望に燃える青春の頬、そして生命を賭しての研究者の良心の輝き。そして今はすでに犠牲者である。一人残るこの雪子もまた運命はすでに決せられている。

かすかにすすりなきの声が所長の鼓膜を動かした。所長は花田の遺骨を見つめたままである。すすりなきは続く。水木が泣いているのだと所長は知っている。所長の眼はまだ遺骨に吸いついている。

すすりなきの声は高くなって来た。所長はまだ遺骨を見つめている。六十を過ぎた老学者に近く二十二歳の水木雪子は声を上げて泣き出した。彼女は両の袖を顔にあてて泣いている。所長は放心したように遺骨を見つめている。所長の口か動いて皺がれた声となった。

「何を泣くか」

所長はまだ遺骨を見つめている。女の泣き声がはたとやんだ。そして雪子は両の袖を顔から離して所長の横顔を見た。

「先生」

「何だ」

所長はまだ遺骨を見つめている。

「私は研究のための犠牲者を泣くのではありません」

女は力強くいった。

「それでは何を泣く」

所長は始めて雪子を見た。雪子は涙を見せていなかった。唇を白くして所長を見ている。

「何を泣いたのです」

「恋人と別れたのを泣きました」

「恋人？　花田君は君の恋人なのか」

「ええ、花田さんも、大木さんも」

「そうか」

所長は顔を曇らして遺骨を見つめた。所長は恋人という言葉に何の感興をも持ち得なかった。所長は遺骨を見たままいう。

「わしが死んでも泣くか」

「泣きます」

「恋人として泣くか」

「ええ」

「それは有難う」

所長はこう答えたまま口をつぐんだ。見つめている花田の遺骨が茫として来た。そして所長の胸から血が頬に昇って来た。二十五年前の記憶が所長の脳裡によみがえって来た。恋をした、命がけの恋をした。そしてその恋を失って、大学の助教授の椅子を捨てて、この研究所に入った彼である。

所長は遺骨を見つめたまま若き日の追憶に追い立てられた。あのころ彼女は何歳であったであろう、と彼女の姿を思い浮べんとした時、所長は愕然として驚いた。所長の網膜には明かに水木雪子の姿が浮び出た。所長は甚だしく狼狽した。俺は気が狂ったのではなかろうか。彼は眼に浮ぶ水木を極力消さんとした。そして彼の若き日の恋人の姿に変えんとした。その努力は無効であった。彼は遂に声を立てた。

「水木さん。あなたは部屋へ帰って下さい」

雪子は所長を見た。所長はなお遺骨を見つめていた。雪子は静かに椅子から立ち上った。そして音も立てずにドアから出て行った。所長はまだ遺骨を見つめていた。

その夜から二日後に水木雪子は熱発して、二日目に既に鬼籍に上った。研究所最後の闘士は所長である。

五

停電の夜の研究室で誤って注射針を手にさした彼は、研究室を出て居室の寝台の上に倒れていた。最後の一人も遂に結核菌を皮下に植えつけられたのである。三十分ほどの時が過ぎた。彼の過去の絵巻物の最後は今夜の失敗で終りを告げた。その時彼の心には猛然として学者としての良心が頭をもたげて来た。そうだ。今までの研究の整理をつけなくてはならぬ。研究は中途ではある。中途ではあっても幾十人の犠牲者の尊い生命によって記載さるべき報告は最後の自分に命ぜらるる重要な仕事である。彼は雑然と机上に積み重ねられてある書類を片ッぱしから目を通して順序を揃えた。その書類は一束ずつ研究者の名の記された紙が挟まれていた。彼はその一々を大きな封に入れた。そしてその内容を記した。彼の生命は今夜にも終を告げぬとも限らぬと信じた彼は、彼の死後になって彼と彼の助手との業蹟を他人が発表するに都合のよいようにしておくのを急いだのであった。さしせまった心で彼は二時間ほどこの仕事に費した。

一通りの整理をつけおえた時、彼は気付いて自分の脈を数えてみた。脈は一向変調もない。彼は彼の研究所における犠牲者の名簿を作成せんとして日記帳を机上に持ち出した。そしてその一人々々の病歴を出来るだけ詳細に記載した。遂に記載が助手花田留雄に終った時には、すでに暁の光が窓に見え始めて来た。次は水木である、と彼が考えた時、彼は始めて心臓の鼓動の甚だしくなっているのを感じた。彼は机の抽出しから検温器を出して体温を計った。検温器は摂氏三十九度を示していた。

彼は検温器の示度を知って、時の近きを心に決した。「水木雪子」と彼は彼女の名を記した。その時彼は水木雪子の感染経路の全く不明であるのに気付いた。雪子は病臥の二日間全く意識が混濁していて、伝染経路について全く知るに由なかったのである。彼はやむを得ず、感染経路不明として病状の記載に移った。そして最後に自らの名を記載した。結核菌第五十八号と菌種を明かに記した後、注射針を指に刺した時から、体温三十九度を知るまでのことを記載した。ペンをおかんとして彼はまた水木雪子の感染経路の不明である事を思い出して残念に堪えなくなった。彼は割れるように痛む頭を押えながら、犠牲者名簿とペンを持って廊下に出た。そしてふるえる足許をふみしめながら水木雪子の室に行った。鍵を辛うじて鍵穴に入れて、彼女の室をあけて彼は入った。暁の光が室にみちている。女のたしなみの香が室内にまだ残っている。研究所に来るさえも恐怖していた雪子の家からは、雪子の遺骨品を今日に至るまでとりに来ぬので、雪子の室は雪子の存命中そのままになっていた。派手なきものが寝台の側にかけてある。

彼は室の中央にある机の上に犠牲者名簿を置いて、まず机の抽出しをあけて見た。懐中鏡が一つ紅色に見えた。彼は抽出しの奥に手を入れて見た。五六本の手紙しか見あたらぬ。彼は別の抽出しをあけて見た。一番前に日記帳があった。彼は急いでそれを机の上に出した。夜はあけ放れて来た。窓外の夏の茂みがすがすがして見えた。

彼は最後の日から順次に日記を見んとして、パラパラと日誌を逆にくった。頭はまたズキンズキンと痛んできて眩暈（めまい）さえ感じてきた。彼は日記を手にとって、雪子のベッドに下向きに倒れながら、頭をもたげて日記をくった。

「二月十五日。花田さんの遺骨を持ち帰る。午後十一時、菌第五十五号、〇・〇〇一を左腕皮下に注射す……」

彼はその句を読んですべてを了解した。彼女は故意に注射を敢てしたのだ。何故に？　彼は後を読み続けた。

「……恋を失いこの研究所に来て後、大木さん花田さんとひろき恋におつ。大木さん花田さん共に私に抱かれて逝かれたる後、永らえなば先生をもまた同じ運命に導くを恐れて……」

彼はここまでよんだ時「馬鹿ッ」と声を立てんとした。その声は声とならなかった。彼は突然起って来た嘔吐のために身をもだえた。苦い水が胃から口へ運ばれて来た。一度嘔気が収まった時、彼は日記をふせてひょろひょろとベッドから立ち上った。彼は机に手をかけて四周（まわり）を見廻した。室の隅にある花台に花瓶が一つ、それに並んでアルコールランプとマチが見えた。彼はのめるように花台に近づいてマチを握った。その時恐るべき眩暈が彼を襲った。彼は日記を床に投げ出してマチを握ったまま倒れた。彼は立てつづけに五六回嘔吐した。彼の全身は全く力を失った。五六分の後彼はやや力を恢復した。床に倒れた彼の右手が延びて日記帳を引きよせた。彼は急いで日記帳の終を五六枚びりびりと破った。マチが五六本一度にすられた。日記帳の紙がメリメリと燃えた。腹這いになったまま彼は頭をあげてそれを見ていた。紙が全く灰に帰した時彼はその灰を右手でもみつぶした。彼の顔に安心の笑が一時に上る。彼は全身の力をこめて立ち上った。そして机の上からペンをとった。彼はまたまた牀に倒れた。日記の紙の余白がメリメリと破られた。彼はその紙を牀に置いてペンを持って書き出した。

「……水木雪子の感染経路、菌第五十五号〇・〇〇一皮下注射、四十八時間後発病……」

彼はまた一枚の紙を破った。

「最も強烈なる菌毒を以て結核の予防治療を試みんとしたり。余が所有する菌の毒力は今日全世界に存在する結核菌中最も強烈なるを信ずるものなり。……日本結核研究所長山本要吉」

彼は自らの記載をなお一回読み返した。微笑が彼の頬に一時表れた。彼は腹這いのまま顔をあげて室内を見廻さんとした。その時彼の全身は恐怖すべき交代性の痙攣に襲われた。室内の机書棚はガタガタと音を立てていた。彼の意識は全く失われた。彼の胸の上に書棚の上から一枚の写真が写真挟みのまま落ちて来た。彼の全身は強直性の痙攣に移った。彼の右手は偶然にも胸の上に落ちて来た写真を堅く握りしめた。彼の生命はそのまま最後の犠牲者として彼の肉体を去った。彼の右手には水木雪子の写真が握られていた。

窓の隙から暁を沖から帰って来る一団の漁夫の騒々しいいろの懸け声が室内に入って来た。

殺されに来る

一

二百十日も荒れなかった。二百二十日も何の障りがなかった。万頃（ばんけい）の田に瑞穂は頭を重くたれて、百姓等の気にかかる雀の群にも、「今年は少しは雀にも功徳を施してやろうぜ」という訳で、のんびりした気分になって、田の面（も）に下りていた農夫等は、雀おどしの鉄砲の煙硝代を駄菓子と濁酒に廻して、大豊年を祝していた。

この頃になると必ずどこからともなく村に現れて来る越中富山の薬売りの源さんが、今年もまた大きな薬箱を背負って、村へやって来た。去年は二百十日の大荒れで悲観しきっていた村では、前の年に置いて行った薬袋の減りの代さえも、源さんは請取れなかった。

源さんはこの村に入るや、見渡す限り山裾までの秋の実（みのり）を見出して、「これで三年分の薬代は確かだな」と考えて、真先に庄屋に這入（はい）って行った。

「また来ましたよ。今年は豊年万作で結構ですな」

源さんは薬箱を勝手の囲炉裡の側にドッコイショと下して、庄屋の女中に話しかけた。

「ああ、もう源さんが来たかね。二三日中にまた渡り鳥が来るだろ」

女中は勝手の流し場の窓から、栗の樹の上の空を見あげた。

「どうだね、ねえさん。うちのお嬢さんの容態は？」

「お嬢さん？　ああ源さんはまだ知らなかったはずだね。お嬢さんは去年の暮にね……」

「お嫁に行っちゃったかね」

源さんはポンと自分の額を打った。

「何を云ってるだね。お嬢さんはなくなったよ」

「え？　なくなった？　……そうだったかね。去年の暮にね」

「ああ、暮の二十五日だったか……」

「それは、御愁傷の事だったね。わしが来た頃はさほどとは思わなかったが。……だがわしの調合した薬は呑んだろな」

「ああ呑んだよ。それで大変よくおなりなさったが……ああ、思い出してもゾッとする。それがね……」

女中は源さんの傍へよって来て小声で云った。

「ただの死にようでないのだから」

「え？　ただのでない？　……どうしたのだ。やったかね」

源さんは刀を持つ手付きで、自分の咽喉のあたりをついて見せた。

「ううん、そうでねえだ」

「とすると淵川に身を投げたか」

「ううん」

女中は頭をふって源さんを見た。源さんはいかにも不思議な事をきいたように、しかもそれは自分に全く関係のない他事を物好きに判ずるような様子で、蜻蛉のように頭をしきりに動かした。女中は源さんが考え込めば、考え込むほど、謎を解かせてみたくなってきた。

「源さん、あててごらん」

源さんは顔をあげて女中を見た。

「コレラかね」

「病気でないって云ってるじゃないか」

「なるほどコレラも病気だっけ。では鉄砲かね」

「まさか」

源さんはまた蜻蛉になって頭をくるくると廻し出した。

「どうも分らん」

源さんは首筋を右手で叩いている。

「越中富山には外に死にようがないかね」

源さんはややしばらく考えていたが、急に大声を出した。

「うんそうか、分った。毒をのんで」

「叱ッ！」

女中が源さんを叱った。奥の間から庄屋のおかみさんが勝手に出て来た。源さんはそれに気づいて立ち上った。

「結構な日和で、また出て来ました」

「ああ源さんですか。いつもお達者で……」

「ええ、お蔭様で。今も女中さんに云われましたが、渡り鳥の先ぶれに出て来ました。皆様お変りありませんか」

庄屋のおかみさんの眉が濃く寄ったが、それもほどなく消えた。

「ええ、おかげで」

「それは何よりです。去年はすっかり私も不漁で、どの村でも凶年払いを食いましたが、今年はお天道様のお蔭でまず大漁です」

「そうですね。今年は小作の値引きも来ないと云って喜んでますよ」

源さんは、なくなったというこの家の娘の事をききたくてならなかった。何と云ってきり出したらばいいかと、心をくだいていた。

「お嬢さんは？」

源さんは思いきってきいてみた。おかゝみさんはまたちょっと顔を曇らせたが、

「丈夫です」

と一言云ったきりであった。源さんが如才なく調子を合せた。

「それは結構です。昨年上った時の御様子では大分お案じしましたが……」

源さんはこう云っておかゝみの顔に出る表情を見落すまいとした。おかゝみさんの顔に一時当惑の様子が見えたが、それはほどなく消えて晴々しくなって来た。

「源さんのお薬で一枚々々紙をはがすようによくなって、今は東京へ行ってます」

おかゝみさんの顔には心中の悲しさを強いて推しかくす虚偽の破綻が見えていた。源さんは黙って心の中で自分だけの事を考えていた。

「いやまた上ります。十日ほどは村に居ます」

源さんはこう云いながら、去年までは村での滞在の十日はいつも此家(ここ)の客人として扱われたのを思って、おかゝみさんの返事を待った。

「そうですか。源さん、今年もお宿をすればいいのですけれど、今年は手が足りないので……」

源さんは自分の宿のないのを当惑するよりも、おかゝみさんが娘の死んだ事を隠そうと努力しているのに興味を感じていた。

「ええ、そうどころではありません。いくらもとめてくれる家はありますから。いずれまた」

源さんは薬箱を背負って立ち上った。女中は井戸端へ逃げて出ていた。

「今夜にも遊びにおいでなさいよ。将棋の相手がなくて困ってますから」

「はア、ありがと」

源さんは出て行った。おかゝみはその後姿を見ながら、ボロボロと涙を落していた。

二

源さんが来たと云うので村の娘達は田に隣る小川で洗濯をしながらの話が栄えていた。

「源さんが来たってさ」

「そうだってなア、今年は誰が話相手になるだろか。源さんだって、庄屋の娘がああして死んだのをきいたらば、あんまりいい気持はしないだろよ」

「どうだか。また相手はいくらも出来るだろよ。そう云うあんただってもな」

「何を馬鹿な」

「それ紅くなっただろ。ちゃんと去年の事をおらは知ってるから」

「よしとくれよ。あれはただ源さんの話が面白いから遂夜更けまでお寺の縁で話してただけじゃないか」

「へえ、そんな事もあったのかい。問わず語りとは御馳走さま」

「覚えておいでよ」

「源さんをね」

「もう知らねよ」

すねて一人の娘は洗濯物を持ってサッサと引き上げて行った。残った娘は水につけた浴衣をばたばたと音を立てて濯ぎ出した。蛙が一匹浴衣の裾に包まれて苦しんでいる。

ズドンと大きな音がした。娘は驚ろいて音のした方を見た。田の畦で袷（あわせ）姿に鳥打帽の源さんが、鉄砲を打っていた。娘は見てならぬものを見たように顔を伏せた。頭の上をなきつれて雀が百羽ほど逃げて行った。

娘はやみ難い誘惑を感じてまたも顔を上げた。背延びをして見ると源さんは田の畦の立木をつたってこっちへ近づいて来る。娘は手を高く振って見せた。源さんはそれを見たのか、足を急がせて近づいて来た。

源さんが反応したのを知って娘は何もなかったように腰を下してまた洗濯に余念もない。

「御嬢さん」

源さんが四尺ほどしかない小川の向側に立って声をかけた。お嬢さんと呼んでくれるのは源さんしかない。それも秋になって来る一年に一度の源さんだけであった。

「お嬢さん、ビックリさせてすみませんでしたね」

娘は顔を上げた。

「ああ庄造さんとこの御嬢さんですね」

娘は源さんがちゃんと家の名まで知っていてくれるのをうれしく思った。

「今年は豊年で、村の衆も誰も鉄砲打をしないときいたので、私が暇つぶしに雀おどしを引き受けましたよ。これから毎日音をさせますよ。商売は夜だけでいいですからな」

「村の男衆は怠けもので、豊年と知ると雀にまで気前よく御馳走をしてしまうのだから」

「ついでにこの越中富山にも御馳走をしてもらうと喜びますがな」

娘は張りのある源さんの声にうっとりとしてききほれて居る。男らしさの中にどこともなく苦味走った源さんの顔が何とも云えずなつかしかった。

「お夏さん、今夜はお宅へ上ります」

「どうぞ」

「そしてまた日本全国の面白い話の展覧会をやりますかな」

「ええ」

娘は源さんが手ぶり手まねで面白く物語った去年の様子を心に思い浮べた。

源さんは急にピョンと小川を飛び越えた。そして何を見つけたのか、腰をかがめて小川の中をのぞき込んだ。

「お夏さん、めだかが行列をしてますよ」

云われて娘も源さんと顔を並べて小川を見つめた。水の流れのゆるやかな溜りに、目高が二三十も並んで泳いでいた。二人はジッとそれを見つめている。娘の目高を見つめる眼がやや疲れた時、水の底に源さんの顔がそのまま見えた。その眼はジッと娘を見つめて笑っている。娘はハッとした。がどうしても眼をそらす事が出来なかった。からだ中があつくなって来る。かゆくなって来る。

源さんが指を一本のばして水面をついた。二人の顔は動いてゆがんでくずれて行った。源さんが少し身体を動かした。

「お夏さん、一年々々とあなたは美しくなってきますね」

娘はますます紅くなった。源さんはそんな事には一向気づかぬように目高を見ている。

「こうして毎年この村へ来るのも、一年々々とお夏さんが美しくなるのをたのしみに来るようなものですよ」

娘はもう動く事が出来なかった。源さんが急に立ち上った。

「あはは、越中富山にはほれ薬もほれられ薬もなくて、こうして私も年々年をとる」

こう云い捨てて源さんは田の面を見渡した。一町ほど先の田に今雀が群をなして下りたのが見えた。

「畜生奴（め）、また来たな」

源さんは腰からケースを出して鉄砲を二つに折って丸（たま）をこめて、ねらいを定めた。

「源さん、今年は庄屋のお嬢さんが居なくて淋しいでしょ」

源さんは鉄砲のねらいをつけたまま答えた。

「今は雀おどしの雇人ですからな」

「でも。……あなたは毎年罪を造る。今年は？」

「罪？」

源さんは鉄砲のねらいをやめて、鉄砲を二つに折ってケースを出した。

「罪は造りませんがな」

「罪ですよ。庄屋のお嬢さんは、源さんに殺されたって事ですよ」

「私に殺された？」

「覚えがあるでしょ」

「一向に。それはまたどうした噂でしょう。近頃迷惑」

源さんは真顔になって娘を見た。その顔があんまり真面目なので、娘は薄気味が悪くなった。黙って洗濯物を水からあげて帰りかけた。

「お夏さんちょっと待った。ほんとに庄屋の娘は死んだのですか」

「死ぬしかないではありませんか。私達とは違いますよ」

娘はふり返って源さんを真顔になって見つめた。

「どうも分らん」

源さんは鉄砲を杖について考えている。

「どうせ旅の人ですもの。行きあたりばったりに。……さよなら源さん、また」

お夏はスタスタと家の方へ走って行った。源さんはしばらく立ったままお夏の後姿を見つめていたが、急に田の面に身を振り向けて、ズドンと一発打った。群れた雀が田の面から立って鎮守の森へと逃げて行った。

三

静寂な豊年の喜びの底に眠っているこの小村に、妙な相談がはじまった。夕暮が田の面から小川から、また近い山裾から湧き立って、いなごは瑞穂の尖（さき）に足をひっかけて眠りかけていた。村の辻に太鼓の音が起った。三ツずつ続けて打つ。村の青年は太鼓をきいて相談があるのを知って辻に出て来た。その頃はもう秋の日もトップリと暮れていた。村の辻に一枚の立札が立っている。本日午後八時より鎮守の宮にて相談会を開く。各自煎餅代金五銭ずつ持寄りの事。中の郷青年会幹事。

　鎮守の宮の境内に立燈籠が二張立てられてあった。青年会の幹事は集って来た青年達の数を見た。

「時間励行も徹底してきたな。もう三人足りないだけだ」

「山造さんは町へ今朝行ってるから、今夜の寄りを知らないのだ」

「九之助さんは病気だ」

「そうか、それならただ一人だな足りないのは。誰だい来ないのは」

　青年は周囲の人を顧みた。

「謙吉さんは？」

「ああ、そうだ。謙吉さんが見えねえようだ」

　幹事はちょっと考えていた。

「呼びに行こうか」

と云ったものがあった。幹事は返事をしなかった。気の早い一人がもう宮の境内を出んとしている。幹事が云った。

「おおい、謙吉さんは知ってるのだ。知っててわざと来ないのか知れない。庄屋の娘と約束のあった人だから。やめろ、来なくてもいいから」

「おおい、謙さんは来なくてもいいそうだ」

　一人の青年が声を聞いて群へ帰って来た。

「合計十九人だな。それでは相談を始めるから、みんな近く集ってくれよ」

　幹事が腰をかがめた。皆は丸く腰をかがめた。

「今夜の相談は外でもない。富山の薬売りの事なんだ。あの薬売りはいつも秋になると来る。あの男のお蔭で村には毎年いやな事が出来るようだ。今年は一つ事の出来ぬ前から警戒しようではありませんか」

幹事の言葉に一同は鳴りを沈めた。

「どう警戒するんだ」

「それは大抵分ってるだろ。処女会に交渉して、源という男から被害をうけぬ前から、注意を村の娘達にしてもらうのだ」

「そんな事はまどろっこい。あいつを村から追い出せばいいだろう」

「賛成だ。あいつは毎年女を一人ずつ手に入れやがる。青年会の面目は丸つぶれだ。たたき出してしまえ」

青年等は大分興奮してきた。幹事が云った。

「みんな余り興奮しないでくれ。この村の青年会員は独身者だけが会員なんだ。だから今あの薬売りを追い出すと、嫉妬のために会がそういう事をしたように思われる。そんな訳もあるから、僕はどこまでも穏便な手段で、処女会に警告を発しただけで十分と思うのだ」

「それもそうだ」

「どうもいまいましい男だ」

「それに今年は雀おどしなどを志願してやっていやがる。一体村の農事会が怪しからん。あいつらがあんな奴を信用するから、いよいよあいつがつけ上るのだ」

「まアとにかく幹事の案に賛成しよう。そして第二段の相談を始めようじゃないか」

「よし、賛成だ」

「賛成、賛成」

幹事が立ち上った。

「それならば一つわしから処女会へ警告を発する事にします。次に、も一つ相談がある。それは将来の事ばかりでなく過去に溯ってあの薬売りの責任を問う事だ。古い事はいいとして去年来た時の庄屋のお嬢さんとの事だ。あれを何とか解決して、村の体面を立てたいのだ」

一同は黙っていた。幹事が続けた。

「どうだね、賛成しないか」

「勿論それは必要だが、その方法は?」

「まずあの薬売りを呼び出して事情をとり検べるのだ」

「それはいい」

「そしてあの薬売りに罪があるならば、将来入村を断る事にする」

「それぎりかい」

不足そうに云ったものがある。

「ついでに罰金として二年分の薬代を支払わぬ事にしたらばどうだろう」

「それもいい」

「それは妙じゃないか。罪が金で支払えるだろうか」

「罰金だよ」

「誰がとるのだ」

「村がとる事になる」

「そいつは変だぜ」

皆が小競合を始めた。幹事が云った。

「そう皆で勝手に云っては駄目だ。とにかくあの男の責任を問う事にするのは反対はないだろう」

「賛成だ」

「それならば、その問責委員はどうする」

「幹事指名にして三人位にしたらばどうだろう」

「賛成」

幹事はまた立ち上った。

「では問責委員を指名します。五吉君。敬之助君。三郎君」

「幹事さんもそれに入ってもらわなくちゃならないぜ」

「承知しました」

幹事は安心して云った。

「では今夜はこれまでとします。今夜の相談会の議事は絶対秘密にたのみます。今夜欠席の人には私から通知します。この点は間違いないでしょうな」

「みんな誓って秘密にしようぜ」

「そうしよう」

幹事が云った。

「では茶話会に移る事にしよう」

青年等は落木を集めて来て鉄瓶をのせて、茶をついだ。群の周囲からは虫が降るように鳴いていた。

四

「といったような訳で他眼から見れば暢気千万な商売にも見えるでしょうが、これでなかなか人知れぬ心配もあります……」

源さんが、お夏の家のお茶の間で話していた。夜は十時近い。

「私は判でおしたように毎年同じ村を同じ頃廻って歩くので、私が行くので忘れていた柿をもぐ村もあるし、私の顔を見て、蚕種が虫になってるのを初めて気がつく村もあるほどです。この村も今日渡り鳥が来ましたろう。私がこの村に来て二日か三日すると毎年鳥が渡るのです。それにまたこうして十年も続けて旅をしていると、国に居るのは一月とはないので、国を国と思えなくなってきて、旅鳥だという事が沁々情なくなりますよ。女房がなければ自然子供もない。只今では姉が一人国に残っているだけです。その姉が私が帰る度に嫁を貰えとすすめてくれますが、私のように一年に二十日やそこらしか国に居らぬものが、嫁を貰っても何にもならずただ足手まといとなるばっかりですよ。だからこうしていつまでも暢気な独者(ひとりもの)、行く先々で逢う娘さんが年々女らしくなり、お嫁に行くのを見るだけで、思えば馬鹿々々しい暮しようですよ。

それでも時には面白い目にも逢います。高崎の在へ行った事がありました。この村へは五六年続けて行ったのでしたが、ここ三四年はこの村だけへは寄らぬようにしていますよ。寄って寄れぬ訳ではないですが、私だってちょっとは人の情も知っています。それで寄りたいは山々ですが、また村を出る時の悲しさを思うとよる気になれません。

その村の娘さんですがね、お初さんと云いました。今から十年近くも前の事なので、私も二十そこそこの頃でした。ふとした事でそのお初さんに思われましてね。私だってもそうなると悪く(にく)は思えなくなりました。お初さんは年はその頃十八でした。ああ思えばもうお初さんも三十近くなりましたね。

そしてその村に一月近くも居りました。そして村を出る日になってもどうしてもお初さんが私をはなしてくれないのです。こちらは男の事ですから、それに旅の者ですから逃げれば逃げられぬ訳ではなかったのです。それなのに私が逃げられなかったと云うのは、実は私が村を出れば、その晩にこのお初さんが死んでしまうにきまってたからです。

うぬぼれてるように思われましょうが、それが馬鹿な事をしてしまいましたのでしてね。その頃私はモルヒネを持って歩いていました。あんまりお初さんの情が深くて気持ちが悪くなって来たので、ある晩の事モルヒネを出してこう話したのです。この薬は支那から渡った秘薬で、この薬を耳かきに三つ飲めば、恋しい人の姿が目に見える。だからこの薬をのめ、そうすればあなたの今までの恋人が何人も何人もあなたの前に出て来る。あなたは夢中になってその人と話を始める。私はそれをきいた上でなければあなたを国へつれて帰る事は出来ない。と云ったのです。どうしてあんな馬鹿の事を云ったものですかな。実はそう云ったらばお初さんは、私は今まで恋などした事はない。今飲んで私の心のあかしを立てる。こう云ってお初さんが薬を飲む。すやすやと眠り込む。その間に村を逃げ出そうという寸法だったのでした。

所がお初さんにはそれまでも何人も何人も深くなった人があったらしいのです。飲まないだけならばいいですが、その薬をどこかへかくしてしまって、あなたはどうせ私を逃げて行く。その時に私はあの薬を飲んで、せめてはあなたに逢うのだと云うのです。

それに私が一番困ったのは私の渡したモルヒネというのが、ちょっとした思い違いで、まぜもののない生のままのであったのです。ですからそれを耳かきに三杯のまれては、すぐに死にそうなのです。私はそれが恐ろしくて一ケ月もその村に引きずられて居ました。

私も考えましたよ。あの薬を何とかしてとりもどさなくてはならない、と思ったり、またお初さんのたのみをきいて村を二人して逃げようかとも考えました。けれどもモルヒネの事が心配で何とも仕方ないのです。

それでとうとう大罪を犯しました。お初さんをだまして二人して村を逃げるからと云って夜更けにお初さんを村はずれまで引っぱり出しました。そしてそれとはなくきくとモルヒネは家に置いてきてしまったらしいのです。

どうしてあんなにモルヒネが気にかかったのでしたろう。私はお初さんを村はずれに置いたまま、ちょっと忘れ物をしたからと云って村へ帰って、お初さんの家に火をつけたのです。モルヒネを燃してしまいたかったのです。火が燃えついたのを見届けて、私は大急ぎで村はずれに来ました。泣いていたお初さんに、大変だ、あなたの家が火事だと話しました。お初さんは八百屋お七ほど情の深い娘でなかったと見えて、目の色をかえて村へ飛んで行きました。私はその間に村から逃げました。

それから翌年は気がとがめてその村へは寄りませんでした。その翌年寄って見ると、もうお初さんは村内へお嫁に行っていました。さすがの私もいい気がしなかったので、お初さんをおどして夜更けに外へ引き出しました。そして恨をのべると、お初さんの云うには、私は火つけとは話をしない、と云うのです。私はビックリしてしまいましたよ。その場から直ぐにその村を逃げました。

今思ってもゾッとしますよ。その後私がモルヒネを持って国を出るのをやめました。昨年国を出る時に、自分ももう相当な年になったから、あんな馬鹿な事もないと思って、モルヒネを持っていなくては村々の人を助ける事が出来ぬので、昨年は持って出ました。そのモルヒネがまた罪を造る事になったでしょうか……」

源さんは感慨無量に口をつぐんだ。

五

女学校を卒業したのは庄屋の娘一人しかなかった。他の娘は皆村の小学校を出たぎりであった。村の処女会はこういう人達の中特志の人達が青年会からの註文で造った会であって、幹事は嫁に行ったので欠員であった。それに今まで一度も処女会として事をなさなくてはならぬ場合がないので、有名無実の会であった。

今度の薬売りの事件が処女会として事に当る最初の事件であった。青年会の幹事は処女会の幹事が欠員であったので、会員中の年長者に青年会からの意を伝えた。

それでその年長処女会員の家へ、午後の二時に皆会員は集る事になった。七八人も集ったが、残りの会員は農事と勝手と洗濯と裁縫とに追われて集れなかった。

年長者が青年会からの意見を話した時に、娘達はすっかり腹を立ててしまった。

「そんな事を村の男衆から云われる事はないと思うよ。源さんの話をきくのが何故悪るいのだか私には分らない」

「そうだとも、自分達は地臭（つち）くなって、ただ村にばかり引き込んでいて、雑誌一つ読もうともしない。私達の方がよっぽど新しい知識を持っているじゃありませんか」

こういう調子で青年会の申出は処女会の反感を買って終ってしまった。源さんは毎晩のように村の家々を歩いて世の中の話をしていた。村の娘達は源さんの居る家へ集って話をきいて夜を更かした。

話が果てると源さんはその家に去年置いて行った薬袋を出してもらって、自分の帳簿と照し合せて見て、減っているだけの薬代を請取った。

今夜も源さんは娘たちの心を収攬（しゅうらん）して、少しばかりの地酒に酔って表に出た。背に大きな薬箱をのせて、今夜はどこにとめてもらおうかなと考えて村の道を歩いていた。金を出すならば村はずれの駄菓子やでは泊めてくれるにきまっているが出来るならば、どこか娘のある家がいいと考えていた。あのお夏さんの家ではとめてくれないだろうか、とふと考えた。お袋さんが近来胃腸を悪くしているともきいた。これから寄ってみようかと時計を帯の間から出して星明りにすかして見ると、今宵はまだ早い十一時であった。

源さんは田の面からの夜風を冷たく思いながら、話し疲れた頭の痛むのを感じた。去年までは毎年庄屋で十日も泊めてくれたが今年はこうして、宿を毎晩捜して歩かなくてはならない。と思うと旅愁がしばらく振りで心をみたす。

源さんはとぼとぼと歩いていた。大空になげ散らされた星屑が流れ集って銀河は今年もあきらかに流れていた。

「おい」

源さんは突然後ろから声をかけられてちょっと驚ろいた。声のした後ろを振り向こうとした時、源さんの背にある荷が強い力で押えつけられていた。源さんは身もだえしたが荷をしっかりと押えられているので何とも仕方なかった。

「何ですか」

「俺のきく事に答えろ」

荷を後ろから押えつけた男が圧倒的な声で云った。

「承知しました。そうきつく引かれては頸がしめられてしまいます」

源さんは両手で胸にかかえている縄をゆるめていた。

「貴様はまだこの村の娘を化かすか。さア返事をしろ」

「ええ、飛んでもない。決して娘さん達を化かしなどは致しません。ただお話をして御機嫌をとっているだけです」

「そいつが悪いのだ。どうだ、まだこの村の娘と話をするか」

「決して致しません」

「そんなら今から村を出るか」

源さんの荷は男力でグングンと後ろに引かれた。源さんは後ろに倒れそうになって、足を二三歩後ろにずらせた。

「早く返事をしろ」

源さんは困惑した。まだこの村の家々から請取るべき金が大部分残っている。

「いかがでしょう、もう一二日だけ御勘弁願えないでしょうか」

「馬鹿を云うな」

源さんの背中の荷が後ろに強く引かれて、源さんは荷を背にしたままズドンと往来に仰向きに倒れてしまった。源さんは起き上らんとして身もだえた。足をばたばたさせた。背の下にある薬箱が源さんの背をゴシゴシとつついた。

源さんの眼の前に何かキラと光った。

「これを見ろ」

源さんは顔を引いて光るものを見た。星夜の光と出刃庖丁が鼻尖で光っているのが見えた。

「御勘弁を願います」

源さんは手を合せて拝んだ。

「おーい。みんな出て来いよ」

落付いた声が源さんの頭の尖から聞えた。バタバタと草履ばきらしい足音が近づいて来た。源さんの鼻尖にはまだ出刃庖丁が光っている。

六

「やい薬売り。貴様は人殺しをしたろう」

誰かが云った。源さんは薬箱を背の下にして仰向けに倒れたまま覚悟していた。

「人殺しは致しません」

「ごまかしを云うな」

「決して致しません」

「庄屋の娘を妊ませて殺したのは貴様だ」

源さんは吃驚(びっくり)して眼を見張った。鼻尖に光る出刃庖丁をよけて見ると三人ほどの青年が立って源さんをにらめているのが見えた。

「貴様はモルヒネを庄屋の娘に置いて行ったろう。そしてそれを飲めと云ったろう。どうだ大抵に白状しろ」

「そそ、そんな事は決して……」

「まだごまかすか」

鼻の尖の出刃が源さんの鼻尖に五分ほど近づいた。源さんはガックリと頸を薬箱の先に落した。出刃は丁度源さんの咽喉に来た。

「動くと咽喉にささるぞ。さア白状しろ」

源さんは絶対絶命となった。頭がガックリと下っているので血が頭に集って来た。

「白状します」

「さア云え!」

「ちょっと頸を上げさせて下さい。苦しくて白状も出来ません」

「いけねえ、そのましゃべれ」

「情を知らねえ奴等だなア」

源さんが捨鉢になって悪体をついた。

「どっちが情がねえのだ」

三人はふふと鼻の先で笑った。

「さア云え」

出刃がいつの間にか後に下げている源さんの眼の前に来た。

「ほれ、早く云えよ。危いぞ」

「今云うよ。そんなにききたけりゃ話してやらア。たった一人の旅の者を三人もよってたかりやがって。話してやるから驚くなよ……」

源さんの句調は嘲笑に満ちていた。

「……いかにも俺は去年庄屋の娘を手に入れたよ。土臭え貴様達の手におえない娘だろうが、俺はまんまと手に入れたんだ。羨ましかろう……」

青年達は歯を食いしばってきいていた。

「……おい泥っくせい兄さん達、まだききてえのか。そうしていかにも子が出来たよ。だが子は俺には不用なんだ。子ばかりじゃねえ、娘もいらなくなったのだ。だから、娘をだましてモルヒネを呉れたよ。そして俺はこの村を出たんだ。隣村に居る中にモルヒネを飲め、そうすればきっと親は驚ろいて俺をたのみに来る。その時俺が助けてやるッて、娘に話したんだ。そうして事情を話して嫁に貰って行くとしめし合せたのだ。

あはは、馬鹿なのは娘心だ。モルヒネを飲んだんだ。その頃は俺は五十里も汽車で逃げていたんだ。

やい村の若い衆、これだけ話したら虫が収ったろ。今年だって村の娘には大分モルヒネを呉れたよ。お気をつけなさいよ。モルヒネを持ってる娘があったら、おれに手をつけられたと思ってくれ。掃くほど居やがる村の若い衆が旅の薬売りにいいようにかきまぜられるとは、あはは、お目出たい限りだ。

もういいかい。さア出刃はおやめよ。あぶないぜ」

立っている青年は拳をかためてブルブルとふるえて居た。出刃が源さんの咽喉許でブルブルとふるえた。

「やい。顔を起すぞ。大抵に出刃をのけろ」

源さんが大声で呶鳴るや否や猛然と顎をあげた。

「あッ」

村の夜更けを破って声がひびいた。源さんが背に薬箱を背負ったまま立ち上って、また前に打伏せになって倒れた。咽喉からは出血が滝の如く流れた。

バラバラと青年は現場を逃げた。夜霧が濃くなる。その霧の底に源さんのうめき声がしばらく続いていた。

七

薬屋殺しの噂は翌朝になって村中に拡がった。源さんの死体はそのまま庄屋に引きとられた。その日の午前中に庄屋からだと云ってこの話を絶対に他村の人には云ってならぬという振れが出た。午後になって巡査が一人隣村から剣の音を立てて村に入って来た。村の人達は巡査の姿を見てチョロチョロと家の中に入ってしまった。巡査は一週に一度の巡邏（じゅんら）の通りに村の中を一周して最後に庄屋の門にある巡邏箱に巡邏票をなげ込んだ。事もない豊年の農村に低く蜻蛉が群れていた。渡り鳥がその日は何度も何度も空の奥を通って行った。

巡査はいつもの通り庄屋の勝手口から入って行った。女中が剣の音をききつけて、吃驚して奥へ入って行った。巡査は囲炉裡の傍に腰を下して煙草をのみ出した。

「さアお上り」

主人が奥から出て来た。

「やア、豊年で結構です」

巡査は靴をぬいで剣をとって主人の後について奥の間に入って行った。

一時間ほどして巡査は何事もないような落付いた顔をして出て来た。そして田の面から吹く秋風に剣をならして村を出て行ってしまった。

「巡査が来た」

「何も調べた様子がない」

村人はひそひそと語り合っただけであった。その夜更けに薬売りの死体は庄屋の下男二人に運ばれて村の墓地にうめられてしまった。それを知った村人もあったが、ただひそひそと物語るだけで、気味の悪い予感は誰の心にも往来したが、秋の収穫となるにつれて、いつともなく薬屋殺しの噂は消えてしまった。

秋の収穫が終ると村の祭の日が近づいて来た。村の青年達は祭の夜の行燈張りに忙しく毎夜あの家この家に集っていた。娘達は祭の夜のお揃いの着物を縫うのに夜も日も足らなかった。心のゆとりが出るに従って、夜など更けると、村人は薬屋殺しの事を思い出した。今夜も村の青年が五六人集って、行燈におどけ絵をかきあげて話し出した。

「殺され損という訳さ」

「殺されたのじゃないって云う事だぜ。自分から出刃に咽喉を通したのだって事だぜ」

「おい、めったの事を云うなよ。そんな事知ってる人が下手人になるじゃないか」

「いやだぜ、おらは人の噂にきいただけだから」

「だからよ。そんな事は云わぬがいいぜ」

「だが、どうして知れないだろう」

「それがさ。第一去年の自殺だって深く調べた様子がない。それが第一妙だ」

「あれはまア何とか金ですましたんだろ」

「でも現在モル……おっと、を飲んだと分ってれば、富山から出て来られるはずがねえじゃないか」

「気味が悪いようだ。金の力では、何でも暗から暗さ」

「不服がましく云うなよ。そうでもしなけりゃ、三四人はこの村から縄つきが出らア」

「もうやめろよ。豊年だ。お祭でうんと踊って生臭い話を吹っ消そうぜ」

「そうだ。またも少しかくかな」

青年は行燈に絵筆をとり出した。

娘達はひそひそと針を動かしながら話していた。

「もう待ったってもあの人は来ないんだよ」

「話の上手な人だっけが」

「男もよかったわね」

「まだ忘られないんだとさ」

「あんた貰った?」

「白い薬?」

「ええ」

「少し貰ったけれど」

「あらッ、御馳走様ね。あれを持ってる人はみんなあの人とたのしくした人ですって」

「そんな事ないのよ」

「あの人があんな事にならなければ、あんたも今頃は庄屋の娘さんのように……」

「えッ、気味の悪い」

「まんざらそうでもないでしょ」

娘達の話はいつまでも奥歯に物がはさまった儘につきなかった。

八

豊年なればとて年貢米の増しはどの小作人も庄屋に申出しはしなかった。豊年をことほぐ秋祭も盛大に行われて、朝寒夜寒も遂に霜となって、遠山には雪が降った。里はみぞれ山は白く夜が明ける。この小農村に娘等は春着を買いに町へ出て行く金があった。青年は読書会に書籍購入費を気前よく寄附するだけの懐金があった。

かくて既に里にも初雪が降った。ものみなが純白な雪に浄められて、その雪の下には全く罪が犯さるべくもなかった。小村は冬の籠（こもり）に入って青年等はあの家この家に集って草鞋（わらじ）造りを始めた。かくて毎夜雪が降って、見渡す限りは一つ色の神の業の純白となった。あらゆる不浄もあらゆる不純も、みな白い雪に浄められてしまった。

その日は前夜からの粉雪が夜を徹して降り続いていた。夜明けにはもう二尺を越していた。

「この様子では五尺は積るだろよ」

村人は昼下りの淡い日の光を炉傍に集って話していた。雀は家ののきに集って、流し場の米もねらう事が出来ずに、あけた障子の隙から室内に逃げ込んで来た。

いつともなく日はとっぷりと暮れて、夜の戸外（そと）は雪の白さに蒼白い光がただようている。こういう夜に村の辻に雪女郎が出て、おそく帰る町からの村の青年をまどわすと云う。

夜が更けた。犬の吠える声も聞えなくなった。静寂そのものが魔のようにこの小村を飲み込んでいる。

村のはずれに五ツ六ツのカンテラの光が雪の中にチラチラと見えた。眠った雪の村には剣の音さえも響いた。カンテラに光る剣の反射は雪の面に長く尾を曳いた。

五六人の警官はギューギューと靴の音を雪の中に立てて村へ入って来た。先に立つ巡査はカンテラを高くかざして後に続く人々を案内していた。

「この家です」

先達が云った。それは庄屋の門前であった。

「裏口は？」

「あちらです」

「一人は裏口を見張ってくれ」

警官の一人が裏へ廻った。小声に人々が三四分の間何か云った。

「よし！」

庄屋の門はドンドンと音を立って叩かれた。その時一人の警官はもはや高塀を乗り越して門内に入っていた。犬が吠え出した。門内に入っていた警官は犬を声高く追い払った。内から大門が開かれた。裁判所検事局と書かれた提灯を手にした二人の判官は開かれた門から入って来た。

たてきった雨戸が音高く叩かれた。勝手口の戸も割れるほどに叩かれた。

「どなたです」

戸内から声がした。

「とにかくあけろ」

声が太かった。

「どなたです」

「あけなければ叩き破るぞ」

雨戸は手早く戸外の人々にはずされた。戸内から電燈の光が戸外の人を現す。判事が真先に戸内に入った。

「御主人は」

「私が主人です」

判事は落付き払って令状を出した。

「家宅捜索をします」

主人は既に検束されていた。大方は手分けをして戸内の各室に渡って家宅捜索を続けた。三四時間に渡る家宅捜索は厳密に施行されて、判官の手にはおびただしき証拠書類と証拠品とが収められた。

夜の明け近く判官は、主人を同道して引きあげた。雪はやんで二十日余りの月が蒼白く見渡す果の山までも青白くてらし出していた。

九

庄屋の拘引と、庄屋の家の家宅捜索とは、夜明けと共に村中に知れ渡った。村人は事件に対して全く想像さえもなし得なかった。ただ不安が雲の如く村総体を包んでいた。

二三日を過ぎてまた十数名の警官が村へ隊伍を整えて入って来た。そして村の娘という娘を一人々々検べた。

「お前は富山の薬屋と懇ろ(ねんご)になったろう。そして白い薬を貰ったろう。正直に話せ。話さぬと警察へ連れて行くぞ」

娘達はふるえ上って皆正直に白状した。娘等が、恋しい人の姿が現れると云って薬売から貰った白い薬は、皆警官の手に渡された。

「飛んでもない奴だ。恥さらし奴、これで貴様がきず者だという証拠が上ってしまったじゃねえか」

親は娘等をどなりつけた。一通り村の娘が取調べをうけてしまった後は、また二三日何事もなかった。村の青年等は、悪い薬売りと近しくした娘等を冷かしては溜飲を下げていた。しかし事件はこれのみでは終らなかった。

四五日を過ぎて村の青年等は、再び現れた警官等に一人々々検べられた。

「薬売りをおどしたのは貴様だろう。正直に話せば罪にはならない。かくせば罪は重いぞ」

青年等は口を合せて知らぬ存ぜぬで押し通していた。青年会の幹事は遂に検束された。

村は大騒動となった。しかしこの事件が薬売り殺しと関係があるという事以外は、村の人には全く見当がつくべくもなかった。

拘引された青年会の幹事は十日ほどで釈放されて村に帰って来た。村の青年は幹事の帰宅を知って幹事の家に集ったが、幹事にも一向事件の内容は分らなかった。幹事は自分が主となってふらち千万な薬売りを村から放逐する事を決議した事を正直に白状はしたが、薬売り殺しの当夜は町へ芝居見に行っていた事が証拠立てられたので、釈放されたのであった。

幹事は集って来た青年に向って云った。

「もう事がこう表立ってしまった以上は、薬売り殺しの犯人は、いさぎよく自首してもらいたい。お上の御手数を余りかけるのはよくない。どうか村の名誉のために自首して出てもらいたい」

幹事は青年達の顔を見渡した。青年達は互に顔を見合せるばかりであった。

とうとう薬売り殺しの犯人は自首して出なかった。事件は相変らず内容が発表されずに年が代った。

十

小農村に起ったこの事件は一向新聞にも発表されなかった。深く降り積んだ雪も春光と共に日一日と浅くなった。村の子供等は雪解(ゆきどけ)風を喜んで凧をあげた。山の雪も全く溶け失せる三月末となって、山々には夜毎あちこちに野火がついた。

「野火ついた火がついた、
あったらむじなが焼け死んだ」

子等は夕暮の村の辻に出て大声を立てて山の火を叫んだ。

その頃になって村の青年三人が突然拘引された。罪名は殺人罪であった。青年会の幹事は、これで薬売り殺しの犯人が分明になったと云って初めて喜んだ。その三人は青年会には全く無関係な貧乏人の家のものであったので、青年会員はやっと胸をなで下した。

「おれは君だと思っていたよ。君が一番夢中になって薬売り放逐を称えていたから」

「おれはお前だと思ってたのだよ。それでもお互に青年会のものでなくてよかったなア」

彼等は処女会がこの事件で恥をさらしたのを考えて、青年会が全く無難であったのを祝していた。

梅桃李一時に咲く春の日となって、初めて新聞をとっている村の家から事情が村人に発表された。

「……大事件なんだ。日本全国に拡がった事件なのだ。越中富山の薬売りに化けて十人ほどの男が台湾からコッソリ持って来たモルヒネを長崎からはどこか外国へうまく送り出して、大金儲けをしたんだって事だ。日本全国の田舎の金持が金主になったのだ。人は見かけによらんもんじゃないか。庄屋もそれに入ってもう五六年大分金儲けをしていたんだって事だ」

「驚いたな」

「まだ驚く事があるんだ。庄屋の娘は源さんにだまされて死んだのだが、それがモルヒネで死んだと分ると足がつくので、庄屋はこの村へ来る巡査を金で買って、病気で死んだように医者に書かせてごまかしちゃったのだ。それればかりか、あの薬売りが去年になって庄屋と娘の事で喧嘩になっちゃって、どうも事がばれそうで庄屋は心配でならなくなってきたので、あの三人を頼んで薬売りを殺しにかかったのだ。そして薬箱の中にかくしてあったモルヒネをすっかり手に入れてまた大金儲をやったのだ。

あの巡査はすっかり庄屋から買収されていたので手のつけようもなかったのだって事だ。

悪い事は出来ぬものじゃないか。あの隣村の巡査の子が腹が痛むので、庄屋へ薬貰いに来た時、庄屋は手許にあったモルヒネを少し呉れた。そのモルヒネに子供が中毒したので医者が妙に思ったのがはじまりで、とうとうみんなばれてしまったのだ。あの巡査も子供が殺されたので、口惜くなって庄屋の事をすっかり話しちゃったんだ。

日本中大騒動だよ。人間には慾に限がねえから、どの村でも金持が仲間になっていたのだ。また明日も新聞に出て来るだろう」

新聞による新知識は明日を待たせて言葉をきった。

指紋の悔

一

「あなたは一度も青年時代の思出をお話しになった事がありませんのね」

結婚して七八年になる大木の妻が、自分の少女時代のつらい思出を、今夜も話した後、こう云って夫に聞いた。それは年の暮のボーナスが案外に多かったので、夫婦して買物に出て来た日の夜の事であった。

「ああ。お前は忘られないと見えて、いつも若い頃の事を話すが、俺は話さないな」

「今夜は話して下さいません？　私、自分の事ばかりお話しして、あなたの過去を知る事が出来ませんと、何ですか心淋しくなりますわ」

妻はこう云って夫の顔を見た。夫の顔には今まで見ない悲痛の表情が表れていた。妻は夫の様子を見て一時ためらっていたが、覚悟をしたらしく云った。

「あなた。私本気で今夜は申し上げるのよ。お互にもう八年にもなるのでしょう。たとえ私あなたが過去に色々の事がおありになって、私が伺って気持ちを悪くするかと、お思いになるような事があっても、私決して今更何とも思いは致しませんわ。それよりも私が知らない過去があなたにあるのだと思うと、とても淋しくなってしまいますわ。どうか、お話しなさって下さらない？」

妻は真顔になって夫を見つめた。

「ふふん、恐しく今夜は真面目だね。まるで俺が過去にお前より外に恋人でもあったようにお前は思ってるのだね」

「そうよ。それよ。それを伺いたいのよ」

「馬鹿だな、お前は」

夫は可笑しくなって笑い出した。

「あるもんか、そんなこと」

「そう。ないの。ないならないでいいわ。……でもさっき私が云い出した時に、あなたは妙な顔をなさったのじゃなくって?」

夫はまた真顔になった。それを見てとった妻はすぐに云った。

「そうれ、ごらんなさい。何か私にかくしていらっしゃるわ」

夫は答えなかった。妻は急に夫が不機嫌になるのを心配になって言葉を変えた。

「けれども、あなたはどうしてお父さまやお母さまと交際をなさいませんの?」

夫はいよいよ悲痛な顔をした。妻はますます心配になって来た。

「いいのよ。わたしついつまらない事を云い出して、あなたを困らせてしまったのね。こぶ茶でも出しましょう」

妻は座を立ちかけた。その時夫は妻を見た。そして真顔で云った。

「とき子。話そうか」

「え? 何を?」

「俺の過去さ」

「いいのよ。もういいわ」

妻はややすねて立ち上った。

「おい! ちょっとお待ち。話してしまうから」

妻は好奇心と気味悪さとに捕われて坐った。

「何をお話し下さいますの? 恋? それとも御両親の事?」

「恋なんかない。両親の事だ」

「御両親の事? 伺うわ。私今までいつも気がかりで居たのですもの」

「ああ、そうだろうな」

夫は心に浮ぶ過去を整理するように一時口をつぐんだ。

二

「いつかは話さなくてはならぬ事だと思ってはいたけれど。……今夜は話そう。お前驚いちゃいけないよ。実はね。俺の両親……お前も知ってるだろう。あの両親は俺の本当の両親じゃないのだ。驚いたろう。まアおきき。長野のあの両親は俺を育ててくれたのだ。俺だって大学の四年になるまでは、生みの親だと思っていたのだ。お前も知っているだろう。俺は高等学校から大学まではは医者の学問をしていたのだ。それを医科大学の卒業間際になってやめてしまって、フラフラとし出して会社などに入り込むようになったのも、実を言えば、あの両親が生みの親でない事が分ったからだ。それで俺は妙な気になったのだ。

俺は今でも思うよ。俺は何故医学などを習(まな)んだのだろう。医学さえ習ばなければ、俺はこんな妙な気で一生を過しはしなかったのだ。そして長野の親を生みの親と思って平和な心で暮す事が出来たのだ。それを医学などを習んだためにこういう事になってしまったのだ。

もう死んでしまったんだ。お前は知らない人だ。俺は丁度大学の卒業試験の前だったが、勉強のために追分の百姓家に一夏を過す積で行っていた事があった。その百姓家のおやじという人はもう死んで居なかった。子供もないのでおかみさん一人淋しく暮していた。

俺はその百姓家の一室を借りて勉強をしていたのだが、夜など俺が勉強にあきて居ると、いつもおかみさんが『大木さんお茶を入れましたよ』と云って俺をよんでくれた。ある晩おかみさんに呼ばれてお茶を呑んでいると、おかみさんが俺の顔を見て眼に涙をためているのに気がついた。俺は妙な事だと思って、

『おかみさんどうしました』と聞いてみた。

『大木さん。わしはあんたが来てからどうしたのか子供の事を思い出してならねえのでごわす。今居れば恰度あんた位の年恰好になるのだと思うと、わしは思い出されてなりやせん』こう云っておかみさんが泣くのだ。聞いてみるとこうなのだ。おかみさんの子供と云うのはたった一人で、しかもおかみさんが四十になった時にさずかった男の子なのだそうだ。その子が七つになって、来年は学校へ行けるのだと云って両親揃って楽みにしていた年の秋、ちょっと表へ遊びに出たきり行方が分らなくなってしまったのだ。

おかみさんは飯も食べずに村々を捜してあるき、おやじさんは岩村田の警察や長野の警察まで出て行って捜索願を出したそうだが、とうとう行方が分らない。おやじはその事を気にやんで翌年死んでしまったのだそうだ。

『大木さん。わしはあんたが来てから夢ばかり見やす。もうあんた位の年にはなっているはずなのに、やっぱり七ツの子がゴムまりを持ってあそんでいるのが夢に出て来やす』おかみさんはこう云って六十過の腰をのばして、囲炉裡(いろり)の薪をくべた。

俺も同情してしまった。その頃は俺も若かったから他(ひと)事(ごと)と思わずおかみさんをなぐさめてやった。その翌日だ

ったかおかみさんが俺の室へ来た。そして子供の頭ほどの大きさのゴム手まりを見せて話した。

『大木さん。思い出して物置の棚を今日捜しやしたらゴムまりが出て来やした』こう云っておかみさんは俺に手まりを見せた。俺はその手まりを見た時ふと思い出した事があった。『おかみさん、それでその子供はどうなったのかちょっとも見当がつかなかったのかい』と聞くと、『それはしかとは分りやせんが、大方人さらいにさらわれたのだろ、と村の者達が云いやした。その年は善光寺様の御開帳の年なので、毎日のように見世物の衆が荷物を馬車に曳かしてこの街道を通っていやした。だからその見世物の衆が連れてったのだろ、と云いやした。そうかと思いやす』こう云っておかみさんは、片身のゴムまりを皺だらけの頬につけていた。

俺は一体探偵小説が好きだったので、その頃勉強にきると、いつも独乙の探偵小説を読んでいた。それで俺はふとこの居なくなった子供を探し出してみたくなった。そう思ったので俺はそのゴムまりに眼をつけたのだ。

『おかみさん、そのゴムまりをしばらく私にかしてくれませんか。一つ息子さんを探し出してみようかと思うのだが』

おかみさんは不思議そうに俺の云う事をきいていたが、息子と云う言葉をきいたので、その気になったらしい。

『ようがす。どうか探し出しておくんなさい。あんたは学問してるんだから何とかなると思いやすから。だがこのまり一つきりが子供の片身だからなるたけ早く返して下さいましよ』

俺はそのゴムまりを借りて、その日に上京した」

三

「お前は知らないだろう。人間の指のひらの尖には色々の型の線があるだろう。それ俺のこの拇指は渦が流れている。人差指は渦が巻いてるだろう。これが指紋と云うのだ。俺はその頃丁度法医学の先生の講義を読んでいた時なので、ゴムまりを見た時に、すぐにゴムまりには指紋がついているなと思いあたったのだ。早速俺はゴムまりを持って上京して法医学の先生を訪ねた。先生は早速このゴムまりにある指紋を験べてくれた。大人の指紋は沢山あったのだが、それはやめて子供らしい指紋ばかりを験べたのだ。それですっかり居なくなった子供の右と左の指の指紋が分った。

俺はすっかり喜んでしまった。その年も運よく善光寺の御開帳だった。俺はゴムまりを追分の百姓家へ返して、その足で長野へ行った。俺は探偵の面白さに夢中になってしまって、友人の親父が警察部長をやっていたので、友人からたのみ込んで、長野へ来ている見世物小屋の軽業師や玉乗りの指紋をみんなとってもらった。

一体指紋というものは一生変らないものだと云われているので、俺はこれで追分の行方不明になった子供がきっと出て来るだろうと、二三日は夢中になって指紋を験べた。

せっかくの努力も無駄だった。とうとうゴムまりについていた指紋と同じ指紋は御開帳の見世物の仲間には見当らなかった。俺はがっかりしてしまったよ。仕方ないから俺は東京の浅草へ行ってまた見世物の指紋を験べようかとまで思った。が卒業試験が心配になってきたので、上京はしたが浅草へは行かなかった。

確か俺は八月の初めに上京したのだったろう。同級の友人達がもう九月一日からはじまる試験なので上京していた。ある晩一人の友人が俺をたずねて来た。

『おい君はくじは誰をひいた』

『青木さんをひいたよ』

『そうか、そんなら法医だな』

『うん、俺はそれで法医にすっかり興味を持ってしまったよ』

『そうか。俺は耳鼻さ。耳鼻よりは法医の方がいいな』

大学の卒業試験は内科外科眼科などは大物と云って誰でも試験をうけるのだったが、法医とか皮膚科とか耳鼻科とかいうものは選択課目と云って、その一つをうければいいのだった。こんな話をしているうちに、俺は例の追分の子供の話をはじめて、指紋を長野で験べた話などをした。

『そいつは面白いな。だが指紋ってそんなに永く残ってるのか』

『何だ、君は講義にも出ないのか』

『出るものか。初めからあたらないと知ってたんだからな』

『ずるい奴だな。指紋は何年だって残っているさ、ただそれをとるのが六ケ敷いだけだ。法医ではなかなか努力してくれたよ。でもはっきり分ったよ』

『そうかなア。一つやって見るかな』

友人は自分の帽子を出して灯にすかして、ひさしを見た。

『なるほどベタベタついてらア』

『そうか』

俺も自分の帽子を出して見た。灯にすかして見ると案外はっきりと指紋が見えた。俺は面白くなったので、両手を帽子のつばに並べて押しつけて、その上に歯磨粉をふりかけてフッと吹いて見た。指紋がはっきりと出て来た。

指紋には渦が右に流れているとか、左に流れているとか、または渦になっているとか、形によって一二三と符号がついているのだ。俺は法医学の筆記を出して、自分の指紋の番号を紙にかいてみた。

『これが俺の指紋さ』

『なるほどそうやるのか』

こう云って友達は自分の指紋の製造にとりかかっていた。

俺は机の抽斗(ひきだし)をあけて小さな手帳を出した。そして追分の子供の指紋の番号を友人に見せた。

『それ、僕の探偵している指紋はこれだよ。一二五三五二一四二二だ』

こう云いながら俺は、ふとたった今しらべた自分の指紋の番号に眼を移した。とき子——驚くではないか！　それが同じ番号なのだ!!!」

四

「え？」

妻は身をワナワナとふるわせて夫を見た。夫は沈痛な中に一味の落付きを見せている。

「どうだ。それで分ったろう」

妻はまだワナワナとふるえていた。二人の沈黙が続いた。と妻が思い返して云った。

「でもあなた、それは偶然かも知れません」

「そうでない！　同番の指紋は何万年に一人もないのだ。あっては大変だ！」

夫は確信をもって云い放った。

「でも、私は信じられません！」

妻も確信をもって言いきった。

「勿論俺も信じたくない。偶然の暗合としておきたいのだ。だが法医学が俺に教えてくれたのだ。確かに俺自身が追分の百姓の子だという事を」

「いやです。私はいやです」

「俺だっていやだ！　俺は長野の両親の子で居たいのだ。だから俺は長野の両親には一言も云いはしない」

「だって、何故です。何故お話しにならないのです。お話しになれば、暗合だという事が確かになるではありませんか」

「が、もし暗合でなかったらば、どうする」

　夫は悲痛な表情で云った。妻は沈黙した。重苦しい空気が二人を圧迫した。

うたがひ

不安は不安を生んだ。が順三はその夜の汽車で二三日の旅に上らなくてはならなかった。

順三は役所に出ても仕事が手につかなかった。二三日留守にするので、その間のために今日きめておかなくてはならぬ仕事が多いのである。けれども果して今夜思いきって出発が出来るであろうか、と自分で自分の心を検討しながら、ぼんやり窓外の初冬の日ざしを見つめたまま時が経って行った。

数日前の夜中順三は盗賊に入られて、彼としては相当の大金を盗み去られた。夜があけてから女中が「泥棒が入りました」と客人でも来たように寝室の外で恭しく声をかけるまで、順三夫妻は全く何も気づかなかったのであった。

昨日の午後自宅から役所へ電話が掛って、彼の妻が云った。

「今お婆さんが庭に出ましたらば、盗まれた紙入れが捨ててありました」

この知らせを聞いた時順三は、盗賊に入られた翌朝庭の隅々まで紙入れが捨ててありはしないかと捜して廻った事を思い出した。

「他の人の名刺や祝儀袋などはそのまま入っていましたが、あなたの名刺だけがありません。もしあの名刺で偽名でもされると、と思ってお知らせします」

妻はこう云った。順三は一瞬間妻の言葉で不安にはなったが、すぐに思い返した。

「そんな事はしないよ。おれの名刺などを使えば却ってばれるから。……とにかくその事を警察へ知らせておいた方がいいよ」

こう云って順三は電話をきったのである。

昨夕家へ帰ってから順三は出て来たと云う紙入れを見た。紙入れはかなり湿っていた。二三日前雨が降ったので湿っているのだな、と考えながら、中をあけて見ると、入れておいた金は全く見える筈もなく、妻の電話の通り他人の名刺が七八枚、これも相当に湿って紅い祝儀袋の色が落ちて染んでいた。順三自身の名刺は一枚も入っていなかった。

順三は他人の名刺と自分の名刺とは入れ場所が違えてあったように記憶をよび起した。

「警察へは知らせたかね」

彼は妻にきいて見た。

「ええ、すぐに知らせましたが、この間の刑事さんがいないので、まだ誰も来ません」

妻の答をきいて、順三は盗賊の入った翌朝自転車で来てくれた親切な刑事を思い出した。刑事は一通り被害の状況を聞きとって後、盗賊がはずして入った勝手の戸などを調べて、

「なかなか慣れた奴ですよ。お金専門です。だが百円札三枚では、足がつきますよ。早速電報で手配しましょう」

こう云って刑事は帰って行ったのである。金は出るはずもないが、何とかして賊の捕えられるのを順三は心待ちにしていたのである。

今日突然紙入れが庭に出て来たという事は、順三から云えば、盗賊を捕えるには大きな参考となる事と思っていた。それをまだ刑事が来てくれないのは、職務上不熱心のようにさえ思われて、不愉快にもなって来た。

順三は問題の紙入れを電灯の傍へ出して詳細に検査し出した。灰色のなめし皮で出来ている紙入れの一方の側には泥がついていた。一方の側には紙のほけたらしい白いものがついていた。

「泥の上に置いてあって、半紙か何かが上にのっていたのだな」

彼は探偵の興味を持ちはじめた。なおよく紙入を見ると一つ鉛筆の尖で押したような、点状の凹みが見えた。二つ折りにして反対の側を見ると、これと対照の位置にまた同様の凹みがあった。

「犬だな。犬が今日になってどこからかくわえて来たのだ」

順三は時々家の庭へ来る犬を思い出した。どこの犬かは知らないが、耳をたれた猟犬らしい犬であった。

「犬ならば、あなたの名刺だけがなくなる訳がないでしょう」

妻は反対した。順三は頻りに犬を主張した。犬ではないとすれば人である。まさか盗賊が今日になって大きな

危険を犯して、紙入れを庭に投げ込むはずがないと順三は思った。偶然という事を考え易い順三には、自分の名刺だけが紛失しているのも偶然だと思った。恐らくどこかに自分の名刺だけが捨ててあるだろうと思った。

「とにかく明日もう一度刑事に来て貰わなくてはならないよ」

こう云って順三は紙入れを畳に置いて夕飯を食いはじめた。

その翌日の今朝順三は早く妻に起された。

「あなた、あなたの名刺が庭の躑躅の木の下に落ちていますよ」

順三は我破と床を蹴って起きた。

「ねえやが今見つけたのです」

順三は寝巻のまま庭に出て、躑躅の木の傍へ行って見た。彼の名刺が十何枚地に落ちている。とりあげて見ると一向湿っていない。

順三はなお注意してその辺を見た。案外躑躅の枝の高い所に一枚名刺の引きかかっているのを見出した。

「犬ではない」

彼は独語した。犬が紙入れをくわえてふり廻したとしても、こんな高い枝まで名刺がとぶはずはない。彼はまたその辺を見直した。その時彼の心を射たものがある。

「ねえやだな。」

彼は突然心に湧きたって来た疑を検討してみた。女中が名刺を発見したのだ。今朝女中がここに名刺を捨てたのだ。彼はゾッとした。盗人を今まで雇っていたのだ。なるほど女中は女中らしい手を使うものだ。昨夜俺の名刺だけない事を問題にしたので、今朝になって捨てたのだ。そんな手を食うものか。名刺を湿らせるのを忘れたとは何と云う無智な奴だろう。

彼は勇み立って家に入ろうとした。その時椽側にさす朝日が眼についた。その椽には盗賊のゴム底の足跡があの朝大分ついていたのだ。これはいかん。女中ではない。気の毒な事を考えたものだ。親に早く死に別れて、今は行き所もない女中を疑ったのは気の毒であった。

「名刺は湿っていないでしょう」

妻は順三の今の疑を知っているように話しかけた。

「うん、だが俺の名刺だけは入れどこが違っていたので湿らなかったのだろう」

彼はこう云って家に入った。

「とにかく今日は刑事に来て貰わなくてはならない」

彼は全く何事も見当がつかなくなってしまった。

不安な一日の仕事をすませて彼は家に帰って来た。帰宅の途上、今日は刑事が来たろう、そして事件は幾分なり解決がついているであろう、その様子で今夜出発しよう、と順三は楽しみにしていたのであった。

妻の話に今日も刑事は来なかったのを知った。

「仕方のない刑事だな。それでは今夜出発出来ない」

「女の声ですから警察でも相手にしないのです。明日はあなた電話をかけて下さい」

順三は今夜立つのはあきらめてしまって、夕飯後書斎に入って読物をしていた。

「私ちょっと出て来ますよ」

孫を見に来た妻の母が順三に云った。

「どこへですか」

「まァとにかく行って来ますよ」

「ねえやをお供させましょう」

「いいえ、私一人で」

母は出て行った。順三は書見をしながらも、盗難以来の奇態な出来事が気にかかって、書いてある内容も上の空であった。いつともなく警察の不熱心な態度が癪に障っても来た。しかしまたあの刑事の自信のある言葉を思い出すと、あるいはあの刑事は、こちらの出来事などよりももっと適確な材料を握って活動しつつあるのかも知れないと思われた。

一時間ほどの時が過ぎた。突然書斎のドアが開く。母は外出着のまま、一種悲壮の表情をして帰って来た。順三は母の様子を見るや否や、何事かが新しく起ったのだと感じて母を見つめた。

「ただいま。笑われるかも知れませんが、易を見て貰って来ましたよ」

「へえ?」

順三は一時何とも云えず滑稽さを感じて、ゆとりのある句調できいた。

「どうしました。何か分りましたか」

「困りましたね、うちに泥棒は居ると云いました。しかも共犯だと云うのです!」

母は緊張の中に気味悪るい顔をした。順三は共犯と云われてハッとした。が後を追いかけてすぐに易者を侮蔑する反抗心が湧き立って来た。

「そんな事出鱈目です!」

母は順三の心とは無関係に云った。

「で、それは男か女かとききました。そしたらば女だと云いました。とられたものは？　ときくと、お金だ、それも大金だと云いました」

母は矢継早に云ってのけた。順三は何とかして易者の言葉を打消そうと、心の中で抗弁の材料を考え求めた。

「どうして？」

妻が寒そうに袖を合せて入って来た。母が云った。

「共犯で、女がうちに居るって易者は云うのです。お金は南の方にまだかくしてあるって。二三日過ぎればなくなってしまうそうです」

順三は南ときいて、名刺の見出された躑躅は家の南であったのを思い当った。

「ではねえやなのか」

順三はうなるように云った。

「どうです、今までねえやが変だと思った事はありませんか」

妻は順三の顔を見た。

「それは私達は紙入れなどどこにでも置くから、とられたかも知れないわ、五円や十円とられても気がつかないかも知れないわ」

「そうだなア」

順三も賛成した。母は二人に問いかけた。

「今度の事で何か女中がおかしいそぶりはなかったのですか」

その時妻が大声で云った。

「変ですよ。紙入の出て来た時、ちょっと前にお風呂の煙突屋が来ましたよ。どうも私変だと思ったのです。一日に来たのにまた七日に来るのですもの。大抵月に二度しか来ないのに。……あの時にはねえやも戸外に居たわ。そしていつも煙突屋は鼻唄交りに仕事するのに、あの時は唄も聞えなかったわ」

「そうか。そんなら何故それを俺に話さないのだ」

「だって人を疑ったりなどして、あだをされれば恐いんですもの」

「名刺が出て来たのも疑わしいぞ」

「そうよ。あなたの名刺だけないのが不思議だと云っていらした時に、ねえやはきいていたわ。……あッそう云えばなお変ですわ。今朝春子ちゃんの運動靴が、昨夜勝手にぬいでおいたのが、片ッぽ見えなくなったのです。その時ねえやは犬がくわえて行ったのでしょうってすましていたわ」

「ふん。俺が紙入れを犬がくわえて来たと云ったのをきいてたのだ」

「そうだわ」

三人は空恐しくなってしばらく黙っていた。順三が不愉快気に云い出した。

「いくら大工をよんで戸じまりを厳重にしたっても、うちに手引きする奴がいるのでは、駄目じゃないか」

妻がひきとって云った。

「本当だわ、それにねえやは昨夜せっかく大工が造ってくれた玄関のさんをかけて置かなかったわ」

順三は腹を立てた。

「何故お前は自分で戸締をしないのだ」

「いやですよ。私を叱ったって、私自分で戸締を見に行ったから、ねえやのさんをかけなかったのを見つけたのじゃありませんか」

順三はその夜出発するのが危険に思われて来た。また盗賊が入るだけならばいいが、これだけ我等が女中を疑っているのを、女中が気づかぬはずがない。そうすれば今夜あたりまた男を手引きして家に入れて、危害を加えないとも限らない。心には不安を感じながらも、その不安をごまかしたくなって順三は云った。

「今夜俺は立たなくてはならない」

順三の言葉で妻は母と顔を見合せた。母が蒼白い顔になって云った。

「今夜はやめて下さい。明日警察へ話して検べて貰ってからにして下さい」

「そうですか。困りましたな」

順三は今夜出発する気はなかったのである。母は娘に云った。

「ですが、お前ねえやを疑うような事を決してねえやに云ってはいけませんよ。あぶないから」

「そんな事云いはしないわ」

三人は不愉快になって黙って電灯を見つめていた。

その翌朝は順三自身警察に電話をかけた。その時には例の刑事はいなかったが、出勤し次第取調に出るように話すという返事であった。

「刑事が来たらば、ただありのままに話すのだよ。自分の考などは決して話してはいけないよ」

順三はこう妻に云い残して役所に出た。同僚は昨夜出発した筈の順三が出て来たので不思議に思った。

「どうしたのだ、行かなかったのか」

「ああ、実は先日の泥棒事件が妙に発展してしまってね。……」

順三は一通り事件を同僚に話した。

「そうか。そいつはあやしいぜ。そんな女中は早く出してしまえばいいじゃないか。事実の有無を別として不愉快じゃないか」

「うん、そうも思うが、実はその女中は行き所がない奴なのだ。親も兄弟もなくてね、お嫁に行くまでも見てやる約束でつれて来たのだから、たとえ悪い奴で警察へ引っぱられても、貰い下げにしてやらなくてはならないのだ」

「ふうん。とんでもない人間を雇い込んだものだな」

「ああ、生れる時から人情にしたった事のない女だから、気質もちょっともやさしい所なんかないのだ。だがよく働く女でね」

「うん、よく働いたよ。まァせいぜい働いてもらって、みんな泥棒されてしまったら、さっぱりするだろう」

順三はいよいよ不愉快になった。順三は仕事をしながらも、うちから電話が来るのを待っていた。しかしなかなか電話は来なかった。何としても今夜は出発しなくてはならないと思うと一刻もこの不安状態でいる事が出来なくなった。彼はとうとう電話をかけた。

「どうした」

電話口に出た妻は何とも返事をしなかった。順三は電話に近く女中がいるのだな、と気づいた。

「どうした。来たか」

「来ました」

妻は後を続けない。

「検べたか」

「ええ」

「そしてどうだった」

妻はまた答えなかった。

「そうではなかったか」

「ええ」

「よし、今帰る」

順三は電話をきって大急ぎで家へ帰った。彼を玄関に迎に出た女中は眼を泣きはらしていた。泣いたな、と彼はちょっと痛快を感じながら、茶の間へはよらずに、すぐに書斎に入った。

妻が晴々した顔で書斎に入って来た。

「どうした」

「刑事さんが来て、庭や紙入れを検べました。そして電話を警察へかけたので、巡査部長さんが来て、こっちで何も云わないうちに、お宅には決して御迷惑をかけませんから女中さんをちょっとかしてくれって云って、ねえやをつれて行きました。一時間ほどして刑事さんがつれて帰って来ました。検べましたが女中さんは関係はないようです。大変気の毒な身の上の女中さんだと云っていました」

順三は妻の話の終をきいた時、ふと女中の身の上に刑事が同情を寄せてしまった事をおかしく感じて来た。

母が入って来た。

「ようございましたね、ねえやでなくて。まアおめでたい事ですよ」

三人は心の底からまアよかったと思った。

「では今夜たつよ」

「もう心配ありませんから」

順三はすっかり安心してしまった。夕飯を食べる時お給仕に坐っている女中が、はれ上った眼で下を向いているのを見て、気の毒な事をしたと思った。

順三は夜の九時の夜行で出発した。寝台車に入る前に食堂へ行くと、偶然二人の友人に逢った。順三はビールをのみながら、うたがいの晴れ渡ったうれしさに、事件を面白く話した。

「うん。警察の力は偉大なものだな」

友人の言葉で順三は明瞭のその筋の力の偉大なのを肯定した。その時他の友人が云った。

「だが君、警察というものは、君が単純に考えるよりもなお偉大だよ。君考えてみたまえ。君が女中を疑うようになったすべての根拠が全部解決されはしないではないか」

こう云われると、名刺が湿らずに躑躅の枝にかかっていた事をはじめとして、ほとんど何事も解決されてはいないのである。

「そうして、君等一家にまで油断をさせて、そして女中に目をつけているのが、警察のやり口なのだよ」

順三は袋を頭にかぶされた猫のように、どうしたならばいいのかに迷ってしまった。

「だが心配するなよ。君は僕にこう云われると今夜留守宅が心配だろう。だから今すぐに電報をうちへ打ちたまえ。カワリナキカ、で十分だ。恐らく午前一時頃には配達されるだろう。そうすれば安心して眠り込んでいる君の妻君とお袋は眼がさめて安心するしまた油断をしたくても出来ないよ」

順三はやや恥かしくはあったが、ボーイを呼んで頼信紙をたのんだ。

通り魔

一

袖岡秋子という名と二十歳(はたち)という年齢をいった以外、彼女はどうしても口を開かなかった。逢隈河に溺れかけているのを通りかかった人が発見して、彼女を市の病院に運んできた時には、彼女は仮死の状態からややさめていて、幾分あたりを弁じはじめていた。その時に病室に入って来た警官に彼女は答えた。

「袖岡秋子、二十歳……」

こう答え終えた時、彼女はベッドの上から彼女の周囲に集まっている人々を見廻した。白衣を着た若い宿直の医者と二人の看護婦と、そして今彼女に身分を尋ねた人が警官であって、手に持つ手帳に彼女の答えを記入しつつあるのを、彼女は明瞭に意識した。

「本籍は?」

彼女は答えなく眼を閉じた。医者は彼女の脈をとった。脈は力強く、かつ規則正しく搏っていた。

警官が医者を見て聞いた。

「大丈夫ですか」

「もう大丈夫です」

警官は心もち口を彼女の耳に近づけた。

「本籍は?」

その時彼女は眼を閉じたまま身を動かして、人々の居る方に背を向けた。その身動きが明かに意識的であったのを感じた人々は互に顔を見合せた。

「さア一通り答えなくてはいかん。本籍は?」

警官はやや叱る句調でこういったが、彼女は何とも答えなかった。医者は看護婦にちょっと合図をしてから警官にいった。

「私達は遠慮しましょうか。もう大丈夫ですから」

警官はちょっと考えたがほど経ていった。

「そうですな。そうして戴きましょうか」

医者は看護婦を促して病室を出た。廊下の外は窓を透かして時雨がみぞれになっていた。

病室に残った警官は医者達の跫音が遠ざかるのを聞いて彼女の肩にかけてある蒲団に手をかけた。

「もう誰も居ないのだ。正直に話さなくてはいかん。本籍はどこですか、現住所は？」

彼女は口を開かなかった。彼女の肩が長大息をするように大きく動いた。

「話さなくてはいかん、正直に。いつかは話さなくてはならんことだから」

彼女はやはり答えなかった。警官は手帳をポケットに入れてやや腹を立てたらしく彼女の肩をゆすった。

「さア話すのだ。手数をかけさせるものでない。さア早くいうのだ」

彼女は口を開かない。警官は病室内を見廻した。ベッドの枕に近くぶら下がっている呼鈴を見出して、警官はそれを押した。遠く呼鈴が冬の夜を鳴った。

廊下を近づいて来る看護婦の草履の音が室の外でとまって、ドアがギーと音してあいた。

「御用ですか」

看護婦が恐る恐る警官にきいた。

「ああ、私はちょっと署まで帰って来ます。この女を気をつけて下さい。逃げられるといけないから」

「はい」

看護婦は薄気味悪そうに室に入って来た。警官は剣を握って室を出て行った。看護婦はベッドに近づいた。サラサラと雪が病室の窓にあたった。看護婦はそっと手を延ばして病人の脈を握った。その時彼女は少し笑顔を見せた。それが一層看護婦には凄かった。

「私逃げはしません」

看護婦はぶるぶるとふるえながらその声をきいた。ベッドの女が眼をあけて看護婦を見た。看護婦は恐ろしくなって一二歩さがった。

「私の着ていましたきものは？」

その声は常人の声と異らなかった。

「今乾かしています」

「そうお。色がさめるわね」

病人はまた眼をとじた。看護婦は今病人のいうた着物を思い出した。それは薄色の派手な羽織と対のきものであった。その袂の中には石が入ったまま病院に運ばれて来たのであった。看護婦は壁によりかかりながら、美しい彼女を見つめながら寒さをジッと堪えていた。

二

宿直の若い医者は畳の敷かれた宿直室へ帰って来た。同僚の一人が夕食後遊びに来ていたのを中途で彼は病室へ行ったのであった。

炉の火はカンカンと紅く燃えていた。

「僕の番だっけかなア」

宿直はこういって足のない碁盤に坐った。

「うん、君の番だ。どうした今の病人は」

「逢隈河へ身投げをした女さ。美人だよ。東京から来たんだろう。水はあんまり飲んでいないんだ。大丈夫らしい。巡査が来て検べている」

「いくつ位だ」

「十七八にしか見えないが、自分では二十歳だといった。それから後は巡査が何をきいても答えないのだ。きいては気の毒だと思って遠慮してきた」

「そうか。さアやろう」

二人はガラガラと碁石を握った。

「この寒空に身投げをするとは、酔興だな」

「そうさ。丁度そんな石を置いてこうやられるようなものだよ」

「待った待った。ここだ」

二人は口から出任せな雑言を交えながら石を並べていた。

廊下を足履の音がして宿直室の戸があいた。看護婦が顔を出した。

「先生、巡査さんは帰りましたが、附添はどういたしましょう」

「脈は?」

医者はパチリと石を置いて看護婦を見た。

「八十位です。緊張もいいようです」

「そうか。そんならば、今夜は君等が気をつけてやるさ」

「でも巡査さんが逃げられぬようにしてくれっていいましたが」

「逃げるものか。一度死に損ねると決して二度やるものじゃない。まア大事にしてやれよ。牛乳をあたたかくして持ってってやり給え。そして懐炉(かいろ)を足に入れてやり給え。君等だっていつ身投げをしないとも限らないよ。情は他(ひと)のためならずだ」

医者はこういいながらもパチパチと石を置いていた。

看護婦がドアをしめて去った。

「何だ劫（こう）か」

「そうさ。あんまり美人の身投げに夢中になってるからだ」

「厄介なことになったな。大丈夫だと思っていたのに」

「どうだね、劫負けか」

「なアに、これはどうだ」

「そいつは効くよ」

「おい、石を十ばかり代えてくれ」

「うん」

「弱ったな。とうとう劫負けか。こいつはどうだ効くだろう」

「きかないよ。継いでしまえ！」

「ちょっと待ってくれ」

「待てないよ」

「そんなことあるものか」

「いや待たん！」

ドアがギーとあいた。

「先生」

「何だ」

宿直はまだ碁盤を見つめたままである。

「今の人が先生にお目にかかりたいといっておいでです」

「おい待てよ。劫はまだあるんだ」

「駄目だよ。投げるか」

「投げるものか」

「先生！　どういたしましょう」

「今行くっていってるじゃないか。一大事だ。おい待てよ」

「待たん」

「卑怯だな。よし！　投げた。も一度やれ、ちょっと待てよ。今すぐ来るから」

「ああ」

宿直の医者はスリッパをスースーすりながら廊下を出て行った。

三

「先生。一方ならぬお世話になりました。秘密に先生にお願いがあります。どうぞおきき願います」

宿直の医者は傍に立つ看護婦に目くばせをした。看護婦は医者の心を察して静に室を出て行った。学校を卒業してすぐにこの病院の助手として赴任して来た彼はまだ二十五六にしかならなかった。今夜初めて若い事情のありそうな身投げを取扱ったのであった。女がいう言葉をききながら、同情を表すると共に好奇心もかなり手伝ったのは確かであった。

「承知しました。もう誰もおりません。私きりです。何でも伺いましょう」

「有難う存じます」

彼女は笑顔をさえ見せた。身投げをした女とは思われぬほどの派手やかさを見せてきた。

「私せっかく身を投げましたのに、こうして救って戴いてしまって、これからどういたしましたらばいいのでしょう」

彼女は忽ち悲痛の極みの表情に帰って涙さえ眼に溢れた。

「どうしてあんなことをなさったのです」

「先生どうかそれだけはきかないで下さい。それを申す位ならば私殺して戴いた方がよかったのですから」

医者は事情のありそうな彼女の言葉に心を動かされた。

「強いて伺わなくてもいいのです。どんな訳か知りませんが、死ぬのは間違っています」

医者はこういいながら自分の言葉の一向意味をなさぬのを思った。

「でも私死ぬしか外に法がなかったのですから。……そしてこうして助けられてしまいましてどうしたらばいいのか分らなくなってしまいました。さっきも巡査さんに身分を問いつめられて私困ってしまいました。うっかり自分の名をいってしまいまして、私どうしたらばいいかと一心に考えていました。

先生どうか私がさっき申しました名はうその名だったと警察へお話し願えませんでしょうか」

医者は当惑してしまった。何と答えていいのか迷った。

「そんなうそはいえません」

彼女は急に眼を大きく見開いた。

「うそですって。私がさっきいいました袖岡秋子っていう名を先生は本当の名と思っていらっしゃるのですか」

医者は頭をなぐられるほどに驚いて彼女を見つめた。

「命がけで私は身を投げたのです。巡査などに本当の名をいうとお思いになりますの?」

彼女の頬には冷笑さえも影を見せた。

「袖岡という名はお友達の名なんです。私出鱈目をいったのです。本名などいえやしません……」

彼女はこういい放って後蒲団を頭までかぶって声を立てて泣き出した。医者はこの女の言葉が後々と意表に出るので、好奇心よりも不愉快にまでなってきた。小気味よくさえ思って彼女が泣くのをきいていた。

「先生、お恥かしゅうございます。本気になって行先のことを御相談するのにどうして身投げをする気になったかもお話しいたさなくては、いけませんわね。私恥を忘れてお話ししますわ……」

医者は膠(にかわ)づけにされたようにそこに立っていた。

「先生、私は何という馬鹿なんでしょう。私は何ということをしてしまったのでしょう。私、自分が分りません。私は東京の者です。父も母もなくなってしまいました。叔母に引とられて三年ほど居ました。そして従兄……大学へ行っている従兄を……」

彼女は燃ゆるようなまなざしをして天井を見つめた。

「私はどれほど、あなたを思っていたろう、どれほど私はあなたを愛していたろう。それをあなたは私を捨てたんです。いいように私をおもちゃにして捨てたんです。……そしてあなたは私を塵埃のように捨て、あの人に走ってしまったのです。……先生、私はもう死ぬしか道がなくなっちゃったのです。昨夜そっと叔母の家を逃げて出たのです。私は、私は死んでうらみをはらしたかったのです。先生、私は今朝この町につきました。そしてうろうろと野良犬のように雨空の下を町中あるき廻りました。そしてやっと日が暮れたので、私は死に場所を捜してあるきました。私は逢隈河の河畔でさんざ泣きました。そして河原で石を拾いました。その石を一つ一つ袂に入れました。石を拾いながら世の中をうらみました。そして従兄をうらみました。悪い従兄をうらみました。

私は、私は、何という不運な女でしょう。真っ暗になるまで私は河原で石を拾っていました。畜生！　悪党奴(め)！　何という悪党だろう。今死ぬために石を拾っている私を、鷲のように後ろから来てさらって行った。そして私を、私を……」

彼女は打伏せて蒲団に倒れて背に波を打たせて泣いた。

医者は我を忘れて彼女に近づいた。

「そんなに泣くといけません。さア落ついて眠らなくてはいけません」

彼女は突然泣きやんだ。

「先生、それは御無理です。これが泣かずに居られますか。私は従兄を悪(にく)んでいました。あの人ほどこの世で悪い人はなかったのです。けれども従兄の心はどうあろうとも、私は、私は、ただあの人の女として死ぬ積りだったのです。それを横合から出て来たあの悪魔のために、私は、私は……」

彼女はまたも火のつくように泣き出した。医者はその泣き声が隣室にまで聞えはしないかと、不安に堪えられなかった。

「さアもう眠らなくてはいけません」

医者は外にいう言葉がなかった。この室になお居るさえも気味悪くなった。

彼女はしばらく泣き続けていた。医者は釘着けにされたようにベッドの傍に立っていた。二十分ほどして彼女は泣きぬれた顔をあげて医者を見た。その顔には女らしいあきらめさえ見えていた。

「先生、失礼しました。私もうあきらめました。何事も運なのでしょう。もう決して死ぬことなどは考えません。私力強く生きて行きます。どうか今私の申しましたことはお心一つにおとめ置き願います。私すっかり落つきました。すみませんが何か眠り薬を一つお願いいたします」

「ええ、そうなさい。誰にも話しませんから安心していらっしゃい」

医者は呼鈴を押した。看護婦が来た。

「アダリンを〇・五一包持って来てあげ給え」

医者は室を出た。廊下をあるきながら彼は看護婦にいった。

「今夜は気をつけ給えよ。大分興奮してるようだから」

四

「大分永かったな。悪いのか」

宿直室に待っていた同僚が炉に炭をつぎながら帰って来た宿直にいった。

「そうじゃないんだ。大分泣かれちゃったよ」

「そうか、そしてまた君が十分に同情を寄せたんだろう。安価なセンチメンタリズムで」

「そんなことないよ。だが世の中って変なものだな」

「それ見給え。大分頭が変になってるじゃないか。一体どうしたんだ、身投げをやるなんて」

「一通りきいたがね。気の毒だから話さないよ」

「あやしいな、まア一晩その女のために泣いてやるさ。もう十一時過ぎた。明日またもんでやろう。帰るぜ」

「そうか。おやすみ」

同僚の帰り去った宿直室に、彼は床もしかずに炉の火を見つめながら考えていた。さしせまった彼女の心が、彼女を東京から立たせたことさえも無理ではなかった。女には恋しかないと今まできいていたことを目の前に見せつけられたように思われた。そして身を投げる前に突然起こった彼女の不幸事は、何という悲惨事であったろう。そして身を投げて、救われて来たものを、本人の心とは全く無関係に努力して生命を保たせなくてはならぬ医者の立場の無意味なのが、彼には最も強く胸をついた。死ぬより外に道がないと思いつめた女を横合から出てはずかしめた暴漢と、そのために一層死の覚悟をして死の道を急いだものを、得手勝手に救ってしまった自分と、どちらがより悪人であろうか。

若い医者は火箸で灰をかき交ぜながら夜の更けるのも忘れて考えていた。

五

不眠の夜が明けていた。看護婦が宿直室のドアを打ったのは午前七時であった。医者は床の中で返事をした。看護婦がちょっとドアをあけて、またしめた。

「いいよ。何だ」

「あの、今警察の方が来まして、昨夜の方を警察へつれて行くといっておいでですが」

「警察?」

医者は蒲団を蹴って飛起きた。寝巻の上へ白衣をひっかけた後、彼はちょっと柱にかかっている鏡で頭を直して廊下に出た。一夜の中に雪は大分積っていた。

彼は急いで病室へ行った。巡査が来て彼女のベッドに近く立っている。彼女は昨夜水につかったのを看護婦が乾かしてやった着物を着代えていた。

「どうなさるのですか」

医者は巡査にきいた。

「署までつれて行くのです。もう大丈夫だそうですな」

医者は彼女をちょっと見た。彼女は全く覚悟をしてしまったと見えて、悪びれもせずにもう羽織のひもを結んでいた。その様子が一層医者の心を動かした。

「署へ連て行く必要があるのですか」

「もう大丈夫だと思いますが」

「それはもう大丈夫ですが、署へつれて行かずにここで検べられないのですか」

医者は巡査に対して明かに反感をもっていった。

「署長の命令です」

「たとえ……」

「いいんですよ、先生。私警察なんかちっとも恐ろしくありませんの。私警察へ行ってうちへ帰してもらいますから」

彼女の落ついた言葉をきいて若い医者は、彼女にまで反感を持った。黙って医者は立っているしかなかった。

「お待遠さま」

彼女は巡査に挨拶した。巡査は先に立って室を出た。彼女はちょっと医者の方を見て媚を見せて一礼して落ついた足どりで出て行った。医者は物足りなさに胸の中をかきむしられて彼女の去った室に残っていた。ふと見れば彼女が昨夜深更に倒れていたベッドが純白にそこに残っていた。医者は憤懣の情をさえ感じながら室のドアをガチャンと力強くたてつけて廊下に出た。もう彼女の姿は見えなかった。

医者は宿直室に帰って、まずい朝飯をたべてから洋服に着かえて医局へ出て行って、机の上にある宿直日誌を開いた。

「〇月〇日。時雨後雪。夜十時半二十歳の女性逢隈河に投身したるを、かつぎこまる、水を吐かせ、体を湯たんぽにて暖め、カンフル一筒、ヂガレン一筒皮下注射。ほどなく意識回復す。巡査来院、袖岡秋子二十歳と自白したる以外何もいわず。夜十一時半病室へ行き、さんざんに泣かれて閉口す。事情気の毒なり。その他院内無事。朝七時巡査来院、投身女を署へ連れて行く。彼女案外平気にて出てゆく。狐につままれたような気がする」

彼は宿直日誌に記入してから、誰も登院せぬ前に、診察室に出て行った。看護婦がストーブに火を入れていた。

「おはようございます」

「ああ、おはよう。今日は雪で患者は少いだろう」

彼はストーブに薪を投げ込んで扇で火をあおいだ。火が炎を立てた。真紅な炎を見た時彼はふと昨夜彼女がこの診察室にかつぎ込まれた時、狼狽してストーブに火をつけた時に、一枚々々と着物をぬがせた時、下襦袢が真紅であったのを思い出した。今頃は冷たい警察で取調べをうけているであろう、と思うと目が茫と曇って来た。

「先生、昨夜おそく先生が病室へおいでになった時、あの人は随分泣いてましたね。どうしたのです」

看護婦の声に彼は我に帰った。

「聞えたかい、寄宿舎まで」

「いいえ、私昨夜あの病棟の宿直でした」

「そうか。気の毒だったよ」

「どうして自殺なんかしたんです」

「そうだね。魔がさしたんだろうな。だが君等も気をつけ給えよ」

「あらッ、私達はどんなことがあっても、自殺なんかしませんわ」

「そうでないのだ。女はいつ自殺しなくてはならぬような事が出来ないと限らんよ。それに女は一つ事を思いつめると、すきが出来るから余計にあぶないのだ」

「それはそうですね。思いつめていると、すきが出来るのは本当ですわ」

「気をつけ給えよ」

「ええ」

看護婦は机の上の診察簿を一つ一つ並べていた。


午前九時に院長が元気よくドアを押して診察室に入って来た。

「やアおはよう。降ったなア」

「おはようございます」

昨夜の宿直はストーブを離れて礼をした。

「昨夜の宿直は誰だったろう」

「私です」

「ああ君か。では身投げが来たろう」

「ええ参りました」

「今警察へ行って来たよ。困り者だなあの娘も」

昨夜の宿直は驚いて院長の顔を見た。

「先生、あの女を御存じですか」

「ああ知ってるとも。あれは二本松の金持の娘だ」

「へえ、二本松ですか。東京だといっていましたが」

「そうか。そしてまた君はそう信じていたのだね。それからまだ何かいわなかったか」

「いいました。身投げをした理由を」

「ふうん。何をいったか知らんが、みんな作り事だよ。あの娘は毎月一度ずつ変になるのだ。僕は今精神鑑定に行ったのだが、顔を見て分ったからすぐに親へ電話をかけておいたよ。君途方もないことをいってるぜ。病院の宿直の医者にどうかされたようなことまでいってるぜ」

「え?」

昨夜の宿直は色を失って倒れんとした。

「まア、そんなに狼狽することはない。いい経験だ。だが君、君が病室へ行った時はいつも看護婦は居たろうね」

助手はハタと当惑した。それを見てとった院長は大声で笑った。

「いかんね、若い人は。これからは気をつけ給えよ。言訳が立たんじゃないか。まアいいさ。二三日過ぎればあの娘も常態に復するから。だが将来は気をつけなくてはいかんよ」

院長は椅子に坐った。

「さアはじめよう。今日は患者も少かろう」

助手は診察簿を開いて机によったが不安に満ちた心臓がドキドキと打つので室を出て医局へ湯を呑みに行った。

1×0＝6、000円

一

　近来のように不景気の時代の事でない。世界の大戦の真盛りのころで、東株が六百円と吹き出しかけたころの事なのだ。というとお前もやっぱり景気がよかったのか、と諸君はきくだろうが、俺ときては今と一向に変らぬ、月四十円なにがしの月給取だったのだ。月給をいえば大抵俺が何商売であったか見当がつくだろう。思わせぶりを止めて頭から話してしまった方がいいだろう。俺は今も同様ある県庁所在地に在勤している刑事なのだ。

　刑事などというものは、世の中からは嫌われるものだが、悪事さえ働かぬ人達は決して嫌ってくれなくともいいのだ。悪人でない以上は俺達を味方と考えて一向差支ない。

　で今から話すのは題にある通り、零に一をかけると六千円になる話なのだ。何と景気のいい話だろう。だがこれは俺が空の財布から六千円を造り出したというのではない。そういう手品を使って見せてくれた、院長さんがあったのだ。控訴院の院長ではない病院の院長さんなのだ。

　一体この院長というのはまだ三十にもならぬ若い男で、この病院に赴任して来たのは大学を出て、やっと一年か二年にしかならない、若僧だった。若い癖に鼻ぱしは恐ろしく強い男だった。人の噂では才気煥発の男であるという。なるほど赴任早々院内の職員の頸を大根を切るようにスパスパときった。

　おれはこの院長のやり口を見て甚だ痛快には思ったが、どうも永年病院のために尽しかつまた院内の事情に詳しい職員ばかりを選んで頸をきるので、こいつやや臭いなと思った。何か陰謀を考えているなと、早速気づいた。そうなると安月給でもすぐに職業良心が鋭敏に動いてくる。おれは院長の行動を専ら監視し出した。勿論地方では院長さんは第一流の人物として横行するもので宴会などにはまず第一が知事で、次には院長が席について居る。

月給は知事よりも院長の方が多いのが普通である。こういう名士の行動を監視するのだから、俺とても十分に注意に注意を重ねて、いやしくもさとられぬようにしていた。

俺はまず院内に目をつけていた。院長は事務長をはじめとして七八人の重要人物の首を切って、それに代えて自分の子分を引き入れてしまった。こうなればどんな悪事を院長がやっても外部にもれはしない。やっているな、と俺はますます目を光らせていた。

俺の目はとてもすばらしく光る目だ、目が光ればこそ今日まで刑事になっているのだ。その俺の目がキラキラと光るのを、さすが院長だけあって気がついたと見えて一年ほどは何の怪事も起っては来なかった。

がやはり俺の目は凄いだろう、院長赴任後二年になった時、始めて大事件が起った。勿論それは俺からいってこそ大事件だが、曇りきった世人の目などからは、事件の事(じ)も起ってはいなかったのだ。

二

刑事、特に俺のような敏感な刑事は、どんな細事からでも、大事件を捜り出すものだ。しかるに図々しい院長は大ッピラに、俺達を愚弄するような尻尾を出してしまった。

何と痛快ではないか。院長は知事からお叱りをこうむったのだ。不都合なる行為有之(これあり)譴責(けんせき)、と来た。普通一通りの刑事ならば悪事を働いて院長が譴責されれば、それで事落着と満足してしまうのだが、俺は決してそれで満足しなかった。

というのは譴責された事が事実であるにも拘らず、その理由が全く発表されないのだ。そこで俺の第六感は猛烈に活動を開始したのだ。この町には新聞記者がウヨウヨしていたが、彼等の誰一人がこの院長譴責の真の理由を探偵しようとしない。俺は内心一人舞台なのを思って、大喜びをしてしまった。

俺はまず第一に院長譴責の理由を探索するために努力した。平民の譴責とは違う。院長の譴責だからなかなかその理由を知るのに骨が折れる。県庁などへ出向いても、誰一人院長が譴責された事さえ知らぬ位だ。おれは刑事でなく新聞記者ででもあれば、知事や内務部長に直接ききに行くのだが、刑事だからかえって都合が悪い。俺は一人新聞記者をおだて上げて知事に差向けようかとも思ったが、そんな事をしてはかえって探索の結果が面白くなくなる心配もあった。

俺がこうして譴責の真の理由をさぐる方法に苦心している間に、何という図々しい奴であろうか、院長は五六人の新聞記者をコッソリ御馳走したのだ。翌日になってそれを知った俺は地団太をふんで口惜しがった。しかもその夜招かれた記者達は少くとも百円ほどの金を握った事が分ってきた。一人に百円の現金を渡したほどであるから、院長が秘密にせんとする事の内容も相当に大きなものでなくてはならない。

こう事が分って来れば、俺としては新聞記者の口を開かせればいいのだ。だが、誰も百円握った後では決して口をひらくものでない。俺は相変らず一人で苦心を続けていた。

問題は由来金に関係があるものである。俺はとてもすばらしい事実をかぎ出した。それは院長がその土地一流の料理屋で、土地始まって以来の大盤ぶるまいを半月ほど前にしたという事だ。それを俺が知ったのは誠に恥かしいが、俺の女房のお蔭なのだ。俺の女房はそれまで俺の仕事については何の手助けをしないのみならず、俺の仕事を泥棒の隣位にしか考えぬ不都合千万な女であって、いつも俺に向って商売換ばかりをせまっていたのだ。そんな訳なので、俺は一度も俺の仕事について話した事がなかった。

しかるに俺が院長の件を極力探偵している真最中にこういう事を俺に話した。

「同じ人間に生れても、蛆虫から蜻蛉（とんぼ）まであるものじゃありませんか。うちなどはこうして秋になっても相変らず、袷（あわせ）に綿を入れる心配ばかりしているのに、病院の院長さんは一晩に五千円のお金をお料理屋でお使いになったそうです」

女房は俺にこういって、いかにも亭主の腑甲斐なさを嘲り去った積りらしかった。俺はしめたな、と思った。

「きさま、それは本当か、誰にきいたのだ」

「そうでしょうよ。あなたはそれを本当とは思えないでしょうよ。ところがそれは本当なんですからね」

「どうして本当なのだ」

「お隣の源さんさえ一晩お客さんの下足をあずかったといって十円という大金を貰って来たそうです。料理屋の下足番の方が、あなたよりよっぽど幸いですよ」

女房はこういってプッとふくれた。俺は実は大分癪に障った。が大事の前の小事だとすぐに考えついた。女房の頭をポカンと一つお見舞申すよりは、この話から院長の悪事をかぎ出す事が出来れば、どれほど痛快か知れない。俺は早速この五千円事件について探索の歩を進めた。

三

「どうです、このごろは景気は」

俺はその翌日の午後、町の一流の料理屋の勝手口から入って行った。板番が元気よく庖丁の音をさせていた。

「おかげ様で大分お客がありますよ。まアお上り下さい。おかみさんもいます」

実は一年に一度は俺もこの料理屋へ来ないではない。やはり刑事として相当にこの料理屋に出入する客の事を知らなくてはならぬので、来たくはないが、時にはやむを得ない。来ればいつもおかみが出て来て何彼と御馳走をした。しかしこれは別に収賄というほどではない。お客を調べるといっても、実はこの料理屋が損の行くような客ならば、事前におかみに知らせてもやったのだ。

声をききつけておかみが出て来た。

「まア大槻さん、しばらくお見えになりませんでしたね。今日は勝手も割にあいています。お茶一杯どうぞ」

武士は相見互であるから、俺も勝手から帳場に入った。ほどなく一杯つけてくれた。

「おかみさん、どうです、近来は景気がいいので、宴会も多いでしょうな」

「はい、お蔭様で」

「院長さんが、この間とても大宴会をなさったそうだね」

俺は気を引いてみた。

「ええ、近年にない御馳走でした」

「そうだそうだね。で一人どれほどの事だったかね。院長さんのことだから大変なものだろうが」

「ええ……」

おかみは生返事をして口をつぐんだ。そんな時にそのまま帰る俺でない。

「一人百円とかきいたが」

おかみはちょっと俺の顔を見たが、何か思い返したらしく答えた。

「私の所のお払は一人頭三十円ほどでしたが、お土産は六、七十円はありましたでしょう」

「ふうん。では一人百円になるね。さすがは院長さんだね」

「袴地と大島一反ずつ、しかも三越からとりよせたものがお土産に出ました」

俺のききたい事は大体これでいいのだ。

「お客は何人ほどだったね」

「そうですね。五十人様ほどでしたか」

「どういう方々だったね」

「病院の議員さんと、県会の方々と、それに県庁の知事さんはじめ、ああ署長さんもお見えでした」

俺ははっとした。知事も署長も列席したとはちょっと妙である。計五千円を一晩に使い果たした事は確実であるが、もし何か蔭に悪事がひそむならば、知事や警察署長まで列席するはずがない、がしかし例の院長であるから、他(ひと)の意表に出るように、故意にこんな人達までも請待したのかも知れぬ。

が腑に落ちぬのはこの宴会に知事が出席したとすれば、その知事から院長は譴責されたのだから合点が行かぬ、あるいは院長の譴責とこの大饗宴とは全然無関係であろう、それは無関係でもいい、がとにかく年俸六千円の院長が、いくら往診やその他の礼があっても、気がふれなくては一晩に五千円の金をなげ出すはずがない。この大饗宴の費用こそ不可思議のものである。かつまたこれほどの大饗宴をやらなくてはならぬ破目に落ちたのは、蔭に何か事情がなくてはならぬ。あるいはこの大饗宴の結果、院長は譴責だけですんだのかも知れぬ。果してしからば知事も署長も立派な収賄瀆職(とくしょく)である。相手が長官閣下であろうが、警察署長であろうが法律の前には何の遠慮がいるものか。

俺はますますいきおいを得た。こうなればまず院長がいかにして五千円を一晩に投げ出すほど金を握ったかを取調べなくてはならない。

四

運のいい時はどこまで運がいいのであろう、というよりは、天は自ら助くるものを助くという方が正しかろう。

その夜の夕刊を見ると、投書欄に素適なことが出ている。

「〇長さん、土地でお儲けになるは結構ですが、大抵にお金使いをなさらぬと、尻がばれますよ。一人百円生」

俺はこの投書を見てすぐにすべてを理解してしまった。院長は何か土地に関する事で不正を働いたのだ、こう一人考えている時俺の頭脳にはチカリと光ったものがある。うんそうか。病院は近く増築をするというので千坪ほどのものを購入したばかりである。それだ、それに相違ない。

俺はその夜は安眠した。かけ出しの刑事だとこんな時に一夜落着いて眠れるものではない。それですぐに手をつけるから失敗するのだ。俺などは魚が大きければ大きいほど落着くのだ。俺は翌朝になってから、署に出て一人考え出した。一体この病院は五ツの郡がよって建てている病院なので、郡内から病院の事だけを議する議員が出ている。まず郡会議員になって、県会への足だめしに病院議員が出るという訳なのだ。だから病院の会議というものは天下一大騒ぎをやる。従ってあやしげな事が多いのだ。だから病院の増築などは大分問題になったが、院長一人移転説に反対して現在の地所の裏を買い足す事にしたのであった。

ここまで頭が働けば、後はただ証拠を握りさえすればいいのだ。俺は市役所と登記所を訪ねて、病院が誰から地所を買ったかを取調べた。それは病院議員の娘の亭主であった。それは病院議員の娘の亭主であった。売人は俺の察しの如き人間であった。しかもその男は土地を買うほど金のある男でない。ただそれのみでない。この男がこの土地を買ったのは病院で買うよりは半年ほど前に過ぎない事まで分明になってきた。

事の順序としては俺は先の持主を訪ねて、売った地代をきいてみた。坪十二円である。まず十二円というのは当然の値である。それは丁度この地所が壁一重で病院の隔離病室に接しているからである。

「あんな隔離病室のそばは家を建てても借手もないにきまってるので、安く売りましたよ。それでも親父が買ったのは三十年前で六円でしたから」

売人はこう話してくれた。俺は次に郡役所へ行った。そして書記にきくと病院で買ったのは坪二十五円であるのが分った。

$25 \times 1000 - 12 \times 1000 = 13000$

右の通り病院への売人は半年の間に一万三千円の儲けをしたのである。その中の六千円ほどが院長の懐に入ったのは、誰でも疑えまい。

　俺は飛び上って喜んでしまった。六千円の中五千円を院長は投げ出したのだ。かつまた投げ出さざるを得ないような破目に院長を落したのが大方病院議員中の兎耳連（とじれん）である。

　金を投げ出したにしても決して罪は消えるものでない。あくまでも院長の悪徳をあばき出さなくてはならない。俺は大決心をした。

五

　何事も九分通りまでは努力すれば行くものだ。が九分通りで大抵は行きつまるものだ。俺の大事業も今までの九分通りで行きつまってしまった。というのはどこまでも俺一人でやらなくてはならぬからだ。この位の大事件をこの程度まで調べれば、もう少くとも署長までは報告して、指揮を仰ぐべきなのだ。しかし都合の悪い事には大事な署長までが、一人百円の仲間に入っているのだ。今一言でも署長にいえば、「やめろ」と鶴の一声にきまっている。署長の命に服さなければ免職と相場はきまっている。免職になってもあくまで院長の悪徳をあばく事は出来なくはないが、それでは女房子供が絶対に可哀そうである。俺ははたと困ってしまった。そうかといって同僚に話せばなおさら署長の耳に入り易くなる。

　こう行きつまってしまっては何とか打開策を講じなくてはならぬ。俺は一週間ほどは一人苦しんでいた。不愉快でたまらぬので、何もせずに署にぶらぶらしていた。

「大槻さん、特種はないかね」

　よく署へ来る若い新聞記者が話しかけた。

「ひでりだよ」

　こう答えながら俺はふとこの記者のいる新聞に院長のことが出ていたのであるのを気づいた。盲亀浮木（もうきふぼく）とかいうが、俺もあまり行きつまっていた時なので話し出した。

「君、僕の方へ種とりに来るよりは、君の方に却って種があるようだね」

「え？　何です」

「一週間ほど前の夕刊さ。それこれを見給え」

　俺は例の投書のきり抜きを出して記者に見せた。記者は一通りそれを見たが、首を傾けて俺に返した。

「投書ですね。○長というのは誰でしょう」

「あはは、君等も案外目先がきかないね。土地と書いてあれば、大抵見当がつくだろう。近く土地を買った所さ」

「え？　病院ですか」

「まア、その辺さ」

記者は興奮して来た。

「もう手が入ったのですか」

俺は吃驚(びっくり)した。

「シッ、大声を出しては困るよ。別に調べはしないがね。とにかく半年の間人から人に権利が動いて、病院は坪十三円高く買っただけは分っているよ」

「しめた！」

記者は青くなって室をとび出しそうになった。おれは大狼狽した。

「待て！　まだいうことがある！」

こういって記者をひきとめた俺は、ふと思い返した。こうなっては新聞を利用する方がいい。新聞が何か書けば、署長も検事局も黙っておられなくなるだろう。それにはこの若僧の記者を利用するに限る。

「君、書くのは自由だが、警察筋から出たといわれては迷惑だよ、特種をやるのだから、それだけは誓ってくれ給えよ」

「承知しました、有難う」

記者は飛鳥の如く室を飛出して行った。俺は記者の後姿を見て一人ほほ笑んだ。

六

俺は翌朝珍しく早起きをして署へ出た。勿論昨日手先に使った記者が書いた記事を見るためである。もしさいわいにその記事で署内に一陣の風がまき起れば、既に調査した材料を署長の前に出して、目先の光っているのを示すつもりであった。

刑事部屋にはまだ誰も出ていなかった。俺は呼鈴をならして小使に命じて新聞をとりよせた。五六枚の新聞から手をふるわせながら、昨日の記者の新聞を見出して、まず社会欄をあけた。

「しめた！」

俺は思わずも声を放つ。「病院長の瀆職」と大見出しで社会欄の上段三段ぬきに書いてある。小見出しには「病院増築のため購入せる地所に関する怪聞」とある。

俺は吸いつくように読み出した。新聞記者というものはなるほど職に応じて賢くなっているものだ。書き方もなかなかうまい。

院長が病院増築のために一万なにがしの金を利得したという世評が市中に専ら拡がっているを書出しにして、記者の探聞する所によれば云々と、俺が話した事をそのまま書いている。あたかも記者自身がさぐったように堂々と書いている。俺は昨日の注射が恐ろしく有効であったのを喜びながら、記事を読み進んだ。

後段、右の怪聞に付き院長を訪いて弁明を求むるに、と書いてあるのを見出して、俺は冷りとした。とんでもない奴もあるもので、直接本人にぶつかるのは、記者の職務をとび越している。それは検事局のする事である。俺はしまったな、と思ったがなお一種の好奇心も手伝って続きを読んだ。

「……院長は記者の問に対し、微笑を湛えて答えた。君考えても見給えよ。一体僕が噂の通りな事をして、いくら儲かると思うのだ。実際十二円である人が半年前に買ったのを二十五円で病院が買ったのは事実だ。しかしそれは君たった五十坪だよ。その男は合計六百五十円しか儲けないのだよ。僕がその全額をとったとしても六百五十円じゃないか。僕は六百五十円のために紅い着物をきるほど算盤（そろばん）のとれぬ男じゃないからね。病院で今度手に入れた千坪の中九百五十坪は市有地なんだよ。……」

俺はここまで読んで後を見る気がしなくなった。何という俺はうかつものだったろう。こういわれてみれば、あの地所はもと幼稚園のあった土地で、大部分は市有地だったに相違ない。俺は新聞をビリビリと破ってしまった。せっかくの俺の大努力も水泡に帰してしまったのだ。俺はその日は早速家に帰って蒲団を頭からかぶってねていた。

七

が、どう考えても残念でたまらない。せっかく目星をつけた病院の新所有地が院長六千円濫費の本尊でないときまれば、何か外にかくれた事実がなくてはならない。

俺はすっかり方針をかえる気になった。どうしても院長譴責の真の理由を探し出さなくてはならない。不都合の行為有之というのは余りに漠然とした事である。一体こんな漠然とした理由で院長が譴責されるのはどうしても変である。

俺は色々と考えた後、とにかく知事官房から捜り出す事にして、官房の役人を一人手に入れるのに成功した。それに成功するためには金が十円必要であった。俺は女房をめちゃくちゃにいじめつけて、嫁入の時の衣裳を質に入れさせて、やっと十円造った。というのはこの官房の雇が先日金を十円借りに来た事があったのを思い出したからである。

人間というものは貧乏は貧乏なり、また金持ちは金持ちなりに、金の多少を論外として、金のためには目のないものだ。この雇は俺から十円借りてから三四日後、俺に報告に来る光栄を有するにいたった。

「やっと分りましたよ。譴責された理由は一人百円あての御馳走をしたからだそうです」

この男も低能な奴じゃないか。考えてもみるがいい。他を御馳走して譴責されるなんという馬鹿気た話があるものじゃない。しかも知事本人も御馳走になった仲間ではないか。たっぷり御馳走になった後、御馳走したものを譴責するほど知事がまさか図々しいとは思われない。

「そんな理由のはずはない。そんな事をしらべてくれたって何にもなりはしない。早速十円を返してくれ」

俺は癪に障ってしまった。

「いいえ、これは第一回の報告で、明日からまた第二回第三回と報告します」

低能はこういって帰ってしまった。俺はこんな低能児に金十円を貸したのを沁々と後悔してしまった。しかし十円は低能児にとっては大金であった。二三日過ぎるとまた報告にやって来た。

「段々としらべました。譴責は確に御馳走に関係はあるのです」

「そんな事は僕は前から知ってるのだ」

「まアそう急(せ)かないで下さい。それで段々さぐると、その御馳走の金の出所がよくないのだそうです」

「そんな事はなおさら分ってるのだ」

「へえ?　それもお分りですか」

低能は俺の明敏さに感服してしまっている。

「だからその出所を知りたいのだ」

「それがどうしても分らないのです。何なら院長にきいてみましょうか」

これだからいやになってしまう。院長にきくならば、何もこんな低能児に托せなくとも、俺自身できに行くのだ。

俺は低能児の面を見るさえもいやになって早速追い帰

してしまった。俺はまた考え出した。ふと俺は自分ながら可笑しくなってきた。考えてみれば馬鹿らしい。こんな事でいつまでも頭を痛めていたってもつまらない。低能のいう通り院長に直接ぶつかるのもいい方針かも知れない。それで事情が分明になるならば、院長よりもおれの方が救われるのだ。おれは半ばはやけ気味になってしまった。幸いにもおれの名刺には刑事という肩書がついている。この肩書に対しても院長はうそ、い、つ、わ、りはいうまい。とにかく直接でかけるがいい、と決心した。

八

いよいよ最後の幕となった。俺は大決心をもち、職を賭して病院へ出て行って、院長に面会を申し込んだ。二三分受付で待っていると、

「こちらへ」

と給仕が応接間に招じた。俺は意気揚々と応接間に入り込んだ。五六分後ドアが開いた。俺はジッとドアをにらみつけた。それは院長でなく事務長だった。

「只今院長は診察中ですから、私が取次いで伺えといわれましたが」

俺は言下にいった。

「署長の命令で出て来たのです、直接院長にお目にかかりたいのです」

俺もなかなか度胸がいい男になった。

「そうでしたか。そして御用件は」

「院長の身上に関する件です！」

いよいよ俺の声には力があった。事務長は薄気味悪くなったと見えて、はげた頭を下げて室を出て行った。まず戦わずして敵を呑むの戦法である。

三十分は俺には永かった。そう待たされては俺の元気も時とともに消散しそうである。しかしことは今日只今決するのであると思うと、俺は気をゆるめる訳にならなかった。

ガタン。ドアがあいた。

「やア、お待たせしました。私が院長です」

院長は院長の権威と人をそらさぬ愛嬌とをこねまぜて口をきった。俺もちょっとまごついたと見えて立ち上って一礼した。冷汗が両の腋からコロコロと転げ落ちた。

「署長の命令でまいりました。失礼の事を伺うかも知れませんが、あらかじめ……」

「さア？　どうぞ」

いよいよ院長は落着いてくる。

「外でもないですが、あなたが先日知事から譴責された理由は？」

俺はこういって院長の顔を見つめた。院長はちょっと眉を寄せた。

「理由？　理由はわしにも分らないのですよ。何でも不都合な事があったらしいです」

院長は他事のようにいった。

「御自分の事がお分りにならぬのですか」

「分らんですな」

院長は剃り立ての長いあごを撫で廻した。その図々しい態度を見て、俺はグッと癪に障ってきた。

「署長の命令です、正直にお申立てにならなくてはなりません」

俺はせめよせた。その時院長は眉を濃く寄せた。

「誰が来ても分らん事は分らんです、君は署長々々というが、強いて僕の譴責の理由を知りたいならば、署長自身か知事にきいたらばいいでしょう」

なるほど尤もな答弁である。俺もはたとつまってしまった。しかしこの儘引き込むわけにはならない。俺は勇気をふるい起した。

「いいです。お話しにならぬならば、それでいいです。では次に伺うが、何の必要があって、院長は先日一人百円近い御馳走をし、また新聞記者にも百円ほど金をおやりになったのです」

俺はこういいながらこん度こそ院長は甲をぬぐだろうと思って、院長を見つめた。院長は俺の真面目さに引きかえて、不謹慎にもクスクスと笑った。

「それは何でもないよ。御馳走したいから御馳走しただけさ」

何という図太さであろう。俺は腹の底から怒ってしまった。

「その金の出所を正直に申立てて下さい」

俺は厳然といってやった。院長は俺があせればあせるほどいやに落着いてくる。

「金は僕の懐から出たのだ」

「どうしてその金が懐に入ったのです」

院長はまだ落付いている。

「貰ったから入ったのさ」

こうなってはいくら辛抱強い俺でもカンカンと怒らざるを得ないではないか。

「職務上の問に対して、不真面目な答弁をなさると、そのままには捨てておきませんぞ。署まで連行してもらうしかない！」

俺は威丈高になってどなった。が一向院長は狼狽しない。どこまで図々しい男なのか。

「それはいやだね。仕方ない。みんな話してしまうか……」

「さアお話しなさい」

「ああ話そうよ。実はね。僕は六千円という金を不意に貰ったのだ。それは正当な方法なんだよ。僕はその六千円を懐にしたままで居て一向差支えないのだ。だが、それもあまり大人気ないから世の中へふりまいたのさ。そして譴責を食ったのさ。実はその金六千円というのが滑稽至極な金なのだよ。君近来は物価がドンドン高くなるだろう。だから病院だってもなかなか物の買入れには気をつけなくてはならないのだ。それは去年の秋だったが、余り繃帯が高くなるので、一年分の買いしめをやったのさ。で事務長に命じて一年分と思うほど東京の問屋へ電報で註文したんだよ。一週ほどして繃帯材料がドンドンと到着するのだ。倉庫が一杯になってもまだ後々と来るのだ。一年分だからそんな量になるはずがないので、変だと思って、事務長を召んで取調べるとね、君、驚くじゃないか、電報の文句に○が一つ余計についているのだ。つまり一年分註文したつもりのが十年分註文しちゃったのだ。これはいかんと思って、そのころの木綿の相場を見るとね、註文したころから見ると恐ろしく高くなっているのだ。早速九年分の木綿を売り払ってみた。そうすると六千円となにがし、儲かってしまったのさ。儲かっても自分の懐に入れる訳にはならないだろう。だから不用品払下げとして収入に入れておいたのだよ。不用品払下げというのは糞便を入札で売る位のものだから、まず一年に三四十円しかないのだ。

今年になって決算の会議があった時、不用品払下げが六千なにがしとなっているので、大分質問が出て困りきったものさ。仕方ないから秘密会にして正直に白状に及んだ。所が甚だ不都合だと議員が怒るのだ。投機をやるとはけしからんと叱るのだ。金儲けをして叱られちゃった。その後仕末として、僕に決算慰労として例年のに加えて六千円くれたのさ、まさかそれを僕が銀行へ入れておく訳にはならないじゃないか、だから御馳走をしたのさ。

それが悪いといって現在御馳走になってる知事が僕を

譴責したのだ、面白い世の中じゃないか、尤も内務省からかぎつかれたので、知事も仕方なかったのだろうよ。どうだね分ったかね、で安心したらばもういいだろう、署長さんによろしくいってくれ給え」

　室を出る院長の後姿を俺は目を白黒させて見送った。

湖畔劇場

一

「結局八十円の損失か。第一回の時よりも成績はよかったな」

湖畔劇場の統率の加藤君は、二日の興行が意外の大入りであり、また評判のよかったのを喜んで、慰労の小宴をはったのであった。

加藤君は舞台監督として、演出の点においては相当の地歩を占めていた過去を持つ人であったが、関東の大震災の時の身神の疲労後、強度の神経衰弱になったため、しばらく静養するために山国の湖畔の町に、家族を引つれて移り住んで一年になったのである。

神経衰弱も周囲の強烈な刺戟から遠ざかることによって、やや沈まって来た時、加藤君は理解ある青年を率いて湖畔劇場を起した。そしてこの春の公演二日は第二回の公演なのであった。

「何とかして損失をうめる方法がないだろうか」

余り酒をのまぬ加藤君が会員に問うた。

「あの花輪を処分したらばどうでしょう」

一人の青年が叱られるかと思って小声でいった。

「さア、それは……」

加藤君は別に腹は立てなかったが、余り気が進まなかった。

今度の公演の出しものは三つであったが、加藤君が最も演出欲をそそられたのは「山火事」であった。この脚本は湖畔に近い高原に新しく建設された療養所の所長が、余技として書き下したものであったが、脚色がいかにも素人放れがした大胆なものであったので加藤君としては、一種の冒険事業の如く考えて、公演を決心したのであった。果してこんな大胆な脚色が脚光を浴びて、どれほどの効果をあげ得るものであるかを、試験したい気分に捕われたのであった。この意味で加藤君は「山火事」に演出欲をそそられたのであった。

公演第一日の開場近く、美しい花輪が療養所の職員から贈られた。それが即ち問題の花輪なのである。いうまでもなく加藤君としてはこの花輪が「山火事」の作者の懐金で贈られたものであるのを想像して、深く感謝していたのである。特に加藤君の細君が、「山火事」の主人公として名声嘖々（さくさく）であったので、この花輪は、いわば細君に贈られたと信じたのも当然である。

二

湖畔の大製糸場の場主の夫人が突発の病気で他界した。製糸界の大立物の夫人の葬儀は盛大に挙行されるべきであった。

加藤君はこの葬儀をきき知った時、ふと先夜の花輪処分説を思い出した。

「どうだろう、この花輪を売ろうじゃないか、リボンさえつけ換えれば、大倉の葬式に使えるにきまってるのだが、……大家の葬儀だから花輪も間に合わないだろうから、相当に高く売れるだろう」

加藤君は細君に話した。

「でも大崎先生に悪いような気がしますわ、色々お世話になった上にまた戴いた花輪なのですから」

「僕もそうは考えているが、いつまでとっておいたって同じことだし、また大崎さんだって、ああいう人だから、後で白状すれば笑ってすむことだよ」

「そうでしょうか。でも惜しいような気がしますけれど」

「とにかく劇場のためなのだから、僕にまかせてくれ」

「ええ」

細君は余儀なく加藤君の言に賛意を表した。加藤君は電話をかけて葬儀屋を呼んだ。

「君、この花輪を買ってくれないか」

葬儀屋の主人は加藤君の言葉で、床の間に立ててある花輪に近づいた。花輪のうらなどを返して葬儀屋は見ていた。

「先生、何ほどでお譲り下さいますか」

「それは君の方からきり出してもらわなくちゃ、何ともいえないよ。丁度大倉の葬式もあるのだから、なるべく高く買い給え」

加藤君はこういって、安く踏んでも大崎氏は三十円は花輪のために投げ出したであろうと思った。

「そうですな、五円では……」

「五円？　そいつはひどいよ。出所はたしかなのだからね。君も知ってるだろう、この間の芝居の時、療養所の所長さんの大崎博士から贈られたのだから強いて売りたくはないのだが、入場料が安かったので、大分僕も損をしているので、何分なりとり返したく思って売る気になったのだ。足元を見ちゃひどいよ。こっちが君の足元を見てるんだよ。明日の晩までには金になるのがこっちでは分っているのだから……」

「ええ、ですがどうも大分やけていますので……」

葬儀屋は気の毒そうにいった。

「そんなことはないはずだよ。あるいは東京へ注文してつくって下さったのかとも思ってるのだ」

「ええ、ですが花輪などというものは素人方にはなかなか分らないものでして。それは大崎博士さんは三十円ならず五十円もお出しになったかも知れませんが、私が戴くとなるとお高く戴いて、まず五円です」

「どうしても五円かい」

加藤君が念を押した。葬儀屋は気の毒そうにうなずいた。

「あなた、およしになった方がいいでしょう」

細君がたまらなくなって声をかけた。

「ああ、やめよう。ではせっかく来てもらったけれども、五円ばかりで処分しては贈ってくれた人達にすまないからやめにするよ。御苦労でした」

葬儀屋は黙々として帰って行った。

「人を馬鹿にしていますわ、だから私は物を売るのは嫌ですわ。うるとなればかった時の三分一にもならないのですから」

「ほんとだな。まアこうして置こう」

三

が、どうも加藤君は気がかりであった。一度売ると決心をして以来、この花輪にあまり執着がなくなってしまった。特に葬儀屋が五円と値ぶみした以来は、花輪が目ざわりにさえなった。

その日の午後、加藤君は細君と話した。

「たった五円などといわれたらば、腹が立ってきたよ。どうだ、大島さんは大倉さんと関係が深いから、花輪位贈るのだろう。だからこの花輪を上げようじゃないか。大島さんは療養所に出ておられるから、花輪の原価も知っておられるだろう。その方がさっぱりすると思うが」

「ええ、それもいいでしょう。お金に換える気になると、もう花輪も惜しくなくなりましたわ」

加藤君はその夕暮、大島を訪ねた。療養所へ行っている医学士の大島君も帰っていた。

「先日は皆様から花輪を有難うございました。おかげ様で評判もよく無事にすみました」

「結構でした。奥さんが一人で光っておられましたね」

「お恥かしい不出来で、……で戴いたものをこんなことを申しては失礼ですが、戴いた花輪が、仮住居で家も手ぜまなので、実は少々……で、お宅では大倉さんとお近しいようですが、花輪でもお送りになるならば、と思いまして……」

加藤君はポツリポツリいった。大島君は加藤君の言葉をききながら、ハンケチでしきりに額の汗を拭っていたが、加藤君の言葉が終るや否や大急ぎにいった。

「私の所では花輪は送りません！」

この語調は叱るようであった。加藤君は大島医学士の語気を知って、悪いことをいったと後悔した。大島君の勤務する療養所の職員から贈られた花輪を葬式に使え、といったのはいかにも非常識であった。あるいは買えというなぞと大島医学士はとったかも知れぬとも思われて、不愉快になって自宅へ帰って来た。

「駄目だよ。実に不愉快だよ。一思いに燃やしてしまった方がいい」

加藤君は床の間の花輪を足蹴にしたくなった。

「そんなにおこっても仕方ないでしょう。私いいことを考えました。雁之助が明日から松本であけるはずです。あれに湖畔劇場から送ればいいでしょう」

細君の言葉は忽ちにして加藤君の不愉快を一掃してしまった。

「そうだ、それがいい。早速そうやろう」

加藤君は花輪についていた贈り主の木札を手ずから、かんなでけずり出した。そして墨黒々と、贈雁之助一座、湖畔劇場とかいた。

運送屋が早速よばれた。

「松本へこの花輪をこの次ぎの汽車で送ってくれ給え」

運送屋は手下を一人つれて来て、加藤君の玄関で荷造をしながら話しながら仕事していた。

「この花輪も、とうとう松本へ売られて行くのだ。人の身の上と同じだよ。大島さんの若旦那が、大倉さんのお寺から買って、芝居に贈ったのだが、まア旧の寺でなくて幸さ」

運送屋は花輪を車にのせて停車場へ向って行った。

お白狐(びゃっこ)様

一

　探偵趣味の会というのが、東京にも京都にも出来たので、私達山国のものも同じ会をはじめようではないかという相談が持ち上って、丁度夏のことでもありましたので、湖畔の家……それはこの四五年誰も棲まなかった家なのです。……を一夜だけあけて、そこで第一回を開くことになりました。

　会員というのは東京から四五十里もはなれた小さな町のことなので、申すまでもなく多人数ではありませんでした。新聞記者が殆ど会の中心になって五人ほど居ましたが、私は検事という人に嫌われる仕事をしていますので、この会に入るのにはなかなか苦労をしたのでした。もちろん私は検事をしているので、探偵趣味の会には専ら話し手に廻る積りでした。近来探偵小説というものが大分流行して来ましたので私も時としてはペンをとってみようかなどと思ったこともありました。が中学の頃作文がやっと及第する程度の点しかとれなかったのを思い起こして、到底物にならぬとあきらめていたのです。そこへたまたま探偵趣味の会が出来ると知りましたので、ペンをとることは出来なくても口で話すならば、何とかして皆様のお仲間入りも出来るかと思いましたので、入会を申込みましたが、平素の心懸けが悪くて新聞記者達をいじめてばかり居ましたゆえか、体よく断られてしまったのです。

　それで私はしみじみ検事などはいやになってしまいました。入会を断られてしばらくはあきらめていましたが、やはりどうしてもあきらめがつかないのです。それは今まで私が取扱った事件のうちで、ぜひ話してみたいと思う事件が、かなりあると思ったからです。

　実は会で話してみてその反応を見て後にペンをとる考えの方が主であったかも知れません。私はどうしてもあきらめきれぬので、昨年からこの町に仮寓して居るある文士と知り合っていましたので、その人に正直に私の心を打あけました。この文士という人は、新聞社の人達とは大分親く交際していたのです。

「それならば私から話してあげましょう。私も会員になっていますから。……ですが新聞社の人達があなたの入会を好まぬというのは、あなたが検事であるからに相違ありません。もちろん今まであなたがあの連中をいじめたためでもありますが、この会では皆何事もかくさずに話さなくては面白くないのですから、ある場合には犯罪……しかも今までかくされていた犯罪をも話す場合が多いでしょう。あなたは検事ですからあなたが席に居られると、自然会員の話もうそが出て来たり、徹底的にならぬ心配があるでしょう。それであなたの入会を皆が断ったのです。それだけです」

「そうですか。私はその点は一向に気がつきませんでした。もちろん公私はおのずから別です。探偵趣味の会の席の座談を私の職務上のことと連絡をつけるほど、私も粋のきかぬ人間ではありません」

「それならばも一度私から皆に相談してみましょう」

こういう訳で私はやっと会員になることが出来たのです。しかも何という厄介なことだったでしょう。私は一枚の宣誓書に拇印をおしたのです。時々予審などで、証人をよび出して私達のやることを、今度は逆に私がやらなくてはならなかったのです。これはもちろん平常私をこころよく思っていない人々が面白半分に主張したためであったろうと思います。

「……拙者今般探偵趣味の会に入会の儀御許可相成候上は、席上における談話はその大小善悪を問わず、他言致さざるは申すまでもなく、特に拙者の職務上（検事として）に利用せざる事をここに宣誓候也……」

こういう一札を入れてやっと入会を許されたような訳でした。私はこの宣誓書に拇印をおしながら甚だしく厳粛な気分になりました。予審や公判廷などで証人が宣誓する時の気分を私自身味わうことが出来たとでもいいましょうか。

話は緒論が長過ぎましたが、このことを一応お話ししておかないと、この物語りの興味がなくなるのでやむを得なかったのであります。

二

という次第で、私は入会は何とか許可されました。お聞き苦しいでしょうが、もう一つ余談を申し上げなくてはなりません。それはこの会をやった家のことなのです。この家はこの四五年人の棲まなかった湖畔の家であることを先にちょっとお話ししておきましたが、この家というのが変な家なのです。小さな家ではありますが、この町の人達はお玉御殿といっていました。七年ほど前に新築された家で、なかなか数寄を凝らした家です。茶室も納戸も申分ない出来なのです。玉屋という有名な呉服やがその当時は町中の流行の中心をつくっていました。その家の主人が……まだ三十になったばかりの人ですが、その人が町一の美人で有名だった芸者のためにこの家を建てたのです。この家が新築されて二年ほどは何もなかったのですが、急にこの主人が気がふれてしまいました。それと一緒にこの家にも人が住まなくなってしまいました。芸者の名は玉千代といいました。それで玉屋御殿と初めのうちは町の人がいっていましたが、いつの間にかお玉御殿というようになりました。

このお玉御殿もここ四年ほど住む人もなくあれ果てていたのです。物好きな人があってこの玉屋御殿の所有者を取調べたところが、明かに玉千代の所有なのです。

玉千代は玉屋の主人が狂い死にに死んでしまってからも、相変らず芸者をしていました。前とは違って大分淋しい影がつきまとっているという噂でしたが、芸のしっかりした所のある女なので、色々の噂の種を蒔きちらしながらその後の四年は過ぎて来ました。

で、今度探偵趣味の会の第一回を開くことになりました時、誰が考えついたのか、お玉御殿を一晩だけ借りようではないかということになったのでした。

その交渉をたのまれたのが私なのです。奇妙な役廻りを私もすることになったものです。新聞社の人達では、玉千代が相手にしないだろうという訳だったのでしょうか。

私は頼まれましたので、どうしたらばこの交渉に成功するだろうかと大分頭をいためました。私とてもまだ二十七の独者（ひとりもの）ですから、時々は玉千代にもあっていました。お酒の席に玉千代をよんで話をするのは訳のないことですがそれではどうも成功しそうもないのです。そうかといって玉の家をたずねてかたくるしくお玉御殿をかしてくれともいえないのでした。

私は大分頭をいためました。こうなるととかく職業意識がノコノコと頭を出して来るもので、私は検事という職務を利用して、玉千代に交渉する方法がないかと考えました。何かいい加減な事件の証人にでも玉千代を呼び出して、一通りいじめた後、その夜でも玉千代をよんで話そうかとも考えました。がそれでは却てぶちこわしになりそうなのです。玉千代という女はなかなか気の強い、りんとした所のある女なので下手をやると到底収拾すべからざる結果になりそうなのです。

私も大分考えました。さんざ考えぬいたあげく、例のお玉御殿の所有権を一通り取調べる積りになりました。もちろんこんなことを取調べたとて、それがどうなってお玉御殿をかりるに都合よくなろう、などとは考えてはいなかったのです。

私は登記所へ行きました。噂の通り所有権は玉千代でした。しかも玉千代が無償で玉屋の主人から貰っているのを発見しました。私はそれを見て、何の気なしに登記官吏にいいました。

「ほんとだな。やっぱり玉千代のものだな」

登記官吏は私の言葉で、びっくりしたように私の顔を見ました。

「さすがは失礼な申分ですが鬼検事さんですな」

といって六十近い登記官吏は若い私をほめました。私の職業意識がめざめて来ました。私はいつものように「あはは」と大声を出して笑いました。私はこれでもなかなかずるい人間なのです。自分の知らぬことを他人が知っているように思われる時には、私はいかにもそのことを底の底まで知っているような様子をして、人をひっかけて真相をかぎ出す手をいつも用いるのです。案の定登記官吏は私のわなにうまくひっかかりました。

「無償交附という点がくせ者ですな。私もそれを変に思います。どうですなかなかすみに置けないでしょうこの老骨も」

老登記官吏は得意の鼻をうごめかした。

「どうしてそれが変だと君は思うかね」

「それは変ですわ、堂々たる……あの御殿を建てる頃はですな……玉屋が数寄をこらして建てたものをすぐに芸者にくれて貰うならば、初めから玉千代の名義で登記すればいいでしょう。それを特に一度玉屋のものにしてそれから無償交附という形で玉千代に権利を譲渡するのは、どう考えてもおかしいではありませんか」

　私は登記官吏によって世の中の常例と違った手続がお玉御殿の所有権について行われているのを知りました。

「それぱかりではありません。第一あなたがわざわざこの暑いのにおいで下さるのを見ても、この家に何か訳があるのが想像されます。……などと申すと一かどの探偵らしく見えますが、実は今日玉屋の親類のものが来て、すっかり御殿のことをしらべて行ったのです。その人の口から私はきいて知ったのです。あはは、失礼しました」

　気のいい登記官吏ははげた頭をなで廻して笑うのです。

　私は偶然にもこのお玉御殿の所有権について何事かが伏在するのを知ることが出来ました。今思うと私の職業意識がどうしてその時に働かなかったのでしたろう。私は恐らく探偵趣味の会に入会を許された礼心で、お玉御殿をかりることばかりを主に思っていましたのでしょう。

　私はその晩玉千代を酒の席によびました。そして大分酔ってからそろそろ話しかけました。

「玉ちゃん、君御殿を貰ったのは何年前になるのだっけな」

　玉千代は不思議に思ったと見えてすぐには返事をしませんでした。

「そんなにびっくりすることはないさ。どうだろう、僕に一晩あの御殿を見せてくれないか」

　玉千代はいよいよ真顔になった。

「どうなさるのです」

「心配し給うなよ。僕は今夜は検事じゃないよ。実はね、私達がはじめた探偵趣味の会というのがあるのだ。それが第一回の会をこの十六日にやるのだが会場がなくて困っているのだ。それで目をつけたのが、四年も人の住まないお玉御殿なのさ。どうだね午後の八時から午前一時頃までなのだが、借してくれないか」

　玉千代はしばらく私の顔をジッと見ていました。何か決心したような様子で玉千代はいいました。

「ええ、外ならぬあなたですからお借し致しますわ、ですけれど一つお願いがありますの」

「かしてくれる？　ありがたい。どんな条件でもきくよ」

「たいしたことではありませんの。どうか会員の方だけにして下さい。それからあがり物などは私が参っていたします。それだけきいて下されば喜んでおかしします」

「それは何でもないことだ。君が来てお茶を出してくれればいよいよ申分ない」

私はすっかり安心してしまいました。やっぱり検事などという人の嫌う商売も時には役をするのだと思いました。

こういういきさつでお玉御殿が探偵趣味の会場となったのでした。

三

会の当日になりました。四年も人の住まぬというお玉御殿は、私達が思ったほどはあれ果てていませんでした。庭なども人の住んでいるように手入れがしてありました。

集まった会員は十二人でした。女は一人も居ないのです。私は早くから会場へ行っていました。玉千代も早くから来て何くれとなくお茶やお菓子の心配をしていました。

順次に色々の話が出ました。私は先に申した通り話すために会員になったのでしたが、私が検事だという理由で真打ちに廻されてしまって、話したくてうずうずしているのに、その機会がなかなか来なくて待遠しくて困りました。玉千代は皆の話をききながら黙っていました。

時が過ぎてそろそろ私の番になる頃が来ました。私はあの殺人か、あの強盗にしようか、と頻に心をおどらせていました。その時玉千代が急に皆の仲間にひざをのり出して来ました。

「私も会員に今日からなりますわ。それには入会金が入るのでしょうが、お金の代りに私は会場をおかししたのですから、この辺で一つお話しいたしたく思いますが……」

会員は女一人の登場に拍手して喜んだ。

「そんなに拍手などして戴くようなにぎやかな話ではありません。私のざんげ話なのです……」

玉千代がさびしく話し出したので、一座はしんと静まり返った。

「もう四年ほど前のことです。その頃はこのあたりはやっと湖があしでうもれたばかりでした。この家を建てるにも大分もり土をしてやっと建てたのです。皆様御存じの通り私は玉屋の御主人にお世話になっていました。気味の悪いほど私を可愛がって下さったのです。私はそれまではお話にならぬような苦労ばかりしていました。

やっと玉屋さんにあえてほっと息をついたのでした。私の可愛さから玉屋さんは私のためにこの家を建てて下さったのです。お湯が出るので浴場なども立派に作って下さいました。私は夢のようにひかされてこの家に棲んでいたのです。

魔がさしたのでしょうか、その頃から玉屋さんの御商売の方がどうもうまく行かなくなって来たのです。私の幸をそねんでいた人達はそれ見たことかと蔭口をきいているのが私にきこえて来るのです。私は気が気でなくなりました。今月は気の毒だがこれしかお前にはやれないと、あの大家の主人がたった二十円を私に渡して下さる月さえもありました。

私も若かったのですね。これはてっきり私は捨られるのだと思いました。いくら何でもあの大身代が二十円しかお小使が出せないというはずがないとも私は思ったのです。それで私はお白狐様へお願をかけました。

一体私はそれより前に随分苦労をしていた頃、お白狐様へお願をかけたのです。丁度二十一日の満願の夜初めて玉屋さんにお目にかかれたのです。それからはいい事続きでいましたので、ついお礼詣でも忘れていたのです。

玉屋さんの御商売の方が思わしくなくなったという噂をきく頃になってから、玉屋さんの足が遠くなりました。そして色々の噂も私の耳に入って来ました。私はその頃になって、ふとお白狐様へお礼参りをするのを忘れていたことを気がつきましたのです。御承知か知れませんが、お白狐様は朝の四時前におまいりしなければ、きいて下さらぬ神様です。私は冬の雪の朝も吹雪の朝も忘れずにお白狐様へお参りしました。そして、どうか玉屋さんが浮気をなさらぬようにとおいのりしました。初めのうちは油揚を町で買って行きましたが、ついには夜中に自分でお勝手で油揚をあげては持って行きました。お金がないからなのです。寒い冬の朝油揚を手にさげてお白狐様まで二里も行く時にはしみじみつろうございました。こうしたつらいことをするのも、玉屋さんが御商売の方がうまく行かなくなったからだ、と思いますので、どうか御商売が繁栄しますようにと心の底からお白狐様にお祈りしました。

こうして二十一日も満願となった晩、しばらくぶりで玉屋さんが来て下さいました。しかも五百円ほどお金を持って来て下さって、ああやっと商売の方も眼鼻がついて来たよ、とおっしゃるのです。私はうれしくてたまりませんでした。そしてその夜の寝物語りに、私はうれしさのあまり、お白狐様のことを話しました。あなたの浮気のやみますようにと十日ほどはおいのりいたしましたが、後の十一日は本気で御商売の方がよく行きますようにと心からおいのりしました。といいますと、玉屋さんが急にスッと床から起き上るのです。おい、それは本当か、と眼をすえてきくのです。私はビックリしましたが、うそをつく気にはなれませんので、ええ本気でそうお祈りしました。というと、玉屋さんは腕をくんで頻りに考えておいでになるのです。私も心配になりますので、どうなさいました、ときくと、またお前今のことは本当か、ときくのです。ええ本当です、本気でおいのりしたのです、と私はいいました。

玉屋さんはしばらく頭を下げてしきりに考えておいでになりましたが、おいお玉、おれはどうにも変になって来たよ。それで思いあたるのだ。五六日前から七十ほどの白毛の女が毎晩店へ白絹を買いに来るのだ。そしていつもお金を余分に置いて行くのだ。おれはそれを番頭にきいて不思議に思っていたのだ。今日日暮にまたその白毛の女が来たのだ。そして白絹を二百反くれというのだ。今店にはありませんからというと、では明日でも届けておくれ、といって五百円のお金を払ったと思うと姿が消えてしまった。あれは白狐様なのだ。といったと思うと玉屋さんは、吹雪の音のひびく雨戸をはずしてとび出すのです。私はもう恐ろしくなってブルブルふるえていました。その後玉屋さんは狂い死にに死んでしまいましたが、死んで後の遺言では、私にこの家をくれるとかいてあったのです。

がやっぱり人間というものは心は正しいものです。私はそれきりこの家には棲めなくなってしまいました。というのは私が白狐様へお願をかけたということを、早く話せ話せといった人があったのです。その人は……」

と玉千代はいったまま、口をとじて会員の一人を指したまま気絶してしまいました。その指された人はある新聞記者なのです。その記者は今は玉千代を自由にして、玉千代をおとりにして楽に暮しているという噂のある人なのです。

私はその後みんな調べました。だが、先に申した通りこの夜の話は決して検事としてきいてはならぬという宣誓をしました手前何もお話しする権利を持たないのです。

×××　　×××

先日第二回の探偵趣味の会がありました。またも会場はお玉御殿なのです。玉千代がまた来ていました。会員一同が集まった時に、第一回の話術に対する賞品が出ました。一等は玉千代なのです。私はその賞品をうけとる時、玉千代が私をチラと横目で見るのを見て、何が何だか全く分らなくなってしまいました。

これで話は終りになるのです。やはり私は検事として筆をとることが出来なかったことを皆様にお詫いたさなくてはなりますまい。

生きてゐる女

「とうとうみぞれになりましたね」

　隣室の男は宿のどてらを頭からスッポリとかぶって障子をあける。

「……相変らず御勉強ですか」

「さアどうぞ、所在なさにまた小説を読みふけっているのですよ」

　もう五十過ぎた、しかも、どことなく若さの残っている男が火燵の上にのせたフランス語の小説をとじて答えた。バスガウンをすっぽりと着ているのである。隣室の男はこの異人臭い男とガラッと変ったいつもはいきづくりの和服姿でいる三十そこそこの男である。

「火燵というものも、なかなかいいものですね。さアどうぞ」

　隣の男がうながされて、どてらをぬぎ捨てて向い合って火燵に入った。

「私は寒国の生れなので、子供の頃には火燵で育ったものですが、十何年……いや二十何年という方が正しい。……外国ばかり廻り歩いていましたので、すっかり火燵の味を忘れていたんです。だがこうしてあたってみると、やっぱり火燵はいいものですよ。日本なんて国はしみじみいやな国だと思いつめていたんですが、やっぱり年をとったのでしょうな。火燵にこうしてあたっていると、和服をほしくなって来ますよ」

　こういって彼は床の間に立ててある大きなトランクに眼をやった。

「そういうものですかな。私など外国というものを夢にも考えたこともなければ、また洋服というものを意地になって排斥しているので、あなたのお話もシックリと心に来ないのですが、それでもあなたのように徹底的に欧米風をやっておられるのを見ると、いやな気持はしませんよ。中途半端の外国かぶれは実にいやですが」

「まアそうでもいって戴かなくちゃアこうしておられ

なくなりますよ。あなたはまだ永く御滞在ですか」

「そいつが分らないのです。自分で分らないも妙ですが、予定した仕事がはかどらないので困っているんです」

「そうですか。それでもあなたはそうして仕事を持って来ておいでになるのですから、まだいいですが、私なんか、ただ日を送るのが仕事といったような身なので、生きてるのか死んでいるのか、自分にも分らないといった調子ですよ。で、失礼ですが、お仕事というのは？」

「ええ、小説を書いているんです。東京を出る時にはすっかり荒筋も立っていましたので、どこか静かなところでと思って、あてもなく飛び出して来たんでしたが、……初めは金沢あたりをほっつきあるいていたんですが、どうも気が落つかないので、だんだんと山奥へ入って来たような訳なんです。ここへ来ました当座は、自分の捜していたところを見つけ出したような気がしましてね。仕事も思ったより進んだのですが、丁度あなたがお見えになった頃から、何となくあくせくと気が落つかなくなって来ましてね。……というて、これより入ればもう温泉などあろうはずもないのですから……でもまアあなたと私と二人しか客がないという訳なんですから、ここで仕事が出来ないならば、もう日本中廻りあるいたって駄目にきまっていますよ。これで明日の朝は雪になるでしょうから、気も落つくかと思っているんです。恐らく雪に埋れて一冬は籠もることになるでしょうよ」

「そう申しては失礼かも知れませんが私も冬籠もりをする考えになっているんですから、なるべくお仕事の進行しない方が、私には都合がいいといったような訳でしてね。この温泉にたった一人じゃアとてもさびしいですからな」

「恐らくそうなりましょうよ。であなたは今度しばらくぶりで日本へお帰りになって、そのままこちらへおいでになったとか伺っていましたが……」

「そうなんです。まだ両親は生きているはずなんですが、私としては日本へ帰って来た目的の全部がこの温泉へ来ることだといって、いえないこともないのですよ」

「とおっしゃると……」

「あはは、お話しいたしましょうかな。実は私はあなたの御仕事を今まで色々に想像していましたのでした。宿のものからお名前をきいていたのですから日本にいた者ならば、すぐに小説をおかきになる方と分るのでしょうが、私には全く分らなかったのです。小説をおかきになる方と伺えば、古物語を申しあげるのも何かの材料になるかも知れません。一つお話しいたしましょう」

帰朝者は火燵の火をほって話し出した。

「私はシベリヤを通って帰って来ましたのですが、神戸で船を下りて早速この北陸へ入って来たんです。というのは二十年も前に死んだ女の通った道を逆に通って見るためなんです。いやこう申しては違います。女が死んでから後に通った道と申さなくてはうそになるんです。女は信州の方からこちらへぬけて出て来たのです。それで私はこちらから信州へぬけようという考えなのです。さきほども申しましたようにこの山奥の温泉で冬籠りをして、雪が解けたらば、ここからたった一本の山道をたどって信州へ出ようという考えでいるのです。

女というのは簡単に申せば、私の恋人なのです。……いやあなたの前では恋人といっては叱られそうですよ。私自身が女の恋人だと申さないとうそです。

その女が信州からこちらへ通って来た頃の年は二十四五歳だったと思いますから、私も三十にならない頃でした。私は実は今こそこんな碌でなしになってしまいましたが、その頃はまじめ一方の男なのでした。もちろん今もその頃も変りのない一人者だっのです。私があまりまじめ一方な男なので、ひょっとした機会に女から身の上話をきかされて、すっかり同情してしまったのです。こう申すと、ははア可哀そうが恋になったのだな、ありふれた筋だとお考えになるでしょうが、私という人間は妙な男でいくら可哀そうと思っても恋にはなれない男なのです。

女は職業婦人でした。そして職業婦人になった動機は、父親が娘食いだからなのです。働いても働いても、給料の大部分は父親がとってしまうという訳なんです。こうなると娘も年が進んで来るにつれて、父親の食物になっているのが馬鹿々々しくなって来ました。といっても親を捨てる気にはなれぬ女なのでした。一思いに親を捨てれば却て親子の幸福になるのですが、それが出来ないのです。意地になって親のために働いて、金をとっては親に送る気になるのです。一種の変態性慾ではないかと私もその頃思いました。いくら働いても親にとられてしまうのだといって、泣いて訴えながら、やはり我から好んで親にさいなまれているのです。恐らく親からいじめつけられながら、それを内心でたのしんでいたのでしょう。そうでなければああは出来はしないでしょう。月給が上る時などあると、それでも親にかくして本など買って読んでいたようです。本をよく読む女だったので、務め友達などから比較すれば、人生を知っていたと私は今でも思いますよ。

こうして暮しているうちに、親のために犠牲になる程度がますますはげしくなって来るのです。女は私にそのことを話しては泣くので、私は気の毒でたまらなくなって金をくれたくなりましたが、女はどうしても金をとらないのです。そして、どうせ私は父の犠牲になるのだ。命までも父にとられればそれで満足なのです、といって泣いているのです。

私もその頃は若かったので、時には同情が恋になりかけたかもしれないのですが、何しろ相手が好んで不運になりたがっているのを知ってしまってはどうしても恋にはなれなかったのです。そればかりでなく、私が女に同情を寄せるよりも、口をきわめて女の父親の態度をののしるのを彼女は喜んでいるという訳でした。

女は早くから私にほれていました。私にはよくそれが分っていました。私もほれてやりたかったのでしたが、女は私にその隙を見せないのでした。私もほれる隙がないし、また気の毒を通り越して凄くもなって来ましたので、本気でほれられない。そう分ると女はいよいよ私にほれて来るのです。

とうとう破滅の時が来てしまいました。それは私に女の心がすっかりと分った時でした。この女は私にほれながら、私に捨てられるのをたのしみにしているのだ。丁度父親を恨みながら父親の犠牲になっているように、私にほれてもその甲斐がないと思って、一人たのしんでいるのだと分ったのです。

夏でした。急に女は姿をかくしてしまったのです。そして一週も過ぎてから突然信州の御嶽の麓から手紙をよこしたのです。ぜひお目にかかりたいから、明日の午前中に来てくれと書いてあるのです。しかもその手紙を書いた時間もしっかりとかいておきました。私はその手紙を見て、あたふたと旅の準備をしたのでしたが、ふと考えてみると、その時がもう明日という日の午後になっているのです。間に合うはずがないのです。私はすっかり女の心が読めました。女は今頃きっと私をうらんでいるのだろう。来てくれあいたといってやったのに来てくれない。私を一心にうらんでいるのだろう。そして私をうらむことによって満足しているのだろう。こう考えつきましたので私はそのまま腰を据えてしまったのです。

果せる哉、女はその翌日私にまた手紙をよこしました。

初めから終りまで涙にぬれて私をうらんでいるのです。私はこれから御嶽へ登ります、と書いてあるのです。そしてどこまでは合力を雇って行くが、そこで合力を返して、単身何とかいう岩へ登り、そこから谷を伝って、何とかいう池へ行く。そこで私はモルヒネを十筒皮下に注射をして……ばれましたな、女は看護婦なんです……そろそろと池へ入る、そして池の底に沈んであなたの一生をのろってやる……とかいてあるのです。私もゾッとしてしまいました。

翌日の新聞にはチャンと女の自殺の記事が出ました。宿屋にあった遺留品や、合力の話や、また池へ下りて行く所へ遺して置いた物で、女の身柄も分ったのでした。幸に私自身に関することは一言半句も新聞には出ませんでした。

女の父親が警察から喚ばれて、木曾まで行きました。村役場では、もう女を火葬にして共同墓地にうめておいたということなのです。所が池から死体を引あげて村まで運ぶ費用や火葬などの費用が、全部で百五十円かかったから、支払えというのを、父親は、自分の娘なのに村役場が勝手に費用をかけたのだから、一文も支払えない。娘の骨をただで渡せと談判したのです。結句物別れになって帰って来たから、百五十円を私に出してくれと親父が私に談判しました。私は親父が悪いのでいやだといって断ってしまいました。

所がどうでしょう。女はそのまま生きていたのです。山を越えてこちらへやって来たのです。そして今日も生きているのです……」

彼はこう話して口をつぐんでしまった。隣室の男はジッと彼を見つめた。いつまで待っても彼が言葉を出さぬので、隣室の男はとうとう口をひらいた。

「では村役場ではうそをいったのですか」

「いや……」

と彼はしばらくつかえたが、また話し出した。

「もちろん、役場も警察もうそはいいますまい。が、私はその後一人コッソリ御嶽へ行って見たのです。その池というのは、女の手紙にある岩から見えはしますが、第一あの岩から池への谷へ降ることは到底出来るはずがないのです。そればかりではありません。池の端でもモルヒネを十本も注射してから、ジメジメした草の茂みを池まで行くことも出来るはずがありません。その上あの池はドボンと入れば、決して死体をとり出すことなど出来ないということです。池の底がお釜になっているので、死体は底に沈んだきり決して浮んでは来ないのです……」

彼は沈痛な顔をして言葉をきった。隣室の男は合点が行かぬようにきいた。

「その池の底のことなど誰におききになったのです」

「それは私の雇った合力がいったのです」

二人はしばらく沈黙を続けた。戸外は雪になったと見えて、サラサラと物音が戸にあたる。隣室の男がふといった。

「では父親があなたをだましたのですね」

「いえ、そうではないのです。私も村の墓地で女の墓を見たのです」

「というと……」

「まアそんな探偵眼をひからせなくても、私には女のその後の行動が分るのです。私から捨てられたと感じて、死にに行く決心をするまでが彼女には無上の愉悦なのです。それで十分なのですが、しかしあの女のことですから、確に死んだと見せかけて、死なずに御嶽からこちらへ出て来る位は当然です。そして女は今も生きているのです。たしかに生きているのです。確にこの温泉へも来たのです。そして金沢の方へ出て、今も生きているのです。あなたもそうお思いになるでしょう。死んだという証拠は墓だけです。第一死ねるはずのない池を選んで死ぬといったのが、彼女の失敗です。よしんばあの池に入れたとしても、その死体を引あげることは絶対に出来ないのです。彼女は生きているのです。それをあの頃は私も馬鹿でしたよ。もしやすると死んだのが本当かと思ったので、日本を捨てて外国へ逃げたのです……」

彼の言葉のきれるのを先刻から待っていた隣室の客はその時微笑を洩らしていった。

「どうですかな。あなたはその女が御嶽からこちらへ出て来て、あなた以外の男と同棲したとはお思いになりませんか」

「それは有り得ると思います。……というよりはたしかにそうだと思っているのです」

「そうですか。そしてその女がある男にあってその男にあなたの姓名を名乗らせているであろうとは思いませんか」

しばらく彼は考えていたが、再び顔を上げた。

「それも有り得ましょう。彼女は真剣で私に恋していたのですから」

「そうですか。あなたは大木幾郎さんとおっしゃるのでしたね」

「そうです」

彼の顔に一抹の不安が浮かんだ。隣室の男は落付いて続けた。

「あなたは、この宿の主人の名を御存じですか」

彼はハッとして隣室の男の顔を見つめた。

「大木幾郎と入口に書いてあります！」

「え？」

彼はサッと立ち上った。隣室の男が火燵に尻をくべたまま、彼を見上げた。

「まアそう狼狽なさるにもあたりません。明日の朝表へ出てごらんになればいいでしょう。今夜だけでも私を信じてあなたの淋しさをまぎらしていらっしゃい」

彼は立ったままである。隣の男は頭を蒲団につき込んで、火燵の火をほりちらした。

背広を着た訳並びに

病院太郎は今日は背広服に派手なネクタイをかけて、K大学病院に入り込んだ。うっかりして学生服で入り込んだので、二三日前に彼は飛んだ失敗をした。

彼の三四年来の縄張りは官立の大学の方であったので、いつも学生服で仕事が出来たので、二三日前にK大学病院へ初めて新天地を開くために入り込んだ時には、学生服であった。学生服というものは、ボタンさえ取換えれば、どの学校にも流通出来て好都合であった。K大学の学生は患者を診察する級に進むと、大抵は背広服に白衣であった。そんな事を知らない彼は、ボタンだけK大学にして、それでも白衣だけを風呂敷包にして、外来の玄関から入り込んだ。

所が学生らしい若者は一人も見えない。が午後から学生のための学用患者を受付けている事は病院前の掲示で確かであった。彼も病院太郎であるから、四月に入ったばかりであるから、新しく三年になった学生が学用患者の診察をはじめるはずである位知っている。

「おい、どこで患者を見るんだ」

彼は通りかかった看護婦にきいた。若い看護婦が、「こちらです」と彼を一室に案内してくれた。なるほど鱈の乾物のような患者を裸体にしたまま、参考書と首っ引きで、診察している学生が十人ほど居る。が都合の悪い事には、学生はみんな背広服をきている。

彼はやや狼狽した。彼も前身は仙台の大学病院で外来の小使をしていたのであるから、学生と混じて仕事をしても、決して独乙語(ドイツ)などでまごつく事はない自信があったが、学生服でここへ来たのだけは失敗であった。

「出直しにするか」

彼はそう思って帰りかけたが、その時一人学生服に白衣をつけた学生が、予診室へ入って行った。

「ああ、学生服も居る」

彼は早速便所へ入って、白衣をきてしまった。そして勇気を出して廊下へ飛び出した。丁度学生が予診が出来たと見えて、患者を連れて第一診察室へ入って行った。

「ここで教授が診察するんだな」

彼はノコノコと学生の後をついて入った。どの大学も要領は同じであった。もう先生が一人の患者を前に腰かけさせて学生をいじめている。

彼は黙って学生に混って立っていた。

「ここをきいて見給え」

教授が患者の肺を聴診して云った。受持の学生がぶるぶるふるえながら、聴診器できいた。

「何がきこえる」

教授がにこにこ笑ってきいた。学生が頭をかいた。

「君きいて見給え」

教授が病院太郎の白衣を引いた。彼は白衣のポケットから聴診器を出して、教授の指さす所をきいた。

「ラッセルです」

「そうだ」

教授が感服したらしく云った。学生等は初めて彼の存在に気付いたらしく、彼を見た。

「どういうラッセルだ」

「ギーメンです」

「そうだ。なかなか知ってるな」

彼は大に面目をほどこした。

学生等が、コソコソとささやいた。見ない奴だ、誰だ、という学生の眼が彼に集った。彼はそれに気づいたので、いつともなく学生の後ろの方へ身をかくした。

「これは何だ、きいて見給え」

教授の声がした。ほどなく学生は答えた。

「分りません」

彼は後ろの方で、いらいらしていた。

「さっきの君は?」

教授が彼を捜す気配がした。学生が動いて彼を顧みた。

「うん、君だ、きいて見給え」

彼はやや得意になって教授の前に出た。

「ここをきき給え」

彼は聴診器を出した。

「パイフェンです」

「なかなか知ってるな。医者の子か君は」

「代診をしているんです」

「ふふん」

教授は笑った。学生の視線が集った。彼はこの時云わなくては機会がないと思った。

「代診なんかしているので、講義に出られなくて困ります」

「そうか」

教授はそう云っただけであったが、学生等は単純に彼の登場を不思議に思わなくなったようであった。

「背広を着給え。それとも金がないか」

教授が妙に彼に興味を持ったらしい。

「じきに出来て来るんです」

彼は頭をかきながら云った。彼は大抵目的を達したと思って、なるべく学生の蔭に身をかくして、助手のかく処方を小さな帳面にかきつけていた。この辺はなかなか手に入ったものである。

五六人の患者の診察がすんで、教授は引きあげて行った。彼は学生の一人にきいた。

「この後講義があるんですか」

「もうありませんよ」

「そうですか。僕はまるで講義に出なかったのですが、臨床の方だけは出なくちゃならないと思って初めて来たんです」

「そうですすか。じゃア学生控場は？」

「知らないんです」

「教えてあげましょう」

気のいい学生は彼を導いて学生控場へ連れて行った。その学生が白衣をぬいでかけたので、彼も白衣をぬいでかけて、ポケットから聴診器を出した。その時牀にカラカラと音がした。

「何か落ちましたよ」

云われて彼は牀を見た。金ボタンが四つ落ちていた。ハッとして彼はボタンをポケットに入れた。

というような失敗があったので、彼は今日は背広になっているのである。もっとも先日の学生服のポケットには財布が五つほど入ってはいたのである。つまり学生服のポケットに入って来た財布の金が背広服に化けたのだ。彼が背広服を自腹をきって造るはずはないのだから。

今日彼が背広で乗り込んだ時間は、三年の外科の臨床講義であった。彼は病院内をマゴマゴしてやっと臨床講義室の後ろから入った。もう教授は一生懸命で手術をやっていた。

階段になっている講義室の最も高い後ろに彼が立った時、彼は二人の学生が牀にあぐらをかいてトランプをやっているのに気がついた。

「やってるな」

トランプに目のない彼は、早速それに近づいた。

「やってるね」

と彼の口がしゃべってしまった。トランプの学生が彼を見た。

「ああ、君か。やらないか君も」

と幸運にも、先日控室で二三仕事を教えてくれて……かつまた彼に今日もその控室で二三仕事をさせる機会の手引をしてくれた、と云ってもいい学生が、トランプの一人だった。

「帝大でもやってますよ」

また彼の口がうかつ千万な事をしゃべってしまった。

「そうだろうな。三人になったら、ブリッジをやろう」

トランプ連がパチパチと札をきった。札が三人にまかれて、一人は幽霊になって居る。この幽霊を相手にして三人はせりあげをはじめた。彼がスペードのスリーで出る事になった。

「帝大でもやってるのか」

ときかれて彼は返事に困った。

「この頃は知らないが、僕が退学された頃は、いつもクリニックの時間は盛んにやっていましたよ」

「じゃア、君は帝大の方を半分やったのか」

「トランプで退学になったようなものですよ」

「痛快だな。じゃア君は本科へとび込んだのだね」

「本科？」

彼には分らなかった。

「予科には君はたしかに居なかったじゃないか」

「ああそうですか。僕は一高なんです」

と云ったが、彼には自分の云う事が分らなかった。

「じゃア一高から帝大へ入って、退学して出直してこの本科へ入ったのだね。秀才だなア」

彼の狼狽を相手が沈めてくれるほど、学生は単純であると同時に、もう相手は彼に内ポケットの紙入れをぬかれているほど愚直であった。

「なるほど大学には高等学校程度の予科があるのだった」

と彼はその夕暮背広をぬぎながら初めて合点した。

常陸山の心臓

「おい、病院太郎」

「何だ、丸ビル小僧じゃないか」

「うん。どうしたんだ、すっかり紳士になってるじゃないか。もう病院はやめたのか」

「あはは、だから君なんか駄目だよ。おれが背広をきているのを見たらば、すぐにおれの仕事場を感付かなくちゃ駄目だぜ」

「……。分らんな」

「そうだろうな。おれはこの四月から本郷はやめて四谷に河岸を変えちゃったのだ」

「ふうん。そして今度は学生……」

「だから駄目だって云うんだ。四谷の方は学生もみんな背広だぜ」

「そうか、どうりで。だが背広を造るだけ資本が入ったな」

「心配するなよ。資本と云ったってお互様にビタ一文自分の金はないんだからな」

「それはまアそうだ。ところで河岸をかえて仕事の方はどうだ」

「思ったよりいいんだ。何しろ本郷よりは、患者の種がいいからな」

「だが気をつけろよ。初めいいとつい油断が出て、あげられるぜ」

「相変らず心配性だな。でどうだ。丸ビルの方は」

「うん。この間面白いものをやったよ。何だと思う」

「お前の事だ、知れたものさ。真珠位だろう」

「ところがそんな平凡なものじゃないんだ。マッチだ」

「マッチ?」

「そうよ」

「どうかしたんじゃないか。マッチなんか何になるんだ」

「だから君は何年たっても病院太郎なんだ。マッチがどの位のねうちがあるか、分らないだろう」

「マッチか。一ツ二三銭もするかな。それどころか、新聞社だってカッフェだってただで持って来られるじゃないか」

「そうよ。だから面白いんだ」

「それじゃ、仕事にならねえや」

「それがなるから不思議なんだ。何しろ二万位あったろうな」

「二万？」

「そうよ、二万枚よ」

「なアんだ、レッテルか」

「そうよ。レッテルよ」

「レッテルなら二万位なんでもないじゃないか」

「そう云うから君は駄目なんだ。一体おれ達の仕事の面白さは、金になるとか、金高が多いとか云う事じゃないぞ。大抵の場合人間という奴は……特にすりにあう奴などは、金が一番大金なんだが、時には金よりも大切なものがあるぜ」

「分ってるよ。マッチのレッテルの方が大切だって云うんだろう」

「そうさ。だがまアきけよ。おれは丸ビルで大抵のものはやってしまったのだ。だんだんあきが来たので、今度は道楽をはじめたくなったのだ。すべて自分の現在やっている仕事に趣味を持たなくては駄目だ。俺も仕事を趣味化する気になったのだ」

「ああ、誠に結構な御趣味ですよ」

「茶化すなよ。でおれは丸ビルに出入する人間のうちで、誰が何を一番大切にしてるかを研究し出したのだ」

「そんな事研究しなくたって分ってらア、誰だって命だよ」

「命？　なるほどなア」

「何だ、今頃気がついたのか。馬鹿だなア、おれなんか病院太郎様だから、人間が命を大事にするのはよくよく知ってらア」

「ふうん。それなら、誰だって病院太郎にはなれるぜ、命が大切な人間なら、財布の事なんか忘れているからな」

「おい、もう少し頭を働かせなくちゃ駄目だぜ。大事な命を買うために財布には金が入っているのだぜ。だから病院の患者は、命よりは財布が大事なんだぜ」

「分ったような理くつを云うなよ。まア病院は命でもいいさ。丸ビルは命よりも大切なものを持ってる人間がウヨウヨしているのだ。だからどの人間が何を一番大切にしているかを研究するのに骨が折れたぜ」

「そんな事を研究出来ると思ってるのか。君はよくよく低脳だぜ。物を大切にするなんていう事は主観的の問題じゃないか。甲の人間が時計を大事にしている。乙は指輪を大事にしている。とする。その大事にしている程度を比較する事は出来るものでない。君は心理学も精神病学も知らないから、そんな馬鹿気た事を云うのだ」

「……」

「だが丸ビル小僧は到底丸ビル小僧だ。まア先を話し給え」

「うん。とにかくある紳士が、エレベーターでも、食堂の内でもいつも右の胸を気にしているんだ。それで俺は何か内ポケットに大切なものが入っているのを気がついたんだ。だがそれが金では面白くないと思った。金をとり上げたところで一時がっかりするだけで、じきにまた金は造るのが人間の性質だ……」

「なかなか分ってるじゃないか」

「ひやかすなよ。それで一度食堂でこの紳士が友達と一緒に飯を食っているのを見た時、この紳士は何万枚とも思えるレッテルをテーブルの上に出して、得意になっているんだ。それを見るとおれの職業本能がムラムラとわきたって来たのだ」

「うん。俺にも同感出来る」

「で俺は早速それをやったよ」

「うれしかったか」

「うん、一時はな」

「永続きはしなかったろう」

「すぐに馬鹿々々しくなったよ。やっぱり金の方がいいものだな」

「それからどうした」

「新聞の広告を見た」

「広告？　どうしたのだ」

「何月幾日丸ビルにて、マッチレッテル二万五百枚紛失したり、下記へお届けの方には三百円を呈す。とあるのだ」

「ふうん。それからどうした」

「こっちから手紙を出した。千円とふっかけたよ」

「返事が来たか」

「刑事が来た」

「あはは。それでどうした」

「五日だけ食ったよ」

「たった……」

「うん」

「それからどうした」

「も一度やった」

「何を」

「五百円」

「それから」

「それだけだ。何しろ癪に障ってたまらんから、食堂の入口でやったよ。紳士奴、相変らず右の内ポケットばかり気にしているから、左の内ポケットをやった」

「うまくやったな」

「ところがうまくないのだ。五百円の借用証だった」

「なアんだ、馬鹿！」

「おい。気をつけて物を云えよ。お前は学問を鼻にかけているが、借用証って何だか知ってるか」

「……」

「日本銀行の借用証だぜ。この紙幣引替えに金貨百円相渡し候也。日本銀行、と書いてある借用証だぜ」

「おい、丸ビル。今夜俺の家へ来ないか」

「何だ、御馳走でもするのか」

「見せるものがあるんだ」

「何だ」

「常陸山の心臓だ」

「常陸山の心臓？」

「そうさ。同じ仕事をやるなら俺の真似をしろよ」

「一体どうしたんだ」

「どうもしないさ。近頃俺の縄張りの学校にあったのを持って来たんだ」

「何にするのだ」

「馬鹿だなア、ただ面白いからよ」

「マッチのレッテルみたいなものだな」

「まアそんなものだ」

「一向つまらないじゃないか」

「そうか、そんなら来なくてもいい」

「そうおこるなよ。ちょっと見たくもある。どんなものだ」

「何でもないさ。ただ少し大きいだけだ」

「とにかく見に行くぜ」

「うん、八時頃来いよ。下宿屋だぜ」

「ああ、分っている」

「だが、俺がどんな気分で、常陸山の心臓を持ち出したか分るか」

「分っているさ、俺にいばって見せたいからだろう」

「馬鹿な事を云うな。常陸山の心臓はこの世にたったー一つしかないのだぜ」

「それはそうだ」

「金だの、宝石だのっていうものは、いくらでもあるし、またすぐになくなるものだ。常陸山の心臓は一つしかないばかりでなく、売る事もかくす事も出来ないものだぜ」

「そうだ」

「だから盗み出したのだ」

「学校じゃ、大騒ぎだろうな」

「ううん、まだ騒がないよ」

「それならば、学校ではどうでもいいものなのか」

「だから君は駄目だよ。常陸山の心臓と本郷にある高橋お伝の子宮は国宝だぜ」

「そんなら何故学校で騒がないのだ」

「低能だな。明日になれば分るよ」

「とにかく見に行くぜ今夜」

「うん」


「おい、居るか」

「ああ居る。入れよ」

「約束通り来たぜ。見せてくれ」

「うん。電燈を消してくれ、懐中電燈で見せてやるから」

「消したぜ」

「よし。押入れにあるのだ」

「なーるほど、ほんとだな」

「おい、これを何だと思う」

「常陸山の心臓だろう」

「馬鹿だなア、よく見ろ」

「そう云えば変だな。毛なんか生えている」

「分ったか」

「分らない」

「高橋お伝だ」

「え?」

「それ、これが常陸山だ」

「なアるほど。やア大変なものだな」

「大変だろう」

「うん。変なものだなア」

「どっちが」

「お伝がさ」

「馬鹿！　もういいだろう。人に聞えるといけねえや」

「おい、もう一度見せろよ」

「もう駄目だ。電気をつけるぜ。おい、そんなに見ちゃいけねえよ。みっともねえ」

「でも」

「やめろッて云うのに、もう帰れ」

「明日来ていいか」

「うん、明日の晩ならいい」

「病院かせぎも、人に分らぬたのしみがあるものだな」

「もういいから帰れ」

「そうか、明日の晩また来るぜ」


「おい、病院」

「丸ビルか。入れよ」

「大変な事になったな」

「何が」

「お前まだ知らないのか」

「何を」

「ほんとに知らないのか」

「だから何をよ」

「夕刊に出てるじゃないか」

「何がよ」

「ほんとに知らないんだな。本郷の大学に常陸山があって、四谷の大学にお伝があるのが分ったぜ」

「何？　……や、しまった」

「どうしたのだ」

「きまってるじゃねえか。お前に見せた後で昨夜返し違えたのだ」

「やア、兄貴もぬかったな」

「だが丸ビル、お伝も常陸山も今頃は腹をかかえて笑ってるだろうぜ」

「あははは」

「ははははは」

美女君（ヘル・ベラドンナ）

病院太郎は四谷の医科大学に仕事場を移植して以来、成功もしまた失敗もした。太郎が一番心配だったのは、この附属病院には近来盗難頻々……そのうちの頻位は彼の所業であるが、々（びん）の方は彼とは関係がなかった……として起るので、病院の事務でも、大分神経質になっている事であった。

そうなると彼はあくまで学生としての本分を忘れてはならなかった。学生の本分というのは云うまでもなく同級の学生とカッフェー遊びをする事である。この方は彼にはさほどの苦痛にはならなかったが、云わば副職と云うべき講義や実習に出る事は、彼にとっては相当の負担であった。

今日から太郎の級は眼科の実習がはじまった。眼科の実習というのは、眼底をのぞく事である。彼もやむなく眼底鏡を買った。

実習の第一歩は兎の眼をのぞく事である。大きな教室を昼なお暗くして、机の上に兎が箱に入れられて耳だけ箱の隅から尖らしている。兎というものは愛嬌のあるもので、この箱に入れられると、おとなしくしている。兎の顔と学生は向いあって、兎の後方に電燈をつけて、眼底鏡の鏡面から、電光を反射させて兎の眼におくると、兎はジッとして鏡面からの強い光線を見つめている。それ故、兎の眼底ほど見易いものはない。

眼で眼を見るのであるから、何でもなさそうなものであるが、向うの眼の底の像を自分の眼の底にうまく落さなくてはならないのであるから、光学の智識をうまく利用した眼底鏡を用いてもなかなかそう簡単には行かない。特に検査される眼の方が、ボンヤリと無窮大の遠方を見ていてくれれば都合がいいが、何しろ生きた眼と生きた眼とが、にらみ合うのだから、とかく見られる眼が、自分の水晶体を色々に調節して屈折率を時々かえるのでちょっと眼底が見えても、すぐにどこかへけし飛んでしまうものだ。ここに行くと兎は暢気だからまぼしければボーッと遠方を見つめたきりでいるから、都合がいい。もう一つ困難するのは、瞳孔と云うものは、強い光が入ると収縮するものだ。だから瞳孔が小さくなると眼底は見悪(みにく)くなる。そこで初学者は、アトロピンと云う散瞳(さんどう)剤(ざい)を眼にたらして見るのだ。

アトロピンと云う薬剤は、アトロパ・ベラドンナという草からとった薬だ。ベラドンナは美女の義である。美女は瞳孔が大きくなってはひき立たぬ。もっともこれは茶目の事で、日本人のような黒色の眼は、瞳孔の大小はさほど問題にならない。

これだけ云えば分る事であるが病院太郎は元来ただ気がきいているだけで、正式の学問をした事がないので、今日は途方もない失敗をした。

兎の眼底をのぞく実習にとりかかったのだが、どうもよく見えなかった。実習をしている形式さえしていればいいように思われるが、雄大の志をいだく病院太郎としては、出来るだけ真剣でありたかった。眼底を完全にのぞく事が出来なくては、将来何彼の時に不都合が生じはしないかという不安と、もう一つは眼で眼をのぞくという事に、一種の悪趣味を感じたらしい。

彼は一生懸命になって兎の眼底をのぞいた。一室のなかに三十人ほどの学生が集って実習をやっているのであるが、一人一人小さなつい立のかげで、兎と眼の底の果しあいをしているのである。他の学生の部からは、全く光が洩れぬようにしている。

さて、太郎は一心になって電光を眼底鏡の鏡面に反射させて兎の眼に送る。兎はジッと光を見ている。左の手にレンズを持って、色々と太郎は工夫をしたが、なかなか眼底は見えなかった。

丁度そこへ監督の教室助手か廻って来た。

「どうです」

「見えません」

「どれ」

助手が代って椅子に腰を下した。

「見えるよ。何でもないさ」

太郎が代って見たが、どうも見えない。

「見えません」

「そうかね。ではまアなれるまでは仕方ない。アトロピンをさして見給え」

助手が点眼瓶へ入ったアトロピン液を持って来て、太郎に渡して隣の学生の方へ行った。

太郎は早速点眼瓶をとって、天井を向いて暗ながら見当をつけて自分の右眼に点眼した。液はいささか眼にしみたので彼はしばらく眼をつぶっていた。三四分も過ぎて、彼は眼をあけて見た。

まア何といった奇蹟がそこに現出した事であったろう。今まではうすぐらくて兎の所在さえもさだかでなかったこの暗室が、少くともたそがれ時よりはあかるく見える。

「しめた！」

と彼の心はおどった。

「よし左の眼にもさしてやれ」

彼の職業意識が叫んだ。当然彼は左眼にもアトロピン液を点眼した。ああ、何という神秘薬であろう。ふくろうもかくこそと思うようにその辺が見える。

彼はワクワクしてしまって、兎の眼をのぞくのを忘れてアチコチを見廻した。今まで見えなかった隣の学生のプラチナの鎖がハッキリと見えるではないか。

すべての職業の科学化という事が、彼の心に湧き立った。とその時教授の声がした。

「兎をすんだらば、お互に眼底を見給え」

彼は教授の声を神の福音ときいた。戦わんかな時機到る、である。

「山田君、僕の眼をのぞき給え」

太郎は隣の学生をこの暗のなかにちゃんと識別して云った。

「ああ」

学生が盲のようになかば手さぐりでよって来た。何という哀れな山田君よ。もう太郎のふくろうとなった眼は、君の親ゆずりのプラチナの鎖と時計の所有権を移転せしむるに十分の視力を持っていたのを知らないのか。

「じゃア。先に失敬するよ。あとで僕のも見せるから」

山田君が太郎に向いあった。太郎君の後ろの電燈の先を反射して、山田君は太郎の右の眼に光を送った。

「あッ、見える。見える。兎よりもよく見えるよ。なるほどあれが……」

山田君はたちまちにして、太郎の両眼の眼底を見てしまった。

「人間の方が却て見易いよ。では代ろうか」

今度は太郎が山田君を見た。何も見えなかった。

「見えないね」

と云いながら太郎は、たった今あれほど有能に働いたこの眼が、と歯がゆくは思ったが、眼底は問題ではない。今夜は日比谷の花の暗で、この眼の力をためしてやれると愉快でたまらなかった。

太郎はうれしくて、いつまでもこの暗室に居るのが惜しくなった。和製地下鉄サムになって地下鉄でお上りさんを見舞いたくなった。停電があれ、暗の地下鉄になれ、その時こそ俺の時なのだ。

「ああ、見えた、ありがとう」

太郎は地下鉄の誘惑に追い立てられて、いい加減な事を云った。

「また来週たのむよ」

こう云って太郎は山田君の前を立った。そして幸にもその辺にある外套のポケットなどをよろしく処分して、ドアをあけて廊下に出たが。

ああ、それは何とした事ぞ。くらくらとめまいがしてドタンと倒れてしまった。太陽が三十も一時に天に出て来たほどの世の中の明るさに、太郎はひっくり返ってしまったのである。

廊下を通りかかった看護婦が声を立てた。それからが大笑いである。

「兎の眼と自分の眼とを、さしちがえた学生は空前絶後だろうな。あはは」

と教授が腹をかかえて笑った。


「ピロカルピンをさしてやり給え」

こう云って教授が去った後、助手が走って来て、哀れや、アトロピンのアンチドート・ピロカルピンを、たっぷりと点眼してしまった。

爾来級友彼をヘル・ベラドンナと云う。

紺に染まる手

一

一生涯恋というものを経験せずに過した方は、他人の恋がたとい悲しい終を告げたのをお聞きになっても、うらやましく御考えになるそうです。そういう点から申せば私は恋を知っているだけ幸福なのかも知れませんが、十年過ぎた今日になっても、あの恋だけは知らずに居たかったと私には思われます。

初恋はその芽生えから御話しするのが順当なのでしょうが私には到底それが出来ません。何故かと申せば、その恋が余り突発的に悲しい終局を告げましたからです。むしろ私にはその恋の終局からお話し致す方があきらめがつくように思われますのです。

私は医科大学を卒業して二年ほど外科の教室の助手を致しておりましたが、たまたま私の師事した教授が開業されましたので、私も懇望されてその病院に勤める事になりました。

教授が開業されて二月ほど過ぎた秋の夕暮でした。一人の外傷患者がかつぎ込まれました。一日の仕事をすまして宿直室で煙草をふかしておりました私は、早速診察室へ出て行きました。

怪我人は四十を二つ三つ過ぎた男で、意識が全くなくなったまま診察台の上に仰向けに乗せられていました。脈は案外しっかりしていました。

「連れて来た人は?」

と私は半ば好奇心でそこに立っている受付の女にききました。

「女の方が自動車でお連れになったのですが、すぐ来るとおっしゃっておでかけになりました」

私は病人をあちこちと検査しましたが、手足にも胸部にも何の変りがありません。ふと頭を見ますと血が毛髪ににじんだ所がありました。そしてよく触れてみますと、頭蓋骨が一銭銅貨ほど落ち凹んでいます。

「これだな。このために脳震盪を起したのだ」

私はこう云ってカンフルの注射を取り敢えずして、連れの来るのを待ちましたが、十分二十分たっても連れは来ません。

「一体どんな人がつれて来たのだ」

私は受付の女にききました。

「洋装の御婦人でした……」

と云ってから受付はしばらく躊躇して小声で云いました。

「見まちがいかも知れませんが、先生を一二度訪ねておいでになった方のように思われます」

「え？　私を？」

私は自分の耳を疑いました。

「誰です、いつ……」

と私は狼狽して云いましたが、私を訪ねて来た婦人はただ一人しかないのをよくよく知っていました。

「あのう……いつか御一緒に、自動車でおでかけになりました。あのう……」

そう云われなくとも私には分っていたのです。それは私の恋人です。そんな事があるべきでない、と私は心で叫びました。が、私はドギマギしてしまって口がきけません。てれがくしに私は病人の上腕をつかみました。

「気がつきませんか」

怪我人はウームとうなりました。そして小さく眼をひらきました。

「気がつきましたか」

怪我人はきょろきょろと室内を見廻しました。

「どうしたんですか、私は？」

怪我人が初めて口をききましたので、私はホッとしました。

「あなたは怪我をしたのです」

病人が手を動かして頭の傷にふれようとしましたので、私はその手を押えました。

その時自動車が玄関につきました。「来たな」と私は心で思いました。診察室の入口のドアから入って来たのは院長でした。誰か急患のあるのを院長の本宅に知らせたのでした。私は今までの事を院長に報告しました。院長は一通り怪我人を診察してから怪我人の耳に口をあてて云いました。

「あなたは誰です、名前は？」

怪我人は目をあけてちょっと笑いましたが一向答えません。

「名前は？」

怪我人は記憶をよび起すように目をとじましたが、遂に分りませんでした。

「どうも……」

「住所は？」

また怪我人は一心に考えましたが駄目でした。

「すみません」

院長は笑いながら私に云いました。

「アムネジーだよ。忘れちゃったのだ」

その言葉が怪我人に通じました。

「どうもすみません」

「どうして怪我をしました」

「……」

「どこで怪我をしました」

「……」

怪我人は一向答えません。院長は私達を見てききました。

「連れて来たという人はまだ見えないか」

「ええ、まだ見えません」

院長はまた病人にききました。

「連れて来た人は誰です」

「……」

「誰とあるいていました」

「……」

私は緊張して怪我人の答を待ちました。

「どうも……すみません」

院長は笑いながら私達をふり返りました。

「弱ったなア……一体どんな人がつれて来たのだ」

私はすぐに答えました。

「洋装の婦人だそうです」

これだけキッパリと答えて私は受付の口をとめてしまいました。

「警察へ知らせるかな。もっともこれでは警官も身分を知るのに骨だろう。……おや……」

院長は怪我人の手をとりあげて見つめました。

「ああ、職業は染物屋だ。紺が手についている」

私は怪我人の手を見つめました。両手の指のまたに紺がしみ込んでいます。どうしたのか私は背中から冷水をあびたように、ゾッとしてしまいました。腋の下からは冷汗がコロコロところげ落ちました。

「エッキス光線で写真をとって見よう」

院長は怪我人を運搬車に移して、技手を従えて廊下をエッキス光線室に出て行きました。私はその隙に宿直室へ飛び込んで、上衣に手を通すや否や、帽子をわしづかみにして、病院をとび出してしまいました。

二

私はどうしてあの時あんなに狼狽してしまったのでしょうか。最初に怪我人をつれて来たのが私の恋人らしいと云われた時に私が驚いたのは、云わば私は私に驚いたのでした。私を二度ほど訪ねて来た女が私の恋人であった事は、私一人しか知らぬ事なのです。それをみんなが知ってでもいるように私はすっかり狼狽してしまったのでした。その驚きが理由のない事であるのに気付いてやっと安心した時、私はまたも怪我人の職業が染物屋だと知ってまたもすっかり狼狽してしまったのです。常識で考えれば少しも狼狽すべきでないのに、私があの時あのように狼狽してしまったのは、今になって思えば、人間にはやはり第六感とも云うべきものがあるのでしょう。

私は夢中になって、病院をとび出して、タキシーに打ち乗って私の恋人の間借りしていた郊外の家へ駈けつけました。


「大友さんは今朝早くおでかけでした」

と云うのを聞いて、私はすぐに彼女が勤めている婦人雑誌の編輯局へ駈けつけました。

「大友さんは今日は御休です」

年若い婦人記者のするどい目をあびながら私は往来に出ましたが、すっかり途方にくれてしまって、トボトボとアスファルトの舗道を歩きながら考え出しました。

どうして自分はこんなにドギマギしているのだろう。あの怪我人をつれて来たのが、恋人であるならば、どれほどの急用があったとしても、自分に逢わずに行くはずがない。自分も受付の言葉をきいた時、そう思ったのです。それを怪我人の職業が染物屋であると知ると同時に、また自分の恋人と怪我人とを結びつけてしまったのです。何というあわて方をしてしまったのでしょう。そして染物屋というものがこれほどまでに自分に深い印象を残しているのを悲しくまで思いました。

私は今までの興奮が馬鹿らしくなって、電車に乗って病院へ帰って来ました。もう夜の十時でしたので、院長は本宅へ帰った後で、怪我人は意識は殆んど恢復しましたが、姓名と住所はまだ忘れていました。

宿直室に居た同僚は私を見て他事(ひとごと)らしく云いました。

「君、院長には誰も話さないが、受附では確かに君を訪ねて来た婦人が連れて来たに相違ないって云ってるよ。一応あたってみないか」

こうきくとまた気がかりにもなりますので、私はも一度彼女の家を訪ねました。

「大友さんは、さきほどあなたがお帰りになると入れ違いにお帰りになって、手廻りの物だけお持ちになって、急用で九州へちょっと行くとおっしゃってお立ちになりました」

私はまた胸さわぎがして来ました。

「九州へ？」

「ええ、確かに九州とおっしゃいました。大友さんのお国は九州ではありませんか」

彼女の郷里は博多なのです。急用とは何なのでしょう。

「そして、あなたがお見えになりましたらば、何分お願いしますと云って下さいとおっしゃいました」

「え？　何分お願い？」

「ええ、そう申せばお分りになるとおっしゃいました。何か御心配の事でもおありになると見えて、お顔の色も悪く見えました」

宿のおかみさんの言葉で、私はまたも胸がせまって来ました。何分お願いとは、やはりあの病人の事に相違ない。もしそうならば……と私は行手に暗い雲が立ちふさがるような不安を感じました。九州へ立った彼女を追う事も出来ず、またあの怪我人は住所も姓名も忘れてしまっていますし、といってこのまま日を送る事は到底出来ません。

思いあまって私は彼女と初めて知り合った日、私達を紹介してくれました子供の頃からの友達の画家を訪ねる気になりました。夜更けの田舎道を乗物もなく、私は二里近くトボトボと歩いて行きました。後ろから運命の神が私を嘲りながらつけて来たのでしたろう。私は一時過ぎにやっとこの独身の画家のアトリエにたどりつきました。

蠟燭を持って戸をあけてくれた画家に私は話しかけました。

「迷っちゃってね、君に智慧をかりに来たよ」

私はすっかり感傷的になっていました。

「どうしたんだ」

「君、僕の彼女は来なかったか」

「ああ、一昨日の朝だったか挿画の事で来たよ。だが何か出来たのか」

「まあ出来たと云えば出来たようなものだ。君その時国へ帰ると云っていなかったかね」

「国へ？　そんな話はなかったよ。君との事を頬を紅くして話した。おかげで男やもめがあてられたよ」

「そうか」

「どうかしたのか」

「いや、今夜急に九州へたったらしいのだが、そればかりでなく妙に気にかかる事があるのだ……で一昨日はどんな話をしたろう」

「要するに山田学士礼讃さ。で僕もうれしくなっちゃってね。君の生立を一席弁じたよ。例の君のお母さんの事ね、あれを話した時など、涙惨として顔をあげなかったよ」

私はドキとしました。

「紺に染まる手か」

「ああ」

私はもう何も云えなくなってしまいました。云いようのない不安が私を捕えました。

三

顔を伏せてしまいました私の眼の底には紺にそまる手がはっきりと浮びました。こう申せば私が怪我人の手を見てすっかり狼狽した理由も朧げながらお分り下さるでしょう。とうとう私は紺に染まる手の事をここでお話ししなくてはならなくなりました。

私の母と私には一つの秘密がありました。その秘密は私と私の母との二人しか知らぬ秘密です。母がなくなりましてからは私一人しかその秘密を知っているものはありませんでした。この秘密は誰に話したとても恥になる事でもなく、また他人の迷惑になるものでもありません。けれども母と私とはこの秘密のために母と子以上の仲で居る事が出来ました。母の死後は母を慕う私の心がこの秘密に結びつけられていたと申してもよかったのです。

私はこの秘密を家代々の家宝ででもあるように、しっかり胸に抱きかかえて成長して来ました。それが恋を知った心の油断とでも申したらばいいでしょうか、ついある夜この秘密を画家に話してしまいました。

今はこの秘密も何の価値のないものになってしまっています。私がなつかしく抱きかかえていた秘密こそ紺に染まる手であったのです。

私はやっと物心のついた頃、母方の祖母につれられて母の名代になって、母の里へお墓詣りに行きました。その時幼い心で不思議に思われましたのは、これは誰の墓、誰の墓と一々お線香をあげました時、私の母の父のお墓のなかった事です。私が「おじいさまのは？」と祖母にちょっと尋ねました時、祖母はホロリと涙を落しました。私は悪い事をきいたように思って黙ってしまいました。

この事が私の心にいつまでもこびりついていたと見えまして、その後母が私を抱寝していました時に、私はとうとうそれを母にたずねました。母は「それはね」と云って袖で涙を拭いました。

母の話はこうでした。私の母の里はお江戸家老でした。御維新の時、藩では幕府方に味方する事に評議がきまりましたのでお国から飛脚が江戸へ立って、母の父にも幕府方の上野の宮様に御加勢するようにとの殿様からの命令でした。私の祖父は早速江戸に居る藩士を集めて、明日の未明に上野へ出向くようにと伝えました。夜更けて次の飛脚が来て、お国で評議が変って今度は天子様方へ御加勢するようにとの事なのです。祖父は夜が明けてから集って来た藩士に、お国からかくかくの模様替が云って来た。だからみんなはその通りにせよ。だが自分は昨日上野の宮様へ御加勢の事を申し上げてしまった。武士に二言はないと云って上野の山へスタスタと出かけてしまいました。その後上野が落ちてからは多分彰義隊と一緒に会津へ落ちのびたのでしょう。

殿様の御命令に従わぬ不届者に祖父がなってしまいましたので、お家は断絶、母と母の妹とをつれて祖母は生家へもどったのだそうです。

「……それでおじいさまのお墓はありません……」

母が話してくれましたあの夜の悲しさを私は今も思い起します。

それを母からききましてから二年ほど後だったと思います。私は八ツになっておりましたでしょう。ある夕暮私は母に抱かれて家の前の青桐の木の下に居ました。印袢纏のようなものを着た年寄と母はシクシク泣きながら話していました。母は小半時もしてその人と別れましたが別れる時母は私をその人に抱かせようとしました。その人は両手を私の前に出しました。その手の指のまたが紺に染っていました。私はそれがおそろしくて泣きましたので、その人は淋しそうに手をひっこめました。

母はその人と別れて私を抱いてお納戸へはいりましたが「黙っておいでよ」と怖い目で私をにらめました。その目のおそろしさに私はその後母に何もきく事が出来ませんでした。

母は私の十二の年に亡くなりました。なくなる前私一人しか枕許に居りません時、

「お前は二三年前に私に抱かれて青桐の下で逢った人をおぼえていますか、あれがお前のおじいさまです。誰にも話してはいけませんよ」

と云ってきかされました。私はその秘密を永年の間誰にも話しませんでした。心から愛してくれた母のたった一つの片身とも私には思われました。母がなくなって三年後に父もなくなりました。私は母の妹の縁づいている家で育てられました。

母とは全くちがった気の強い伯母が、私の気の弱さを叱る時に、

「お前はお母様の血を引いて気が弱いのです。お前のお母様は殿様の御勘気にふれて、私達女姉妹二人を一生不幸にした、そのお前のおじいさまにこっそり逢ったような人だからね」

と云われてからは、一層この秘密は誰にも話せなかったのでした。それを今はお話ししなくてはならなくなった私なのです。

四

幼な友達の画家が、私の秘密を私の恋人に話してしまった事、そしてその翌々日私の恋人が私の勤めている病院へ怪我人をつれて来たまま九州へ立ってしまった事、そしてその怪我人が紺に染まる手である事、これだけの事が重っては私の疲れた心にはとても堪えられぬ負担でした。私は夜明けまでまてと云う画家の手をふりきって、またも真暗な道をトボトボとあるき出しました。

夢心地で私の歩いている街道へ、横道から提灯をともした都へ急ぐ野菜車が幾台も出て来ました。いつともなく疲労の極のあきらめともいうべき落着きが私の心に出来て来ました。

自分は何を不安に思っているのだろう。彼女が九州へたったとてそれが何であろう。またあの怪我人が紺に染まる手であったとても、それが自分に何の関係があろう

か。私の祖父の手が紺に染っていたとても、その人は八十を越しているはずでなくてはならない。私はやけ気味もまじって来て自分を嘲りたくなって来ました。

「何のことだ、自分の下宿へ行ったらばすべては解決されるのだ」

私は彼女が九州行きの事を当然私の下宿あての手紙で知らせているのをうっかり忘れていたのでした。東京の町近く私は一軒の自動車屋を見出して、それを叩き起してまっすぐに下宿へ帰りつきました。下宿には彼女のたよりは何も来ていませんでした。けれども私は大船にのったような気がるさでグッスリ眠り込んでしまいました。

午後四時に目をさました私の心には、昨日の怪我人のその後の経過に興味を持つ余裕が出来ていました。私は病院へ出て早速怪我人の病室へ行きました。

「どうです、今日は」

「おかげ様で痛みはうすらぎました」

「どうです、住所や姓名は思い出しましたか」

「どうも……それが……すみません」

私は病人の当惑している様子にほほ笑むほどの心の余裕を得ていました。

「どこで怪我をなさったのです」

「さアそれが東京は初めてですから、妹が来てくれると分るのですが」

「妹さん？」

私はちょっとときとがめました。

「ええ、妹と二人であるいていたのです」

「そして妹さんはまだお見えにならないのですか」

「ええ、ひょっとすると私を置いて国へ帰ったのかも知れません」

「国とは？」

「それがどうも……」

私は何の気なしに云いました。

「九州ですか」

「あ、そ、そ、その九州です」

病人は安心しきったように、九州々々と口のなかでくり返しました。私は不安になって来ました。

「妹さんは、何をしておいでです」

「雑誌の女記者です」

「え？」

私はうちのめされたように目がくらみました。そしてドギマギして言葉を出しました。

「大友さんと云う……」

「ええ、そ、そ、その大友、大友……私も大友です」

私は後をきく勇気がなくなってしまいました。私は前後を忘れて病室をとび出しました。動悸は全身をゆり動かしています。万事休す！　というような絶望感が私を捕えました。

私は宿直室にとび込んでベッドの上に身を投げつけましたが私はすぐに勇気を恢復しました。よし！　怪我人は恋人の兄だ。兄ならどうしたと云うのだ。

私はまた病室へとび込みました。

「あなたは染物屋さんですか」

何のために私はこんな事を云ったのでしょうか。

「ええ染物屋です」

「そして親の代からですか」

「ええ、父の代からです」

私はすっかりやけ気味になりました。どうにでもなれと捨鉢でした。

「お父さんは昔さむらいですか」

「ええ、よく御存じですな、信州のある藩の家老でした」

「分りました」

私は何も云う必要がなくなりました。私は脱兎のように病院からとび出しました。叔母だ！　叔母だ！　おれの恋人は叔母なのだ！　おれはどうすればいいのだ。

私はタキシーをつかまえて下宿へとび帰って、頭の毛を両手でむしりながら、畳の上をコロコロところがり廻って居ました。

いつともなく私は、絶望の深淵からわき出す涙を、沁々した心で味って居ました。そして彼女と私との今までの恋物語が絵巻物のようにくりひろげられるのでした。そして私の恋人がともすればなくなった母となるのでした。ハッとして我に帰ると、母の愛と彼女の愛とが余りに近いのに気づきました。私は彼女を通して母の愛を享けていたのでした。

今にして思えば、顔も身のこなしも声までも彼女は母そのままであったのでした。私は起き上って机によりました。母、母の愛、私を子として愛している母、そして今ははっきりと分った肉身の叔母でした。その叔母こそ母と分れて以来私のさがしもとめていた女性だったのでした。私は今までの絶望から救いあげられたようにホッとしました。

けれども、その心安さはすぐに破れてしまいました。それは母が叔母となり次いで一人の女性として私にグングンせまって来たからでした。燃ゆる眼、熱した肉体、それは女性そのものの姿でした。ただそれは私に異性としてぐんぐんせまって来る恋人でした。ハッとして私は机に伏してしまいました。

　徹底した不安と絶望です。私は居ても立ってもいられなくなりました。私はどこをどう幾日間まわり歩いていたのでしたろう。私がはっきり私を意識したのは、箱根の温泉宿でした。そして我に帰った私の手にはいつ手に入れたものか、完全に私の生命を奪う事の出来る毒薬がにぎられていました。死！　死ぬしかない自分であったのを私ははっきりと意識しました。蒼白い死の姿が私の目に見えました。私はジッとしてその死を見つめました。その時、私の心が急にすすり泣きをはじめました。淋しくなったのです。一人ではどうしても死ねなくなったのです。二人で……彼女と二人で……私は立ち上りました。そしてほどなく私は東京行の汽車のなかに自分を見出しました。

五

　空虚(うつろ)の心で下宿へ帰って来ました。

「お帰りなさい。さきほどからお客様がお待ちです」

　私は幾日下宿へ帰らなかったのか今でも思い出せません。ただ待ち設けた事の実現された喜びを感じて自分の室の障子をあけました。彼女が孤影蒼然として坐っていました。私は黙って坐りました。彼女はすっかり痩せていました。それを気づくと私の目はくもって来ました。

「春子さん」

「はい」

　かすかに彼女は答えました。

「九州へ行って来たのですってね」

「ええ……」

　彼女は決心してオペラバックから一枚の封筒を出しました。

「あなた」

　と呼びかけて彼女はその封筒を私の前に出しました。

　私はそれを手にとりました。表には何も書いてありません。裏には福岡市役所と書いてありました。私はすべてを知りました。

「戸籍謄本ですね」

「ええ……どうぞお驚きになりませんで……」

「いいえ、私あなたの兄さんとお話ししてみんな知っています」

彼女はホッと息をつきました。私は静かに戸籍謄本をあけて見ました。私の心はすっかり澄みきっていました。謄本の文字を私はここにお話しするに及ばないと思います。兄は戸主でした。妹春子となっています。そして母大友ゆきの私生児となっていながら、古い時代の事のためか、父田中直已とちゃんと私の祖父の名まで出ていました。

私は静かにそれを封筒に収めました。

「その通りです」

私はこう云いました。

「やっぱりそうですか」

と彼女が云いました。彼女がすすりなきをハンケチでおさえました。私は彼女の肩を抱きました。泣きながら彼女が云うのでした。

「私、竹内（画家）さんでふとあなたのおじいさまの事を伺いましてから、すっかりおどろきました。そして国の兄を電報で来てもらいました。兄にききますと、確かにそうなのですから、私兄と一緒に博多へ帰って、一生お目にかかるまいと思いました……それでも兄に東京見物をさせてやろうと思って町をあるいていますと、工事場で物が落ちて来て、兄が怪我をしてしまったのです。どうしていいか分らなくなってしまいましたので、あなたの病院へつれて行きました。博多で戸籍簿を見るまでは思い違いのようにといのっていましたが……けれども
う」

彼女は一しきり泣き続けました。私は私の心の妙に澄みきっているのを感じました。

「春子さん、あなた死ねませんか」

「え？」

「私と……」彼女は私にしがみつきました。私も彼女をしっかり抱きました。

「ええ、死ぬわ、死ぬわ、私一人でも死ぬ決心をしているんですもの……」

「そう……」二人は抱き合って泣いてしまいました。二人ともも う悲しくはありませんでした。二人は二三日後を約束して、落着いた心で町へ散歩に出ました。私は

夕暮になって彼女と町で別れて下宿へ帰りました。そして病院へ電話をかけて同僚をよび出しました。急用で国へ帰って今帰京したが今また電報が来たので、もう二三日休むから院長によろしくたのむ、と私は云いました。

「あのアムネジーはどうした」

「大分よくなったよ。もう退院してもいいのだが、君が知っている人ときまったのだろう。君の出るのを院長は待って居られるよ」

「ああ身分は分ったよ。いずれ僕が出てきめるから何分たのむよ」私は電話をきってから、たのしい死へ急ぐ用意を考えていました。

六

翌々日の午前でした。私は彼女から速達をうけとりました。うれしさに燃えて私は封をきりました。

「……死への準備をたのしい心で私は一昨夜から急いでおります。私は一人で死ぬる決心をしておりましたのですから、あなたからお話のあった時、すっかり感激してしまいました。そのために私は大変あやまった事をしてしまったのを今悔いております。さよなら……と私はあなたに云わなくてはならないのを昨夜まで考えぬいて思いつきました。落着いて私の心を分って下さいまし。

　私はあなたに初めてお目にかかった時から、あなたを可愛いい方と思い込みました。そしてあなたが私の愛をうけ入れて下さるのを知ってからは、私はほんとにあなたを熱愛していました。ただその愛はあなたを異性としての愛でなく母としての愛でありました。……叔母と分ってからそう感じたのでは決してありません。その事はあなたもお分りの事と信じます……またあなたも確かに私を女としてではなく、亡くなられたお母様の化身として、私を愛して下さいましたのです。

　そしてすべてが分った今となっては、私はあなたを叔母として愛して上げる自由を得ましたのです。私の心は私を叔母にしていてくれます。私は母としてあなたを愛し続けて行ける点では決してあなたの亡くなられたお母様にまけは致しません。

　けれども一つの私は、女性としてあなたに愛されたいのです。あなたを男性として愛して恋して行きたいのです。

　この二つの私は、どちらも今まで成功し、そのうれしさを味っていました。一人居ります時には、私は母の心でこうしてあなたをいつくしみはぐくみ愛しています。それが私にとって生涯の仕事であると思っておられます。けれどもあなたに逢っているその時には私はどうしても母とはなり得ません。あれほどの決心であなたにお目にかかった一昨夜でさえ、私はすっかり女になってしまいました。そしてあなたに恋されて、あなたに私の心をささげ、あなたを私一人の人にせずには居られない気分でいました。

　私は私のこのやみがたい矛盾のために、どれほど悔いて我身を自らさいなみましたでしょう。私は決心しました。私はあなたの母となって、あなたを愛し続けて行きましょう。そのためには私はあなたに二度とお目にかかってはいけません。どんな事があっても、あなたにはお目にかかれません。私はこの決心だけはかたく守ります。

　こう決心しましてから、私は私が恐しくてなりません。あなたにお目にかからずにおる事が出来るかどうかという不安が今の私を捕えております。私はこの不安からのがれる道をただ一つ知っています。それは死です。死の決心はもう先日からついています。そして私はあなたの母として、子への愛の犠牲となって死んで行くのを心の底から喜んで居ります。この喜びほど強く私をゆり動かしたものはありますまい。

　それでは私の愛する幹夫さん。私はあなたの犠牲となって死んで行きます。あなたは私の志を甲斐のないものとなさってはいけません。母は子故に死にました。子は母故に死んではなりません。強い心で、母の最後の言葉を守って下さい……」

　読み終って私は悲しいというよりは腹立たしくなりました。

「卑怯だ、今となって……」

　私はこの手紙をズタズタに破ってしまいました。そして下宿をとび出しました。逢って話さなくてはならない。あれほどかたい約束をして別れたのであるのに、今となって……

　私はタキシーを飛ばして彼女の下宿へ駈けつけました。

「大友さんは荷物をまとめて国へお帰りになりました」

　下宿のおかみさんに返事もせずに、私はまた彼女の出勤先の雑誌社にかけつけました。

「大友さんは急におやめになりました」

　彼はまたひき返して、画家を訪ねましたが、そこでは何のたよりも得る事が出来ませんでした。その日一日私はあちこちをとび廻りましたが、すべては無駄でした。

私は彼女のもって来た戸籍謄本を持って、九州までも行きましたが、案外手広くやっている染物屋の留守をしていた番頭は、主人は東京の妹に逢いに行ったと、何も知らぬらしく答えただけでした。私は毎日新聞を見ては、彼女の最後の記事をさがしもとめました。それも無駄でした。私は困却しきってしまいまして、夜おそく誰にも知られぬように病院へ行きました。最後の望みをあの怪我人にかけたのでした。もうすっかり恢復した病人は私を喜んで迎えてくれました。私は彼と二人きりになってすっかり事を打ち明けて話しました。

「春子さんに万一の事でもあっては、私として生きて居られません」

私が興奮してこう云い終った時、病人は悲しい表情をして云いました。

「そうでしたか。いや私の言葉が足りなかったのです。私を電報で呼び寄せて、身の上をききますので、みんな話してやりましたのですが、実は妹に気の毒なので、云い残した事があったのです。私の父……あなたのおじいさんです……父が九州へ落ちのびて来ました時には、一人の足軽が伴をして来たのでした。その足軽は娘を一人残して死にましたので、その娘はむつきのなかから、私の家で貰って、私の妹として届けておいたのでした……」

「え?」私の驚きがどれほどであったかは、どなたもお察し下さいましょう。

「あ、そうか」

私は頭の毛をむしりました。病人が云うのでした。

「落着いて考えて下されば、あなただって、また妹だってそれが分る事なのです。私と妹とは十五も年が違うのです。私が父の五十八の時の子なのですから……」

今更ら彼女を生んだ時の父の年を数えてみたっても何になるのでしょう。私は泣くにもなかれませんでした。

私の初恋はこれで終りになってしまいました。二三日後この病人は退院して九州に帰りました。別れる時、私は極力彼女の行方を捜す事を約束しました。彼も必ず妹をさがし出しますと云いました。けれどもそれは遂げられぬ希望に終ってしまいました。もうそれも十年の昔になりますから……。

蚊——病院太郎のその後

病院太郎はすっかり病院ッ子になっていた。いつの間にか医科大学の四年生に完全になりきってしまって、臨床講義に列席するばかりでなく、各医局にも顔出しをするほどになった。変則ながら独逸語などは下手な怠け学生よりは巧者にしゃべったので、誰一人太郎を病院専門のすりだとは気がつかなかった。

　時々医学的智識の不足のために太郎がやる失敗は、朗らかな彼の性質の所産だと解釈されてしまったので、彼はクラス一のユーモア学生として評判がよかった。

　今日はひまなので……つまり彼の本職技術を発揮する機会がないのだ……

「何か面白い事はありませんか」

　と、彼は外科の医局へ御用聞きの器械屋の如く顔を出した。

「あるよ。今から手術があるよ。美人術だ」

　と外科の顔なじみの助手が云った。その時太郎はもう一仕事していた。ぬぎすてて壁にかけてある助手の上衣のポケットから紙入れをぬき出して、珍らしく三十円ほどの紙幣をぬき出して、からになった紙入れはポケットに返納した。

「美人術？　珍らしいですね」

「珍らしくもないさ。より美しくする手術はみんな美人術だよ」

「で、どういう患者ですか」

「それがね、君。すばらしいシャンだよ」

「シャンですか？」

　シャンである事は太郎には何の刺戟にもならない。金持ちでなくては。

「シャンだよ。しかも正に人妻となろうとしているシャンだ」

「では、鼻を三センチほど高くするんですか」

　と太郎は今日の耳鼻科の講義を思い出した。

「そんなんじゃないよ。頸の右に火傷の跡があるのさ」

「へえ、どうしたんです」

「エープのこての咎さ。その火傷の跡の皮膚をきりとって、肩の皮をはりつけるのだ。さア手術室へ行こう」

こうなると太郎は本職を忘れて、好奇心がムラムラとわき起った。で、助手の後につづいて手術室へ入った。

なるほどシャンだ。丸裸にされて手術台に今乗せられた。チラと右腕に腕輪が光った。ダイヤが十個はある。一万円だ。と太郎は唾液を呑み込んだ。手術台に乗る時さえ、とらぬ腕輪だから、あのシャンの秘蔵のものに相違ない、と思うとあれを何とかして、と胸の鼓動がドキドキする。

……大物だ、機会を待て……

手術が始まった。しかも全身麻酔だ。何という阿呆の集りだろう。今こそいい機会なのに。

だが、ほどなく太郎は夢中になってしまった。手の平を二つ並べたほどの火傷の跡の頸の皮膚を教授がひっぺがした。恐ろしく血が走った。

そして皮下組織が真赤に出た時、太郎は不安でたまらなくなった。教授は落着いて肩の皮膚にメスを加えた。そしてシャモジ型にはぎとられて、一方だけ肩にまだ続いている皮膚を引っぱりながら方向転換をして、頸のきずにあてがった。

「よし、これでよし」

教授は肩から上腕へかけての皮膚を頸へぬいつけ出した。太郎は助手にきいた。

「あれでいいのですか」

「うん、今頸へ持って行った皮膚の一部は肩に続いているだろう。だから栄養は十分に出来る。そしてあのはがした皮膚は頸へペタリとつくのさ。そして肩の方は皮膚を近所からひっぱり寄せてぬってしまうのだ」

なるほど助手の云った通り教授は苦もなく手術を終えてしまった。

このシャンは右腕と頭とを繃帯で結びつけられて運搬車にのせられて病室へ帰った。太郎は病室を見届けて病院を出た。

二週ほど過ぎて、太郎は外科の病室へ受持の助手のお供をして行った。例のシャンは、繃帯もとれて、すばらしく手術の効果を物語る美しさになっていた。

太郎は患者の前ですっかり驚嘆して教授の手腕をほめたたえた。その後太郎は三日に一度は病室へ行った。そして誰も病室に居なくても平気で患者のその後の経過を見せてもらった。シャンが彼の来るのを待つほど、彼は手術の結果をほめた。

で、明日は退院となった前夜、太郎は今夜こそと思って、病室へ行った。シャンは薄いドレスでお化粧最中だった。

「明日は御退院とききましたので、も一度見せていただきに来ました」

鏡のなかでシャンが笑った。

「ええ」

シャンが右肩をぬいだ。目の前に腕輪が光った。が、機会でない。太郎は頸から肩を眺め廻した。白粉できず跡は全く判らない。

「すてきですな」

彼は三嘆した。シャンは立って、袖の長く手頸にまきつくローブにきかえた。そして太郎に向いあって坐った。そして右手を椅子の後ろに廻して、しなをつくった。

「おかげ様で。私今までの私が夢のように思われますわ、あんな大きなきずをよくも持っていたと思いますわ」

「そうでしょうね」

と云った時、シャンが一種名状しがたき表情をした。シャンの左手が、右の上腕へ行った。そしてあちこち動いた。

「どうなさったのです」

「あいたたッ」

とシャンが右手を動かしたが、右手はからだの後ろの椅子にはさまったまま、動かなかった。

「どうなさった？」

「肩を、右の上腕を、蚊かなんかが……」

シヤンはいよいよ身もだえした。

「かいてあげましょう」

と云うや否や、太郎は立ってシャンの横から、右手の広い袖へ手を入れた。機会！　彼の手先は腕輪にふれた。腕輪は刃物できられて彼の左手からポケットへ！

「この辺ですか」

彼はシャンの上腕から肩へ手をのばした。

「いいえ、いいえ」

シャンはかゆくてたまらなくて叫んだ。その時太郎の目が事を仕遂げた安堵さで、シャシの頸へ向った。

「あッ」

と声を立てて彼は右手をシャンの袖からぬいて、シャンの頸を打った。ペチャリと掌に血を吸いきった蚊がつぶれた。

「ここですよ、頸でしたよ」

「まア」

シャンが頸を右手でかいた。事終矣！　と彼は放心の状態だった。

「変だわ、たしかに肩がかゆかったわ。あれ、ここへさわると肩のような気がするわ」

「へい」

太郎は何が何だか分らなくなって、椅子に腰を下しながら、左手をポケットに入れて、手指の先でダイヤを数えた。

「あらッ、先生！」

シャンが立った。受持の助手が入って来た。

「先生、今私のこの頸を蚊がさしました。そしたらば、私肩がかゆかったのですが」

「ははア、そうでしょうね。肩の皮膚を一部頸へ移したんですから。つまり手術して移植した部の神経の中枢は、肩の皮膚の神経の中枢ですからね」

「あらッ、では……」

と云ってシャンがロープをぬぎ出したから、太郎は左のポケットから手早く腕輪を床に落さなくてはならなくなったのである。

腹立たしさと照れかくしが太郎の口からとび出した。

「では、手に足を移植すれば、足が手ほど働きますね」

助手はドギマギして、これも照れかくしに云った。

「すりでもするには都合がいいな」

で、太郎はその後この助手が一番恐しくなったのである。

随筆篇

不木と不如丘との鑑別診断

　S君の希望によって私は不木と不如丘との鑑別診断をここに講ずる。由来鑑別診断は類似せる二つのものについて、その類似点と異点とを十分に知らなくてはならぬ。依って私はまずこの両者の類似点をまず述ぶべきであるが、それに先だって、最近ある者が不木と不如丘との鑑べつを誤った一例を述べる。このある者と云うのは即ち私に不木と不如丘との鑑べつ診断について講ずる事を希望したS君その人である。

　場所は市村座の廊下である。時は大正十五年一月七日午後五時である。登場人物はS新聞記者、正木不如丘、その他観客多数。

S君　やアしばらくです。いい所でお目にかかりました。実はお願いがありまして、近日中にお宅へあがる積りの所でした。

不如丘　ああそうでしたか、ここでよろしければうかがいましょう。御用は何ですか。

S君　先日『脈』で拝見しましたがあなたがお書きになった「小酒井不木は正木不如丘に非ず」ですね。よく正木さんと小酒井さんとを世の中で混同したり、人違いをしたりするそうですが、面白いと思いますから、一つその事を書いて下さいませんか。

不如丘　ははは、妙ですよ、どうして二人が間違えられるのか不思議ですよ。どこが似ているのか私には見当がつきません。

S君　そうです。私等もあの『脈』を見て、妙な間違いをする人があるものだなと思いました。どうか一つお書き下さいまし。名古屋の正木さんにもお願いしてきましたから。

不如丘　（奇妙な表情）……

S君　どうかお願いします。正木さんはきっと二三日中にお送り下さいますから。

不如丘　（皮肉な笑いを浮べて）Sさん、私は一体誰なんでしょう。

S君　（けげんな顔にて）あなたは？（大いに狼狽して）や、

失礼しました。いずれ改めて（急ぎ足にて退場）

不如丘（S君を見送りながら）いやはや。

（開幕のベル鳴る）幕

この一例は不木と不如丘との鑑別診断がいかに困難であるかを雄弁に物語るものである。不木と不如丘との鑑別は初学者にとってもまた相当に経験ある者にも困難であるらしい。この鑑別診断は丁度胸部に来る肋間神経痛と筋肉リュウマチスとの鑑別のように六ケ敷いのである。

不木は即ち神経痛である。リュウマチスは不如丘である。共に胸部に来る疼痛であり、共に医者で文筆を弄する者である。神経痛は一つあるいは二つの肋間神経の経路に沿うて来る疼痛であって、疼痛の場所範囲等は解剖学の示す肋間神経の経路である。論歩堂々秩序整然として誠に科学的である。不木の書くものもその如く純然たる科学的で、かつまた事件の解釈分解説明等神経の経路の如く整然としている。しかして神経痛の原因が多くの場合脊柱の奥深く隠されているのを、探求の結果発見せらるるあたりの消息は、探偵物に酷似している。

しかるにリュウマチスは訳の分らぬ痛みである。原因も不明である。ただあちこちと痛むのである。誠に不届至極の痛みである。それはあたかも不如丘の書くものに酷似している。

以上で私は不木と不如丘の鑑別診断は不十分ながら述べたのであるが、諸君は不満足であろう。要之（ようするに）不木も不如丘も疼痛である。アスピリンで駆逐出来るのであるから、強いて鑑別するにも及ばぬのである。がそれは軽症の時であって、神経痛もリュウマチスも、不木不如丘の如く病膏肓に入っては、アスピリンでは全快はおぼつかない。近来頻々として新薬が市内に現るるから、近く不木不如丘征伐の新薬が現るるであろう。

小酒井不木は小酒井不木にして正木不如丘にあらず

小酒井不木

近頃、正木不如丘と小酒井不木とを同一人だと考える人があるそうである。ベーコンとシェクスピアとが同一人だ、いやちがう、などという議論を読むと、対岸の火災を見るようで頗る面白いが、不如丘と不木とが同一人だといわれてみると、興味を通り越して、少々変な気持ちになる。もし高度の神経衰弱にでも罹っていたなら、或いは自分ながら、「粗忽長屋」流に不如丘と不木とを混同してしまったかも知れない。正木不如丘という文字をよく見ると、その中に不木が逆立をしてくっついている。まさかそういう点から同一人だろうと判断した訳でもあるまいが、新年になって発行された『探偵趣味』第四輯の十九ページを見ると小生の名が小酒井不如木となっているなど、いよいよ以て変である。

しかし不如丘と不木とはたしかに別人である。その証拠に二人が顔を並べて見ると、不如丘でない方が不木であり、不木でない方が不如丘であることがわかる。ところが不如丘は東京に住み不木は名古屋に住み、二人が顔をならべることは容易でない。最近二人とも二十一日会の同人となり顔を合すべき機会も多くなった訳であるが小生がなかなか上京する気にならぬから、いつ逢えるともわからない。

思えば不如丘君と小生とが最後に逢ったのは五年前のことだ。それも日本でではなくパリーでだ。不如丘君は小生より一年前に東大医学部を出て内科に入り、小生は生理学教室にはいったので、互に話す機会さえなく、パリーで逢ったのが、言葉を交した始まりである。その頃、小生は宿痾の重いのに悩まされてずっとベッドを離れなかったが、同君はよく見舞ってくれた。病が少し怠って大西洋沿岸のアルカションへ転地するとき、同君は、綺堂氏の『雨月集』を呉れた。転地療養中の徒然に、小生はあの書を幾度となく繰返して読んだものである。小生の転地中、同君はたしかスウィスを旅行したはずである。そうして小生がパリーに帰った頃同君も帰っていて、小生が日本へ旅立った日は停車場まで送って来てくれた。

それきり今日まで逢わないのである。日本へ帰るなり、小生は重いインフルエンザ肺炎に罹り、それが治ると再び咯血に悩み、丁度不如丘君がパリーで研究室通いをしている間、小生は病床に横たわっていた。そうして不如丘君が帰朝早々『診療簿余白』を発表して天下の読書子をやんやといわせた時も、小生は床の上でうんうんうなっていた。

パリーの病床生活から引き続いて小生は病床で探偵小説を読むことを唯一の楽しみとした。日本に帰ってからほどなく、博文館の森下雨村氏と相識ることが出来、同氏からどしどし新刊の海外探偵小説を送ってもらって読んだ。探偵小説と共に、犯罪学に関する書物も送ってもらい、それがため犯罪学に対する興味がむらむらと湧き起った。私の専攻は衛生学であったが、嘗て法医学教室の三田先生に師事して血清学を修めたため、法医学に対する興味もかなりに持っていた矢先であって、遂に床の上で犯罪学の研究を始めるようになった。そうして犯罪に関する雑文をぽつぽつ発表した。その間不如丘君は矢つぎ早に各種の名作を発表し、その勢力の絶倫なるに舌を捲かせた。

全く、日々の忙しい仕事を成した余暇にあれだけの仕事が出来るのだから驚かざるを得ない。小生も一ケ年以来探偵小説の創作に筆を染めるに至って、創作の苦しさを知ったが、その創作をいかにも易々とやって退ける不如丘君の筆の力には頭が下る。「正木不如丘」の中に「不木」が逆立ちしているのはこの点、逆立ちしても及ばないという意味であるかも知れない。

パリーに居た頃、不如丘君はすでに今日あるを知っていたかも知れぬが、小生は、文筆生活をしようなどとは夢にも思わなかった。もう一度恢復して、東北大学へ行くつもりであったのである。ところが帰朝以来、重病また重病、遂に学究の徒たることを断念せざるを得なくなった。もし小生が東北大学へ行っていたら、恐らく「不木」たるものは存在せず、従って「不如丘」と混同されることもなかったであろう。

最近不如丘君は探偵小説にも筆を執って、優れた作品を発表した。この点から見ると、不如丘と不木とは大へん接近した訳で、同一人として間違えられる機会が、いよいよ多くなったといってよい。うっかりすると、こうして異同論を発表したそのことが、却って二人の混同される種となるかもしれない。

或る殺人事件

某月某日の午後一時、慶應大学病院の内科の医局での出来事である。

その日午前十時頃下谷まで往診して帰院したある医局員が、医局に入りながら云った。

「加藤首相は死にましたね」

その言葉は日常茶飯事を語る調子であった。折から医局にいた人々はその言葉が何のために発せられたのかと思う奇異の感を起したのみで、誰一人としてこの言葉の真偽を心に考えた者はなかったのである。

一二分が過ぎた時初めて一人がこの言葉を発した人にきいた

「ほんとかい」

「ほんとだろうな。電信柱に貼りつけてあったから」

こう答えた君も、電信柱に貼られてあった事の事実であるのを主張したのみで、首相が病没した事実を認めてはおらぬ調子であった。

「そんな筈ないだろう。反対党のプロパガンダだろう」

「そうだ。ひどい事をするなア」

この言葉の方は皆の認むる所となったのである。

それから十分ほどして首相の死の事実であるのを確かの筋から皆は知ったのである。

皆はその日の朝刊をくりひろげて「誰だってもこんな記事を見れば、死ぬとは思えはしない」と云い合った。

あの日の朝新聞を読まなかった人は、恐らく首相の死の有り得べき事であるのを信じたであろう。が新聞記事によって首相の病状を知ったものは……特に医者達は、その日の朝八時に首相が既に他界した事を信ずる事は出来るはずがない。

有り得べからざる事実として皆は驚愕したのであった。

しかし今にして思えば首相の死は有り得べき事である。一向不自然の事ではないのである。その可能事を不可能事と考えたのは何故であろうか。勿論新聞記事を通してのみ首相の病状を知っている一般人は、新聞記事を盲信していたのは当然である。かかる可能事をさえも不可能事と思い做したのは決して不注意からではない。

首相が病床にある事を初めから新聞で知っていた国民は、首相の病状が漸次快方に赴くのを信じていた。しかも二三日中に議院に出る事が出来るであろうとまで新聞がかいているその日の午後八時に首相が他界した事を誰が思い到るであろうか。

ここで一つ問題が残る。新聞記事は事実を伝えていたものであろうか。もし事実を伝えていたものであるならば、首相の死はすべての人の意表に出たものである。主治医をすら出しぬいて行われた悲劇であったのである。こういう事も有り得る。果してしからば誰も罪がない。

もし故意に病状を誤って新聞記者に伝えていたのであるならば、首相の家人は甚だしい不都合を働らいたと云える。

それはどちらでもいい。とにかく有り得べき事も有り得べからざる事として表るる事が世の中にはかなり多いものである。

世の中の親は我子に限って決して悪事を働かぬと思っている。また世の子は自分の親に限って決して悪事を働かぬと思っている。我子が盗をしようとは決して親は思わぬ。たとえ我子が盗をした証拠歴然として来てもまだ我子の悪心を認める事は出来ないものである。これはなお親子という肉体も精神も別個のものであるから、終には我子我親の悪徳を認める事を余儀なくされる。

しかし自分自身の悪徳を認むる事は到底出来るものではない。

私はかつてある殺人被告の精神鑑定を命ぜられた事があった。

この被告は隣人を殺害したのである。予審調書で見ると被告と被害者とは平常から互に好感を持ち合った仲であって、殺人をなし、また殺害されるべき何等の理由がないのである。その点は被害者の遺族も極力主張していて、加害者は別にある事を極言していたほどである。しかし被告が殺人罪を犯した事実はまた確証があげられてある。この点も間違ないのである。被告は勿論事実を否定し、他に加害者のあるべき事を信じていた。

第一審は有罪となってしまった。被告は服罪する積（つもり）になった。それは控訴するだけの金がないからである。被告の考えでは、とにかく自分が殺人を行った実証が余りに揃っているのを認めぬ訳にはならぬが、また誰か実際の加害者が他にあって、その証跡を最も巧に被告にぬりつけていると信じていた。幸い無期徒刑であるから、何とか恩典に浴して出獄した後真犯人を草を分けても捜し出す考えをもっていたのである。

しかるに被害者の遺族が費用を負担する事になって事件は控訴院に廻されたのであった。控訴院でもまた有罪となってしまった。そして被告は入獄してしまった。

私は第一審の時被告の精神鑑定を命ぜられたのであったが、どう考えても被告の犯行当時の精神状態に異状ありと云う事が出来なかった。控訴院でもまた精神病専門の医者が鑑定を命ぜられたが、その結果も私のと同様であったのである。

私もまた他の鑑定人も被告が心神喪失の状態で事をなしたのではないかと思って、被告の肉体的精神的状態を随分注意して調べたのである。癲癇でもない。またアルコールの罪でもなく、また他の薬物の罪でもなかった事は確実である。

この事件は私も大分気にかかっていたので、その後関係した判官に逢う度に被告の事をきいたが、三年後被告は急性肺炎で獄死したのをきいた。で事件は被告の死と共に忘られる運命にある。

この被告が殺人を行ったという実証は被告が出刃で被害者をきった事を見ていた者があった事と、また実際に被告以外のものが犯行をしたとはどうしても思われぬという事、ならびに被告が犯行後呆然としてそこに出刃を持って立っていた事とである。被告は巡査が来てつれて行かれた時初めて気がついたのである。もし事実被告が犯行を敢てしたものなら、確かに心神喪失の状態であったに相違ないが、この種の心神喪失を起すべき状況または疾患を肯定する事は現代の医学ではどうしても出来ないのである。つまり医学より見ると可能事が不可能事に見えるのである。

犯行を敢てすべき理もなくとも出刃で人を殺す事は有り得る。特に心神喪失の状態ならば有り得る。が医学上は心神喪失となるべきはずのない被告であったのである。よって医者は心神喪失にあらずと云うしかなくなるのである。医者でなければこういう特種の心神喪失があるかも知れぬ。実際あったのであると云えるかも知れぬが、医者としては医学上認めらるる範囲を越えて想像するを許されぬ。

一体判官が「被告は犯行当時心神喪失の状態にありしや」という鑑定事項を掲げて鑑定を命じたのが悪いのである。心神喪失は法律語であって医学語ではない。私達は「……にして法律にいわゆる心神喪失の状態にありしものと認む」といつも鑑定するのである。法律家ならぬ医者に法律語を用いしむるのが悪るいのである。

今の法医学では心神喪失と認むる疾患あるいは状態を大体見当をつけている。それ以外にも心神喪失を起すものはあるかも知れぬが、それは想像出来るのみで科学的根拠がないのである。科学的根拠のない想像を医者は禁じられている。……特に鑑定においては。

あの場合「頻発する心神喪失の原因を認め難しといえども一件書類より考察する時は心神喪失と認むるを当を得たりと信ず」と医者が書いたならば検事は真赤になって腹を立てたろう。

あの場合は医者が何と鑑定してもそれは無関係に判官の方が心神喪失と認めてしまえばよかったのである。ただしその理由を心神喪失の状態でなくては理由なく人を殺すものに非ざればなり、と云っては主客顚倒となるであろう。理由はともあれ心神喪失で片づけても世の中の善良なる風俗習慣をみだしはしなかったろうと思う。残念千万の事であった。

医学上あり得べからざる事が有り得たのである。

被告から云えばまさか自分が殺人をやろうとはどうしても信じられなかったであろう。がどうしてもそう信じるしかなくもあったであろう。自分というものが信用出来なくなる位苦しい事はないのであろうに。

当然あり得べき首相の死があり得べからざる事に思え、殺人などするはずがないのに殺人をあえてしてしまった。

こうなると世の中はあぶなくて仕方ない。気味の悪るいのはこの世の中に生きているという事である。

「診療簿余白」経緯

処女作とは何の事だか私には分らない。文を作った最初が処女作ならば、僕は六歳の時に処女作がある。「ケフテンキヨシオドウニアソビニユク」である。一般公衆の眼にふれたのが処女作ならば東北の福島市の、福島新聞に「医道患者道」を書いたのが処女作だ。もっとおくれて大正十一年に東京朝日に僕は「診療簿余白」をかいた。まアこれを処女作だと仮定して何か書く。

大正九年から欧洲に遊びに行っていた。その頃巴里の同じ宿に柳澤健君が居た。健の字が何だかあやしい。

僕は柳澤君にそれまで医者として知り得、感じ得た色々のエピソードを話した。その時君は「それは小説家に話してやり給え、喜ぶよ」と云った。その時、俺だってかけばかけるぞと心の中に思った。

大正十一年の春帰朝して、その七月に僕は柳澤君に話した話をペンでかいてみた。そしてそれをコワゴワ朝日の名倉聞一君宛に送っておいた。その頃には東朝には扇の話が出ていた。なかなか名倉君は紙上にのせなかった。僕は不服でたまらなかった。

不服をまぎらすために僕は「医道」を中央公論にのせて貰いたくて瀧田氏宛に送ったが、瀧田氏も雑誌にものせずまた返事もくれなかった。僕は癪に障ってたまらなかった。

その頃東日の島崎新太郎君の事を思い出して、僕は面白い随筆をかいたが、紙上にのせてくれぬかときいてやった。島崎君は名倉君よりは僕を認めてくれていたとみえて「早く送れ、のせるぞ」と云ってくれた。僕は朝日に送っておいた「診療簿余白」の返送を名倉君に云い送った。その翌日から「診療簿余白」は東朝に掲載されたのである。

さて東朝に「診療簿余白」が出ると大分評判がいい。そこで島崎君が「早く送れ」とまた手紙をよこした。こんな調子で僕は朝日と日々とに代る代る何かかく機会を得たのである。

東朝に「診療簿余白」が出て三日目に春陽堂の今村隆君が僕を病院に訪ねて来て、「単行本を出す時には、私の店から。また新小説に何かかけ」と云った。また週刊朝日の若月君がその後一ヶ月でまた私に何かかけと云って来た。

僕は今でも、東朝の名倉聞一君、東日の島崎新太郎君、春陽堂の今村隆君、週刊朝日の若月一歩君の心に深く感謝している。

この四人の人は僕の親だ、どれもこれもみんな親である。だが一番初めの親は名倉聞一君である。と云うと東日の城戸元亮君に叱られる。僕は堂々たる大新聞に原稿を送ったのは東日が最初である。スイスの宿屋から城戸元亮氏に島崎新太郎氏の紹介の名刺を入れて送った原稿を、城戸氏は東日にのせてくれた。みんな有難い人達である。

もっと有難いのは福島新聞の天野市太郎君である。君は僕が福島にいる頃、だまって僕の劣文をのせてくれた。大勢有難い人があってその順序がどうも分らない。時代順で云えば、福島新聞の天野市太郎君、東京日々新聞の城戸元亮君、東京朝日新聞の名倉聞一君、春陽堂の今村隆君、東京日々新聞の島崎新太郎君、週刊朝日の若月一歩君である。一番有難くないのは故人中央公論の瀧田哲太郎君である。瀧田君は僕の原稿をたしかに紙屑籠の中になげ込んだ人である。

はんめう

一

はんみょうは斑猫とかく。字を見ても薄気味が悪い。猫を嫌いな私は、猫とかいただけで、あのいやに人なつこい、その癖に相当な悪の持主である動物を思い出して気味が悪くなる。況んや斑猫とかくといよいよ気持ちが悪くなる。

甲虫の一種、一対の触覚と三対の歩足とを有す。体長四五分許（ばかり）、全身灰黒色にして赤色または緑色の斑点あり。悪臭ありて劇毒を含む、薬用に供せらる。と広辞林には書いてある。どうも気持ちの悪い虫である。

はんみょうの毒は薬に用いられ、芫菁丁幾（けんせいちんき）になる。芫菁丁幾は斑猫の体をアルコールで浸出したものであって、外用に用いられる。台湾坊主にかかるとこの芫菁丁幾を塗られる。禿げた頭の皮膚をこの丁幾が刺激して、程度が過ぎると赤くただれて地腫れがして来る。

ある医者が台湾坊主に罹った。私も先年台湾坊主にかかった事があるが、この医者というのは私自身ではない。私が台湾坊主にかかった時の経験では台湾坊主は誠に不愉快な病気で毎朝ゾロゾロと毛がぬけたり、風呂に入って頭を洗う時、石鹸の泡にまじって毛が浮いているのを見ると実に不愉快であった。その頃の漆黒の豊富な頭髪を秘かに得意になっていた私であったから、実に残念でたまらなかった。毎朝薬を家内に塗らせる。塗り方が悪るいから毛がぬけるのだと、家内の顔を見る度に食ってかかった。今にして考えると申訳ないほどである。

「禿げやがった。いい気味だ」

口の悪い同僚が鬼の首をとったように喜ぶ。癪に障るので、薬をゴシゴシと塗る。とうとう禿げた皮腫が真紅にはれ上ってピリピリと痛んで来た。

理髪店（とこや）へ行くと、禿頭病の話が出る。その頃は台湾坊主は伝染すると云っていた頃であったから、理髪師がくしや鋏を面当てがましく消毒する。ますます腹が立った。そこで台湾坊主では決して伝染しないという研究を志した。

　自分の禿げたところを指で極力こする。その指を生れて六ヶ月にしかならぬ自分の子の頭にあてて、グリグリとすりつける。女房はもし伝染したらばと云って毎日泣声を立てる。

「学問の研究だ。黙って見ておれ」

　こうは云うものの実は内心ビクビクものであった。この研究……我が愛児を犠牲にしての大研究の結果は陰性に終って、我が愛児の毛はどんどん濃くなって来た。

　これで台湾坊主は伝染病に非ずと決定はしたが、私の頭髪はアチコチと禿げて来て、医者として誠に都合の悪るい、見る影もない絶望の姿になってしまった。

　私の台湾坊主はかくして一年を過ぎて一進一退であった。いつともなく頭にぬる薬を忘れるようになって来た。その頃ちょうど洋行する事になったのである。

　ここにまた挿話中の挿話を物語らなくてはならぬ。某名医が洋行した。この医者は頭の偉大さをもって鳴る医者である。欧洲を巡遊している間に、妻君から来る手紙にはいつも、写真を送って下さいと情緒連綿として書いてある。しかし一度も在欧中の写真は送って来なかった。

　帰朝の日に妻君は夫を横浜の港に迎いに出た。船がついても一向に夫の姿が見えぬ。妻君はあちこちと人を分けて捜したが、どうしても待ちに待った夫の姿が見えぬ。泣かんばかりにして帰路についた妻君を後ろから呼びとめたものがある。

「おい」

　妻君は驚ろいて後ろをふり向いた。そこには偉大な頭に一本の毛もない怪物が立っていた。妻君は惨然として毛のない夫と抱き合った。

「という話もありますから、どうか洋行中だけは薬を忘れずに塗って下さい」

と私の女房が云う。その頃私の家へ来ていた母が云う。

「あんまりぬり過ぎると神戸さんのように一生丸はげになるといけないから、塗り過ぎぬように気をつけて下さいよ」

　母が云う神戸さんというのが第一に書いたある医者である。この医者は台湾坊主にかかった時、余り芫菁丁幾を塗り過ぎたので、毛根までも腐蝕してしまって、一生涯の台湾坊主になったのである。

　私の台湾坊主のその後の機嫌は、ここに記載する必要がない。今は房々とした毛が豊富に頭皮を充満しているか、それとも白髪を交えたか、または寄る年波にそろそろと禿げて来たか、そんな事ははんみょうとは関係がない。私の台湾坊主はフランス製のオー・ド・キニーヌで癒ってしまった。芫菁丁幾でない。

二

朝の味噌汁に牛蒡(ごぼう)の葉が浮いている。牛蒡の葉は柔かい時に味噌汁にすると素適にうまいそうである。

姑は嫁のお給仕で機嫌よく朝の膳についた。姑の機嫌のいいのには訳がある。それは息子が昨夜とうとう帰って来なかったからである。

「嫁……それも自分で捜して親にも相談せずにつれ込んだ、云わば親の許さぬ不義いたずらの仲の嫁……その嫁ばかり大切にしていて、それで男がくさらぬと思わぬか、え、さアはっきり返事をしてごらん」

母親がこう云って息子をいじめたのはこの日の朝である。その夜の宴会に行った息子がとうとう待っている嫁をも忘れて、出先で一夜を過したという事は、姑にとっては何よりもうれしかった。で今朝は姑の機嫌が日本晴れであった。

姑は嫁の朝の挨拶にも珍らしく返事をして朝の膳についたのである。姑は牛蒡の葉の味噌汁を一口呑んで茶碗の飯に箸をつけた。次の味噌汁の一口が姑の入歯で噛まれた時、姑ははっと口の中のものをお皿にはき出した。

嫁は驚ろいて姑の様子を見つめた。姑は吐き出したものをお皿を手にとってジッと見つめている。ややしばらくして姑の眉はきゅっと寄った。皿から離して嫁を見つめた眼はキラキラと光った。姑の顔には血の気がない。五六分の間四つの眼がキッと見つめ合った。姑の手が延びて嫁の鼻先に皿が出た。嫁は姑の顔を見つめたまま皿をうけとらんとした。

「眼でごらん。大事な証拠を渡す事は出来ません」

皿を持つ姑の手がブルブルとふるえた。嫁は皿を見つめた。牛蒡の葉に混じて灰色の虫がかみくだかれて、その羽にあちこち緑色に光る斑点がある。嫁の顔から血がなくなった。姑の口から声が洩れた。

「おほ……。あぶない事でしたよ。斑猫で殺されるところでした」

姑は懐から紙を出して、皿の上のものを包んで袂に入れた。姑が立ち上る。嫁は顔を伏せたままである。

「娘の所へ行きますよ。永々御厄介様でした」

姑は立って玄関から下駄をつっかけて出て行ってしま

った。嫁はジッと坐ったままである。

午前十時裏口から声がきこえた。

「おーい。ちょっと出てごらん、牛蒡に恐ろしくはんみょうがたかっているよ」

一夜をそとに過して帰って来た夫は気まりの悪さに、そっと裏口から畑に入って来た。そして静かな我家にいよいよ恥かしくなって牛蒡畑に入り込んだ。ふと見ると、灰黒色の小虫が牛蒡の葉をつたって群をなしている。それを見た時、夫は元気づいてやっと声をかけたのである。

家の内は静かであった。何の返事もない。夫はまた縁に近づいて声をかけた。やはり返事がない。夫は薄ら笑をして縁から家の内に入った。まだ夫の帰ったのを嫁は知らぬらしい。夫はソッと茶の間に入った。そこには打伏しになって、赤いてがらの大丸髷の妻がいる。泣いてるな、と夫は思った。

「おい、泣くな。俺が悪かった」

夫は妻の肩に手をかけて、妻を引き起して前に廻った。妻は舌をかみきって死んでいた。

三

蛇には毒蛇というのがある。まむしもハブもみんな毒蛇である。こういうものは外敵に対する敵討行動の時に体内の毒を分泌して外敵と戦うのである。

はんみょうの体内にある毒は何かの時に敵に対する弾丸の役をするものではないらしい。自分が外敵に食われて後、その外敵を非道い目に逢わせるためである。蛇毒に比べると大分消極的である。一度はんみょうを呑み込んで非道い目に逢った蛙は二度とはんみょうを呑まぬかも知れぬが、まだこりぬ蛙はまたはんみょうを呑む。こう考えるとはんみょうの毒は最後の手段として役立つものであって、相手が相当にこりるだけの頭脳を持っていなければ何の役にもたちそうもない。

食われて後に害をなすとは何という深刻な復讐であろうか。がやや女々しくもある。

「殺すなら殺してみろ。俺の血にはお前をまた殺す毒があるぞ」

といった調子である。

植物の持つ毒は皆消極的で、はんみょうも毒の利用法は植物に近い。さて人にして持つ毒は？　女の毒は？

四

こういう話がある。

心のやさしい人をひきつける若い女があった。この女が気の毒な位置に居るので、救ってやりたくてたまらぬ男があった。男は夢中になって女を救いにかかる。そうなると女の方が男を恋い慕って来る。男はまだ恋心にはなれない。女を救うのは事業だと考えているから男は事業をしている間は恋は出来るはずがなかった。

とうとう女を救ってしまうと男は女が可愛くなった。そしてその女の可愛さに一生をめちゃめちゃにしてしまった。はんみょうがゲラゲラ笑って男の頸の廻りを這い廻っていた。

五

はんみょうを五匹朝靄のはれぬ畑で捕えたお嫁は、気味の悪るい虫を紙に包んで袂の中に入れた。

一日は何事もなく暮れた。夜の十時になってお嫁は美しくお化粧をして、寝巻に着かえて床に入った。夫は留守であった。

床に入ってしばらく考えていると、悲しさ淋しさが胸にこみ上げて来る。夫が出張で出て行ったあの日の朝の機嫌のいい姿が今生の別離になるのである。こう考えるとお嫁は居ても立っても居られなく、さしせまった気になって来る。涙にぬれた顔で女は床の上に起き直った。

水落ちのあたりがシクシクと痛む。さっき袂の中から紙包を出してひらいて見た時には、もうはんみょうはちょっとも動かなかった。その五ツの虫をお湯で一つ一つ飲み下した時の自分の心が悲しく思い出される。

シクシクと痛む水落ちに手をあてる。もう毒が廻って来たのかしら。これで自分の一生は終ってしまう。それもこれも皆運命なれば仕方ない。

心を秘してお嫁に来たのが、そもそもの間違であった。本心から愛していてくれる夫には沁々申訳ない。けれど生きていては自分の気にすまない。死んでお詫をしなくてはならぬ人がある。

せめて一言書き残したい。女は立って電燈を灯した。枕許にある机の上の紙と硯とが目につく。書こうか。今わの際に書く遺書ならば、皆可哀そうと思って下さるであろう。女は硯の海に筆の穂先を入れた。薄墨ですらすらとかく。

「……私は死にます。今わの際に一言かき残します……」

涙がぼろぼろとこぼれて、字はにじんでしまう。心を引き立てて書く。

水落ちがチクチクと痛む。余りの痛さに堪えられなくなって、女は胸を両手で押えた。ムズムズと胸が痛んで来る。吐気が出て来る。女は生唾をおさえながら遺書をかき続ける。とうとう堪えられなくなって来て、女は畳に打伏しになった。お腹からこみ上げて来る吐気が、ついに咽喉まで来る。机の上から半紙を五六枚つかんで畳に置いて、その上に打伏しになる拍子に、胸がぎっとあつくなって、吐いた。眼がくらくらとくらむ。後々と吐く。

隣の部屋に寝ていた姑が驚いて唐紙をあけて出て来た。嫁の打伏しになっているのを見て姑は嫁の肩に手をかけた。

「どうおしなの。吐くのですか」

姑は嫁の背をやさしくなでている。

「きっとお前お目出たいのですよ。初めての時は悪阻（つわり）が非道く来るものですから」

その時また嫁は吐いた。

「ねえや、ちょっと来ておくれ」

姑は大声で女中を呼んだ。眠り込んでしまった女中は起きて来なかった。嫁は一通り吐いたと見えて鎮まって来た。

「さァもうお休み」

姑は嫁のからだに手をかけて、床の方へ動かした。嫁は姑に押されて床の上に倒れた。姑は蒲団をかけてやって、口の周囲を手拭で拭ってやってから、嫁の吐いたものをちょっと見た。白い泡に混って黒いものがある。姑は不思議に思ってそれに近づいた。泡に混っているはんみょう五匹はまだ足を動かしている。

六

三井寺（みいでら）はんみょう。これは放屁虫（へひりむし）の事である。へひり虫と云うと下品になるが、三井寺はんみょうならば上品である。

初夏の午後、窓の外の南天の枝を見ると木の皮がふらふらと南天の枝を動いている。何だろうと思って立って窓に倚る。よく見ると木の皮と思われたのは、三井寺はんみょうであった。何だへひり虫か。と思ってなお見ていると別の枝にも居る。恐ろしくたくさんに居る。厄介な奴が生れて来たなと、思いながらなお見ていると二匹が近づいた。なお見ている。二匹の様子を見つめる。妙な事をするなと見ていると二匹はつがってしまった。「畜生」とさけんで南天の枝をガサガサと動かすと、雨粒のように幾十と居た虫はバラバラと落ちた。

　それに遅るる一二秒で鼻も曲る強い臭がワーワーと起った。狼狽して窓をしめたが既に遅く、室内までも臭気は充ち満ちている。

　　鳴かず飛ばず時あって曰く放屁虫

野茨

一

　この一文を草するのは大正十五年の九月二十七日であるから、この文が本誌に出る頃には、熊公も自然人気が落ちるであろう、というのは彼が何ほど神出鬼没で、県の警察費を食いつくすにしても、冬に入ったならば、結局捕縛されるに違ないと思うからである。

　がしかし今日では熊公は恐ろしく人気がある男である。初め熊公の記事が新聞に表れた頃は、世の中の読者は日常茶飯事として、別に注意も払わなかった。彼がもしあの開墾地帯の森林に身をかくさずに、すぐに捕縛されてしまったならば、これほどの人気は出るはずがない。活動写真会社が撮影の許可を願い出して十分に儲かる見込があるほどの人気に熊公がなったというのは、彼の幸運児であるのを物語っている。況んや彼が住居附近の人々に今まで与えていた好意が、段々と分ってきて、そのために彼を今でもかくまってやる家があると聞くに到っては、実に熊公は今の日本で第一の人気役者と云っても故障は出ないであろう。

私達も実は毎日のように熊公の噂をしているのである。鬼熊などと云いたくなく、熊公と彼相当の敬称を用いたくなったなどというのは、彼の殺人の動機で決して物とりとかいうような悪心そのものでなく、ただ苦労をして手に入れた女にそむかれた恨を晴らすという、人間としてある程度までは許してしかるべき事であるが故である。とにかく熊公の存在は愉快千万な存在である。

熊公がなかなか縛につかぬというのは、色々理由もあろうが、まず天の利を享けている事も一つの理由であると思う。

二

秋は万穀の実る時である。山へ行けば木葡萄もある。あけびもある。また困れば稲の穂もある。猿が山中で生きていられるのは秋という気候があるからである。時なる哉、熊公はこの秋に森林地帯に身をかくしたのだ。

北海道では脱獄がなかなかあったものであるそうだが、秋の脱獄が一番成功したと云う。この事は秋が山地に身をかくすに最も適している事を雄弁に物語っている。

もう古い昔である。十勝の監獄で堂々と正門から十何人の囚人が、しかも数珠づなぎのまま脱獄した事がある。話はなかなか面白い。その頃この監獄には一人ヨボヨボの看守長が居たそうだ。ある日この看守長が監内を見廻っていた時、しめし合せていた囚人が突然彼に猿轡をはめてしまって、彼の官服をぬがせて一人の囚人が、彼と衣服を交換してしまった。なお一人の看守もまた同様の目に遇った。二人の看守は囚人の衣服をきせられて、監房に猿轡のまま放り込まれてしまった。

この服のみの看守長と看守が十何人の囚徒を引きつれて堂々と監獄の正門から、監外に仕事に出てしまった。門衛は恐らく敬礼をした事であったろう。

彼等は一里ほど落ち延びて、四隊に分れて各自行くべき方向をきめた。ほど経てそれを知った監獄では大騒動をしたそうだが、町へ入った囚徒は皆捕えられたが、山へ分け入った囚徒はとうとう捕えられなかった。それは秋であった。

その山へ分け入って逃げのびた囚徒の一人の話であるが、彼がかくれていた山へは看守がしばしば来たそうだ。囚人は大樹の上に登って、木の実を食っていた。下を通る看守は秋天の澄むのを見上げる余裕がなかったのだ。囚人は木の上の人となっていたが日中最も苦痛であったのは、小便が出来ぬ事であったそうだ。特に看守の姿が見えると、妙に小便が出たくなったが。

三

北海道でまた一つ聯想が浮ぶ。昔の事であるから、北海道の山林採伐事業が旺んであった。深山から伐った材木は筏にくんで河を流していた。筏乗がある日ゆうゆうと河を流れ下って来た時、岸に働らいていた囚人が、「何かくれろ」と声をかけた。

筏乗りはその声をきいたが、罰が恐ろしいので返事をしなかった。囚人が云った。

「決して俺達もただで貰いはしない。必らず返礼はする」

この言葉は筏乗りには恐ろしかった。「呉れなければ返礼をする」という意味にも聞えたからである。

その後またその岸を筏で通ると、岸にはあらゆる野菜が山のように積んである。筏乗りは三井物産の者であったので、その野菜を目出たく頂戴して、その返礼に煙艸（たばこ）をどんさり岸に残して来た。

爾来夏の末になると、この物々交換は毎年筏乗りと囚人の間に行われた。囚人はマチがないから煙艸をかんだのであったろう。砂糖も筏乗りは甘党のため、酒もから党のために置いて来た。

四

熊公は鎌を持っている。鎌のきっさきは恐怖すべきものである。ある巡査がすりを一人捕縛して本署へ送るために山地を通っていた。巡査は自転車に乗って、罪人の捕縄をにぎっていたのだ。変な事だと思うが、そう話手は私に云った。古い警察部長の話であるから間違はない。

途中小さな川があった。そこで罪人は巡査を川につき落して自転車に乗って逃げて山に入った。その途中で山田の雀おどしの男から鉄砲と火縄とマチとを強盗した。それで足りなくて彼は草刈から鎌までとって山に入ったのである。

巡査が山狩りをやったが、一人は彼の鎌のために殺害されてしまった。事件は大きくなって来た。爾来彼は鉄砲を巣にかくして、専ら鎌で対抗していた。また一人の巡査がやられた。

そこで彼よりも鎌が恐ろしくなってきたので、決死隊は鎌をとり上げるために、鉄の鎖の先に分銅をつけて出て行った。彼はとうとう鎌をとられてしまって、やむなく鉄砲に宗旨がえをした。

鉄砲の中へ彼は小石をつめて対抗した。決死隊が近づくと彼は鉄砲を向けて、火縄を手に持ってかまえた。その度にマチ一本と火縄が若干宛減って行った。捕縛隊はマチと火縄を彼に浪費させるようによろしく応戦していた。

当然彼はおそかれ早かれ捕縛される運命に居る。

五

一体熊公の逃げている山中には蚊は居ないだろうか。逃げた囚徒が愚かしくも真夏の山へ逃げて、全顔はれ上って、

「蚊攻めよりは」

と云って監獄へ帰ったという話もあるが。

六

熊公をかこまっている者が確かにあると新聞で見た。もう四十過の人が子供であった頃の話であるから、大分昔の事である。ある田舎でばくち打ちが間違いをしたので落ちて来たのをかこまった。そのかこまった家というのが、今四十過ぎの人の家である。

「誰にも話してはいけないぞ」

その人の親父がこう云った。でその人は毎日この落人に絵をかいてもらって面白がった。

「おじさん絵をかいておくれよ」

「うん」

落人は駄菓子やから買ってきた絵具を使ってなかなかうまい絵をかいてくれたそうだ。何でも一月近く居たそうだ。落人をかこまった家の一軒置いて隣が、落人の女房の里であった。それで段々とせんぎが厳しくなってきた。

落人は身があぶないと知って逃げた。それは秋の真夜

だった。家を出る時、

「永々御世話になりました。今夜また落ちて行きますが、御礼の心ばかりにこの刀を残して行きます。きれ味はたしかです」

こう云って落ちて行った。

「……その刀が今もありますが、なかなかの業物らしいのですよ。でも人の血がいくら手入れをしても残っていると思うと、どうも気味が悪るいので……」

四十過ぎの人は私がこの刀を買いやしないかとさぐりを入れてきたらしい。

七

熊公に人気のあるのは、「にせ熊」がポツポツと出没するのでも知られる。「にせ者」が出るようになればまず有名税だけは払ってしかるべきであろう。

熊公よ。君は君の「にせ者」が出るのをまだ知らないか。君の顔を決して知らぬ村へ思いきって表れよ。そして「俺は熊だ」と云い給え。

そしてぶるぶると家人がふるえ上った時、大声で笑うのだ。

「あはは、そうかなア、俺も熊公の『にせ』だけは出来るぞ」

と云うのだ。君は広い世の中へきっと出られる。そしてほどなくきっと捕えられるだろう。

八

「熊さんよ。あなたの家族はきっと私達が心配する。早く自首してお出なさい」

熊公立札を見て曰く。

「俺の外にも熊という奴がこの山にかくれたと見える」

「家出せし女房に告ぐ、至急帰れ。帰らざれば、亭主申訳にお前の子と心中す」

家出せし女房曰く。

「私帰ろうかしら。あの人は浮気こそするが、それも気が弱いからなのだ」

九

「コラッ、お前は九月一日に千駄ケ谷三五九の高木という家へ入って、現金五十円と女物の衣類三点を盗んだろう」

「そんな覚はありません」

「それならば、九月五日の夜千駄ケ谷五七六の大木という家へ入って、現金十円と金時計一個を盗んだろう」

「そんな覚はありません」

「だがお前は昨年の秋満洲鉄嶺の病院長宅へ入って、現金九百円なにがしを盗んだろう」

「そ、そ、そんな事は、決して決して有るはずありません」

「それ見ろ、鉄嶺の事を否定する語調と千駄ケ谷の方を否定する語調とまるで、違うではないか。馬鹿め」

「恐れ入りました」

昔はこの調子で大抵成功しましたが、近来はこんな事ではとても刑事はつとまりませんでしょうな。

十

熊公は山住いをはじめて一ケ月近くなった。真夜山林地帯を歩き廻るので、段々と夜目が効くようになって、真夜の暗でも野獣の如くかけ廻るほどになっていると新聞にあった。

これは恐らく事実であろう。瞳孔を出来るだけ大きくすれば、夜でも地上の小石が見えるものである。

夜行軍などをして、暗の恐怖を感じながら歩いている時に、突然小石などにぶつかって、ハッと思う時には、そのあたりがはっきりと見えるものである。人間は甚だしい恐怖を感ずると瞳孔が大きくなるものである。

熊公の山狩りは夜も行われるようであるが、その人達は眼にアトロピンをさして出かけたらば、たしかに熊公よりはよく見えるだろう。提灯や懐中電燈を持っているから、熊公にしてやられるのだ。

もっともアトロピンをさしては翌日の日が登ると、眩しくて何も見えないかも知れぬが。

要之（ようするに）、この度の熊公捕縛の方針は科学万能の今日から云えば、時代おくれである。

十一

私は実に馬鹿を見た。原稿を送るのを忘れたばかりに、今日は熊公自殺の号外を見なくてはならなくなった。そして私自身もまた山狩りの人々と同様に、熊公に馬鹿にされてしまった。

それにしても号外が出るとは何というすばらしい人気なのだ。熊公よ、お前はも少しはかくれて居てもよかったのだ。勿論いつかは捕まるのだが、まだ人気は落ちなかった。

熊公が自殺してしまった事は、山狩りの連中から云えば、随分癪に障った事であろう。熊公なら何とも云えず溜飲が下ったであろう。

自殺してしまっては悪みようがないではないか。

十二

熊公の自殺は誰かの入智慧であろうと考えられているらしい。

「御心安く切腹遊ばせ必御無念は晴し奉る」

大石良雄がこう云った様子はないが、心ではこう思って藩主の切腹を待ったであろう。

誰か熊公に自殺をすすめた人があったならば、彼はこう考えたろう。

「熊公よ、自殺しろ。そしてお前の純真な心を示せ。そうすれば確かにお前は死後の生を全うする事が出来るのだ」……と共に、

「世の中の馬鹿者共め、熊はお前達の考えているような阿呆ではないのだ。お前達の頭をガンとなぐるために自殺するのだ」

と秘かに思ってほくそ笑んだであろう。

考えてもみるがいい。熊公の心を知って知る者が、本気になって自首をすすめる事が出来るものか。自首をすすめるほどの心のある人ならば自殺をすすめるのが当然である。

熊公が自殺という形ですべてを解決しつくした今日になって、熊公事件を回顧すると、この事件は野に咲いた「野ばら」の一輪の運命そのもののような気がする。すべてが自然で野生で、人工の不純さを冷やかに嘲ってしぼんでしまった「野ばら」が即ち熊公であった。

野ばらを鉢植えにせんとして、とげを恐れながらなお努力した人々の、努力を嘲りながら野ばらは野生のまましぼんでしまった。

医者の失敗

　医者が患者の取扱上の失敗は、誠に恐るべきであるのは論がない。しかるにこういう実例は世の中にないではない。何商売でも思い違いとか、不注意のための失敗はいくらもある。例えば株屋が思惑違いをして自分が破産するのみならず、平常のお華客（とくい）を門なみに泣かせる事もあるし、また知事が印を不注意に押したために、暴動の起った例もある。しかしこれ等は問題にはなっても人命には余り関係がないので、いつの間にか忘られて行く。

　判事が誤判をして死刑の処する事もないではなかろうし、検事はかなり死刑の論告をする。これは人命に関係があるのであるが、引責辞職位でまずかたがつく。

　しかるに医者が誤って人命をうばったような事件があると、医者全体が人殺しでもしているように騒がれた。で今思い出される医師の失敗事件を書いて医者と患者との関係を静かに観察してみたい。

　もう古い事になるが、ガーゼ事件というのがある。ある婦人科の医者が開腹手術をした時に、ガーゼを腹の中に置き忘れてぬってしまった事件である。これはかなり有名な事件となって、裁判にまでなったが、結局医者は当然払うべき注意を怠ったのではなく、不可抗力であると認められて無罪になってしまった。がしかしその後開腹手術をする時には、ガーゼはガラスの球を糸で結びつけるようになった。初めからそうすれば、ガーゼ置き忘れ事件は起らなかったのである。だから今日ではガーゼを腹中に忘れたならば、有罪となりそうである。

　また最近であるが、婦人科の医者の一人が子宮癌であると診断をしたのに、他の医者が単純のものとして手術をはじめて後、癌と分って手術に時間を要したために、患者が死亡した事があった。これも有罪にはならなかった。この事件の両医師は共に有名な人で、共に学者であった。罪にはならなくても体裁はよくない。由来患者または患家は病気をかるく云う医者を好むものである。何故癌だと云う医者に手術をして貰わなかったのであろう。そして事後になって訴えるのはやや卑怯である。癌でないと云った医者をより信用したのが人間の弱点と云えぬ事もなかろう。

睾丸移植事件というのがあった。精神病患者のある種類のものは、睾丸の内分泌が不足しているのが原因だと考えられている。また一方睾丸をとる必要のある精神病患者が居た。この二人の間で睾丸を移植したのである。そのために睾丸をとられた患者が程なく死亡したというのが事件の中心である。

睾丸を男の生命の源泉だと考える人の多い今の世だから、その筋が問題にしたのであったろう。これは検事局までも行かなかったかと思う。考えてみれば睾丸であるから問題にされたのである。睾丸をぬいたのが死の原因であるとは云われなかった。ただ残る問題は精神病患者であるから、家族に相談しなければならぬ。で度々手紙を出したが返事が来ない。だから院長が保護者であると信じて、院長の信頼で手術をした。ところが警察が保護者らしいのである。この点は手落であったかも知れない。それもまた考えようである。

ここに一人の脳溢血の患者がある。血液をとれば生きるかも知れない。病人は意識がない。周囲のものはどうせ助からぬのだから血液をとるのはやめてくれと云う。しかし血液をとれば助かるかも知れぬ。良心のある医者ならば周囲の人の言葉を排して血液を採るであろう。これが罪になるであろうか。医者の良心は人命を救うにあるので、体裁に周囲の人の機嫌をとるのではない。この場合と睾丸とは大同小異と云ってよかろう。

医者という商売もいい商売でない。結果を論ずる世の中となって、動機を問題にしな過ぎる。甚だしいのになるとピストルで、人を打ち殺す意志をもってピストルの引金をひいても、そのピストルに弾丸が入っていなければ不能犯とかいって罪にならないそうだ。こうなって来ては結果ばかりを医者も気にしなくてはならなくなる。だから癌と診断がつけば医者はさっさと逃げてしまうのだ。

だがこんな医者の失敗はどうでもいいが、医者という特別の技能を利用して悪事を働く奴こそは厳罰に処さなくてはならない。位置を利用して悪事を働く奴も同様である。こんな奴は改心もくそもない。あくまで社会から葬り去るべきである。

僕は技能とか位置とかを悪用する奴を見ると心の底から憤慨する。誰だってそうだろうが。

小説アラ捜し

　随分たちのよくない註文をする編輯者もあるものだ。文学に現れた科学的矛盾を、遠慮なく拾い出してくれと云うのだ。誰でも物を読む時に、あらを捜してやれ、という気分で読む人はありはしない。もっとも近来は発売禁止を食わせるために、読む人があるかも知れないが、それは一人の人間としてでなく、官服が読んでいるのだから、例外だろう。

　ちょっと考えると文学などには、科学的の矛盾がザラにあるように思われぬでもない。筆をとる人がすべての科学を専攻している筈がないから、時として途方もない事を書かぬとも限らない。そう思うと私も今まで読んだものの中に、そういう矛盾に気づいた事もあったような気がする。がさて今必要にせまられて、ハッキリと思い出せるのは、暁の星の二つ三つしかない。だから編輯者から手紙を貰ってから、鵜の目鷹の目で、暇さえあれば単行本雑誌新聞片ッ端から、あら捜し専門に読み出したが、捜すとなるとちっとも見付からず、既に二ヶ月を経過してしまった。文藝春秋社の文筆婦人にまで頼み込んだが、目を真赤にして来て「随分読みましたが、なかなかありません。決して怠けは致しません」と悲鳴をあげた。

　要するに文学は科学としても完全に近いものであると決論して、編輯者に出題の失敗である事を申し上げるしかない。

　こういう苦い経験をしながら、いわゆる検閲係の人々に心から同情した。筆者が経験したような無駄な努力を朝から晩まで、元日から大晦日まで続けて、千冊にやっと一冊発禁を食わせれば大成功の部であろう。だから時としては苛酷だと抗議の出るような事もあるであろう。筆者は今度の経験から、検閲係の方々に満腔の同情を寄せて、発禁に対する不服など夢更ら云うまいと決心した。

　さて、筆者は科学的の検閲係……中央公論の任命による……となって、注意をしたり、また罪再三の者には発禁を食わせる、恐ろしい小父さんになったのだ。まず大体において、科学的矛盾をやりそうな文人はだれだろうかと考えてみた。内務省の検閲係の方も恐らく、平素にらめている筆者や雑誌があるであろうように、この一文の筆者も大体の見当をつけようとした。そうでなくては、仕事は一年も二年もかかって効果があがらない。

まず前科のある人はないだろうか。最初に思い出されたのは菊池寛氏であった。信越線の碓氷トンネルに、蒸気汽缶車を通してしまったのは、余りに有名である。「陸の人魚」の事だ。これはその当時注意をうけたため、菊池寛全集では一向に煙が客車に入って来なくなっているが、トンネルに入る時電灯が点るとだけであって「昔は蒸気汽缶車だったから煙になやまされたが、今は電気汽缶車になったので、案外らくだ」とは書いてないのが、どうも物足らない。

で、まず菊池氏のものには類似のお筆先があるだろうと失礼ながら捜すのだ。どうか腹を立てないで下さい。実は菊池氏御膝下の文筆婦人の忠勤による収穫なのですから。

最近の朝日紙上の「不壊の白珠」（四月二十三日）に「東中野で電車が止まると……百人に近い人波がどっと押し出されて、その大部分は駅のすぐ傍にある踏み切りの横木のところで止まった。彼等は自分達の乗って来た電車をやりすごしてからでないと線路の右へわたれないのであった」とあるが、それは間違いで、東中野駅は東京駅から来た客は、踏み切りを通らずに線路の右へ出られるように出来ている。中野駅と東中野駅とを思い違っているらしい。

翌日二十四日には、俊枝は有楽町から省線に乗った。成田に電車で逢った。「東京駅につくと車内はだんだん混むばかりで、……また二人はだまったまま新宿まで行った」

二人は東京駅で乗換なかったのは確かだが、どうも神田駅でも乗換をしなかったらしい。二人ともボッとしてしまったにしても、上野から赤羽あるいは大宮まで行って来たにしては、記述が足りない。省線は循環線ならば有楽町からは東京で全部乗換だし、横浜からのは神田で乗換をしないなら、先で乗換えて池袋を廻らなくては新宿へ行けない。

二十七日にも俊枝と成田が有楽町から東京駅で乗換せずに「万世橋をすぎる頃成田は思い出したようにはなしかけた」

この二十三日、二十四日、二十七日の三日は確かに異例な電車運転系統があった事になる。これは菊池氏が省線にあまり乗っていないからの錯誤であるが、もし東京駅の乗換の事を正しく書いたらば、もっと俊枝と成田の心のいきさつが明らかになったであろうと筆者は惜しいように思われる。

序に「受難華」の一句。「二人は食堂へ行く道の右側にある喫茶店へ這入った……二人は笑いながら立ち上ると食堂を出て座席（本郷座）の方へ這入って行った」の喫茶店が食堂に早変りをしたり、「東京行進曲」で「まあ、メリンスのあんな洗いざらしを着ているわ……あんな美しい女が、あんな洗いざらしのめいせんを着ていることに……」メリンスのめいせんへの早変りなどを附録として、菊池氏から離れるが、アブト式以来菊池氏は自動車税を電車連のために払ってやらなくてはいけませんね。

菊池氏でやや気をよくしてさて次にはと、久米正雄氏の留守をねらってみたが、どうも無駄だった。久米氏は注意深いのか、それとも何でも彼でも知ってるのか、顧問でもあるのか一向にない。

中村武羅夫氏は「蒼白き薔薇」で前科がある。「どう致しましてここに検事の令状があります」と判事を無視して叱られて、単行本で判事にしているからと思って、検閲の眼を光らせたが、労多くして効がなかった。残念でたまらぬので、焼け気味になって、不如丘をやっつける気になった。「手を下さざる殺人」に親分を殺して鉄道工事の事務所を襲う男が爆弾を事務所に投げつけて、大将になって仲間を指揮して騒動を起したが、罪は殺人罪で片づけられている。不如丘の友人の判事が手紙をよこした。「手を下さざる殺人の予審判事の捜査法は、僕の如く明晰な頭脳の所有者である事が分って愉快だったが、断罪に爆発物取締法違反と騒擾罪を忘れたので、僕は我事の如く不愉快になった」とあったので、不如丘いやはやだった。六法全書を暗記するか、顧問弁護士を一人たのんで書く事を忘れてはならない。

科学的矛盾があってならないのは、科学的に組み立てられなくてはならぬ探偵小説がその最たるものであろう。特に探偵小説の重点となるトリックに科学的矛盾があったならば、その一編は存在価値がない。だからもしそういう科学的矛盾から組み立てられた探偵小説があったならば、それは科学文明の賊として、発禁を食わせなくてはならない。

いやしくも探偵小説を書く勇気のある人で、科学的矛盾を敢行するような人はあるべきでない。だから私は探偵小説のトリックが科学的矛盾があるかと思って捜しはしなかった。だがかつて新潮の座談会で、探偵小説方面の御歴々の集られた時、不如丘自身の探偵小説のトリックに科学的矛盾がある如き口吻を洩した人があった。

「手を下さざる殺人」は脊髄癆患者を殺すために、脊髄癆患者が視覚のコントロールがなければ、正しく歩く事の出来ぬのを応用するトリックを用いた。脊髄癆の患者が百燭電燈やアーク燈のまばゆいほどの照明の下に、半完成の鉄橋……真中に一枚板だけ渡してある程度……を渡って行く時、数里も離れた変電所に居る加害者が、スイッチをきる。一分の後スイッチを入れる。その時に被害者は既に川を落ちて流れている。こういうトリックだった。「ああいう事があり得るのでしょうか」と座談会で云った人があった。医学を知る列席者がないので、このトリックの正しいのを云ってくれなかった。

医者は脊髄癆の診察に、患者を直立させて眼をとじさせて、グラグラするのを見て、重要なロンベルグ氏の症候と云っているほど、有名な症状なのだ。

だから余りに専門的の科学は探偵小説のトリックとして使うと損だ。

余事をやめて、誰でもすぐに気のつく科学的矛盾は、筆者の科学的無智の結果ではないものだ。大抵は不注意の結果であって、随分ユーモアに富むものがある。

林不忘氏の大岡政談に片手しかない人間が、殿様の前へ出て、もろ手をついた事がある。これなど殿様にはもろ手をハッタとついて物を申すのが当然なので、うっかりない手をつかせてしまって、大方義手だろうよ、などと皮肉られるのだ。

これと正反対に、不如丘が手術をして膝から切断してしまった右足の親指の痛んで苦しむ人の絶望的な心を書いたのを読んで、与太をかくと笑った人があった。笑う方が大与太で、医学的無智のしからしむる所なのだ。切断部の知覚神経が瘢痕組織に包まれるために刺激される時には、疼痛を感ずるのは脳なのだから、はっきりない足の指が痛むのだ。だから林不忘氏のもろ手も脳の方ではついている感覚があるとも云えぬ事はない。一種の感覚的記述だと云ってもいい。

感覚で思い出したが、新感覚派の人々の感覚は特別なものだ。横光利一氏が「学者のかくものには、どうして感覚がないのだろう」とよく筆者に云ったが、形而下学中医学は最も非感覚的のものだからだと答えたい。いわゆる新感覚も科学的に余りに矛盾があると、不感覚になる場合がある。横光氏の「計算した女」の「でもあの人は気の毒よ。結核で肝臓がいつでも、ぶるんぶるん慄えているのよ」まで来ると不感覚だ。肝臓は決して慄えるようなことはない。肝臓はきもの漢字ならば一層くだらない。肝臓がふるえる感覚は決してあってはならない。それは非科学的で、一度横光君に死体解剖を見せたい。

同じような非科学的の記述を国枝史郎氏が「任俠二刀流」に用いている。「空を仰げば明日は天気、一点雲なき星月夜、とたまたま抛物線を描き、青く光って飛ぶ物がある、人魂ではない、流星だ」

この記述の抛物線は科学的に矛盾している。流星が地球に向って落ちる時には抛物線の経路をとるのは科学的に正しい。が地球上の一点から流星を見れば、絶対に抛物線を描いて見える事はない。多くは直線である。曲線に見える事もあるが、抛物線にはどうしてもならない。だから抛物線などという学術語を用いてはいけないのだ、「抛げるように」ならばまだいいが。ただ流星が地球に落ちる時に当然抛物線だから、こう書いたので、目で見る線でない、と云うのならば、物理書でない創作には不必要でしょうと云うに止まる。出来るならばこんな学術語は知っていても用いない方がいいと筆者は思う。

もう一つ物理学上危うい記述の一例として「赤い復讐」に「オートバイは小銃を激しく撃つような音をたて、籠の内面を煙だらけにし螺旋状に危険な位置を保ちながら、凄まじい快速力で走り下っていた。そして地面に近づこうとしていた」をあげる。これは上から下へオートバイが来るが、こういう曲芸は下から上へでなくてはならない。実際この曲芸を見た人は分っているであろう。飛行機の宙がえりも進む方へ上って行くのだ。籠の内面を螺旋状に廻って下っては科学的に大危険である。作者の云う「危険な位置」は上るならば実はさほど危険ではないのだ。

曲芸のも一つは加藤武雄氏の「饗宴」の萬千子身投げの段だ。「突然、車輪の響が轟々と響を高めた。鉄欄の交叉が彼女の眼前を掠めはじめた。闇の底に仄白く、天龍川の流が見下された。彼女の眼が鉄欄の切れ目をとらえた刹那、彼女は渾身の力をもってあのフィールドに臨んだすぐれたるジャンパーの勇気と決断とをもって、ひらりとその身を踊らした」

さて汽車の速度をなるべくおそくして一時間天龍川を二十哩とすると一七七〇〇間、一分間二百間、一秒三十三間となる。鉄欄と汽車との距離を近く見て一間とする。鉄欄と次の鉄欄との距離は萬千子の頭の高さにおいて、なるべく広く見て十間とする。そして萬千子が汽車からとび出して鉄欄の間からぬけ出すためには？

まず萬千子は一秒三十三間の速度で横に進行しながら、汽車をけとばすのだ。すくなくとも鉄欄の近いもののはずれから二十間前の位置で、汽車からとび出さなくてはならない。しかも鉄欄に直角の方向にどうもこの曲芸は余程練習しなくては成功しない。が「死体はとうとう発見されなかった」ほど萬千子は曲芸師だった。それとも萬千子は三分の一秒に一間と四尺（身長）をとぶ事の出来たジャンパーだったのか。

次には大分下がかつて失礼だが、小便の話だ。中河与一氏が大分前に「ある時代の心持」を早稲田文学に書いた。主人公は欝子という人だ。「あたりはうす暗い夕方になっていた。帰って来るとランプの傍に座っている妻が、訴えるように自分に云った。『おむつをかえているとまたおしっこをしましたの、お顔からおべべからメチャメチャ、だって足をあげるとすぐなんですもの』」

作者中河氏は最初にことわり書をして「欝子という名前はその時代の私の心持を子供に象徴したものです」と云っている。中河氏は男だから欝子は男の子だ。とすれば赤ん坊が、足をあげられて、おしっことをすれば、顔にかかるだろう。が何と中河氏は飛んでもない事を終の方で書いてしまったでしょうか。「男の子のように」と出ているのです。勿論「男の子のように」は小便とは関係なく終にあるのですから、欝子は女の子なのです。女の子がまさか！

で思い出したが、筆者が子供の頃、うちに居た女中と書生が仲が悪くて、喧嘩ばかりしていた。書生がはやり目にかかって眼をまっかにしていた時、女中が「小便で洗えば治る」とからかった。書生は本気になって小便をためて風呂場で裸になって、新鮮な尿で洗眼を試むべく努力したが、口にさえ届かなかった。で女中に相談すると「まアあんたは、考えてもごらん、私達だったら、そんな真似はする気にさえなれない」と答えたので、大喧嘩になった事があった。男と女の差違だけは知っていなくてはならない。

前田曙山氏は、妙な薬缶頭を記載した。「熱情の火」で「お浪が家へ帰って来た時に、金貸の手代の勘兵衛が、小さい髷を振り動かして、母のお銀に何か述べたてていた。夫が借金の催促であるのは云うまでもない、……お浪は勘兵衛の薬缶頭を立ちながら睨めて、長火鉢の側へ座った」小さい髷のある薬缶頭は今日の薬缶頭とは違っているが、その頃も薬缶はあったろうから、髷があってもそう云ったのだろうか。これは薬缶頭の古実に通じた方から教示にあずかりたい。

長谷川伸氏の「べら棒医者」が酔っ払って盲にぶつかる所で「いくら名医でも狗の眼の持合せがないから、そこで診察が出来るはずがない」とある。犬という動物の目は人間とそれほどちがっていない。鼻は到底人間はかなわないが。で長谷川氏の事だから狗の字をつかって、例の高麗狗をさしているのかも知れないが、とにかく夜目のきくものは、ふくろうや猫の方が通り相場だ。

またも国枝史郎氏で申訳ないが、「任俠二刀流」につんぼでおしゃべりな女が出て来る。それを医学的に検討してみる。つんぼには生れ付きのものと後天性のものとがある。言葉をおぼえる年になるより前からのつんぼは当然唖になる。近来は唇話法と云って、唖に言葉を云わせる事が出来る。これならば話をするには口を見て、意味を目で知って、返事をしなくてはならない。「任俠二刀流」のつんぼは、「お前のうちはどこだ」ときくと、「狼谷には狼が居る」と別な事を云うつんぼだ。しかも他人の言葉が決して分るのでない。だから唇話法からしゃべるようになったつんぼではない。

詮じつめると、生れ付きのつんぼではないのだ。言葉をおぼえてからつんぼになったのだ。言葉をおぼえてからつんぼになると、言葉の調子が変になる。それは自分の耳のコントロールがなくなるからだ。つんぼになった人が恐ろしく大きな声を出すのは誰でも知っている。だからつんぼの言葉はすぐに変だと気がつくものだ。「二刀流」でつんぼと話している人はよほど耳が悪いらしい。そして後になってつんぼと知ってあきれて感服している。こういう所を読むと医者はすぐに変だなアと思って決して愉快になるほどユーモアを感じない。少くとも作者ほどには。

以上で見ると文学のあらは私の二ヶ月の努力を冷やか

に嘲うほど少ないものである事が分る。たまたま見つけ出しても、それは作者のちょっとした不注意か、筆触の滑りに過ぎない。むしろ筆をとる人が、どれほど緊張して書いているかに敬服したくなる。

今まで私はその筋の専門家が見たらば、文学はあらだらけだろうと思っていたが、医学を主としての私の検閲が失敗であった所から見ると、どういう方面においても、文学は完全に近いものなのを思わざるを得ない。

終りにくだらぬあらさがしなどをして、礼を失した事を、文人のすべての前にお詫びをしよう。

余技・本技

一

「大衆文芸」がまた発刊されて、何だかうれしいような気がする反面淋しくもなる。第一次の「大衆文芸」には私も同人だった。だから第二次「大衆文芸」を見るとうれしくなるのであるし、第二次には同人にならないかと長谷川さんに云ってもらえなかったのが淋しいのである。

そのうれしさと淋しさから、御依頼のあったままに、勝手な事を書いてみる気になったのである。

第一次の「大衆文芸」の時、どういういきさつで僕が同人に引っぱり込まれたのか、僕は今も知らない。あの頃で「余技にしては大出来だ」とおだてられていた。

同人になれと話のあった時、僕は大分迷ったのである。今でも「大衆文芸とは何ぞや」の喧嘩があるほどだから、あの頃はなおさら大衆文芸とは何の事か誰も分るはずがない。僕はあの同人になるまで、大衆文芸は時代物だと思っていた。だから時代物を書けない僕が同人になるのは変だと思った。それであの前に僕の編輯で出ていた「脈」同人に相談してみた。

そしたらば大衆文芸というと低俗なものだと思うから迷うのだ、同人になっても低俗でなければ大衆文芸の定義が変って来る。恐しく鼻端強く云うから、僕もつけ上ってなるほどと思った。文壇に「活」を入れるものが即「大衆文芸」だと威張るんですな、などと頭に来ている説まで出た。で実は不取敢（とりあえず）同人になったのである。第一次「大衆文芸」は今になってみると無責任な「脈」同人の放言した通りだったと云って差支えないと思う。

それに同人になる時、僕は僕だけの気軽さがあった。それはどうせ余技だと思えたからである。

二

余技というものは変なものだ。余技と本技の区別はしばしばつき難くなる。一般的には本技は飯の食種であり、余技はそうでないと云える。ところが余技（くちだね）もなかなか馬鹿にならぬもので、余技の方が本技よりも飯の食種になる時がある。恥かしがらずに正直に白状してしまうが、僕など昭和元年から六七年頃までは、余技の文筆で飯を食っていたものである。

富士見の療養所は今こそ財団法人で損も得もなく病室増加の心配ばかりしているが、昭和元年にはじまった頃から五六年までは損ばかりしていた。それも世間では僕が最初から計画してはじめたと思っているが、それは間違いで初めは土地の人が計画して造った株式会社である。僕は株主でもないし況んや社長でもない。会社が医務一切を慶応の医学部に頼んできたから、僕は慶応を代表して院長になっただけである。

しかし新事業だから当分の欠損はきまっているから会社は苦しくなる一方で、重役連は破産に近くなるといったようなのを、僕も見るに忍びなかったので、株主でもないのに個人的につぎ込んで行ったのだ。そのつぎ込みの金は僕の余技の文筆所得だったのだ。本技の医者の方の所得はゼロだった。

よくそんな事が出来るほど文筆所得があったとうその

ように思うかも知れないが、窮すれば通ずで、あの頃は全集ばやりで、僕は七八種の全集に顔を出したのである。芸は身を助けるとは本当だった。

「余技か本技か分りませんな」とお愛想のつもりで云ってくれる人があったが、飯の食種の方から定義すればあの頃は文筆が本技だった。

が、僕はその頃でも文筆が本技とは思えずまた思わなかった。それは物を書くのが実にたのしかったから分る。他人から羨れるような事も飯の食種のつまり本技となると御本人はいやなものである。所謂学者で学問するのが本技でしかもそれが面白くてたまらないなどというのは精神病的例外である。

勿論僕もあんな場合、文筆で金が取れなければ文筆など捨てるしかなかったろう。実際ただ芸が身を助けてくれたただけである。

三

「芸が身を助けるほどの不倖」の目に五六年あっているうちに、そこは有難いもので、療養所がよくなって来た。本技でにらんだ事は間違いなかった。山も結核の治療に効果のある事が一般に知られ、山へ山への時代が来た。実はそういう時代を造る力を僕も尽していたのだ。

それで本技の方は軌道に乗ったが、余技の方はどうかと云うと、飯の食種にした罰で、ジァーナリズムの御注文に応ずる度に堕落させられた。浮気なジァーナリズムは段々と勝手な注文をつける。医者の方がいささか食種になってきたので、そうそう御注文には応じ兼ねる。どうも余技の奴は吾儘だと向うもあきらめる。そうなれば今度は実際の余技だけにして書きたい時書きたいものだけ書く。近来そうきめてしまった。だから「この頃書かんな」と云われるようになった。

四

余技は僕の飯の食種になってくれた時代があるから誠に余技様々であるが、文士不如丘は医者の僕になかなか加勢してくれた点がなお一層有難い。海岸で凝り固っている日本の結核治療の中へ、山が飛入りするのだから、なかなかお客が来るものでない。しかるに不如丘作の読者は、医者の僕と懇意だと錯覚して、富士見へ来てくれたのである。どんないい治療法もお客が来なくては宝の持ち腐れになる。幸にもお客が来てくれたから、生証人が出来て療養所は段々お客が増した。とにかく山の中へ「物はためし」にせよ、来てくれたのは、不如丘のお蔭である。

富士見療養所はいくつか映画に出た。あれも不如丘が院長だから食い付いて来たのだ。最近など映画のロケーションが来ると、僕は増上慢だから、また映画の宣伝に使われるのか、と放言する。大新聞が広告取りに来ると、惜しい哉、あなたの新聞は宣伝して上げるには有名過ぎて、と云う。

「不如丘は知ってるが医者とは誰も知らないぞ」と云う奴は大抵医者だが「不如丘を医者と知らない奴は医者のもぐりだ」と答えるほど僕の心臓はしっかりしている。すべて僕は不如丘を尊敬する機会を逸したくないのだ。

五

「不如丘のかくものは近来つまらん」と近来悪口の云われ通しだ。それは実際の話だが、その近来は殆んど書いていない。二三年前までのものは実に自分ながらつまらんのを知っている。あれは作文だからだ。飯の食種の「よろず応御注文」である。どうもひょっとすると本技だったから、つまらなかったのかも知れない。

幸い飯の方は医者で大体間に合う状況になって来たから、余技を余技らしくやれそうな気持ちになってきた。しかし気持ちだけで線香花火ほどにもならんかも知れない。そんな弱気ではいかんと叱られれば、案外ヒットを飛ばすかも知れない。

書きたいのは不如丘流の「大衆文芸」である。もし「あれは大衆文芸ではない」などと云われても僕は承知しない。それほど僕にとっては「大衆文芸」が大事なのである。

甲賀さんなど「大衆文芸」の定義で喧嘩に余念ないように見受けるが、僕は何でも彼でも創作文芸は大衆文芸だときめている。もっとも小衆文芸は大衆文芸ではなく変態文芸に算入すべきものだと思っている。無責任だと叱られるかと思うが、そこは余技だから勘弁してもらいたい。

――新緑や日ねもす呆けて放ち山羊――

解題

横井司

1

今年（二〇一二年）八月二八日付の『読売新聞』紙上に、長野県富士見町にある旧・富士見高原療養所の「富士病棟」が、老朽化のため、九月に解体されることが報じられている。同療養所は一九二六（大正一五）年に設立され、堀辰雄の『風立ちぬ』（一九三八）の舞台となり、その堀はもとより、竹久夢二、横溝正史、藤沢恒夫などが療養していたことでも知られている。創立当初からの建物である「富士病棟」は、映画の撮影でもたびたび使用され、近年では山口百恵主演の映画『風立ちぬ』（七六）でもロケ地として使用されている。長く、療養所と結核の歴史を伝える資料館として一般公開されてきており、右の文化人ゆかりの品物などが展示されていた（九月二日をもって閉館）。その富士見高原療養所の初代院長を務めたのが、大正末期にベストセラー作家として名を馳せ、小酒井不木とともに医学者出身の作家として日本の創作探偵小説黎明期に活躍した正木不如丘である。

大正末期にはベストセラー作家として名声さくさくたるものがあった不如丘だが、その作品に接するには長らく『現代大衆文学全集』（平凡社、二七）や『大衆文学大系』（講談社、七二）、全集というには編集が杜撰な『正木不如丘作品集』全八巻（正木不如丘作品集刊行会、六七）を繙くしかなかった。その『正木不如丘作品集』には年譜が添えられておらず、不如丘自身が自らの経歴を伝説化する傾向があったこともあり、『大衆文学大系』に「正木不如丘年譜」を添えた和田芳恵は同書の「解説」で「不如丘は、自分の生きた道筋もフィクション化することができるほど創作の才能にめぐまれていたといえるかもしれない」といい、「正木不如丘という謎のような人物を解きあかすのは、かなり、時間のかかることであろう」と述べているほどだった。

ところが二〇〇三年になって児平美和によって「正木不如丘研究序説——年譜を中心に」（『江戸川短期大学紀要』第18号、二〇〇三・三）がまとめられ、これを基にした『正木不如丘文学への誘い——結核医療に生涯を捧げた大衆作家』（万葉書房、二〇〇五）が刊行された。以下、同書に基づき、不如丘の経歴をまとめておくことにする。

2

正木不如丘は一八八七（明治二〇）年二月二六日、長野県に生まれた。本名・俊二。中学時代には俳句に凝り、「朱虹」という号を持ち、ホトトギス幹部等とも交流があった。『雨月物語』や泉鏡花の作品にも親しみ、また後の荻原井泉水（せいせんすい）から歌の指導も受けていたというから、早くから文学志向が強かったことがうかがわれる。一九〇五年に第一高等学校を受験するも不合格。このため俳句を断って受験勉強に勤しみ、翌年合格を果たした。合格後は再び俳句を始め、「澪筑子（みおつくし）」と号を改め、一高俳句の幹事として活躍した。一九〇九年、東京帝国大学医学部入学。一九一四年に卒業し、医学部内科教室の助手として勤務。一九一六（大正五）年、福島市福島共立病院の副院長内科部長に就任。正木の後年の回想によれば、この時期、『福島新聞』に「医道患者道」を寄稿したという。「一般公衆の眼にふれたのが処女作ならば」、これが処女作だと述べている（「『診療簿余白』経緯」『大衆文学』二六・六）。同エッセイは後に『中央公論』に送ったようだが、採用されなかったようだ。

二〇年に辞任して後、フランスに留学し、パリのパスツール研究所で免疫学を学んだ。同地には、一九一七年に留学し、アメリカからイギリスを経て、二〇年五月には来仏して、やはりパスツール研究所に在籍していた小酒井不木がいた。ただし不木は在籍はしていたものの喀血したため病床から出られず、不如丘はそんな不木を見参うこともあったようだ（小酒井不木「小酒井不木は小酒井不木にして正木不如丘にあらず」『読売新聞』一九二六・

一／二五）。不木が療養のために大西洋沿岸のアルカションに転地した際に、不如丘の方はスイスへ旅行しており、その際に見たアルプスに囲まれた高原サナトリウムが、後の富士見高原療養所の原点となる。不木が日本に帰国した後も、不如丘はパリに残り、不木の要請で探偵小説の原書（英語版）を送ったりしていたようだ（前掲「小酒井不木は小酒井不木にして正木不如丘にあらず」およひ座談会「憶い出の不如丘と不木」『医家芸術』七三・一二）。その不如丘は、帰国前の一九二二年三月、慶応大学医学部内科学教室の専任講師に就任。帰国後の同年七月から勤務を始め、同年十月に医学部助教授となった。

慶応大学に務めることになった二二年に、不如丘山人の筆名で医学エッセイ「診療簿余白」を『東京朝日新聞』に連載。和田芳恵の「解説」（前掲『大衆文学大系』）によれば、これ以前に「『信濃毎日新聞』の懸賞小説に応募当選した」とあるが不詳である。また先にもふれた通り、不如丘自身の回想によれば、『福島新聞』に「医道患者道」を掲載しているという（前掲「『診療簿余白』経緯」）。こちらも未見であるが、いずれにせよ「診療簿余白」が好評を博して、文筆家として認められるようになった。これが契機となって、同じ年に連作小説「蜥蜴の尾」を『新小説』に連載。さらに翌二三年には、福島共立病院時代の体験をモデルとしたと思しい「三十前」と「行路難」を『東京日日新聞』に連載。「三十前」連載時に新聞社が、それまでの「不如丘山人」から「山人」を取って「正木不如丘」と表示したため、その後、この筆名が定着した。右の二作に、書下しと思われる「木賊（とくさ）の秋」を加えて、同年七月に刊行。四月に刊行していた『診療簿余白』とともに何版も重ねるベストセラーとなる。

二四年には慶応大学医学部の学生等とともに雑誌『脈』を編集・刊行した。同誌の執筆者には後の推理作家・椿八郎も参加している。また翌二五年には大衆文学の質的向上を目的とした二十一日会の同人となり、翌年創刊された機関誌『大衆文学』に「津波」（二六）、「本人の登場」（同）、「光り苔」（二六〜二七）などの創作の他、エッセイを執筆。二十一日会の同人仲間である小酒井不木に誘われてか、翌年、探偵趣味の会にも同人として参加。「警察医」（二六）や「保菌者」（同）などの創作の他、エッセイを寄せた。

二十一日会や探偵趣味の会の同人に刺激を受けたのか、二六年は探偵小説の執筆に意欲的となり、「赤いレッテル」（二六。後「黒いレッテル」と改題）を皮切りに、「吹雪心中」（同）、「県立病院の幽霊」（同。後「執念」と改題）、「手を下さざる殺人」（同。後「橋上の殺人」と改題）などの力作を『新青年』に発表した他、「髑髏の思出」を『時事新報夕刊』に、「最後の犠牲者」を『週刊朝日』特別号に発表した。

二六年の暮れに、長野県にある富士見高原療養所院長に就任。三〇（昭和五）年まで、東京と長野を往復する生活を送った。二七年頃には徳冨盧花の主治医も務め、その最期を看取っている。二八年に、株式会社だった富士見高原療養所が財政難のため解散となり、富士見高原日光療養所と改名して不如丘の個人経営となった。同年、慶応大学医学部助教授を退職し内科学教室の非常勤講師に就任。三一年には療養所経営に専念するため、長野の諏訪に引っ越した。当時、医者としての収入は療養所につぎ込み、一家は文筆業の所得で養っていたといわれるが、それに関してはエッセイ「余技・本技」（『大衆文芸』三九・八）にも書かれている通りである。

三〇年には長編探偵小説「血の悪戯」（後「血の告白」と改題）を新聞連載しているが、三一年以降になると探偵小説の執筆は減り、『キング』、『富士』、『講談倶楽部』、『オール讀物』などの小説誌に、主として普通小説を発表することが多くなる。確認されている限りでは四二年に『ユーモアクラブ』に連載した「姉妹協力会議」が、戦前期最後の創作となった。

戦後の四六年になって、医術の進歩とともに日光療養所は不要となり、結核医療から離れ、療養所長を退任。四八年には慶応大学医学部内科学教室非常勤講師を退職。同年、長野県教育委員会委員に立候補して当選。五二年の任期満了まで務めた。療養所経営から離れたころから創作も途絶え、随筆などの執筆が中心となった。五九年に、それまでの文筆活動を全八巻にまとめた『正木不如丘作品集』（富士見出版社）の刊行が始まるが、版元の事情で第四巻を配本したのみで終わった。六〇年に藍綬褒章を授章。六二（昭和三七）年七月三〇日、肝臓癌のため死去。享年七十五歳。歿後、『正木不如丘作品集』全七巻（六七）が同刊行会によって編まれている。

3

一九二三年七月三〇〜三一日付の『読売新聞』に分載された檳榔子「畑違いからペンを執る――自然科学者の

群」は、プロレタリア文学やブルジョア文学のいずれにも属さず「孤りいもむしのやうな渋味を見せながらも、山茶花の淡いキヤロスキユロを見せてゐる一群」として「背景に自然科学といふ全く反藝術価値の存在してゐる」作家たちを紹介しているが、その上編で正木不如丘に筆が割かれている。デビュー当時の受け取られ方を垣間見させる貴重な資料なので、少々長くなるが、以下に該当部分を引用しておこう。

かの『診療簿余白』が新聞紙上に連載されたとき、不如丘山人は何人ぞといふ好奇心が、ジヤーナリズムの一部に寧ろ一種の驚異として渦巻き出したのは、全くそのテーマの奇異と軽快な筆に魅せられたに外ならぬ。

彼が医学士であることによつて読書界の驚異は忽ちにして畏敬そのものに変つた鮮かな傾向の見られたのはいふまでもない。然しこの驚異、畏敬は既成文壇に対して、何のエコーも轟かなかつたのも勿論である。もし不如丘氏にして医科出といふ畑違ひでなかつたら、或は救はれ得なかつたらうといふ人もあつた。

不如丘山人を号（ママ）して或る人々は第二の漱石とまで讃へたほど、しかく読書界の人気は彼に集中されたのも、その筆致の軽妙とテーマの撰択が何よりのファクトルではなかつたか。

氏のペンの滑り方が一部の人気に投じたのは全くタイムリー・ヒツトな技巧に基くのは申すも更なりである。その功罪を喋々として問ふまでもないことだ。徒然草のやうで古いといふ人もゐるが。

世界苦に追はれ、世紀末の苦悩に虐まれた現代人にとつて、氏の作品は一服の清涼剤であり頭痛どめである。好ましいツアイテン・ウエルクである。不如丘山人の名声頓にあがつて、今また「四谷文壇」の重鎮たるの故、これある哉と信じて歇まぬ。

池田孝次郎氏の「書籍と趣味」の一文に於て「現代人は世界の混沌によつて、よき趣味を生まんとしてゐる」といふ言葉に反かぬ程度を低徊する、その「よき趣味」の一つは先づ不如丘氏の作に於て求められるだらう。

氏の著、「木賊の秋」「診療簿余白」そして雑誌に連載中の「青蛙先生」等を通して、千篇一律、限りない軽快な独歩的境地に法悦させられるのは確かであるから。（ママ）氏が一躍にして読書界の流行児となつてから、慶大医学部志願者が殖えたといふ巷説も故あるかな。押しなべて氏の作物は独歩の境にある。その詩情に於て、その俳趣に於て涼しく青い楼閣のやうだ。

ドイツ語まじりの表現があって、いささか読みにくいけれども、「第二の漱石」とまでいわれたというのは、今日からすると想像もつかない受容状況である。どこがどう漱石か、という点に関しては、木々高太郎が林髞名義で書いた次の文章が参考になるだろう。

新聞小説「三十前」というのは、われわれ医学生たちにはなんともおもしろかった。三十前というのは三十歳より若いころという意味で、ある医学士が三十前に地方の病院の院長となって赴任し、事務員や看護婦にやられながら少しずつやりかえしていく物語で夏目漱石の「坊っちゃん」を思わしめるものがあり、事実漱石の再来という声もあった。（「不如丘健在」『日本経済新聞』五九・五／三〇。引用は『正木不如丘作品集月報』第一号、富士見出版社、五九・七再録のものから）

檳榔子の文章からは、「畑違ひからペンを執る人々」は「何等の邪忌、何等の嫉妬〔、〕何等の邪推、何等の怨恨、何等の呪咀もない。地平なる趣味それ自身のグルツペ」、「当りさはりのない穏かなグルツペ」という具合に、いささか揶揄めいた調子がうかがわれる（「グルツペ」とはグループの意のドイツ語だろう）。だが、不如丘本人は、『診療簿余白』（春陽堂、二六・二）に付した、自らが自らに語りかけるスタイルの序文「不如丘山人に与ふ」の冒頭で「不如丘山人、抜刀圭の技を本技と称し、知らざるを知れるとし、足らざるを足れりとし、敢て人命の尚ぶべきを口にす。その愚その短比すべきなし。今又文筆を弄し、余技として賈に晒す。蓋し済度すべからざるなり」といい、「先づ余が汝に戒飾せんとするは、汝の余技は毎に余技の域を脱すべきに非ざるの点也。余技の故を以て汝を讃する、或は無きにしもあらざるべし。此種の讃辞は、汝が余技を本技化すると共に消散する事、明々白々也。即ち汝の文筆は余技たるを忘却する勿れ」と書いている通り、当初から文筆活動は余技として捉えていた。

また一方で、文学に関しては一家言を持ってもいたようだ。椿八郎は「『脈』のころ」（前掲『正木不如丘作品集月報』第一号）において、校友会雑誌のための原稿をお願いに行った際、不如丘から次のように言われたという。

君たちの書いているような独りよがりの作品は、文学ではない。文学と名のつくものはひろく世人に読まれねばならない。世の中の人々が喜んで読み、これを愉しむのでなければ、本当の作品に値しない。君たちの作品を、君たち以外の誰が喜んで読むかね。誰も読んでくれぬ雑誌なんておよそ無意味で、存在の理由さえないじゃないか。

これに続いて、「はじめは、すこし与太がかっても、人々が面白がって読んでくれる雑誌を、どうだいぼくの後についてやってみんかい」と言われて『脈』を始めることになった、と回想されているのだが、それはともかく、椿が要約して回想している言葉からは、不如丘が後に二十一日会に参加することを促したであろう創作観がうかがえよう。「汝の文筆は余技たるを忘却する勿れ」という「不如丘山人に与ふ」の一節も、「独りよがりの作品」を排する姿勢から導かれたもののように思われる。

こうした文学的姿勢が、いわば少数者のためのエリート文学としての性格を併せ持つ探偵小説の読者とは、中でも本格ものといわれるものを愛好する読者とは、相容れないものであったろうことは、容易に想像がつく。黎明期の探偵小説は、椿八郎が書いていた校友会雑誌にも似た空気を持っていたのではないか、という気がされないでもない。江戸川乱歩が二十一日会への参加を勧められた際、探偵小説はいわゆる大衆文学とは相容れないのではないかと思ったことが、それをよく証しているようにも思われる。後に乱歩は以下のように回想している。

私は当時、探偵小説が大衆文学の一部分の如く取扱われることに疑問を持っていた。英米では、探偵小説は広く大衆に理解されているが、日本では、純探偵小説の愛好家というものは、純文学の読者よりももっと少ないように思われた。そのことは「新青年」の発行部数からも推察されたし、私自身の友達を考えても、通俗小説や純文学の愛読者は沢山いるけれども、探偵小説を理解している者は一人もなかったという事実からも類推出来た。これを大衆化するためには、昔の涙香風のものを書くか、ルパン風の行き方をするほかないが、そういうものは探偵小説の本道ではない。ポーの形式の理窟っぽい探偵小説は、日本ではごく限られた読者に愛好されているにすぎず、この限られた人々の趣味というところに、私はこよなき魅力を感じていた。（略）大衆文芸二十一日会の同人にならぬかという勧めを受けたとき、私を躊躇させたものは、前記のはにかみ屋と純趣味性の方の私であった。真の理解者が少ない、純文学の読者よりも少ないという、稀少なるが故の一種の誇りの如きものが、探偵小説を直ちに大衆文学と呼ぶことを快しとしなかったのである。（『探偵小説四十年』桃源社、六一。引用は『江戸川乱歩全集28／探偵小説四十年（上）』光文社文庫、二〇〇六から）

そしてそうした志向性／嗜好性の違いが、平林初之輔をして乱歩の作品を「不健全派」に、不如丘の作品を「健全派」に分類させる遠因にもなったようにも思われるのだ（平林「探偵小説壇の諸傾向」『新青年』二六・二増刊）。

今日、探偵小説文壇において、正木不如丘の評価は必ずしも高いとはいえない。それは不如丘が探偵小説に手を染めはじめた当時からであったといってもいいかもしれない。平林初之輔の評は例外的に好意的なのであり、たとえば江戸川乱歩は『日本探偵小説傑作集』（春秋社、三五・九）の序文として書き下ろした「日本の探偵小説」において、正木不如丘を「論理派」の内の「医学的探偵小説」の項目で取り上げているものの、項目立てせず、「医学博士正木不如丘は所謂大衆文学の作家であるが、又探偵小説にも関心を示し、『赤いレッテル』『吹雪心中』以下数篇の医学的探偵小説がある」と簡単にすましている。中島河太郎は「推理小説事典」（『現代推理小説大系　別巻2』講談社、八〇・四）における正木不如丘の項目において「小酒井不木に次いで専門の医学的知識を採用したものが多いが、不木よりも情緒的な面が強く、その代り本格的な推理味に乏しかった」と解説している。これは『宝石』に「探偵小説辞典」（五二〜五九）を連載していたときの評言と比べると、「利用」を「採用」と変えた他は、一字一句変わっていない。それはいいとしても、「推理小説事典」をベースとした『日本推理小説辞典』（東京堂出版、八五）がまとめられた際には、不如丘の項目自体が削除されており、斯界における評価のありよう、変遷を象徴していて興味深い。

こうしたミステリ文壇側からの評価が災いしてか、今日、正木不如丘の探偵小説を読もうと思っても、アンソロジーに採録される機会もなく、きわめて困難になった。探偵小説だけを書いたわけではないため、短編集などは普通小説と一緒にまとめられることがほとんどで、探偵小説集を謳ったものは、わずかに『最後の犠牲者』（民生書院、四六）があるだけにすぎない。先に紹介した富士見出版社版『正木不如丘作品集』には「推理小説集」と題した一巻が含まれる予定だったが、残念ながら未完に終わった。こうしたことが、探偵小説の愛読者から注目されない状況を助長したといえるかもしれない。

論創ミステリ叢書版の『正木不如丘探偵小説選』は、『最後の犠牲者』以来、六十六年ぶりの、不如丘のミステリおよびミステリ周辺の作品のみを集めた作品集となる。その編集に当たっては、『最後の犠牲者』に収められた作品と、探偵小説として刊行された長編『血の告白』（四六。原題「血の悪戯」）、および中島河太郎作成の「日本探偵小説総目録」（『一九五〇年版探偵小説年鑑――探偵小説傑作選』岩谷書店、五〇・一二）に記載されている作品は、すべて収録することとした。それ以外に、探偵小説と目されているもの、初出時に探偵小説の名を冠して掲載されたもの、さらには今日の眼から見て探偵小説周辺の作品と読み得るものを、なるべく収めていくようにしている（その傾向は特に第一巻に顕著かもしれない）。その結果、中島河太郎の調査による作品数を遥かに超す作品を収めることになった。

『医家芸術』七三年二月号が小酒井不木と正木不如丘の特集を組んだ際、同誌に掲載された座談会「憶い出の不如丘と不木」に中島河太郎も出席しているが、そこでも「正木さんは探偵小説も二十篇ほど書いているんですが、本質的に探偵作家ではないんですね。どの作品も探偵小説的構成からみたら脆弱なんですね。腰砕けに終ってるんです」と述べている。

確かに不如丘は「本質的に探偵作家ではない」かもしれない。それは先にも述べたように、余技作家であることに徹していたからだし、マニアではなく大衆に向けて書いていたからだろう。今日の眼から見てトリックやプロットが「脆弱」で「腰砕け」の作品も多いが、それはマニア向けではないことも与っていよう。それでも、というか、それだからこそ、枠にとらわれない面白さがある。黎明期ゆえの、どういう方向に発展していくか分からない可能性が感じられて興味深いのだともいえよう。

以下、本書に収録した各編について解題を付しておく。未読の作品によっては内容に踏み込む場合もあるので、未読の方はご注意されたい。

4

【創作篇】

「**法医学教室**」は、初出不詳。『法医学教室』（春陽堂、一二三）に初めて収録された。その後、『明治大正昭和文学全集』第57巻（春陽堂、三二）に再録された。さらに、『正木不如丘作品集』第三巻（正木不如丘作品集刊行会、六七）、川本三郎編『モダン都市文学Ⅶ　犯罪都市』（平凡社、九〇）に採録された。

富士見出版社から『正木不如丘作品集』第四巻（五九）が刊行された際、添付されていた月報に簡単な全巻構成が掲載されていた。それによれば第二巻が「推理小説集」となっており、唯一の探偵小説集『最後の犠牲者』（民生書院、四六）収録の八編に加えて「法医学教室」の題名も挙げられていた。そこで躊躇なく収録することにしたわけだが、一読された方は分かる通り、本作品を探偵小説ないし推理小説として見た場合、探偵小説的な怪奇な雰囲気や謎は提示されていても、その謎のすべてが解決されていない。黎明期ならではの、ノンシャランさというべきか。

本作品を収めたアンソロジー『モダン都市文学Ⅶ　犯罪都市』の「解題」で、編者の川本三郎は次のように述べている。

正木不如丘「法医学教室」もまた死体趣味を感じさせる怪奇幻想小説。死体解剖室の死体がいつのまにか消えてしまう、その謎ときもさることながらここでは死体、解剖といったグロテスクな怪奇性が作品の魅力になっている。正木不如丘は東京帝大医学部を卒業したあと大正時代にパスツール研究所に学んだ医学者。それだけに死体、細菌などを扱った作品が多い。

「**剃刀刑事**」は、『週刊朝日』一九二三年二月一一日号（三巻八号）に掲載された後、『とかげの尾』（春陽堂、二四）に収録された。

「**椰子の葉ずれ**」は、『女性』一九二五年八月号（八巻二号）に掲載された後、『嵐』（春陽堂、二五）に収録された。

初出誌では「怪談三篇」の一編として掲載された。

「**天才画家の死**」は、『新小説』一九二五年八月号（三

○巻八号）に掲載された後、「画家の秘密」と改題され前掲『嵐』に収録された。その後、『現代ユウモア全集8／ゆがめた顔』（現代ユウモア全集刊行会、二九）に再録された。

「**夜桜**」は、『週刊朝日』一九二五年四月一日号（七巻一五号）に掲載された後、「朧」と改題されて『髑髏の思ひ出』（文藝春秋社出版部、二六）に収められた。その後、前掲『現代ユウモア全集8／ゆがめた顔』に再録された。

「**赤いレッテル**」は、『新青年』一九二六年一月号（七巻一号）に掲載された後、「黒いレッテル」と改題して『吹雪心中』（文藝春秋社出版部、二六）に収録。その後、「漆黒のレッテル」と改題して探偵趣味の会編『創作探偵小説選集』（春陽堂、二六）に再録された。

平林初之輔は、不如丘の作品は「いつか『朝日新聞』か何かに連載されたものと、今度の『赤いレッテル』だけ」しか読んでいないといい、「はじめて氏の文章を読んだ時に私は、夏目漱石のもつスタイルを連想した。こういうスタイルは、学者と芸術家との両面をそなえた人間に特有のもので、その特徴は、一つ一つの概念がはっきりして使用されていることである。ぼかしや円みが全くない。非連続的であり、多角的である。円を描くのにコンパスを用いないで、どこまでも多角形の角の数を増していって円に近づこうとするといった風である」と述べた上で、「赤いレッテル」について次のように述べている。

> しかし、その当時の印象と「赤いレッテル」から受けた印象とはだいぶ相違している。「赤いレッテル」のスタイルには、もう角がなくなっている。しかし、読んで明るい感じがする点は同じだ。精神病理的作品を読んだあとでこれをよむと重苦しい酒場の中から、せいせいした戸外へ出たような感じがする。あっさりした、それでいてかなり厚味のある筆触で叙述をすすめて最後の場面で軽いウイットでしめくくってあるところは余裕のある書きぶりである。もう少し、蒸留し、圧縮して陰影をくっきりさしたら、軽いながらも上乗の短編となったことと思う。（「探偵小説壇の諸傾向」『新青年』二六・二増刊。引用は『平林初之輔探偵小説選Ⅱ』論創社、二〇〇三から）

横溝正史は「不如丘と不木」（『医家芸術』七三・一二）

において本作品についてふれており、そこでタイトルが改題された事情を明らかにしている。

正木先生の名がとくに強く印象にのこったのは、大正五年の「新青年」の新年号に発表された「赤いレッテル」という小説である。ずいぶん昔のことなので小説の内容は忘れているが、赤いレッテルというのは薬局瓶に貼られるレッテルのことである。ところがその小説に出てくる瓶の内容は塩化モルヒネであった。塩化モルヒネは毒薬であるから、当然その瓶に貼られるレッテルは青でなければならない。それを先生まちがって、つい劇薬に貼られる赤いレッテルとやられたからたまらない。なにがさて人気絶頂の正木先生、文壇方面の風当りも強かったにちがいない。早速なにかの雑誌で痛烈にヤジられた。

この部分に続けて、以下のように書かれている。

ところで、なぜ、ここに先生のわずかなミスを取りあげたかというと、じつはこのヤジ記事を読んでショックを受けたのは、当の先生よりも私だったのではないかと思うからである。「新青年」のおなじその号に拙作「広告人形」というのが出ているくらいだから、私も「赤いレッテル」を読んでいたのである。それでいながら某誌のヤジ記事を読むまでこのミスに気がつかなかった。しかも、おお、神よ、私は薬剤師で、当時神戸で薬局を経営していたのである。これでは薬剤師失格であると、ヘボ薬剤師先生、いっぺんに自信喪失してしまったのだからダラシがない。その年の六月私は上京して博文館へ入社すると同時に、神戸の薬局を弊履のごとく捨てているが、そのときの薬剤師としての自信喪失がいくらかでも原因しているとすると、正木先生のミス、横溝正史をして薬剤師より雑誌記者にヘンシンせしめたというべきか、おかげで命拾いをしたお得意様があったかもしれぬ。

不如丘のミスがなければ、あるいは探偵作家・横溝正史は今のような形では存在していなかったと考えるのも愉しい。

「吹雪心中」は、『新青年』一九二六年二月号（七巻二号）に掲載された後、前掲『吹雪心中』に収録された。その後、『最後の犠牲者』（民生書院、四六）に再録された。

「髑髏の思出」は、『時事新報夕刊』一九二六年二月一三日付から三月五日付まで、全十二回にわたって断続的に連載された後、『髑髏の思ひ出』（文藝春秋社出版部、二六）に収録された。その後、前掲『現代ユウモア全集8／ゆがめた顔』に再録された。さらに、『正木不如丘作品集』第五巻（正木不如丘作品集刊行会、六七）に採録された。

「髑髏の思出」を最初に探偵小説として見なしたのは、『宝石』に連載した「探偵小説辞典」で同作品を表題作とする作品集を『最後の犠牲者』とともにあげた中島河太郎だと思われる。『大衆文学大系』の和田芳恵による解説でも探偵小説であるかのような文脈で書かれている。中島の『現代推理小説大系』版の「事典」では、あらすじ紹介もされ、「軍人の父親が持ち帰った髑髏」の「出所にまつわる謎が氷解する話」とされている。単に怪奇趣味を出すだけでなく、現在の復顔術を思わせる要素もあり、興味深い。

ちなみに本文中と単行本外装および奥付とでタイトルの表記が異なる例は、本書以外にも「蜥蜴の尾」の例がある。こうしたこともあり、不如丘の書誌を作成する際には注意が必要になる。本作品に関していえば、一般的には「髑髏の思い出」と表記されることが多いが、ここでは初出時および初版本の本文扉の表記に従い「髑髏の思出」とした。諒とされたい。

「県立病院の幽霊」は、『新青年』一九二六年四月号（七巻五号）に掲載された後、「執念」と改題されて前掲『髑髏の思ひ出』に収録された。

福島共立病院時代を彷彿させる本作品について甲賀三郎は、『新青年』二六年五月号の「マイクロフオン」欄に掲載された「鉄は赤き間に打て」において次のように評している。

『県立病院の幽霊』には地方色、若き院長の性格、院長の科学信念を裏切つて不可抗的に進展して行く事件が巧に描き出されてゐる。但し後半は稍曖昧で、燐を塗つてゐた為めに停電の際に幽霊に見えたと云ふ科学的な説明はなくもがなと思ふ。

また、同じ月の『新青年』に掲載された戸川貞雄の「探偵小説壇を覗いて」も本作品にふれており、次のように評されている。

正木不如丘氏の「県立病院の幽霊」は最初の出にか丶わらず、次第に波瀾重畳的な通俗小説と展開して行つてゐる。達者なものであるが、陳腐な感じが題材にも文章にも執拗に纏り著いてゐる。

本書のトリックではハンセン病治療が重要な役割を果たしている。作中における描写を検討した細川涼一は「ハンセン病が『血筋』による遺伝病であるとする、近世以来の家筋説にもとづき、看護婦が幽霊を見たとする怪奇性を高める材料にハンセン病を使っている」といい、「ハンセン病を強烈な伝染病であるとする、もう一つの誤った考えはその小説中では使われていない」ものの、「不如丘のハンセン病患者に対する基本姿勢（患者に対する偏見―横井註）が、怪奇性を高める材料に無批判にハンセン病を利用した『執念』の基底にもうかがえる」と述べている（「ハンセン病と勃興気の探偵小説――正木不如丘と小酒井不木」『部落解放』二〇〇二・一）。

なお、作中で一箇所、明らかに死神と思しき存在を描写している場面がある（第三章）。臨終場面の象徴的な表現であろうが、実在の登場人物との区別が紛らわしく、この点についてはどの評者も問題にしていないようだが、読み手を戸惑わせることもあったのではないか。あるいは映画的なスクリーンを通しての表現を意識していたのかもしれない。

「警察医」は、『探偵趣味』一九二六年五月号（二年五号、第八輯）に掲載された後、『診療室壁画』（弘学館書店、三〇）に収録された。

「本人の登場」は、『大衆文芸』一九二六年五月号（一巻五号）に掲載された後、前掲『髑髏の思ひ出』に収録された。その後、前掲『現代ユウモア全集８／ゆがめた顔』に再録された。

「た丶彼は一週間でも二週間でも自分以外の人間になつて暮したくなつたに過ぎぬ」という小説家を詐称する犯人の動機は、宇野浩二を愛読した江戸川乱歩なら、一読して好みそうに思われるが、不思議と乱歩のエッセイなどでは言及されることがない作品である。

前半に登場する小説家の久野武雄のモデルは実在の作家・久米正雄であろう。不如丘と久米とは、二人の父親が共に長野県で教員を務めていた関係で、幼いころに面識があった。不如丘が一高の俳句会で幹事を務めていた際に再会し、以後、交流が続いていたようである。久米は不如丘が辞した後の一高俳句会の幹事を務めているし、また久米の小説『月よりの使者』（三四）は富士見高原療養所を舞台としており、同書が映画化された際には療養所でロケが行われたりもしている。

「手を下さざる殺人」は、『新青年』一九二六年六月号（七巻七号）に掲載された後、「橋上の殺人」と改題されて前掲『髑髏の思ひ出』に収録された。その後、前掲『最後の犠牲者』に再録された。

甲賀三郎は「探偵小説講話」第一部第三講第七節（『ぷろふいる』三五・七）で木々高太郎の「就眠儀式」（三五）を取りあげて、「この物語の専門的トリツクも、かつて正木不如丘氏が発表したものに、大へんよく似たものがある。レデイメードで間に合はされたのかも知れないが、木々氏としては一工夫ありたいものだ」と評したが、そこでいわれている不如丘の作品が本編である。

この甲賀の指摘に対して木々は「探偵小説二年生」（『ぷろふいる』三六・一）において「正木不如丘のものは不幸にして読んでいないから（読んでいないことはまさに不勉強さのゆえに落第点がつくことは承知します）わからぬ。しかし、もし似たようなトリックが用いてあるとしても、僕は、『就眠儀式』一篇の研究が、埋れていた正木不如丘の作を引っぱり出すに役立つであろう、後世史家は『就眠儀式』の研究から、この以前に似たものがあるぞと言い出すだろうというような、恐ろしき自信すら有している」と応えている（引用は『木々高太郎全集』第6巻、朝日新聞社、七一から）。

「赤いレッテル」については「描写の過不足が十分の効果をあげていない」といい、「吹雪心中」については「奇怪な設定を医学上の説明で逃げているにすぎない」といい、「県立病院の幽霊」については「前半はいいのだが」「龍頭蛇尾に終っている」といってきた中島河太郎は、本作品については「はじめて推理小説の領域に入る作品を書いた」と、比較的好意的に評している（引用はすべて『日本推理小説史』第二巻、東京創元社、九四から。不如丘についてふれた第十七章の初出は六六年）。

「保菌者」は、『探偵趣味』一九二六年六月号（二年六号、第九輯）に掲載された後、前掲『診療室壁画』に収録された。

「青葉街道の殺人」は、『キング』一九二六年七月号（二巻七号）に掲載された。単行本に収録されるのは今回が初めてである。

本書中いちばんの問題作といっていいかもしれない。

「法医学教室」ですら、未知の薬品にふれた、いちおうの説明らしきものがあったが、本作品には提示された謎に関してまったく何の説明も加えられないからだ。

「最後の犠牲者」は、『週刊朝日』一九二六年七月一日号（一〇巻一号）に掲載された後、前掲『診療室壁画』に収録された。その後、前掲『最後の犠牲者』に再録された。さらに『正木不如丘作品集』第四巻（正木不如丘作品集刊行会、六七）、『大衆文学大系10／田中貢太郎正木不如丘集』（講談社、七二）に採録されている。

中島河太郎は本作品に関して「意外性より悲恋物語の色彩を強く出している」と評している（前掲『日本推理小説史』第二巻）。

兼子昭一郎は「大正期の医療散歩（70）ディレッタト（ママ）ント正木不如丘（上）」（『共済新報』二〇〇一・九）において、正木の親戚である内科医の松園裕が医学雑誌に紹介しているエピソードに言及しており、それによれば本作品中で描かれている実験や所長が命を落とすことになるミスは、不如丘がパリのパスツール研究所に留学していた際に体験したことに基づいているようだ。松園の文章が載った掲載誌が不明なので、以下、兼子の文章から引用しておく。

> 研究所でコレラ菌を扱っているとき、ふとした拍子に、ピペットで菌液を吸ってしまったことがあった。深夜の仕事であったので、かなり疲労がたまっていたのかもしれない。
>
> 「しまった」と思ったので、何度も何度も唾液を吐き、まわりを消毒した。外に出ると、酒屋をたたき起こしてワインを買い、これをがぶがぶ飲んだ。胃を洗浄するつもりである。
>
> 下宿に帰ってベッドで横になったが、やはり心配である。日本人留学生がパリの真ん中でコレラ菌をばらまいた、などといわれたら、これは恥さらしになると思い、友人に頼んで病院に入り、検便をしてもらった。検査の結果はクロと出た。
>
> 結核菌を一代ごとに弱毒化したものをBCGという。一代ごとに毒を強めたらどうなるであろうか。アイデアが浮かぶと、実験せずにいられなくなるので、ためしているうちに容器が破損して、結果をみることはできなかった。しかしこの思いつきは小説の中にいかされ（ママ）ことになった。

「**殺されに来る**」は、『現代』一九二六年一一月号（七巻一一号）に掲載された。単行本に収録されるのは今回が初めてである。

村々を訪れる美男の薬売りが登場して庄屋の娘に懸想を仕掛けられるという話は、初期の代表作「木賊の秋」（二三）中の一エピソードとしても描かれていたが、それを読んでいる読者であればあるほど、意外な展開に驚かされよう。

「**指紋の悔**」は、『雄弁』一九二七年一月号（一八巻一号）に掲載された後、前掲『診療室壁画』に収録された。その後、前掲『最後の犠牲者』に再録された。

「**うたがひ**」は、『世界』一九二七年一月号（二巻一号）に掲載された。単行本に収録されるのは今回が初めてである。

「**通り魔**」は、『サンデー毎日』一九二七年一月一日号（六年一号）に掲載された。単行本に収められるのは今回が初めてである。

初出時には「探偵小説」と脇書きされていた。

「**1×0＝6、000円**」は、『週刊朝日』一九二七年三月一五日号（一一巻一二号）に掲載された後、前掲『現代ユウモア全集8／ゆがめた顔』に収められた。

富士見高原療養所の経営と財政難をモデルにしたかのような内容だが、病院長の許に金銭的な供与を求める人物が訪れるといった体の状況は、「三十前」（二三）でも描かれている。そこでは病院長が新聞記者を撃退するのだが、本作品の場合は、それを犯罪を暴こうとする刑事の視点から描いたのがミソ。

「**湖畔劇場**」は、『サンデー毎日』一九二七年七月一七日号（六年三二号）に掲載された。単行本に収録されるのは今回が初めてである。

「**お白狐様**（びゃっこ）」は、『サンデー毎日』一九二七年九月一五日号（六年四一号）に掲載された。単行本に収録されるのは今回が初めてである。

例によって何が起きたのかが伏せられたまま終わる作品だが、想像しようと思えばできなくもないという微妙な書き方が印象的な一編。本作品では、探偵趣味の会への参加が踏まえられているのかもしれないが、地方で文化的な集まりが出来あがるということをベースとした作品としては、「行路難」（二三）がある。

「**生きてゐる女**」は、『サンデー毎日』一九二八年一月一日号（七年一号）に掲載された。単行本に収録されるのは今回が初めてである。

「**背広を着た訳並びに**」は、『探偵趣味』一九二八年四月号（四年四号）に掲載された。単行本に収録されるのは今回が初めてである。

本作品を含む以下の二編及び「蚊」は、病院専門のスリ病院太郎が登場するエピソード。不如丘には珍しいシリーズ・キャラクターものである。

「**常陸山の心臓**」は、『探偵趣味』一九二八年五月号（四年五号）に掲載された。単行本に収録されるのは今回が初めてである。

「**美女君**（ヘル・ベラドンナ）」は、『探偵趣味』一九二八年六月号（四年六号）に掲載された。単行本に収録されるのは今回が初めてである。

「**紺に染まる手**」は、『朝日』一九三〇年一月号（二巻一号）に掲載された後、前掲『診療室壁画』、前掲『最後の犠牲者』に収録された。さらに前掲『正木不如丘作品集』第四巻に採録されている。

「**蚊――病院太郎のその後**」は、『猟奇』一九三〇年一月号（三年一輯）に掲載された。単行本に収録されるのは今回が初めてである。

【随筆篇】

「**不木と不如丘の鑑別診断**」は、『読売新聞』一九二六年一月二五日付に掲載された。単行本に収録されるのは今回が初めてである。

右のエッセイと同じ面に掲載されたのが、小酒井不木「**小酒井不木は小酒井不木にして正木不如丘にあらず**」で、同エッセイは後に『小酒井不木全集』第十二巻（改造社、三〇）に採録されている。

「**或る殺人事件**」は、『新青年』一九二六年六月（七巻七号）に掲載された。単行本に収録されるのは今回が初めてである。

加藤首相とは、一九二三年八月二四日に亡くなった加藤友三郎のこと。前年に内閣総理大臣に就任したばかりだった。

「**『診療簿余白』経緯**」は、『大衆文芸』一九二六年六月号（一巻六号）に、「処女作の思ひ出」特集の一編として掲載された。単行本に収録されるのは今回が初めてである。

「**はんめう**」は、『新青年』一九二六年一〇月（七巻一二号）に掲載された後、前掲『診療室壁画』に収録された。

「野茨」は、『探偵趣味』一九二六年一一月号（二年一〇号、第一三輯）に掲載された。単行本に収録されるのは今回が初めてである。

鬼熊とは、同年八月に千葉県で起きた殺人事件の犯人の通称。山中を逃走の末、同年九月三〇日に取材陣や知人の前で自殺した。

「医師の失敗」は、『大衆文芸』一九二七年六月号（二巻六号）に「殺人奇譚」特集の一編として掲載された後、『生死無限』（四条書房、三三）に収録された。

「小説アラ捜し」は、『中央公論』一九二九年一二月号（四四年一二号）に掲載された。単行本に収録されるのは今回が初めてである。

自作の「手を下さざる殺人」について取りあげている件りは、自らの創作についてはあまり語らない不如丘には珍しくも貴重な一編。

「余技・本技」は、『大衆文芸』一九三九年八月号（一巻六号）に掲載された。単行本に収録されるのは今回が初めてである。

デビュー以来、一貫して創作活動を余技として考えていたことがうかがえる一編。なお、甲賀三郎は当時『大衆文芸』誌上で大衆文学論を展開していた。

一部の不如丘作品の初出を確定するにあたり、湯浅篤志氏のご教示を得ました。記して感謝いたします。

［解題］**横井 司**（よこい つかさ）
1962年、石川県金沢市に生まれる。大東文化大学文学部日本文学科卒業。専修大学大学院文学研究科博士後期課程修了。95年、戦前の探偵小説に関する論考で、博士（文学）学位取得。共著に『本格ミステリ・ベスト100』（東京創元社、1997年）、『日本ミステリー事典』（新潮社、2000年）など。現在、専修大学人文科学研究所特別研究員。日本推理作家協会会員。

まさき ふ じょきゅうたんていしょうせつせん
正木不如丘探偵小説選Ⅰ　〔論創ミステリ叢書56〕

2012年10月5日　初版第1刷印刷
2012年10月10日　初版第1刷発行

著者　正木不如丘
叢書監修　横井 司
装訂　栗原裕孝
発行人　森下紀夫
発行所　論創社
〒101-0051 東京都千代田区神田神保町2-23 北井ビル
電話 03-3264-5254　振替口座 00160-1-155266
http://www.ronso.co.jp/

印刷・製本　中央精版印刷

Printed in Japan　ISBN978-4-8460-1182-6

論創ミステリ叢書

①平林初之輔Ⅰ
②平林初之輔Ⅱ
③甲賀三郎
④松本泰Ⅰ
⑤松本泰Ⅱ
⑥浜尾四郎
⑦松本恵子
⑧小酒井不木
⑨久山秀子Ⅰ
⑩久山秀子Ⅱ
⑪橋本五郎Ⅰ
⑫橋本五郎Ⅱ
⑬徳冨蘆花
⑭山本禾太郎Ⅰ
⑮山本禾太郎Ⅱ
⑯久山秀子Ⅲ
⑰久山秀子Ⅳ
⑱黒岩涙香Ⅰ
⑲黒岩涙香Ⅱ
⑳中村美与子
㉑大庭武年Ⅰ
㉒大庭武年Ⅱ
㉓西尾正Ⅰ
㉔西尾正Ⅱ
㉕戸田巽Ⅰ
㉖戸田巽Ⅱ
㉗山下利三郎Ⅰ
㉘山下利三郎Ⅱ
㉙林不忘
㉚牧逸馬
㉛風間光枝探偵日記
㉜延原謙
㉝森下雨村
㉞酒井嘉七
㉟横溝正史Ⅰ
㊱横溝正史Ⅱ
㊲横溝正史Ⅲ
㊳宮野村子Ⅰ
㊴宮野村子Ⅱ
㊵三遊亭円朝
㊶角田喜久雄
㊷瀬下耽
㊸高木彬光
㊹狩久
㊺大阪圭吉
㊻木々高太郎
㊼水谷準
㊽宮原龍雄
㊾大倉燁子
㊿戦前探偵小説四人集
(別)怪盗対名探偵初期翻案集
(51)守友恒
(52)大下宇陀児Ⅰ
(53)大下宇陀児Ⅱ
(54)蒼井雄
(55)妹尾アキ夫
(56)正木不如丘Ⅰ

論 創 社